U0452040

让思想流动起来

鲸歌

苏东坡的理想国

沈荣均/著

四川人民出版社

图书在版编目（CIP）数据

苏东坡的理想国 / 沈荣均著. －－ 成都：四川人民出版社，2025.1. －－ ISBN 978－7－220－13898－0（2025.5重印）

Ⅰ.I25

中国国家版本馆 CIP 数据核字第 2024HL1901 号

SUDONGPO DE LIXIANGGUO
苏东坡的理想国

沈荣均　著

出 版 人	黄立新
责任编辑	唐　婧
封面设计	李其飞
版式设计	张迪茗
责任印制	周　奇　刘雨飞
出版发行	四川人民出版社（成都三色路 238 号）
网　　址	http://www.scpph.com
E-mail	scrmcbs@sina.com
新浪微博	@四川人民出版社
微信公众号	四川人民出版社
发行部业务电话	（028）86361653　86361656
防盗版举报电话	（028）86361661
照　　排	四川胜翔数码印务设计有限公司
印　　刷	成都东江印务有限公司
成品尺寸	145mm×210mm
印　　张	17.5
字　　数	361 千
版　　次	2025 年 1 月第 1 版
印　　次	2025 年 5 月第 2 次印刷
书　　号	ISBN 978－7－220－13898－0
定　　价	88.00 元

■版权所有・侵权必究

本书若出现印装质量问题，请与我社发行部联系调换

电话：（028）86361653

目 录

001 // 苏东坡的可能性
027 // 眉州的好学之风
069 // 三苏祠下：东坡风物志
141 // 少年，少年
181 // 一鸣惊人
213 // 理想主义者
249 // 士大夫的行动性
313 // 乌台真相与黑暗突围
351 // 形而上的山水
389 // 世事一场大梦
457 // 此心安处是吾乡
523 // 归去来兮
541 // 附录 苏东坡大事年谱简编

——苏东坡的可能性——

苏东坡的可能性

1

　　这个春天，让我们迎风出发，逐日而行，以植物的名义向上。那高耸的生长，浩瀚的照耀，光亮中的吟咏与叙述，注定关乎一个民族、一个时代。

　　关乎一种可能性，近乎完善，又不失个性清晖的人格模型。

　　跌宕生姿，摇曳飞花，最大向度地充盈，丰沛而饱满。仿佛地球水气圈层的循环审美——

　　潜潮暗流汹涌于岩底，江河湖海怀柔于大地，雨雪冰霜升华于虚空。风云一般二十四小时，朝前奔跑，永无止息；星辰一样三百六十度，聚变喷发，忘我烛照。不分何时何地，不知今夕何夕。

　　并以价值总和的形式，予以我们启迪，根本的也是终极的，并不局限于某种抽象的教派原理，宗学告示。

　　它是活着的"能"。能量的"能"，可能性的"能"，全能的"能"。肉体之生命，日日翻新，活泼有力。形而上的附丽拓展——那"超现实地活着"。

　　当然不止于个体生命与公共精神的偶像暗示。这一个自我觉悟的动态，坚韧而漫长。中国历史迈步新的时代，召唤集体人格，以革新的重构。基于现实的强烈憧憬，从来不像今天这样，叠彩了创世的晕光。

是你。是我。是我们自己。一个"古代士人"与"现代人"，都能从中获得观照的价值体系。

作为理想者的可能性。权且叫可能性，即便文化的杂家，或亦难能诠释其胸怀的海量和深广。

一千个读者，一千种可能性。可能性的你，可能性的我，可能性的我们自己。某个时空节点，就此抵近与交会，观照与唤醒。

古代中国的先知先觉，赴汤蹈火者的特例，一千年来，唯其不可替代——

"人间不可无一，难能有二。"（林语堂《苏东坡传·序》）

便呼之欲出！我们的——苏东坡（名轼，字子瞻，号东坡居士，1037—1101年）。应该尊其为先生。

料想中的春天，我抑制不住意外的冲动，只为寻找下一条神示，或可能性。

譬如，集大成者的魏晋风骨。我们往往以集大成叙述其文化成就。包罗万象的集大成，恍若四面的高光恰恰遮蔽了暗地的鲜活。先生曾经在《书黄子思诗集后》中，自我反思集大成于个性和文人趣味的抹杀，于是有了矛盾。有了矛盾，也便有了突围，有了横看侧视、橙黄橘绿的哲学遐思，大江东去、汪洋恣肆的豪放雄词，"尚意"的行者书风，"成竹在胸"的士人趣画("士人画"或"文人画"),行云流水的小品美文,"外枯中膏"的"和陶"真诗,洞穿三教的浩然正气……

它们集体超越狭隘的某种主义,那普世的关怀直抵终极。应该叫作理想。理想主义的理想。理想主义的他者。那持久焕发想象活力的唯一。

一如蜀中原上草木的风姿绰约。即便21世纪的当下今日,各种日常的捆缚和障碍,已让我们疲于奔命、疲惫无助。唯他临风独立,依然活成我们想要的风物膜拜。

搅拌,黏合,酝酿,发酵。日复一日,熟视无睹。我们的意志,之所以还能坚持从柴米油盐酱醋茶诸般冗事中,冒出一头,缓缓胸中暮气,徜徉浪漫时光,刷出存在新意,皆因他的赋能,走近于平易近人,行远又不可或缺。

当然不是神,只是焕发神的召唤。我们一次次回到起点,而后向高远眺望。

近处是他。远处还是他。低处是他。高处更是他。东西南北。春夏秋冬。似乎就是某种绝对的旨意——无可撼动的崇高地位,已然不亚于任何一位创宗立派的领袖,那开天辟地的神话。

2

欧美和日本的汉学家们,曾经一度困惑不已。

在他们的语境里,个体最应该得到尊重。此乃他们赖以安身立命的主体态度。然个体的要义，在于生命的当下彰显，而非灵魂的刻板供奉。历史车轮滚滚向前，驾车的人换了一茬又一茬，碾压的车辙前赴后继——

方向性，永远要大于个人的主意和态度。

他们似乎更愿意孜孜不倦，去解剖一些生硬的时空片段。比如，把生养造就苏东坡的大宋王朝，放到整个世界文明史上，去考察其学术地位，且不吝赞美。

美国汉学家斯塔夫里阿诺斯"商业革命论"，和京都学派的创始人内藤湖南的"唐宋变革论"，从社会生产力的角度，将宋朝往前至少推送了六百年——最接近的变革，英国要等到 17 世纪，日本则是 19 世纪的中后期的事情。

他们确凿地将宋朝作为历史比较的范本：

"中国封建社会特征，到宋代已发育成熟；而近代中国新因素，到宋代已显著呈现。因此研究宋史，不仅对于解决中国封建社会中承上启下的各种问题具有决定性的意义，而且还有助于解决中国近代开端的一系列重大问题。"（法国·埃狄纳·巴拉兹，《读书》1987 年第 5 期，景戎华《造极赵宋，堪称辉煌》转引）

虽然兴趣的浓郁与态度的较真，远远不及中国人读苏东坡的超级狂热和虔诚，但也接近某种颠覆性的认知了。

诸如这样的教科共识——

"中国最伟大的朝代：北宋和南宋。"（美国·费正清《中国新史》）

像发现新大陆一样，汉学家们挖掘着宋朝的社会分层、权力分配、决策程序、产业模式、税收律条、国防力量、书画陶瓷、市井消费，甚至GDP……

新事物不胜枚举，新鲜感令人惊讶：

"公元九百六十年，宋代兴起，中国好像进入了现代。"（美国·黄仁宇《中国大历史》）

"（宋代）包括了很多近代城市文明的特征，所以在这一意义上讲可以视其为近代早期。"（美国·费正清《中国新史》）

京都学派的研究者们，尤其青睐宋代的文艺气质，并给予等同欧洲文艺复兴的地位。

内藤湖南的弟子，京都学派的集大成者宫崎市定，就盛赞：

"宋代是十足的东方文艺复兴时代"（日本·宫崎市定《中国史》），"与欧洲文艺复兴现象比较，应该理解为平行和等值的发展"（日本·宫崎市定《东洋的近世》）。

日本科学史学家和天文学家薮内清亦断言：

"北宋时代是中国历史上具有划时代意义的时代……可以和欧洲的文艺复兴时期以至近代相比。"（日本·薮内清《中国·科学·文明》

……

还可以列出许多。

"天水一朝（指宋朝）人智之活动，与文化之多方面，前之汉唐，后之元明，皆所不逮也。近世学术多发端于宋人。"（近代·王国维《宋代之金石学》）

"华夏民族之文化，历数千载之演进，造极于赵宋之世，后渐衰微，终必复振。"（近代·陈寅恪《邓广铭〈宋史职官志考正〉序》）

亲身经历封建王朝大厦倾覆的近代国学大师，对宋一朝文化的痴迷程度，不亚于那些偏爱的汉学家们。王国维运用的是线性的比较法，把宋单独挑出来，对比言说汉唐和元明，言下之意，突出宋的高峰地位。"造极"一词，不是陈寅恪的发明，他的前辈，南宋的朱熹早就说过类似的话：

"国朝文明之盛，前世莫及。"（宋·朱熹《楚辞集注》附《后语》卷六《服胡麻赋》注）

朱熹只能看到前世，陈寅恪至少看到了民国以前。从时间逻辑看，朱熹算发出猜想，陈寅恪是证明了猜想的那一个——他们都看到了宋朝鲜明而伟大的"质变"。

如此看来，中华优秀传统文化的自信，有时间沉淀的软证据，也有近代学术的硬支撑。由古到今，又由今到古，由内而外，又由外向内，这一过程，反映了19世纪末20世纪初的东方文明共识。

近年来，中国学者也争先恐后，不断加持，开始了新一轮的推波助澜：

"宋朝在版图上是'小帝国'，但在文明史上却是'大时代'，是华夏文明的'造极期'。"（赵冬梅语，转引自宋浩《宋朝士大夫的中国梦》）

我们看到当代中国书生，不管名头大小，一窝蜂地盯住了宋，仿佛不搞宋，就显得跟不上潮流一般，各种研究成果几乎一边倒，甚至有泛滥或者泡沫的倾向。

那又如何？小老百姓不感兴趣。理性研究者对宋朝极端偏爱，对苏东坡的个体真相却又问号重重，欲言又止，欲罢不能。

于是，我们看见两张面孔——小读者的生机勃勃，大家们的小心翼翼。

老百姓点赞，宋朝好，那是因为有伟人苏东坡，有生养他的巴山蜀水、眉州大地，有踏遍大半个宋朝的东坡足迹，有黄州、惠州、儋州三个贬谪之地，以及千万次的魂归故里……

汉学家们表示困惑。宋文化推崇者们也不理解。无法理解没关系，不影响中国小老百姓对其近乎宗教般的礼拜。再说，汉学家们交口称赞的那个宋朝，中国人从来不掩饰自己的朴素认知——

汝窑的天青、湖田窑的影青、龙泉窑的梅子青很美但易碎，宋诗太理性，宋词豪放婉约走两个极端，范宽的大山深不可测，马远的小水偏居一隅，太祖过河拆桥，太宗阴谋篡权，仁宗妇人之仁，神宗就是个娃娃，赵佶亡国，赵构昏聩，范仲淹是个老实人，欧阳修是个大文人，王安石玩弄权术，司马光守成不变，朱熹板着老脸一副书呆子相，武松杀了潘金莲和西门庆，宋江招了安，童贯、蔡京、秦桧千人唾万人骂的一群大奸臣，岳家将满门英烈，文天祥最后一个大忠臣……

作为极其另类的例外，苏东坡不在上述之列。他的海拔位置，接近照亮的高点。一个人的照亮，就够了。照亮宋朝，也照亮中国。

他不只是宋代文官集团的标杆和楷模，甚至就是中国士大夫顺势而为的精神造像。

没有谁去数落苏东坡的负面情感，就算其性格外露，鸡毛一地，我们也心甘情愿，视而不见，听而不闻，还以最大最畅最暖的响应和流量。不是我们天生善良，而是面对他，我们情不自禁，肃然而立。没有了恶，也没有了堕落。六根顿净，心如止水……

如果，这一辈子真能修炼成正果，他就是那个上辈子笃定的缘。如果，活着别无选择，他就是那个不需要任何验证的命题，放之四海而皆准的真理。也有叫活着的意义。

世间若真有极乐世界，相信就在此刻。苏东坡赋能在身，附体于我。通体光明。

3

除却苏东坡，我找不到第二者。

中国知识分子的信仰，在这片宏阔的土地上，由中国人集体构建。生活方式，思维模型，情感世界，都于我们自己一掌之握。

或许这便是文化自信。但我更愿意相信，它出自人性使然。如果说文化自信是条鱼，那么情感的认同，还有纯而又纯的缘分，可能是滋养的清流。

在汉学家们看来，文明制度策略的定义，永远比人的道德，甚至精神的觉醒重要得多。这显然是对中国几千年人文传统很深的偏见——他们所接受的区区小几百年的近代变革范本，实在难以支撑其对于中国文化长河的观察结论。

他们忽略了一个神奇的，也是至关重要的问题：中国"士"或士大夫，原有着两千年传统，但是现代"知识分子"的概念外延，大约辐射一百来年，具体到中国的文明史，又以20世纪二三十年代为界。差不多就是在这个时候，林语堂开始思考相关的问题，并为东坡画像。

作为转变期中国知识分子的典型代表，林语堂的身上，秉承与"士"一脉的遗传基因，洋溢民国书生的时代气质。林语堂美赞苏东坡，是有缘由的：讨厌政治，平民化，眷念故土，又热爱生活和生命。这一点，跟苏东坡颇多契合。

流落异国他乡，林语堂仍视苏东坡为食粮，那身处"异乡"的精神慰藉：

"我写苏东坡的一生其实没有别的理由，只是想写罢了……书架上有这样一位魅力无边、创意无限、廉正不阿、百无禁忌且卓尔不群的人所写的作品，会让人觉得有着无比丰富的精神食粮。"（林语堂《苏东坡传·自序》）

台湾的李一冰，年过五十，为友中伤，身陷囹圄。偏是于千年前的那一场最暗，觉悟到启示——无边的黑夜里中，寻找星子的烁光。洋洋洒洒七十余万字的铺陈，用心用情熬制的浓汤。他的儿子最能懂得其疗治的功效：

"他不得不替东坡作传了,在狱中四年,是和东坡共同生活的四年。他逐渐认识了苏东坡,他渐渐懂得什么是命运,他写东坡,寄托如此之深,好像自己已经栩栩然化为东坡了。""贬谪黄州是东坡文学高峰的开始。于是,中国有了文学的东坡。父亲也是因为冤案的折磨,困心衡虑,因同情而理解,所以留下了《苏传》……《苏传》便是父亲的哭泣。"(李雍《缥缈孤鸿影——父亲与〈苏东坡新传〉》)

正如梁启超演绎王安石一样,林语堂和李一冰,倾毕生泣血,从仰望到抒写,既是单向的救治,也是双向的完善——王安石完善了梁启超,苏东坡治愈了林语堂和李一冰。

关于他的抒写,既有偶像者的叙事崇拜,也有个体的自我觉悟。于聊以自慰的平和叙事中,春风春水一般润物无声。

这便是中国知识分子的长处和好处。善良,敏感,忍辱负重,受不得别人气,也见不得别人对自己好,悲悯,伤感,常常陷于感动和暗示,又终重生于自我救赎——苏东坡即"我"的救主,"我"即苏东坡的治患。两者从来不像今天这样统一。

道德的善意。信仰的笃定。活着的真实。拜苏东坡所赐,我正在成为我自己的"主义"。

4

感性的诗人克洛德·罗阿,老家在法国埃尔维尔的湖畔。笔下的东坡叙写,带有某种不可名状的异乡激情,似是而非,差点吟出别样的"有意思"——那月亮挂在树梢上之类的"东坡诗意"。

罗阿于苏东坡的了解，隔了成千上万个复制的朔望。两人直接的关联，在于月亮赋予的修辞可能性：圆形崇拜、黑白对比、约会的神秘……

罗阿蓦地惆怅了。圆与缺，如何在中秋月夜获得统一。就算云遮了那月，仅凭一颗月饼也可以满足某种纯粹的意念。只是，那月怎会是故乡的最明？照在床前的清色，干巴巴，见惯不怪，又怎么能让中国的孩子津津有味？如果接下来没有一个谁，比如情人的出现，哪怕借助奇异的修辞手段，去转嫁那愈加婉约的暗示，很难想象，将以什么样的情绪和姿态，维持月亮的叙述。

同样是诗人，面对同样的月亮，中国传统诗人与西方现代诗人之间的障碍，即便没有汉语诗词的语义、格律和比兴手法，二者之间，又何止隔着千里之外。

罗阿在"故乡"的面前徘徊。他困惑于"故乡"在中国诗人心目中的特殊定位，况且还是以最难理解的东坡的名义作注。

即便把想象穷到极致，罗阿的语境，似乎也只能切近到这样一些更为熟悉的名字：普鲁斯特、纳博科夫、荷尔德林、海德格尔……

普鲁斯特的《追忆似水年华》是一部晦涩难懂的巨著。它的"故乡"，只是主人用来方便第一人称与第三人称之间转换，下意识留给我们的停顿与小憩的时空间隙。

纳博科夫《菲雅尔塔的春天》的俄罗斯,更像谁念念不忘的初恋理由,平凡活泼,又具体生动。

荷尔德林最好的诗歌,据说都写给了"故乡"——"施瓦本"(Schwaben)。何尔德林一辈子以歌颂崇高为本分。故乡如何得以崇高?何尔德林自己并没有说服我们,他的研究者给出了参考:

"关于故乡,荷尔德林具有自己的体验。这种体验不仅能与那种最崇高的精神对象并存,而且还与它有着因果关联;甚至于,故乡还属于——作为荷尔德林的世界图像和生命感之基础的——那两种或者三种不容辩驳的现实之一。"(德国·宾德《荷尔德林诗中"故乡"的含义与形态》)

荷尔德林的故乡,是反"感伤主义者",抑或反"感伤的旅行者"的——哪里来的"故乡感"?在他的出生地,在任何地方,都不会有。自己给自己设置的障碍,超越了与定居者们的距离,就算如何全神贯注也难抓住。无可奈何之下,由不得自我放逐。

荷尔德林并不同于宗教领域的虔城主义者——他们鄙视"感伤主义者"没完没了而又浅俗的"故乡感",想要的虔诚与永恒的"乡思",始终找寻不见,终沦为无限的鸿沟和遗憾。

荷尔德林《漫游》里有句拗口的诗,不止一次让我疑心其祖上,或为东方的某位孤独诗吟家:

"离去兮情怀忧伤,安居之灵不复与本源为邻。"

善解人意的海德格尔,为此做了一番纯理性的阐释和深化:

"接近故乡就是接近万乐之源。故乡最玄奥、最美丽之处恰恰在于这种对本源的接近,绝非其他。所以,唯有在故乡才可亲近本源,乃是命中注定的……正因为如此,那些被迫舍弃与本源的接近而离开故乡的人,总是感到那么惆怅悔恨。既然故乡的本质在于她接近极乐,那么还乡又意味着什么呢?……还乡就是返回与本源的接近。但是,唯有这样的人方可还乡,他早已而且许久以来一直在他乡流浪,备尝漫游的艰辛,现在又归根反本。因为他在异乡异地已经领悟到求索之物的本性,因而还乡时得以有足够丰富的阅历。"(《人,诗意地安居:海德格尔语要》)

哲学建构者,也包括诗人,往往能努力站向各种形而上的层面。两者又那么的不同:荷尔德林距离故乡本源,尚有最后一公里要走,还是最陡峭的那一段山路。

海德格尔直接无视那距离,像鸟一样飞身高处,悬停,俯瞰,一边梳理翅膀,一边自言自语:

"诗人的天职是还乡,还乡使故土成为亲近本源之处。"(《人,诗意地安居:海德格尔语要》)

海德格尔最终也没有解决根本的出路——他的"诗意的还乡"更像一个无法亲临自证,又难以反驳的教派悖论。海德格尔忽略了登临的实践过程。

很多人在寻找故乡的半途中就迷路了,退缩了,走失了。像荷尔德林那样情绪高度集中的诗人,也未必能彻底抵达。即便海德格尔,也只是刚刚涉及命名,一如那些理论的数学家和物理学家们枯燥的计算，烦琐的演绎，又如哥德巴赫提出著名猜想，爱因斯坦提出相对论。

照海德格尔的说法，倘若诗人之"我"，一直在他乡，那么"思乡"只能增加阅历，并不能满足幸福感，更不要说达到"极乐"了。倘若如此，所谓的还乡，不是与为赋新词强说愁，与此时此刻、此情此景的"我"，毫不相关吗？

"感伤主义者"解决不了"距离感"——也许叫"陌生感"更为时髦。"虔诚主义者"的"永恒故乡"，可望亦不可即。

荷尔德林把自己圈定在一个很窄逼的心理暗场，抛给我们一个苦苦痴望的——"上帝故乡"。

5

中国的庄子、惠能、陶渊明、曹雪芹呢？他们的故乡，又欲何往？

惠子说自己家里有棵树，叫"樗"。这树呢，很大，只是根那儿长了好多瘤，臃肿啊，派不上啥用场。惠子这话是骂庄子经常给他讲大而无当的"大道理"。

庄子反驳，说那树没用，是没种对地方。庄子故意以问释问：

"今子有大树，患其无用，何不树之于无何有之乡，广莫之野？"《庄子·逍遥游》

庄子强烈推荐的"无何有之乡"，历来有很多说法。比较主流的是唐人成玄英的注疏：

"无何有，犹无有也。莫，无也。谓宽旷无人之处，不问何物，悉皆无有，故曰无何有之乡也。"（清·郭庆藩《庄子集释》）

用今天的话说，不论何物，也不论有无，反正无边无际，啥也没有。也不是真的啥都没有，而是啥都看不见，在意念之中，一切空空如也。

这话太绕。庄子的意思，我猜会不会是这样：这人见人鄙的大肚皮歪脖子，连当柴火烧都嫌弃的树，要到了"无何有之乡"，天底下就它自己，谁也看不见，谁也管不了，孙悟空、玉皇大帝，甚至如来佛祖，都管不了。树就是那树，树就是我自己，你见与不见，想与不想，我都在那里。我将是此时此刻，"无何有之乡"的唯一主宰。我在我一个人的伊甸园，没有亚当与夏娃的烦恼。我自己做自己的主，拯救者俨然我此心不改的上帝。这不正是梦寐以求的"逍遥"吗？

庄子"无何有之乡"，表明上啥都没有，其实很苛刻，近于禅宗推崇的极端"心境"：

"菩提本无树，明镜亦非台。本来无一物，何处惹尘埃。"（唐·惠能《菩提偈》）

禅宗的菩提，本来是一棵树，但又不是一棵"树"。高耸入云，无影无踪。自藏于胸，了然于心。心即是树，树即全部。剩下漫漶无极的"混沌"与氤氲。

禅宗自我暗示的菩提，一般视为最高最远的向往。一定要把它跟"故乡"关联的话,很可能会陷入类似"虔诚主义者"追随"永恒故乡"的那个死穴。世间不可能有这样的地方。

既然啥都没有,那"我"又是谁,去那儿有何意义?

庄子和惠能的"故乡",存于他俩"非世"的高冷语境,我们常人总觉得少了些许亲切感。

陶渊明要温暖得多。他的策略是从形色上物理隔离,留下温情脉脉,从来不犯毫无原则的"惘然用脑"——空洞玄想的迷糊。

陶渊明挖空心思,在武陵乡下某处,生生为我们造了个阳光灿烂的"桃花源"——西方语境的"乌托邦",或者"理想国"。那细节生动、鲜活有趣的"世外桃源"。

此处的世外,在时间上相对于"秦汉魏晋",空间上又存于一个不为人知的荒落。唯一能提供的线索,是去过桃源的那个渔人,回忆说要经过一条桃花盛开的小溪,溪水的尽头是小山,山有小洞,洞里有光。有"光"就好了。圈起来——"光"是重点。接下来将要描述的一切,定与那"光"有关——一切皆被照亮。这么说,似乎暗藏悬机。要什么样的"光",方能照亮?要是那"光"熄灭了呢?还有,那"光"最初又来自何处?

陶渊明没有正面回答这些现代人的理性质疑。他辞官还乡,一身轻松。南山辟田种豆,东篱就菊饮酒,写桃花源诗,吟归去来兮辞,自得其乐。南山和东篱,似乎让我们看到了世外的影子。桃花源诗和归去来兮辞,就是照亮的那一缕光。

迄今为止,我们仍然无法确证陶渊明的出生地在哪儿。但是我们从不怀疑他的"故乡"——行走于南山，徜徉于东篱，自由自在抒写着桃花源诗和归去来兮辞。

庄子开启"无何有之乡"的猜想，至惠能的自我暗示，再到陶渊明用意象构建的桃源模型，似乎距离想要的"故乡"，越来越近，也越来越清晰。

还是不够笃定——关于"故乡"的呼唤，往往忍不住耽于冥想！

是庄子、惠能、陶渊明，提供了疗治的初始范本。

曾经听说"故乡"有个好处，可用以疗治抑郁。虽然庄子、惠能和陶渊明的症状很轻，对俗世的淡漠态度也大同小异。在庄子和惠能那儿，俗世就不是他俩的常态语境。陶渊明又避而莫谈，不露痕迹。庄子和惠能的"故乡"，有点像曼珠沙华，光着花，不见叶，样子精灵古怪，要说那花开在通向彼岸的冥界路上，那是站在人间的角度去开发想象。谁也没走过黄泉路。等死倒是有可能。如果人之将死，就是眼睛一闭，啥也看不见，那我们总不能在黑暗中，无趣地数着手指头等死吧。于是，我们不得不发动一场审美事件——把那花想象成一束照亮的光，让等死也不再那么寂寥与枯燥。

陶渊明想象的光，普照着桃花的翻飞：

"忽逢桃花林，夹岸数百步，中无杂树，芳草鲜美，落英缤纷……"（晋·陶渊明《桃花源记》）

粉红色的飘落，纷纷扬扬，有一种轻盈生动的覆盖之美。

曹雪芹似乎比他们几个还要厌世。曹雪芹塑造了大观园一堆小主，一个比一个厌世，妙玉、黛玉、宝玉……主子一厌世，园子的花也陷入悲观，海棠莫名其妙就死了，梅花躲进了尼姑庵，桃花一片一片埋于料峭的春寒。宝玉不是花，是玩世的石头，不懂盛开，自暴自弃，扔到了大荒山……

《红楼梦》最终虚构了一个融合儒释道三界的圆形闭环：上辈子的太虚幻境，今生的大观园，以及来世从头开始。

"三生石"，以"家"的虚体形式，潜伏于曹雪芹的厌世深壑，是想象激活了它。"通灵宝玉"的存在，就是对大观园花花草草们，做最后的总拯救。这个模型放到东西方文化中去比对，并没有多少特殊。若把故事浓缩一下，其实就是一个寻找"虔诚的故乡"——"心灵故乡"，而又不得的大悲剧。

事实上曹雪芹找到没有呢？

"后因曹雪芹于悼红轩中披阅十载，增删五次，纂成目录，分出章回。"（清·曹雪芹《红楼梦》第一回《甄士隐梦幻识通灵　贾雨村风尘怀闺秀》）

曹雪芹写《红楼梦》不止十载，前后大概写了二三十年。批阅增删的艰辛程度，超越很多人的想象：

"字字看来皆是血，十年辛苦不寻常。"（清·曹雪芹《自题〈红楼梦〉》）

曹雪芹为后世留下一部八十回的残本《石头记》。就是这部半拉子人间悲剧，自问世以来两三百年，让多少王公贵族、才子佳人、书生商贾、平头百姓，为之流泪和癫狂！人与人的普世共鸣，没有什么能阻挡。

太虚幻境和大观园啥都有，也啥都没有。表面上与庄子"无何有之乡"，惠能"菩提"，陶渊明"世外桃源"，似是而非，但我们总觉得它们之间，隐藏某种神秘的关联。

太虚幻境和大观园，不是曹雪芹的故乡。江南的金陵和苏州不是，北京西山也不是。

曹雪芹的故乡，在金陵、苏州到西山的辗转坎途，在西山到大观园的想象之旅。这一段义无反顾的"过程"，就是《红楼梦》——曹雪芹"心灵故乡"，抑或"永恒故乡"的书写过程。

曾经叫"还乡"。现在叫寻找家园或精神重建。宏大，深邃，直逼人心，共享悲悯。

"故乡"与"还乡"的新意，就在于这一出人间悲悯的"普世共情"。

6

苏东坡跟他们走得最近，但又特立独行。

倘若故乡永远只是悲剧情绪的生发原点，那上帝缔造"我"又有何意义？难道"我"的存在，仅仅且供上帝孤芳自赏，自我缔造与自我毁灭？

苏东坡多次提到"无何有之乡"。

"公今年八十一，杜门却扫，终日危坐，将与造物者游于无何有之乡。"（苏轼《〈乐全先生文集〉叙》）

此处的"无何有之乡"，大概是指人彻底摆脱世俗的纠缠，将能达到的逍遥极乐之世。

苏东坡这话是写给恩师张方平的。张方平蜀中为官的时候，向朝廷推荐过"三苏"，后来还亲自出面求太皇太后保过"乌台诗案"的苏轼。苏轼一辈子视张方平为恩师，地位不亚于欧阳修。"无何有之乡"一语，既是讲给恩师的，也是讲给自己的。先生讲这话时，已经从黄州回到汴京，正值仕途的巅峰时刻。照世俗的眼光看，先生定是要风得风，要雨得雨，幸福感满满，但为何老耽于虚无缥缈的"无何有之乡"？

"问我何处来，我来无何有。"（苏轼《和陶拟古九首·有客叩我门》）

此诗作于先生最后的贬谪之地——儋州。是时的苏东坡，已经第三次大贬，贬无可贬。苏东坡不可能会想着还有回到京城为官的这一天，甚至活着出去的想法都冷淡了。那东坡在儋州，天天又在琢磨啥？

东坡先生抛给了我们一道无解的悬念，类似禅宗的自问自答：要问我从哪里来？来自无何有之乡。

苏东坡的"无何有之乡"，有很多说法，有的说是一个人的自我冥想，有的说是活三生三世通透。

我倒觉得，其间的有无，蕴含了"故乡"的多种可能性。

诺贝尔文学奖得主莫言，对他的故乡山东高密一往情深。他用蘸红的笔，抒写高密的红高粱，抒写高密的九儿。莫言固执地认为：

"作家的故乡并不仅仅是指父母之邦，而是指作家在那里度过了童年，乃至青年时期的地方。这地方有母亲生你时流过的血，这地方埋葬着你的祖先，这地方是你的'血地'。"（电视片《文学的故乡》第七集《莫言》引言）

莫言的陈述，定义了"故乡"三个维度。

一是迁徙参照坐标的出生地，与姓氏同等重要。二是家族乡帮的聚居地，即俗话说"叶落归根"的"根"，与情感和灵魂相互扭结。三是语言、风物、习俗、饮食等文化心理惯性，与身体密切有关。简单说，就是地理的故乡，血脉的故乡，文化的故乡。

莫言的三维故乡，看上去很丰满。但似乎还有更为深邃的可能性。比如，时间维度。

东坡的故乡，或不同于庄子一个人的逍遥世界，也不同于陶渊明的世外桃源。此二者又是喜剧的。曹雪芹的"三生石"是大悲剧，按理说苏东坡的人生遭遇，跟曹雪芹差不多，他俩的共鸣更多一些。事实上，苏东坡与他们都不一样，虽然他们均有某种神秘基因。

在中西方的审美语境里，"故乡"是喜语，"异乡"是悲情。

然而，昨天的"故乡"，一直在随时光走失，今天我们总是感到"生活在别处"，即便我们一步也未曾离开过自己的出生地。本来是普通人的非常态，因为麻木，便成为自我鄙视的常态——"生活在别处"。类似的咒骂，俨然我们新的常态。

"生活在别处"，在苏东坡的语境里，成了一生不厌的复述——"吾生如寄耳。"

有人统计过，此话他至少在九个地方说过，如果算上相同意思的话，那么你看到的将是满纸皆是了。

"吾生如寄耳"——中国人的"生活在别处"。

因为东坡，中国人的"别处"，少了"分"的陌生感和抑郁，更多"合"的"归属感"和愉悦。两者的语义，不只是别解，甚至就是对立的。"别处"等同于"家"，或者"故乡"。

因为苏东坡，中国人从来没有"生活在别处"。就算离乡背井，天涯奔走的身心，总是寄托于心灵的故土，不曾分别半步。

苏东坡就是这么善于化悲为喜的一种神力。他的作用，无时不刻帮助我们于日常和左右，真实而生动。

苏东坡就是这么真实靠谱的一个灵魂舞者、生活智者。他一个人的日常，甚至比我们中的"每一个"还要细致生动、有温度。

如果每一次的走失就是一次小型的悲剧，那东坡的"故乡"，发生悲剧的可能性要比我们大许多。那是不是说，先生的悲剧是放大的常态，先生的人生就是悲剧的总和？

正好相反。先生用一辈子的行动，证明了这个命题，有着更多的变量。也许叫东坡的"新常态"更合适：同样的走失，同样的习惯，同样的"不在"，唯一不同的是——东坡彻底翻新了自始至终的不灭热情。

既然"故乡"就是守望昨天与追寻明天的过程，那我们何不把每一个今天，都用心用情活成昨天或者明天的模样？

用鲁迅先生的话说——

"地上本没有路,正因为走的人多了,也便成了路。"(鲁迅《故乡》)。

活过程,活昨天,活明天。让我们告别,上路,奔向还乡之旅。奔向故乡的下一个可能性。就在今天,在他乡的路上。

我至今仍然喜欢席琳·迪翁的一首老歌,《A new day has come》。没错,太阳每一天都是新的。

新的一天已然来临。

——眉州的好学之风——

眉州的好学之风

7

蜀中多胜景。说"大观",一点也不过誉。

有宋代的书生,采用长焦推拉镜头,高调描述道:

"天下山水之观在蜀,蜀之胜曰嘉州……"(宋·邵博《清音亭记》)

嘉州就是今天的四川乐山。乐山人常常以此自夸。也不完全自夸,因为再往下读,成了这样:

"州之胜曰凌云寺,寺之南山又其胜也。嘉祐中,东坡先生字其亭曰清音,则又南山之胜也……"

胜之又胜即大观。天下大观又因吾乡的东坡而名。原来,吾乡可谓大观,大观即——苏东坡!

如此解读,别说嘉州人没意见,蜀人也不敢有意见,整个宋朝都要买账。

这里的吾乡,乃苏东坡长挂嘴边,蜀地老家的乡帮文化区域——"岷峨之间"和"蜀江之上"的"眉州"(今四川眉山),甚至可以扩展到"嘉州"(今四川乐山)一带。眉州在嘉州的东北,两地乡亲,同饮岷水青衣,共望瓦屋峨眉,乡音乡俗也是一个味道。在东坡的眼里,峨眉山和瓦屋山,是家山,岷江和青衣江,是母亲河。

"我家峨眉阴,与子同一邦。相望六十里,共饮玻璃江。"(苏轼《送杨孟容》)

"瓦屋寒堆春后雪,峨眉翠扫雨余天。"(苏轼《寄黎眉州》)

玻璃江就是岷江,也叫蜀江。岷峨之间,就是丰饶壮美的眉州大地。站在眉州任何一个角度,不会影响瓦屋峨眉同框。东坡赞得最多的是峨眉山,我猜测可能因为此山是普贤的道场,东坡先生又那么虔诚地追随"释"的信仰。

似乎还受到李白的影响。青江,月下,一切如诗如画,如痴如醉。大诗人情不自禁地独酌,像定格的蒙太奇,时不时激活着东坡先生专属细胞组团,那一片关于乡土的因子:

"峨眉山月半轮秋,影入平羌江水流。"(唐·李白《峨眉山月歌》)

太白诗名太盛,不仅让峨眉山闻名天下,还让东坡佩服得不行,以至于一字不改,照搬了:

"峨眉山月半轮秋,影入平羌江水流。谪仙此语谁解道,请君见月时登楼……"(苏轼《送张嘉州》)

东坡先生照搬李白,相当于今天大咖间的友情反串,当然也有流量加持的意味,只为峨眉山月沐浴下的平羌江流。

更多时候,先生在替故乡的家山家水,提供最富诗意情怀的原生灵感。

"故山犹负平生约,西望峨眉,长羡归飞鹤。"(苏轼《醉落魄·席上呈元素》)

"若说峨眉眼前是,故乡何处不堪回?"(苏轼《次韵徐积》)

"故山"——"峨眉","峨眉"——"故乡"。两者之间的联系,直接,坦荡,一点儿也不遮掩。

苏东坡的家乡认同,并未局限出生地眉州那个小地方。

稍远一点,就扩展到了"汉嘉":

"少年不愿万户侯,亦不愿识韩荆州。颇愿身为汉嘉守,载酒时作凌云游……"(苏轼《送张嘉州》)

古地名汉嘉,地理范围大概涵盖了,今天的眉山青神,乐山的夹江、五通桥、市中区、犍为这一带山水的交错互壤。

再往更远,还有成都、青城、岷江、嘉陵江、蜀江、西南、西川、西蜀、剑外之地……

"忘却成都来十载,因君未免思量。凭将清泪洒江阳。故山知好在,孤客自悲凉……此身如传舍,何处是吾乡。"(苏轼《临江仙·送王缄(注:即王箴)》)

"乘槎归去,成都何在?万里江沱汉漾。"(苏轼《鹊桥仙·七夕和苏坚韵》)

"吾家蜀江上,江水绿如蓝。"(苏轼《东湖·吾家蜀江上》)

距离不是问题。"吾乡""吾家",永远是先生母语语境里,最为亲切的关键词。

先生有一组绝句《送运判朱朝奉入蜀》(七首),很有意思,列举的家乡地名风物,可组成方阵:"青城云""峨眉月""岷峨""西南路""长短亭""嘉陵江""吹枕屏""清江""慈竹林""踏泉石"。信手拈来，如数家珍，也不怕别人碍眼。如果不是对家乡有着赤子般的深厚情谊，就算有这个心思，也不一定能记住那么多地名。

这就是我的乡贤，眉山苏轼——苏东坡。

诗人雷平阳选择从相对距离的角度吟咏故乡，由远而近，由大到小，由外而内，从云南开始，到昭通，再到土城乡：

"这逐渐缩小的过程，耗尽了我的青春和悲悯。"（雷平阳《亲人》）

同样是诗人，同样是相对距离，苏东坡选择了完全不同的方向：从眉州出发，到汉嘉，到蜀地，到中原，到汴京，再到宋朝……越来越远，越来越宏大。这个一点一点放大扩展充盈的过程，并没有冲淡稀释掉情感浓度。

先生的家乡情结，旨意明确，定不拘泥于出生地和他的乡帮。衍生开来，还有地理故乡的神化，家山家水草木名物的人格，父母与子女，兄弟与兄弟，乡亲与乡亲的牵扯和瓜葛，乡颜与乡颜的惺惺相惜，乡音与心音的唠唠叨叨……

如果再加上时间轴的延伸参照，甚至引入终极关怀价值体系，"故乡"的模型，注定会朝着更高级的方向，生长和发育，清晰和完善。

8

苏东坡地理意义的"吾乡"，原点在蜀地眉州。也可以说，他的"吾乡",理所当然地从眉州出发。

"介岷峨之间,为江山秀气所聚。"(明至清·陆应旸、蔡方炳《广舆记》)

蜀地眉州,在五代至两宋的文化地位,要超过陈寅恪先生推荐的,魏晋以降至唐的河陇地区。

苏东坡诞生于此,浸润于斯,传承它的基因,享有了它的文化氤氲。

"吾邦之胜,似乎洛阳。眉之通衢平直广衍,夹以槐柳,绿荫蓊然。"(宋·祝穆《方舆胜览》卷五十三《眉州》"事要"引宋代眉州眉山人家安国《通义志》"昔人评吾州")

把眉州与洛阳相提并论,这是第一次。洛阳什么地位?十三个王朝建都,四大古都,儒道释玄理诸学的渊源地,以"河图洛书"滋养的河洛文化,几乎就是炎黄子孙的文化根基了。

眉州呢?西南偏僻之地,靠什么与洛阳平视?靠士人家族,乡风民俗。那么,眉州的士人家族文化,究竟有多厉害?这就得说到文化工程基石三大件——印刷业、书楼、书院。

首先,要有书读。其次,书要有存放的楼阁。再次,人要还有读书的具体场所——用以摆放一张安静的书桌。

此三大件,直接衡量知识的传播度与接受度。

五代至宋,成都、眉州的印刷业,渐成体系,官刻、家刻、坊刻,争先恐后,比赛着推出佳版名刻。

单说眉州。官刻有眉州郡府,家刻有程舍人宅,坊刻有"万卷堂""书隐斋"……

作为"蜀本"的代表出品，这些作坊，刻工精湛，版式疏朗，校勘精细。其中，官刻的《册府元龟》（一千卷）、《新刊国朝二百家名贤文粹》（三十卷）等，为"蜀大字本"，闻名天下。传世四十卷本《新编近时十便良方》，便为南宋眉州眉山"万卷堂"私家刻本。

南宋光宗时期，甚至还催生了最早的"版权"保护。如，眉州眉山程舍人（程公硕、程公说、程公许兄弟三人，南宋宁宗嘉定时，皆以科第进中书舍人），刻印眉山本土文人王称所著《东都事略》目录后碑记载：

"眉州程舍人宅刊本，已申上司不许翻版。"

官刻私刻印得最多的，除诸子百家经典和史传，就是文人书籍。史书刻本名气最大，要数南宋绍兴十四年（1144年），四川转运使井宪孟主持眉山漕司刻印的《眉山七史》（又称《宋蜀刻七史》）。宋人陈振孙《直斋书录解题》说，成都、眉州的书坊印有文集六十余种之多。清人彭遵泗等人所著地方百业方志《蜀故》卷十八，专门收录了眉州眉山私家刻印大户成叔阳编印文人诗词文集事迹：

"眉山成叔阳编（《唐三百家文萃》），后溪刘氏（刘光祖，南宋蜀人）序略曰，往时有唐文粹百卷，姚铉之所铨纂已倍于古，今眉山成君乃增益之至三百家为四百卷。呜呼，何其多也！文之多者可以察治言，之富者可以观德。眉士乡多藏书，叔阳所以尽力乎间，岂徒然哉！"

两宋时期，眉州刻本已然畅销全国。南宋孝宗乾道年间，眉州知州晁公溯《眉州州学藏书记》载：

"郡之富于文，不独诸生之言辞为然，盖文集于是乎出，至布于其部，而滋于四方。"

此时的眉州，已然携手毗邻的成都，跻身与杭州、福建齐名的三大刻书中心。印刷业的发达，直接催生了藏书的兴旺。

宋代眉州人文圈层，核心在州辖眉山、青神、丹棱、彭山四县，还可以扩大到毗邻的成都平原与盆州丘山区接壤的，邛州蒲江、嘉州洪雅和隆州仁寿（今眉山仁寿，宋初为陵州仁寿郡，熙宁年间废陵州为陵井监辖仁寿县，乾道年间属隆州）。这块三角区域的书楼事业，甚至比成都还盛。

需要提到的一座英名盖世的书楼——"孙家书楼"。唐时眉州人孙长孺自创，唐僖宗赐名，五代时毁于火。北宋时，长孺的四或五世孙降衷，游学洛阳期间，与赵匡胤有过交谊。后赵氏得势，赐孙氏田地并授眉州别驾。孙氏便购书万卷，回老家眉州收藏。直到六世孙孙辟方得以完成书楼的重建。此后又遭毁损。南宋末，孙辟的又六世孙，再次重建。几经波折，历经数朝的文化工程，最终感动了邛州蒲江大书生魏了翁。魏氏知眉州期间，作《眉山孙氏书楼记》盛赞：

"孙氏之传，独能于三百年间屡绝而复兴，则斯不亦可尚矣夫！"（宋·魏了翁《鹤山集》卷四十一）

一个家族几代人，辛苦接力，前后历三百载，只为经营一座书楼伟业，这理想得多坚韧，情怀得多绵延！

丹棱藏书家，也值得圈点：史子永、史南寺、孙道夫、杨素、李焘。史子永"五经楼","藏书万卷"(《丹棱县志》引家彬《史子永墓志铭》)"。史子永好友史南寺,亦"特好藏书"(宋·唐庚《唐眉山文集》引南寺撰墓志铭)。孙道夫"仕宦三十年,俸给多置书籍"(元·脱脱等《宋史》卷三八二《孙道夫传》)。杨素的"大雅堂",不仅藏书,还把黄庭坚书杜工部两川夔峡诗勒石传世。杨素是《续资治通鉴长编》的作者,南宋史学家李焘的岳祖丈。而李焘本人,"家藏书积数万卷"(宋·周必大《李文简公神道碑》)。

青神、洪雅、陵州,也是书生之乡。青神人杨泰之,"家故藏书数万卷,手自校雠。"(宋·魏了翁《鹤山文钞》卷二十七《大理少卿直宝模阁杨公墓志铭》)洪雅大书生田锡(字表圣,940—1004年)的父亲,也是极酷爱藏书:"先君好术数,聚书数千卷"(宋·田锡《先君赠工部郎中墓碣》)。陵州(今眉山仁寿)人孙光宪,"每患干戈之际,书籍不备,遇发使诸道,未尝不厚与金帛购求焉,于是三年间收书及数万卷。"(清·王士禛《五代诗话》引北宋周羽翀《三楚新录》)

要说私藏图书总量,眉州旁边几十里地外的邛州蒲江魏了翁白鹤书院,更是无人能及,"家故有书,某又得秘书之富而传录焉,与访寻公私所板行者,凡得十万卷。"(宋·魏了翁《鹤山集》卷四十一《书鹤山书院始末》)这个绝对数量,比宋初朝廷专业书阁崇文院的藏书还多两万卷。

印刷和藏书机构的勃兴,解决了眉州书生无书可读的问题。苏东坡对此,深有感触:

"余犹及见老儒先生,自言其少时,欲求《史记》《汉书》而不可得,幸而得之,皆手自书,日夜诵读,惟恐不及。近岁市人转相摹刻诸子百家之书,日传万纸,学者之于书,多且易致如此,其文词学术,当倍蓰于昔人,而后生科举之士,皆束书不观,游谈无根,此又何也。"(苏轼《李氏山房记》)

从"手自书",到"市人转相摹刻诸子百家之书,日传万纸,学者之于书,多且易致,其文词学术,当倍蓰于昔人",此般读书环境,可谓翻天覆地!

教育机构书院的兴旺,也是眉州一大现象。令人遗憾的是,眉州书院的影响力式微,比书楼的名声要逊色不少。即便如此,宋时眉州兴办的基础教育机构"庙学"(乡校)和"山学"的数量,也算多的。南宋末赵与峕("峕"为"时"的异体)《宾退录》卷一就载:

"嘉(嘉州,今四川乐山)、眉(眉州,今四川眉山)多士之乡,凡一成之聚,必相与合力建夫子庙,春秋释莫,士于私讲礼焉,名之曰乡校。亦有养士者,谓之山学。眉州四县,凡十有三所。嘉定府五县,凡十有八所。他郡惟遂宁四所,普州二所,馀未之闻。"

地方官员的读书情结,直接推动了文教事业的旺相。官办的州学、县学兴盛,民办的有私学、书院,也如雨后春笋。据《中国书院制度》一书统计,两宋书院七百一十一所,四川地区三十一所。其中眉州人文区域范围内有据可考的七所:嘉州洪雅的修文书院;眉州眉山城南的云庄书院,眉州人史少弼嘉定四年（1211年）建；眉州眉山北郊北园书院，曾任眉州知州李埴于宝庆二年（1226年）以前建；眉州眉山的东馆书院；眉州丹棱的栅头书院、巽崖书院，两所均为南宋高宗时所建。另，眉山世代相传苏轼少时，求学青神的中岩书院，只是存于传说，而缺考证。此外，还有隆州（今眉山仁寿）的虞刚（虞允文之孙），在成都边上创办的沧江书院，影响比较大，但是跟牛气冲天的专业机构"四大书院"相比，还是不在一个量级。

生机勃勃的眉州教育，并未催生出名闻天下的超级书院，有一个原因，就是"苏氏蜀学"的核心人物"三苏"，及其后人和弟子，多数时候居无定所，重文艺气质，轻运营意识。说白了，就是宣传推广力度不够。

大眉州，小书院，名气不咋样，但是出人才。中岩书院出了个苏东坡，修文书院出了个田锡，巽崖书院出了个李焘……

这当然是亮点。亮点又不止于此。

因为，书院的故事并没有完，它们以东坡为名，在转场中完成绵延：眉州（今四川眉山）、嘉州（今四川乐山）、黄州（今湖北黄冈）、阳羡（今江苏宜兴）、惠州（今广东惠州）、钦州（今广西钦州）、儋州（今海南儋州）……

就算这些书院多半带有纪念性质，也足以说明问题——眉州孕育的东坡书院，走出眉州，访遍天下。

东坡一个人的行走，不是书院，胜似书院。倘若置于更为广袤的空间曲面，更为持久的时间线性，毫不夸张地说，它的影响力可以把实体的"四大书院"甩几条街。

文化本是软实力。图书印刷出版、书楼、书院，是软实力中的硬实力。最有说服力的，当属软实力中的软实力——人才的面积覆盖总量。

有两个可以衡量的指标，读书人和科举进士，一个进口，一个出口。

进口的，有比较直观的说法：

"吾州俗近古，他邦那得如。饮食犹俎豆，佣贩皆诗书……今年属宾兴，诏下喧里闾。白袍五千人，崛起塞路衢。入门坐试席，正冠曳长裾。谈经慕康成，对策拟仲舒。吟诗必二雅，作赋规三都。"（宋·晁公溯《今岁试士竞置酒起文堂延主司且作诗送之》）

"佣贩皆诗书"，可见民间读书风气之一斑。"白袍五千人"，形象言之眉州一州四县秀才们，应试眉州本体发解试的空前盛况。此说也从一个角度印证了眉州基础教育的规模，跟今天的高考也差距无多。

出口呢，也有统计数据：

"眉州科第莫盛于宋。考旧志及雁塔碑所载，南北两朝中甲、乙科者八百八十人。"（民国《眉山县志》卷七《选举志》）

关于"八百八十人"的说法，最近研究者又给出了更新——"九百零九名"。

若说"九百零九"只是个表面符号的话，那么还可以列出一串显赫的名字：孙抃、田锡、石扬休、朱台符、苏轼、苏辙、吕陶、任伯雨、任谅、家愿、任希夷、家铉翁、王当、史次秦、孙昭远、孙逢、孙道夫……

　　这一长串的显赫名号，似乎还不是完全名录，《宋史》以传记的名义，保留了他们的读书治学和政治功业。作为从高原到高峰的存在，他们是宋朝大山显水，细工微部的生长发育，宏阔高处的巍然耸立。

　　读书举业，已然是眉州人普遍追求的价值。眉州人文圈层，从东坡的前辈，宋初田锡始，始兴读书人科举入仕新风。田锡的家族并无显赫的背景，曾祖父、祖父，也就是在小地方有点文化，这一点跟"三苏"相似。田锡出生的时候，他的家乡洪雅尚属眉州。也就是说，田锡是当然的眉州宋代文化圈层的第一个发力原点，也是第一个高峰。太平兴国三年（975年），田锡高中胡旦榜榜眼，一举成名，天下为惊，后官至右谏议大夫。田锡在宋初的政坛和文坛享有较高声誉，深为宋初士大夫所景仰。很多年后，我们从东坡先生《田表圣奏议序》中予以田锡的盛赞，可以看出来，田锡是东坡从小自觉看齐的家乡先贤。东坡对标的，首先是田锡读书求学的浓郁家风。田锡的父亲一句教诲的话，不仅让田锡铭记在心，也一定深深地触动了后世的东坡：

　　"汝读圣人之书而学其道，慎无速，为期二十年可以从政也。"（宋·范仲淹《赠兵部尚书田公墓志铭》）

　　有了标杆，也有了力量。读书，求学问，俨然眉州书生头等事业：

　　"其（眉州）民以诗书为业，以故家文献为重，夜燃灯，诵

声琅琅相闻。"(宋·祝穆《方舆胜览》卷五十三《眉州》"事要"引《修桥楼记》)

到仁宗一朝,眉州读书人终于迎来了井喷式的回报。嘉祐二年(1057年),眉州眉山参加礼部考试的书生达四五十人,中者包括苏轼、苏辙兄弟十三人,而当年的进士总共三百八十八人。这个比例,放在今天也是教育大省的规模。苏东坡本人也是抑制不住兴奋,激情拟文盛赞:

"且蜀之郡数十,轼不敢远引其他,盖通义蜀之小州,而眉山又其一县,去岁举于礼部者,凡四五十人,而执事与梅公亲执权衡而较之,得者十有三人焉。"(苏轼《谢范舍人书》)

"天下好学之士皆出眉山。"据说,这话是宋仁宗在看到某年的进士榜单后,对眉州书生倾情点赞。我没有查到确凿的资料,但我相信宋仁宗是说过此话的。之所以眉山人民将此说法,盛传千年,无人质疑,我想更可能是眉山书生一以贯之的自我确认——宋仁宗代表天下发言。搬出他的说法,让天下书生都来检视,这本身就是一种文化自信的书写方式。

眉山书生的自信,仅以数据模型,也是可以确认的。仁宗一朝四十一年,眉州中进士八十人;哲宗在位十五年,中进士六十三人;徽宗在位二十五年,中进士一百三十五人。人数呈加速上升趋势。南宋更是空前绝后,中进士六百一十九人,其中眉州眉山县五百八十二人,在南宋都城所在文风蔚然的江南,也找不到第二个类似的地域。

两宋期间,眉州文化圈层,家族化的读书崇拜,蔚然成风。

那些传承书香风尚，热爱读书，科举致仕的书生，得到了眉州乡人的推崇。他们的名字，以志书甚至碑铭的形式，流传于后世。清代嘉庆年间编撰的《眉州属志》卷二，就记载了南宋乾道年间，眉州眉山人立雁塔碑，录登科进士者名的逸事，可惜此碑清以后不存。

举一个口口相传的例子。在眉州洪雅将军场，迄今还流传有董家"九男四女十三进士"的传说。说是高宗年间，诗书世家董姓人家出了个进士董济民，官至左朝散郎，是个书法家，有《大成殿记》碑流传。董家十三个子女都中了高宗年间的进士，在当地乃至京城持续引发轰动。明代嘉靖版《洪雅县志》，记载了董家的科举事迹：南宋高宗一朝进士榜单，有名有姓的董家书生，可以查到十一人。

一个董家，一下就集中了十一个入仕书生，这是有相当说服力的。毋庸置疑，眉州读书人迎来了最好的时代。他们崇拜知识，饱读经史子集，以书生名士为偶像：孔子、老庄、屈原、陶渊明、竹林七贤、李白、杜甫、白居易……他们也是在关于前辈的人生观照中，完成自我的崇拜。这一个生长发育的过程，在11世纪的宋朝，塑造了可视化的天下风景——

今天叫文脉，我们引以为自豪的民族密码。"三苏"文脉，东坡文脉。也可以叫眉州文脉。自此赋予后学的我们，足够地叙述底气。

9

天下好学之风在眉州,好学之人在眉州。一方水土养一方人文。在眉州,水土和人文,又是互动的——好学之人培好学之风,好学之风又风化眉州的山川名物:

"吾州之俗,有近古者三。其士大夫贵经术而重氏族,其民尊吏而畏法,其农夫合耦以相助。盖有三代、汉、唐之遗风,而他郡之所莫及也……大家显人,以门族相上,推次甲乙,皆有定品。"(苏轼《眉州远景楼记》)

文翁、扬雄、司马相如、陈子昂,学养可比齐鲁,浇灌天府之国的原生文化土壤。李白、杜甫遍及川中的歌诗游迹,渲染巴山蜀水的流光溢彩。而本土书生的好学善学,更牢扎眉州文脉的基本盘——在有宋以前及宋初,好学求仕、耕读传家的优良乡风,已然吹拂岷峨山川、眉州大地。

"三苏"之前,有两个家族特别值得推崇。

"书台石家"。于重武的乱世五代,以诗书传家,独树一帜:

"始蜀人去五代乱,俗未向儒。屯田君(石洵直祖父石昌龄)即奇居,构层台以储书,以经术教子弟,里人化之,弦诵日闻,号'书台石家'。"(宋·吕陶《净德集》卷二十二《中大夫致仕石公(石洵直)墓志铭》)

眉州眉山怀德乡(宋代乡名)"书台石家",开筑楼藏书,教化乡人之风的祖上,叫石昌龄。其子石待问(《中大夫致仕石公墓志铭》作"石待闻",字则善),宋真宗咸平贤良方正科进士。石待问兄石待举,仁宗天圣进士。石昌龄孙石洵直(字居正,1001—1091年),仁宗景祐元年甲科进士,官至三品中大夫,累封开国侯。晚辈中还有石扬休,是苏洵(字明允,自号老泉,1009—1066年)的好友,仁宗宝元进士,官至紫微舍人(中书舍人)。石扬休的幼子石康伯(字幼安),举进士不第,退而读书作画,是个书画藏家,与苏轼(字子瞻,号东坡居士,1037—1101年)、文同(字与可,号笑笑居士、笑笑先生,人称石室先生,1018—1079年)交好,苏轼元丰年间还作《石氏画苑记》,谈到他的画苑。

"书楼孙氏"的文化事迹,可从晚唐僖宗年间追溯,与"书台石家"一样,家族对眉州乃至蜀地的文化贡献,比"三苏"要早,甚至可以说是开创性的。草根出身的洪雅田锡,还谈不上世家,仅仅是以个体的苦读取仕而开创先风。这一点,与孙家各有互补。田锡和孙家事迹,前文已述,此不再赘。

此外,还有一些体量较小的诗书家族甚至是个体的书生,也差不多在宋初,就已经声名鹊起。这包括,洪雅的田锡,太平兴国登榜;眉州眉山的朱台符、程察,太宗淳化同榜进士;朱台符的兄弟朱公佐、儿子朱昌符,真宗大中祥符进士;眉州眉山的孙堪、谢行,真宗天禧进士。

有了一茬接一茬的世家士子,便有了可以持续的良好开端。

"三苏"是幸运的,幸运诞生在这片盛产士子、书香绵延的蜀中沃土之上。

"士之所以自贵,自谏议田公以直谅闻,朱公、孙公、石公先以儒学显,嘉祐、治平之间则有三苏父子出焉。自时厥后,世载其美。"(宋·魏了翁《鹤山集》卷四十一《眉州威显庙记》)

田锡率先出发,朱氏、孙氏、石氏,紧随其后。由此产生的示范效应,挡都挡不住:

"眉阳士人之盛甲两蜀,盖耆儒宿学能以行道义励风俗、训子孙,使人人有所宗仰,而趋于善,故其后裔晚生,循率风范,为君子,以至承家从仕,誉望有立者众。"(宋·吕陶《净德集》)

吕陶,出生地眉州彭山(今四川眉山彭山)。《宋史·吕陶传》说他是成都人,仁宗皇祐进士,与苏东坡算同时同乡人,熙宁、元祐、哲宗时代,也是屡遭贬谪。吕陶这段话,仿佛与苏东坡一个腔调:眉州文风鼎盛,是有遗传基因的。

眉州读书人,成群结队走过了科举的一道道独木桥,最终步向金字塔的高度,成为人中龙凤者,"承家从仕,誉望有立者众",就更让世人仰望了。

一时间,似乎天下的目光,聚集于蜀地眉州。就连宋徽宗赵佶这样的超级自恋者,也不得不高看一眼:

"于通义政和御笔:'西蜀惟眉州学者最多'。"(宋·祝穆《方舆胜览》卷五十三引)

学风鼎盛的眉州书生,整体推高了蜀人的学术。

"中国之世族盛于晋唐,而蜀独于两宋。"(蒙文通《〈华西

大学图书馆四川方志目录〉序》）

蜀人文翁开创蜀学。但真正将"蜀学比与齐鲁"（晋·常璩《华阳国志·蜀志》）这一梦想奇观变现的，是眉州本土的书生。

两宋眉州，"学者独盛"（宋·祝穆《方舆胜览》卷五十三）。

书生家族，读书读得专心，不只勤于致仕，还精于治学。继眉山朱氏、孙氏、石氏之后，在蜀地排得上号的家族至少有：眉山苏氏、家氏、任氏、史氏、王氏，青神杨氏、丹棱李氏、史氏。如果不拘泥于行政的地域，而以文化影响划分，眉州文化圈层还可以算上隆州的虞氏，邛州的魏氏。如此说来，眉州的文人学风，便算得极其显耀的现象级别了。

清代本土书生彭端淑，有过一个宏观的点评：

"两宋时人文之盛，莫盛于蜀，蜀莫盛于眉。天下之以文名者六家，而吾眉得其三，若苏文公洵，文忠公轼，文定公辙，与庐陵、临川、南丰，互为雄长者也。以史名者三家，而吾邑得其一，若李文简焘著《长编》，与涑水、新安相为表里者也。"（清·彭端淑《白鹤堂文集·唐子西先生文集序》）

眉州丹棱人彭端淑，"清代四川三才子"之一。他认为，"天下以文名者六家，眉得其三"，"以史名者三家"，"吾邑得其一"。作为一名家乡本土走出来的读书人，这话的调子貌似很低了，完全是第三人称的史书笔法陈述，不带一丁点的乡情文饰。

"眉得其三"，是说唐宋八大家，其中宋占六家，眉州"三苏"又占"宋六家"其三。"吾邑得其一"，说的是丹棱史家李焘。"三苏"对宋代文章乃至宋代人文的贡献，与李焘在史学的坐标评价，有目共睹，也为历代所公认。

今天的眉山丹棱人，以乡贤李焘和彭端淑为榜样。他们复建了名震蜀中的大雅堂，造楼奉先贤诗书，供后世永久瞻仰。

10

大雅堂原本北宋丹棱名士杨素所建。宋哲宗元符三年（1100年），兀然耸立于眉州丹棱，既藏书，也藏碑刻。

书楼与两个重要的书生有关——杜甫和黄庭坚。他俩联袂演绎了"大雅之堂"的最初语义：

"大雅堂，（丹棱）城南三里，邑人杨素翁请黄庭坚书杜甫蜀中诗（两川夔峡诗），刻石。作堂荫之，并恳为记（《大雅堂记》）。"（清·乾隆版《丹棱县志》）

"苏门四学士"之一的黄庭坚，为江西诗派开山鼻祖，曾因党争贬谪蜀地涪州（今重庆涪陵）别驾、黔州（今重庆彭水）安置，后避亲属之嫌，移至戎州（今四川宜宾），前后谪居蜀中达六年，元符三年（1100年）遇赦东归。黔州和戎州再往南，即是乌蒙山区和岭南，两地在宋乃不毛之地。此时的黄庭坚，已年老体衰。没有强大的精神世界，仅凭一具行走的肉身，如何能支撑度过人生的艰难岁月？

黄庭坚是铁杆的"杜粉"。晚年的杜甫，辗转两川夔峡，留下大量的诗歌，以沉雄有力的秋声自我赋能。

黄庭坚选择书写杜诗，借杜诗的加力，给自己"回血"：

"山谷在戎州，尝大书子美两川夔峡诗，字径数寸，笔势飘动。"（宋·陈师道《观黄公书子美四首》）

很多人以为，黄庭坚书录杜诗刻石，可能有外在的原因，比如应某人所求。他自己似乎也提到过：

"予谪居黔州，尽书子美两川、夔、峡诸诗，以遗丹棱杨素翁，俾刻之石，使大雅之音久湮没而复盈三巴之耳。素翁又欲作高屋广楹庇此石，因请名焉。予名之曰大雅堂，仍为作记（《大雅堂记》）。"（宋·黄庭坚《黄山谷诗话》之《丛话前六·玉屑十四》）

从字面意思推测，求书的可能性是存在的。求书者杨素，丹棱缙绅，士大夫家族李氏的姻亲，李焘的岳祖，或许也是一"杜粉"，且对山谷的书法崇拜已久。黄庭坚谪居黔戎，他一定听说了，这个时候有此想法，逻辑上讲得通。

事实上，黄庭坚书杜诗，发生在杨素造访之前。两人的第一次见面在哲宗元符元年（1098 年）。杨素将黄庭坚所书杜诗带回丹棱，是第二次见面后的事，即在半年后。在此之前，黄庭坚书写杜诗，俨然个人日常必修的课业。

谪居戎州的黄庭坚，书杜甫两川夔峡诗，似乎并未想过刻石遗世，只为在孤独寂寞的书写行为中，寻求那一缕照亮的光。照亮的杜诗，那隐忍穿透的大雅之音，照见黑暗，照见黄庭坚：

"由杜子美以来，四百余年，斯文委地，文章之士，随世所能，杰出时辈，未有升子美之堂者，况家室之好耶？余尝欲随欣然防意处，笺以数语，终以汩没世俗，初不暇给。虽然子美诗妙处，乃在无意于文。夫无意而意已，至非广之以《国风》《雅》《颂》，深之以《离骚》《九歌》，安能咀嚼其意味？阒然入其门耶，故使后生辈自求之，则得之深矣。使后之登大雅堂者，能以余说而求，则思过半矣。"（宋·黄庭坚《大雅堂记》）

黄庭坚书写杜诗的时候，他的老师苏东坡正行走在南国。岭南的惠州（今广东惠州），海角的儋州（今海南儋州），正为先生特立独行、大大咧咧的言论背书。

以高度自我的"苏体"，唱和陶渊明，书写《归去来兮辞》。千里之外，山海相阻，两人对付肉体窘况的态度和方式，如此接近。此前还在京城的时候，两人就相见恨晚，惺惺相惜，现在几乎就是"心心相印"了。

苏东坡是陶渊明隔世六百年后知音，黄庭坚是杜甫隔世三百年后的知音。两人在同一时间，遭受同样的苦难，又不约而同选择以对话一个古代的孺子，来完善情绪调整和人格修行，除了名义上的"元祐党人"和师徒关系，我想他们就是毫不掩饰的"千古知音"了。当我们以"苏黄"并称时候，其实已经认可了"千古知音"一说。

苏东坡和黄庭坚并不知道，接下来的余生，两人除却偶有书信来往，已不可能再聚。在此之前的惠州一面，注定已成永诀。

黄庭坚初至戎州时，住在州南门外的无等院（又称南寺）。苏东坡贬谪海南的第二年，即元符元年（1098年），黄庭坚和友人，于重九佳节再游无等院"甘泉井"，顿觉好无助，仿佛被什么重重一击。原来眼前正在邂逅故人留物。故人不是别人，是东坡老先生，所留之物乃先生题字。

这世界变幻太快，多年前还是京城意气风发的风云人物，现在都在贬谪途中。老鬓斑白的黄庭坚，想起了流落更加僻远的师长好友，睹物思人，于是有了共情：

"见东坡老人题字，低回其下，久之不能去。"（宋·黄䇕《山谷年谱》卷二十七）

三年后，东坡先生在南渡北归途中，陨落于安静之光亮。先生离世前，黄庭坚刚刚见到先生手书《寒食诗帖》（又称《寒食帖》），当然也没来得及了解到先生的不测。黄庭坚睹物如见人，郑重写下跋文：

"东坡此诗似李太白，犹恐太白有未到处。此书兼颜鲁公、杨少师、李西台笔意，试使东坡复为之，未必及此。他日东坡或见此书，应笑我于无佛处称尊也。"（宋·黄庭坚《跋东坡书寒食诗帖》）

黄庭坚对东坡先生《寒食帖》书艺的评价，超越了一般意义古典诗词书画审美的分级鉴赏体系，几乎未用副词，即达到了想要的效果。黄庭坚选择以东坡先生本人与本人做类比：

"试使东坡复为之，未必及此。"（宋·黄庭坚《跋东坡书寒食诗帖》）

这话若换一种说法，大体的意思是，《寒食帖》不可复制，不仅别人不可，就是东坡先生自己也无法复制。《寒食帖》是东坡先生在元丰年间的不可或缺的"唯一可能性",它挑战了先生自己的生活、情绪和想象力,也挑战了今天我们的接受度——我们不可复制,是因为我们无法与先生感同身受,不仅我们不能,先生自己也不能,因为先生不可能在下一个"寒食",再回到《寒食帖》的那一个寒食午后,也无可能踏进《寒食帖》的"那同一条河流"。

黄庭坚也不能。尽管此时此地、此情此景的黄庭坚,最有可能成为那一个——"唯二的可能性"。很遗憾,黄庭坚只能高度地接近,不能复制。即便这样,我们以为黄庭坚的跋文,同样具有"不可复制"意义,且加持了《寒食帖》的另一个高度——昨天东坡加持了太白,此刻山谷加持了东坡。

可惜山谷先生此段颇具代入感的跋文,东坡先生还没等到阅见,就已不见。这并不影响师徒俩在《寒食帖》里,完成了今生的最后重逢。

东坡先生的去世,对黄庭坚的打击,超过黄庭坚此生遇见的所有悲剧。宋人录有笔记,截图保留了感人一幕:

"赵肯堂亲见鲁直晚年悬东坡像于室中,每早作衣冠荐香,肃揖甚敬。或以同时声名相上下为问,则离席惊避曰:'庭坚望东坡,门弟子耳,安敢失其序哉。'"(宋·邵博《邵氏闻见后录》卷二十一)

宋徽宗赵佶崇宁元年(1102年),苏东坡离世后又一年,黄庭坚告别了戎州的贬谪生涯,回任内地。

也是与朋友同游,也是在秋风肃杀的九月,不过外景切换到了鄂城樊山。山间松林，有一亭阁，黄庭坚在那住了一夜，听得松涛汹涌。想起已经谢世的东坡，不禁悲来：

"东坡道人已沈（沉）泉。"（宋·黄庭坚《武昌松风阁》，又称《松风阁诗帖》）

于是有了千年心手相传的名诗名帖传世。《松风阁诗帖》于宋一朝，曾为向民收藏，后流落贾似道手里，迭经明人项元汴，清人安岐，最后入清廷内府，现藏台北故宫博物院。我不止一次地在丹棱大雅堂，瞻仰过它的容颜，诵读过它的分行，一笔一画摹写过其刀砍斧劈般的墨痕和行迹。我为能忝列黄庭坚的粉丝，自我感动——那每一次的瞻望、礼拜、诵读和摹写，必然心怀景仰。

黄庭坚也心怀景仰。若说，黄庭坚于东坡的景仰，尚有师徒名分的缘由，那么下面的诗行欲表白的情绪，则不止于友情的声援与点赞，更有同志加兄弟式的灵魂契合了：

"子瞻谪岭南，时宰欲杀之。饱吃惠州饭，细和渊明诗。彭泽千载人，东坡百世士。出处虽不同，风味乃相似。"（宋·黄庭坚《跋子瞻和陶诗》）

元符三年（1100年）。也是九月九日那天，大雅堂落成。苏东坡听闻家乡的喜讯，欣然作题盛赞，将其推崇的子美先生"大雅诗"的文化意义，一锤定音：

"故诗至于杜子美，文至于韩退之，书至于颜鲁公，画至于吴道子，而古今之变，天下之能事毕矣。"（苏轼《东坡题跋》）

东坡先生和陶，习"大雅诗"。山谷先生书杜，杨素建大雅堂，刻石山谷书杜诗呈堂供奉天下。这会不会就是传说中的高山流水，或者蝴蝶效应？

其实，纵有千种说法，不如黄庭坚的灯下故人：

"恰如灯下故人，万里归来对影，口不能言，心下快活自省。"（宋·黄庭坚《品令·茶词》）

陶渊明、李白、杜甫，是东坡先生的故人。东坡是黄庭坚的故人。黄庭坚是杨素的故人。他们又是今天的我们，集体的故人。故人与故人的加持，今天我们都看到了——

丹棱大雅堂，那类似于"家室"的固化凝聚，也可以叫"精神家园"。

11

造大雅堂者，丹棱杨素。杨氏乃书香门第，进士出身，赠从二品的朝散大夫。丹棱另一显族李氏，自徽宗大观始，读书三代，更是十分了得。

李中（？—1147年），入蜀先祖为李唐宗亲，宋徽宗大观三年（1109年）进士，家中"藏书数万卷"（宋·周必大《敷文阁学士李文简公焘神道碑》），潜心史学，"通习本朝典故"（元《一统志》卷五），曾知仙井监（今眉山仁寿）。

李中的博学及对考史的兴趣，直接影响了其子李焘的人生。李焘（字仁甫，号巽岩，1115—1184年），眉州丹棱（今眉山丹棱）人，年少居家丹棱金雁湖（今丹棱梅湾湖）龙鹄山巽崖书屋，寒窗苦读，十七岁摘眉州解魁。宋高宗绍兴八年（1138年），二十三岁的青年李焘，高中进士。金犯宋时，辗转任职，擢敷文阁直学士、提举佑神观、兼侍讲、同修国史。李焘一生治史，"于史学如嗜饮食"（宋·楼钥《周文忠公神道碑》引周必大语），"胜无嗜好，惟潜心经史"（宋·周必大《敷文阁学士李文简公焘神道碑》），"博极载籍，搜罗百氏，慨然以史自任"（元·脱脱等《宋史·李焘传》）。李焘的史学贡献集于本朝史著《续资治通鉴长编》，"蜀中史学之首"（宋·韩淲《涧泉日记》卷中）的地位，因此而奠定。

李焘育七子，亦多从史，以其为首的李氏，可称"史学家传"（清·黄宗羲等《宋元学案》卷七一《岳麓诸儒学案》）的名族。最得意的两个儿子，六子李壁、七子李垍，一生研习理学，将"二程"洛学，与"三苏"蜀学，予以进一步融合与推广。

丹棱另有史氏，也是翘楚。史尧辅（1173—1216年），学《春秋》，精《易学》。史首道（1173—1220年），精通经史，推崇儒学，邛州蒲江魏了翁的徒弟。史尧辅和史首道，与眉州眉山和青神的史氏，同为一族。眉山史清卿，苏轼、苏辙的恩师。史清卿有子史炤（字见可），博古能文。传到南宋年间尧字辈的史尧弼（字唐英），为天下名士。史尧俊（字明甫），史尧弼的兄长，永康军（今成都都江堰）教授。史公亮（字少弼），以义理为宗，在乡里创云庄书院，为魏了翁所推崇。史绳祖（字庆长，1192—1274年），博通诸经，亦被魏了翁收为门下。

青神杨氏，自唐入蜀，先居绵竹，后徙青神。杨大全（字浑甫），南宋孝宗乾道八年（1172年）进士，累迁司农寺丞，为《高宗实录》检讨官。杨汝明（字叔禹），南宋光宗绍熙四年（1193年）进士，官至工部尚书。杨虞仲（字少逸），为蜀中名儒，著《不期集》（佚），为魏了翁所重视。杨泰之（字叔正，1169—1230年），家富藏书，习周、程理学，著亦丰。杨栋（字元极），南宋理宗绍定二年（1229年），进士第二，当朝名臣，治周、程理学，著《崇道集》《平舟文集》（均佚）。杨汲（字清父），杨栋子，著《河洛言敬》（佚），与张栻《洙泗言仁》，互为表里。杨文仲（字时发），杨栋从子，宝祐进士，有《见山文集》（佚）。

眉山家氏，在北宋一朝，主要学术人物为家安国（字复礼）、家定国（字退翁，1031—1094年）、家勤国、家彬、家愿等。家安国、家定国、家勤国，与苏轼、苏辙同为讲友，学术上也近于"苏氏蜀学"。家安国，仁宗庆历进士，曾官宣教郎、奉议郎等，著《春秋通义》（佚）、《通义志》（佚）。家定国，嘉祐二年（1057年）进士，曾知嘉州洪雅，后官至朝请郎知嘉州，著《古律》（佚）等。家勤国，著《春秋新义》（佚）、《室喻》（佚）。家彬（字中儒），家定国子，神宗元丰三年（1080年）进士，曾官奉议郎、太学博士，尚书礼部郎中。家愿（字处厚），家勤国子，哲宗绍圣元年（1094年）进士，"元符上书人"之一，诤臣，为苏辙称道，《宋史》有传。到了南宋一朝，家氏后代家大酉、家炎、家子鉴、家坤翁、家铉翁、家祖仁、家抑、家演等，治理学，以铉翁成就最大。家大酉（字朝南），家勤国四世孙，家愿曾孙，蜀中名士，为人方直，能文，南宋宁宗庆元元年（1195年）进士，遇吴曦叛乱，不受伪命，理宗淳祐时入朝，侍讲经筵，名列朱文公党籍，深得程朱理学旨趣，与魏了翁交友三十余年，累官工部侍郎，因与宰相史嵩之不合，罢官，《周濂溪先生全集》附录其文一篇，《蜀中广记》《眉山县志》有传。家炎（字季文，1145—1231年），家定国四世孙，家彬的曾孙，以父荫入官（世袭），吴曦乱时，临危不惧，誓死守城，魏了翁《知富顺监致仕家侯炎墓志铭》铭记其事迹。家子鉴，理宗时代人，曾任蒲江县令，推崇周敦颐、张载学说。家坤翁（字颐山），家愿之后，景定三年（1262年）以户部郎中知抚州，吏治为百姓称颂，著《抚州图经》（已佚）、《临川志》（残）。家铉翁（号则堂，1213—？年），赐进士出身，官拜端明殿学士、签书枢密院事，宋亡隐居不仕，著《春秋集解说》三十卷、《则堂文集》残等多种。家祖仁，铉翁之弟，好经史，勤《易》。家抑（字恭伯），讲习传家学。家演（字本仲）推广程朱理学，且有造诣。

眉州土著的任氏和王氏，并不输于外来的北方显族。这一点，应受益于眉州开放的人文环境。

任氏治学为官。任孜（字遵圣），大约是与苏洵类似的重学问气节的乡贤，官至光禄丞，时称"大任"。任汲（字师中，1018—1081年），任孜的弟，进士，时称"小任"。任伯雨（字德翁），任孜的儿子，元丰五年（1082年）进士，精经学，著

《春秋绎圣传》（佚）等。任象先，任伯雨长子，先登世科，再登词学兼茂科。任申先，任伯雨次子，官至中书舍人。任质言，任象先儿子，进士。任尽言（字元授），任象先儿子，与兄任质言同登进士，著《小丑集》《续集》（均佚）等。任希夷（字伯起），任伯雨曾孙，纯熙二年（1175年）进士，治朱熹理学，官至端明殿学士、签书枢密院事兼权参知政事，著《经解》（佚）。

王氏自嘉祐起，一百四十余年家学相传，为眉山本土文章大家，尤其在史学和《春秋》研究的贡献最大。王当（字子思），博于《易》与《春秋》经学，著《春秋列国名称传》（存）、《经旨》（佚）、《春秋释》（佚）等。王赏（字望之），王当的弟，苏轼的学生，崇宁二年（1103年）进士，参与《东都事略》前期基础工作。王称（字季平），事迹履南宋高、孝、光、宁四朝，官至礼部郎中，治史学，著《东都事略》。王立言（字叔子），王称从孙，王氏家族后期重要传人，著《春秋折衷会解》《周官说题》《千金敝帚》《文章正宗典故》（均佚）等多种。

与眉州毗邻的邛州蒲江（今成都蒲江）魏氏（高氏）和隆州仁寿（今四川眉山仁寿）的虞氏，仍是不可忽略的重要家族。他们的学养根基深入眉山，直追"三苏"，并于宋一朝的边缘，擦亮了眉州文化最亮的外围圈层。

邛州魏氏（高氏），大体生活在南宋末年，时间不长，却以"诗书传家"，传播理学，发展蜀学，为理学名门。尤其需要提到的是魏了翁（字华父，1178—1237年），宁宗庆元五年（1199年）以第三名举进士，为南宋末年名臣，官至端明殿学士、同签书枢密院事之职督视江淮京湖军马，封临邛郡开国侯，去世后获赠太师、秦国公，谥号"文靖"。魏了翁出生在邛州西白鹤冈，又名龙鹄山（今眉山丹棱龙鹄山）下，自号"鹤山"。

魏了翁与眉山的关系，不仅家乡近挨眉州，且早年还任过眉州知州，对眉山"三苏"的蜀学，以及眉州宋以降几个经学家族也是十分推崇。南宋宁宗嘉定初年，因与权相史弥远不合，加上父亲去世，解官还乡丁忧，在家乡邛州毗邻的眉州丹棱的龙鹄山建鹤山书院（今四川眉山丹棱和成都蒲江交界处），宣扬朱熹理学，又推崇"心"的意义，思想又近陆九渊，是南宋朱熹、张栻之后最重要的理学家。著有《鹤山全集》《九经要义》《古今考》《经史杂钞》《师友雅言》《鹤山长短句》等。

隆州虞氏，入蜀后居家仁寿，在北宋末虞祺、南宋初虞允文开始崛起。虞祺（字齐年），政和五年（1115年）进士，官至太常博士等。虞允文（字彬甫，1110—1174年），虞祺儿子，绍兴二十四年（1154年）进士，"以文学致身台阁"，"出入将相垂二十年"（元·脱脱等《宋史·虞允文传》），累官中书舍人、直学士院。绍兴三十一年（1161年），以参谋军事犒师采石矶，曾凭借一万余老弱病残兵力，大胜金帝完颜亮大军，终奠定了金宋对峙局面。毛泽东在读《续通鉴纪事本末》虞允文指挥采石之战章节时，曾批注"伟哉虞公，千古一人"，评价甚高。著《经筵春秋讲义》三卷、《唐书注》、《五代史注》（均佚）

等。虞刚简（字仲易），虞允文孙，治理学，在成都建沧江书院讲授学问。虞圭，虞刚简儿子，以文学知名。虞㭞（字退夫），虞允文曾孙，魏了翁女婿，传虞氏家学。虞汲，号井斋先生，虞允文曾孙，虞圭继子，为文学。虞集（字伯生，1272—1348年），虞汲儿子，元初宏儒，领衔修《经世大典》，学问上融合朱熹和陆象山，著《道园学古录》五十卷、《道园遗稿》等。虞堪，虞集从孙，虞㭞后代，好学能文。虞氏家族与丹棱李氏、邛州魏（高）氏，有交集，学问上，也互有影响。其中，虞刚简，就与魏了翁是挚友，丹棱李埴在吊唁虞刚简，评价其"世传经济之学"（宋·魏了翁《鹤山集》卷七十六《虞刚简墓志铭》）。

还有更多的士子家族，他们的名声或不可与上述显族相提并论，但他们同样不可或缺，所谓的读书风尚，也有他们传播之接续。

12

在眉山三苏祠，正对东坡盘陀造像，有个南北向，四方取绿，八面透秀的廊庭——披风榭，据说魏了翁任眉州太守时，虔诚地复建了它。于此，便营造了这样一个很有意思的布局——北有东坡盘陀，南有了翁披风。

每次，我去三苏祠造访东坡和披风榭，总有一种"贯通"的感觉：向北，登临东坡蜀学的制高点；朝南，致敬蜀学革新的了翁，自信满满，会通蜀洛，调和理道，最终将开放的三教合而为一。来到这里的每一个人，似乎都把魏了翁视作眉州的书生，事实上了翁本人也是笃定眉州这个地域符号的——"三苏"开创蜀学，东坡无疑又抬升了蜀学的海拔。众多的眉州书生，拜谒三苏祠，瞻仰盘陀像和披风榭。千百年的朝圣之旅，后生们集体享受了登高的过程美。而那个叫魏了翁的，刚好爬得最高，走得最近，是真正心领神会了"蜀学"最美的那一个次高的观景台，且自成风景。

于是，我于此处推出"三苏"便顺理成章了。没有"三苏"，就没有"蜀学"，所谓眉州人的好学之风，俨然成了一种无处发力的闲篇。

"三苏"，那极速吹来的高空风洞。苏东坡，那特立独行的风洞原力。

风洞的"三苏"，原力的苏东坡，出自眉山苏氏家族。从唐武周时代始祖苏味道（648—705年）定居眉山始，绵延至明初，可述事迹自然不少。尽管中间若干代寂寂无名，但这并不减少家族的影响，随着时间的推移，扩展到了更为广阔的范围，即便放大到整个中国文化史上，苏家的声望一样能支撑大家显族的名号。

始祖苏味道，河北栾城南赵村的神童，据说九岁能诗文，弱冠年举本州进士，与李峤、崔融、杜审言并称"文章四友"，与李峤又齐名"苏李"，"古今写元宵节诗之首"的诗作《正月十五夜》，便是他的杰作。唐中宗神龙元年（705年），苏味道贬眉州任刺史，并卒于眉州任所，留下一子苏份，繁衍眉山苏氏一脉。可惜此后数代，并未在家族中留下什么明显的痕迹。等到苏洵的高祖父这一代，味道始祖开创的文脉，才多少有了起色：

苏钋，"以侠气闻于乡间"（苏洵《族谱后录》）；

苏祐（905—958年），"最贤，以才干精敏见称"（苏洵《族谱后录》）；

苏杲（944—994年），"以好施显明"（宋·曾巩《赠职方员外郎苏君墓志铭》）。

同苏洵一样，苏轼的祖父苏序（973—1047年），也是个年少贪玩，大器晚成的另类个案：

"先子少孤，喜为善而不好读书。晚乃为诗，能白道，敏捷立成，凡数十年得数千篇，上自朝廷郡邑之事，下至乡间子孙畋渔治生之意，皆见于诗。观其诗虽不工，然有以知其表里洞达，豁然伟人也。"（苏洵《族谱后录》）

苏轼对他这个爷爷，也是极尽善意之词，大夸：

"甚英伟，才气过人。"（宋·李廌《师友谈记》）

由是看来，林语堂说苏序不识字，更可能是一种有意托大踩小的无厘头。因为我们知道，十二岁前的东坡，已是清晰见过这个祖父，并获其荫庇的：

"祖没，轼年十二矣，尚能记忆其为人。"（苏轼《与曾子固一首》）

苏洵、苏轼声情并茂的讲述，洋溢着文化意义的"自信"。

苏家文人风气的直接受益，至少可以从苏洵的父亲苏序，开启苏家的家风算起：

> "东坡祖端正道人，乐善好施。有一异人频受施舍，因谓曰：'吾有二穴，一富一贵，惟君所择。'道人曰：'吾欲子孙读书，不愿富。'"（明·郑瑄《昨非庵日纂》）

有道的苏序，并非小地方的文盲好人，其本人曾经读过一点书，也略知大义，娶眉州大姓史家女子为妻，可能是个机遇。苏序也以其子苏涣（字公群，晚字文允，1001—1062年）的登朝，而授大理评事。

苏味道扎下了眉山苏氏的根脉。三点水字辈的苏洵，以及其兄苏澹、苏涣的崛起，掀开了眉山苏氏崭新的一页。苏澹以文举进士，未官。苏涣天圣二年（1024年）登进士，他的发迹，在当时算蜀地的一个文化事件：

> "蜀自五代始，学者衰少，又安其乡里皆不愿出任。君独教其子涣受学，所以成就之者甚备。至涣，以进士起家，蜀人荣之，意使大变，皆喜其学。及其后，眉之学者至千余人，盖自苏氏始。"（宋·曾巩《赠职方员外郎苏君墓志铭》）

曾巩的这个论断，意思非常明确：苏序教子苏涣受学，考取进士的开创性，不止在眉州，就是在蜀地，也为效仿对标的新风和范本。

> "及涣以进士得官西归，父老纵观以为荣，教其子孙者皆法苏氏。自是眉之学者日益，至千余人。"（苏轼《苏廷评行状》）

苏轼借表彰苏涣这个长辈，表扬了眉州的书香学风。苏涣本人也不仅仅是个科举出仕的官僚，其学问根基亦深，著述也丰，有《南麊退翁》《苏氏怀章记》，其家风品行影响苏轼、苏辙兄弟。苏涣一脉，五个"千"字辈孙子皆为进士，长孙苏千乘的儿子苏元老，亦善于文章，官至太常少卿，著《苏元老文集》（佚）。

"老苏"——苏洵，重文章，尚权谋，有贾谊、刘向气质。嘉祐二年（1057年）春天，携子苏轼、苏辙入京师，两个儿子同科登顶进士，名动京城。一家三父子的文章，受到文化领袖欧阳修前所未有的重视：

"一日父子隳然名动京城，而苏氏文章遂擅天下。"（宋·欧阳修《欧阳文忠公文集》卷三十四《故霸州文安县主簿苏君墓志铭》）

欧阳修的褒扬，当然具有一锤定音的作用，"三苏"由此并称，作为书生们的励志佳话，记录于当朝的文人笔记：

"欧阳文忠公献其书于朝，士大夫争持其文，二子举进士亦皆在高等。于是，父子名动京师。而苏氏文章擅天下，目其文曰三苏，盖洵为老苏、轼为大苏、辙为小苏也。"（宋·王辟之《渑水燕谈录》卷四《才识》）

凝练的老泉，豪放的东坡，冲雅的颍滨，这是后人对"三苏"文章的艺术点评。

不止文学成就，"三苏"在学术上，也同出一源。"老苏"的思想由"大苏""小苏"继承并发展，晚年入朝供职，著《嘉祐集》等。若仅以文章论，苏洵也可以担当"老苏"一名的。

在士人辈出的北宋，他的文章光芒似乎被两个出类拔萃的儿子给遮蔽了。我们相信他的人生，最重要的成就不是他的"老苏"文章，而是造就了年轻一辈的"大苏"和"小苏"。

"大苏""小苏"的横空出世，意味着苏氏，真正成为宋代学界文坛高耸的一极——"蜀学"，也有叫"苏学"或"三苏蜀学"的存在。

"大苏""小苏"最早的人生导师，当属母亲程氏（1010—1057年），一个值得书写的贤明女性，出身眉州眉山城西醴泉山南大户名门，父亲是大理寺丞程文应。程夫人十八岁下嫁给苏洵的时候，娘家的声望要好于苏家。受家族风气熏陶，谙熟诗书礼仪，更深明大义。一边要勉励贪玩的青年夫君，读书治学问，一边还得担任两个儿子的启蒙教习。老少"三苏"的成就，程夫人功不可没，这在宋一朝就已公认。司马光为程夫人撰铭，不掩钦佩，不吝赞辞：

"府君由是得专志于学，卒为大儒。夫人喜读书，皆识其大义。贫不以污其夫之名，富不以为其子之累；知力学，可以显其门，而直道，可以荣于世。勉夫教子，底于光大。"（宋·司马光《苏主簿夫人（程夫人）墓志铭》）

"大苏"——苏轼。自幼受益于家学，通经博史。后来的人生，确证一个事实：文化成就已然完善的立体，综合功业在中国文化史上无人望其项背。诗存约四千首，历代评价甚高：

"其境界皆开辟古今之所未有，天地万物，嬉笑怒骂，无不鼓舞于笔端。"（清·叶燮（字星期）《原诗》）

"以文为诗，自昌黎始，至东坡益大放厥词，别开生面，成一代之大观。"（清·赵翼《瓯北诗话》卷五《苏东坡诗》）

开合瑰丽的苏词，引领豪放一派，约存三百四十余首，亦为一大观，与辛弃疾并称"苏辛"：

"词至东坡，倾荡磊落，如诗，如文，如天地奇观。"（宋·刘辰翁《辛稼轩词序》）

推崇文章革新，文存各体四千余篇，累积宋代文章高峰，为"唐宋八大家"中坚。

此外，书法开"尚意书风"，列"宋四家"蔡襄、黄庭坚、米芾等人之首。绘画又创"士人画"（"文人画"），对中国宋元明清文人绘画影响深刻。

既为宋代文化领袖，也是思想极其领先的平民意见代言人士，一生仕途坎坷，三起三落，重民生，善意见，其个人经历的文化史悲剧——"东坡乌台诗案"，反向塑造了中世纪中国文坛的唯一不灭的个性雕像。

"小苏"——苏辙（字子由，1039—1112年）。十九岁与兄苏轼同登进士，后又同策制举，俨然北宋文坛奇迹。为人内敛，又极重修养，一生仕宦生涯，也因站队问题，屡受牵连，依然不改其为官为文的一等印象。元祐间，为御史中丞，拜尚书右丞，进门下侍郎。晚年，降居落脚颍昌府（今河南许昌），号"颍滨遗老"，卒后追复端明殿学士，谥号"文定"。文化成就主要在于经史诗文，入"唐宋八大家"，对老子有较深研究。著有《诗集传》《老子解》《春秋集解》。

"大苏""小苏"之后，苏家凭借顽强的家族文化生命力，坚韧绵延数百年，至明时出仕治世已达五十余人。可圈可点者有：苏符（字仲虎，号白鹤翁，1087—1156年），赐同进士出身，拜礼部尚书兼侍读。苏山，宋试礼部尚书。苏籀（字仲滋，1091—约1164年），累官朝请大夫，赠大中大夫，著《双溪集》《栾城遗言》等。

苏氏的家风和文脉，已然眉州一众大家显族自觉对标之顶级示范。

苏轼，"笃于孝友，轻财好施。"（苏辙《亡兄子瞻端明墓志铭》）

苏辙，"拙于生理。"（苏辙《栾城集》）

他们连同他们的父亲、伯父、祖父等先辈，共同开创亲近生活，抱朴见素的文人家风：

"治生不求富，读书不求官。"（苏轼《送千乘千能两侄还乡》）

进而收获敛而有度，生意盎然的诗书人生：

"譬如饮不醉，陶然有余欢。"（苏轼《送千乘千能两侄还乡》）

醇厚的家风家教，赋予了苏氏文脉的道德保证。当然不止苏家，整个眉州因此而清风蔚然。于是，我们纵目眺望到眉州诗书文章的独树一帜，亦广角度地揽收了"经""史""理"诸学的发扬光大，百家汇聚与三教融通，以及苏、王、家、任、杨、李、史、虞、魏等诸氏互动相长的天下奇观。

13

眉州是幸运的。眉州之幸,既是眉州书生之大幸,亦是天下人之万幸。"三苏"是中国的"三苏",天下的"三苏"。苏东坡是中国人的苏东坡,天下人的苏东坡。我也是幸运的。幸运的怦然心动,一直在充盈。在我如数家珍,逐一列举上述家族人物事迹的此刻。

此刻,窗外正值初冬。初冬的三苏祠,游学的年轻朋友,似乎无视北风携带的寒意,一遍又一遍,抑扬顿挫,忘我吟诵那有声有色的东坡诗行:

"一年好景君须记,正是橙黄橘绿时。"(苏轼《赠刘景文》)

幸甚至哉!中国有"三苏",天下闻东坡。

自夏天以来,三苏祠书生人气爆棚。火爆的三苏祠,火出天府眉山,火出巴山蜀水,神州万里,火出五洋七洲。一时间,天下的目光都聚焦在中国四川眉山城的东南。我们分明看见,那里有一座古意盎然的文化名城,城里的一座书香四溢的千年古祠——三苏祠。

微风袭过眉州。三苏祠吹来的风,就算尚带秋寒,也源于一个明媚的方向——风和日丽,完全不像秋冬的风格,似乎可以叫"巽风"了。

接下来,迎面而来的将是各种植物的次第催放:十月的晚菊,冬月的早梅,腊月的霜松,正月的寒竹,二月三月的迎春百草。

三苏祠下：东坡风物志

三苏祠下： 东坡风物志

14

苏东坡诞生在蜀地眉州眉山的"纱縠行"，颇似江南水乡的一条织锦古街。此说依据苏轼、苏辙差不多同时代书生的编年记载：

"（宋仁宗）景祐三年丙子：十二月（辛丑）十九日（癸亥）卯时公生于眉山县纱縠行私第。"（宋·傅藻《东坡纪年录》）

倘若以为此说还不够权威的话，那么还有苏轼自己的陈述：

"昔吾先君夫人僦宅于眉，为纱縠行。"（苏轼《东坡志林·记先夫人不发宿藏》）

"轼年十二时，于所居纱縠行宅隙地中，与群儿凿地为戏。"（苏轼《天石砚铭》）

"元祐八年八月十一日将朝，尚早，假寐，梦归縠行宅，遍历蔬圃中。"（苏轼《东坡志林·梦南轩》）

字里行间，我们分明感到先生似乎在强化一个地标符号，苏家的老"宅"——"纱縠行"。

眉山本地考古发现，苏家在搬到眉山城前，一直居于城西南乡下的拨股祠（今眉山东坡区三苏乡境内），算是一个人丁兴旺的大家族。

不过，拨股祠到底在乡下，只能算苏家的祖居处，不能算东坡的老屋。倒是先生诗文里的"宅"——"纱縠行"，给先生儿时留下了鲜明的印记。于是我们可以相信，苏轼出生于此。

"纱縠行"老屋，当然是母亲程老夫人名下的人生成就，跟"老苏"苏洵貌似没啥关系。程夫人嫁到苏家，改变了老苏家的业态——带着老公进城，在纱縠行租房置业，做丝绸衣帽生意。在进城开辟新天地一事上，书生气的苏洵，显然是被动甚至是缺位的。

程夫人的生意当然赚钱了，可能还在纱縠行新买了一块地，造了房，或者买了别家的老宅。总之，有了新宅意义的"老屋"。东坡也许就是在这个时候，出生在城里的新居里，"纱縠行"从此赋予了先生笔下"老屋"的色彩。这么说，我们讨论先生到底出生在眉山乡下，还是城里，已无多大意义。

关于苏东坡的诞生地，记住"纱縠行"就行了。

名声响亮的"纱縠行"，今天已与"三苏祠"叠加，不可拆分叙述。若说，先生的"故乡"，是一个由离家、离乡，到踏遍千山万水，逐渐走开放大的过程，那么，当我们沿着先生的足迹，反向追寻的时候，首先看到的是一棵根深叶茂的大树，它四下繁衍的枝丫，勾勒了先生的肉体轮廓，也塑形了东坡的灵魂轨迹——开封、凤翔、杭州、密州、徐州、湖州、黄州、宜兴、登州、颍州、扬州、定州、惠州、儋州、常州、郏县……

它们枝繁叶茂，千丝万缕，其繁复纠结的程度，超过了任何一个士大夫的人生履历。这并不影响"纱縠行"或者"三苏祠"原始地标的意义——它们一直在先生故乡模型的内核里，顽强地生息，生动地摇曳。它们是大树的深扎主根，是先生故乡情感的"根服务器"。

今天的规划专家，之所以能较为精准地圈定这个地标的区域范围，基于以下两种考量：迄今仍能打出新鲜井水的苏家古井，眉山老城"纱縠行"沿用至今的街名。

宋代眉州的"纱縠行"，想来有着织锦铺市，商贾云集的热闹景象。多年后，本地仁寿有个追慕先生的读书人，倾尽文采描绘过其盛况：

"昨日浣花行出城，城边江水玻璃清。玻璃江水多縠纹，縠纹自古熨不平。"（清·毛澄《纱縠行》）

以玻璃江水浣纱。柔纱的縠纹，随波光潋滟，起伏翻飞，如何能熨平？闹市街区，明媚清江，两者的关联点，一定在于东坡的那份"乡情"与"乡愁"。

"纱縠行"，今天已辟作观光景区。游客到此，须下车，以一种如履薄冰的"慎行"姿势，前行百米。而后，整衣，捋帽，抬头瞻仰，眼前便是大名鼎鼎的"三苏祠"门匾了，题名者清代四川学政使何绍基。

"三苏祠"，当然是后人刻意建造的精神性地标，院子里也的确供奉着老苏家的祖宗牌位。尤为重要的，东坡肉体生命的诞生，一下让"三苏祠"具有了不止于苏家老祠堂的文化史传意义。

记住这个光彩夺目的日子——宋仁宗景祐三年（1036年），农历十二月十九日（公历1037年1月8日）。

公元纪年和中国传统纪年的误差，使得苏东坡有了两个不同的出生纪年，也有两个不同的诞辰日。这也好，先生的出生，俨然刷亮了那个年头年尾，从除旧的腊月，到纳福的早春。

之所以我们能像铭记自己生日一样，将这一个伟大的时间节点，记得如此清晰而精准，如此深刻而感性，绝对拜他所赐——苏东坡。

先生选择以凡人模式，把自己的命名书写在家乡眉州，这是眉州乡土的滋养所获，亦是眉山人民耕耘之福。

纱縠行的苏东坡，还不叫我们小老百姓耳熟能详的"苏东坡"，也不叫专业书生所谓的"苏轼"，或"眉山苏轼""眉阳苏轼"。

苏轼，是先生十二岁前后，才有的正式名分。在此之前的乳名，我们已无从知道。为何要给孩子取这样一个奇怪的名字，苏洵专门作了篇短文，给了个颇有深意的说辞：

"轮辐盖轸，皆有职乎车，而轼独若无所为者。虽然，去轼则吾未见其为完车也。轼乎，吾惧汝之不外饰也。天下之车，莫不由辙，而言车之功者，辙不与焉。虽然，车仆马毙，而患亦不及辙，是辙者，善处乎祸福之间也。辙乎，吾知免矣。"（苏洵《名二子说》）

苏洵原本的立意，大约取"轼"与"辙"，表达某种人生的寄寓。比如，对大儿子的担心，对小儿子的勉励。"轼"，车上用以掩饰和把稳的栏杆。"辙"，顺势而为，低调履痕，把风光都留给负重的车。苏洵这么讲，更像是在抒发一个屡试不第的落魄书生式的郁闷，还带点隐忍不发的牢骚。写此文前的庆历六年（1046年），苏洵应试制举未中，灰溜溜潜回蜀中眉山老家，教授自家细娃，把科举的希望，以书生的含蓄方式，寄予苏家的未来。

以"轼"命名的初衷，苏洵除了担心大儿子不会掩饰内心，还有也希望那截用以装饰车辆，实际上可有可无的横木，帮助隔阻人生锋芒的障碍。苏洵研究"易学"，假名寄托，试图以某种后天的单向意愿，化解先天的风险和不足，是一种值得信赖的积极态度。

倘若进一步演绎，意境就愈加豁然开朗了。"轼"——"登轼而望之"（《左传·庄公十年》）——站于车上，扶木而观，由近望远——"子瞻"！跃跃欲试！我们仿佛看到，大地之上，三苏祠下，一些东西豁然开朗，冉冉上升……

先生当然不满于父亲无可告人的某种私人规划。多么平易近人接地气的一个人。他知道一个书生，就算想法再高远，比如治世、平天下之类的公共理想，还得从脚下的那片故土开始着力。于是，先生在"苏轼"的前面，自作主张冠以了家乡的地理标识——"眉山"。从此，苏轼又多了一个名分——"眉山苏轼"。

今天看来，"苏轼"与"眉山苏轼""眉阳苏轼"，或者苏东坡，注定是唯一的存在。我在很长一段时间，甚至对先生产生过误会，以为先生贴此标签，把自己的生活，往小里收缩了，是不是为了表达蜀地书生的谦逊？当然，有人说，从心理学角度观察，先生这么干，不是强迫症嫌疑，也有自我包裹，拒人于外，防范不测的意味。设若这种说法成立，那么正好印证一点：蜀人脾气犟，顶天立地，光明磊落。

我倒以为，先生自名"眉山苏轼"，或有其形而上的深意。

比如，自己给自己划定一条精神家园的边界。生于斯，养于斯，成长于斯的眉山，与"此心安处"的吾乡，即便外延如何地拓展，内里的那个原点，一定不可替代。

它是眉州，是眉山，是城南的"纱縠行"。

现在，它可以发声了。一切的绵软与怀柔，从"纱縠行"那一声婴儿的哭腔开始，生动丰满，高调登场。

15

我庆幸能与苏东坡生长于同一片川西的丰润乡土。

"三苏"诞生于眉州，并以文章名世。无论从哪个角度，于眉州的意义，都将注定是正面而持久的。

可惜，古今以来，当地却流传着这样一些不相协和的调子。

比如，"蜀有彭老山（彭祖山，在眉州东北），东坡生则童，死则青。"（宋·张端义《贵耳集》）

这是最早关于苏轼出生，给眉州本土带来动静的记载。

后来又演绎出眉州人的一句乡土民谣：

"时人为眉山苏氏谣，'眉山生三苏，草木尽皆枯。'"（清·杜文澜《古谣谚》卷五十五引宋·谢维新《古今合璧事类备要》）

作为一个眉山人，我对乡人由来已久的传说十分不解。为此，查阅了北宋蜀人的笔记，还有四川益州（今四川成都）、眉州、嘉州一带的自然灾害资料，除了几次并不十分严重的伏旱，我并没有发现有什么山川草木，尽兼枯萎的"木异"事件。事实上，整个两宋期间，四川风调雨顺，温度和湿度比我们今天还要好许多，纱縠行的荔枝甚至还能挂出鲜果。一座山发生草木尽枯，当然是极其令人恐惧的"木异"事件。但是，又如何会单单一座山草木尽枯，而不是眉州、益州乃至成都平原的山川草木尽枯？从地理学和物候学的常识看，这样的事情令人困惑，我从小到现在，没有听过，也没有见过。

那么，如此极其偏执阴暗的说辞，又从何而来？

有人解读，古人的传说，是从反面赞美东坡的盖世才华，源于眉州山川风物的禀赋。但是，又那么经不住推敲。这么讲，于苏轼出生贡献赋予眉山的意义，不仅毫无加持，而是往相反的方向用力与减分。试想，如果一个文化前辈让后世的书生感到生无可恋，那么只有两种可能，要么是前辈的"大恶"，已然对后世文化留下难以磨灭的负面，要么是后辈自我沦陷于万般的无能和深深的无奈。

事实上，正好相反，无论是东坡对后世的影响，还是眉州后世书生自我的感受，似乎都是积极的、向好的。这一点，已经是共识。

东坡的吾乡眉州，我的家乡眉山，成都平原边上的一个小城。长江上游两条骨干的支流——岷江和青衣江川流而过。它们是苏东坡一生魂牵梦绕的母亲河，孕育沃灌蜀地眉州，也让我的写作从此有了根深蒂固的抓牢。

大多数的眉山人，不会掩饰以"三苏"为傲。持这种偏执，不仅不会让那些慕名而来造访的四方好友不适，恰恰与之相反，我目睹了天下读书人共同的艳羡和仰慕。

深居故宫研读东坡书画的祝勇，就抑制不住抒写的冲动，其笔下的眉山温暖而真实：

"我第一次去眉山，就喜欢上了这里。这里有茂密的丛林，有低垂的花树，有飞檐翘角的三苏祠，还有一条名叫时光的河，苏洵、苏轼、苏辙一家就住在这条河的中游，他们青衫拂动，笑容晶亮，形容举止，一如从前。"（祝勇《此心安处是吾乡》）

老家在四川的"云南王"于坚，笔墨淋漓，他以朝圣的心态拜谒三苏祠，献给乡贤的赞词倾情满满：

"四十多年来，朝拜苏轼的故乡一直是我的夙愿……当我前往苏轼家乡眉山的时候，我的心情与一个即将前往拉萨的香客无异……纱縠行南街的苏轼故居现在是三苏祠。眉山的三苏祠是中国文明的圣地之一，这个祠堂供奉着苏洵苏轼苏辙父子三人像龛，他们都是出生在眉山的伟大作者。"（于坚《朝苏记》）

金庸和贾平凹，是多么牛气的读书人、写书人，拜谒的题字留在了三苏祠，也留下了终极的仰望与集体的合鸣：

"四川多才士，东坡第一人。"（金庸）

"耸瞻文旦。"（贾平凹）

心目中的三苏祠，有着无可替代的圣地。现在，东坡造像前的他们，心甘情愿把自己降到一个很低的身段，回以恭敬的姿态。他们中的哪一个都是顶级的流量者，只是在先生的面前，又岂能虚谈流量。他们知道，先生从来不是靠流量存于后世的注目，尽管先生的旷世流量，几乎就是无人能及的天文数字。他们的比喻，只是再一次把先生的顶流擦得更亮。

阿来的崇拜，更像职业信徒，在发黄的金纸上，一笔一画，书写着由衷的看齐：

"每一次来三苏祠我总是怀着一种高山仰止的心情，因为此地是中国文化圣地之一，如果要把这些文化圣地排一个名，我会把三苏祠排第一。因为苏东坡的文化、精神遗产最大限度地囊括了中国文化的星系。"（阿来）

三苏祠是信仰的穹顶。先生高挂朗朗夜空，自带星座，以三百六十度的自旋，兀自散发浩瀚的幽光。

每一次的抬头，都是向内的抵达。

16

因为工作的关系，我已经记不起来造访三苏祠有多少回了。每次去，都是战战兢兢，从来不敢在园子放大半步。我相信，所有朋友的过往,都与我有着同样的小心,唯恐不慎,便会乱了脚下的分寸。

四体叩地者,并不吝啬虔诚的加持。我们不约而同,朝着中轴线的前方一点点挪移,并严肃地对临和复制。

我们首先是我们自己的复制。我们并不腻烦这样的自我复制。我们其实也是在完善集体无意识的复制——"百坡"——百东坡——千万个东坡。形而上的"三苏",当然不可复制。三苏祠的"三苏",被天下复制。三苏祠就算被天下复制,也还叫——"三苏祠"。

"三苏",天下共情共享。苏东坡,一千年出一个。一千年的朝圣,关于一个人的图腾。一座精致的三苏祠,供奉了先生——我们对标的道德示范,人格尊严。供奉了我们想要的锦绣文章,人生模型。

古建园林专家告诉我,江南派头的三苏祠,能够战胜岁月的剥蚀,完好地保存于蜀地,是建筑史与文化史的双重奇迹。中庸内敛,婉转生动,三步一移花,五步一换景,一些令人意外的细节,总能在目光所及之处,及时点亮你的期待,并自我生动。

即便表面的建筑群落,它也不是空洞的格式垂檐,或者板眼斗拱。看上去,或更接近于世俗化的康乾风格,骨子里却内涵高贵的大夫气象——宋代的夯土,宋代的青砖陶瓦,宋代的苏家老井,宋代的草木传说……

苏祠的草木,因"三苏"赋能和命名。横里伸展的黄桷,瘦里发育的风竹，顶天立地的银杏，自由呼吸的桤蒿，古井旁的黄荆条，披风榭的并蒂莲，景苏楼外的四季丹桂，快雨亭边的千年老荔，来凤轩的乌木假山，式苏轩的粉丝海棠……每一棵都有可以言说的出路，却又那么平易近人，接地气，无私给予我人世间的烟火温亮。当然不是修辞学意义的"拟人"手法，是它们真的自带星星的火种，照亮低处，照亮我。

我的忘年好友周伦佑，秋寒中登临苏祠的海拔高度，即被等待的瘦菊灼亮：

"秋天刚收拾完残局，菊花还在坚持。一首诗，打开白雪的大门，让我在凛冽的寒意中等你。"（周伦佑《想象中的登临》）

与周伦佑不同的是，诗人许岚甚至毫不掩饰自己的赤子之情，直接将园中大树，拥入满怀了：

"我有三棵树。一棵是眉州第一树苏洵，根如脉，枝如两臂，叶如盖；一棵是银杏苏轼，枯木逢春安放世界；一棵是银杏苏辙，颍滨暗流春潮泛，三棵树，枝繁叶茂屹立于今古间。"（许岚《一份来自三苏祠的邀约》）

家有草木，是一种朴素的幸福。

三苏祠博物馆的馆长，自称是"三苏"老家的看门人，他用三个极简的关键词，戳中了我的钝疼：

"漫步三苏祠，目之所及，最多的是竹子。无竹不成家。在东坡先生生活过的眉山坝子，竹掩茅舍，炊烟袅袅，那种人间烟火味让人心醉。有竹就有家，有家就有温暖。"（陈仲文《苏家的竹子》）

三苏祠。竹子。家。黄昏中,谁的身影,模糊我的双眼……

17

如果说,散淡的菊,尖锐的银杏,更像苏祠的个案,那么普世的竹,更像苏轼的前世或者来生——那温柔敦厚,坚韧不拔的细节,植满三苏祠的路边和墙角。

"门前万竿竹,堂上四库书。"(苏轼《答任师中家汉公》)

万竿竹,四库书,言简意赅,边际模糊的两组数量词,背后蕴含的信息容量,足够填充我们的想象空间。如此天量的精神食粮,于先生而言,绝非凑数和装修门面,是真正的"大丰富"。眉山人相信此话说的就是三苏祠。

三苏祠里真是多竹。三分水,两分竹,一半苏氏风尚。水与竹,又是风尚成景的氛围具象。祠中竹,多达十余种。东园的茨竹,西园的丝竹,云屿楼的毛竹,绿筠亭的水竹……

三五株小约,七八丛成林成山。山是竹山。泥是竹泥。篱是竹篱。径是竹径。竹径通深幽处的南轩书窗。南轩的竹,吹过元祐年间的东南风,淡定,从容:

"坐于南轩,对修竹数百,野鸟数千。"(苏轼《梦南轩》)

先生的梦,表面上写实,细致琢磨,似乎也写意的。南轩窗外,修竹"数百",参差披拂,不大不小一片荫蔽,正宜野鸟往来,落脚息飞。寥寥数语,朴素温馨的一幅画面,就勾勒出来了。那个假寐的清晨,先生这是倦了,想纱縠行了?

先生的倦累,我们感同身受,只因多年前诗案的一幕幕,至今心有余悸:

"萧然风雪意,可折不可辱。"(苏轼《御史台榆槐竹柏》)

身陷囹圄的苏轼,正在经历人生最大波折。在这非常之时,还能有雅兴咏竹,一定是有什么冲动非抒不可了。诗中字面背后,到底有啥新意,不用多说也知道,跟大多数文人的托物言志,差不了多少,意思其实都懂的。要说跟其他人的以竹赋比,有啥不一样,明眼的都知道,是先生对竹的感情,用情过深,用力过度。

还有更直接的。

比如,先生直呼其竹,为"此君""抱节君":

"寄语庵前抱节君,与君到处合相亲。"(苏轼《此君庵》)

"若对此君仍大嚼,世间那有扬州鹤!"(苏轼《於潜僧绿筠轩》)

以"君"直呼,一点儿也不遮掩。语文老师说,此为拟人手法,不拐弯抹角,直抒胸臆。显然先生与竹,是人物的相融合体。

同样都是人竹合体,乌台的竹,偏重人的精气神,南轩的竹,分明有"家"的民间意味。离乡多年,先生一旦看见北方的野鸟低飞,就想起南边老家的园竹林盘,很正常。

"宁可食无肉,不可使居无竹。无肉令人瘦,无竹令人俗。人瘦尚可肥,士俗不可医。"(苏轼《於潜僧绿筠轩》)

竹，有灵魂的一面，也有肉体的一面，这是先生的发现。在此之前的"竹林七贤"，似乎视竹作行为表现的道具。

熙宁六年（1073年）春，苏轼出任杭州通判，"视政"於潜（今浙江临安境），得闲去城南的丰国乡寂照寺绿筠轩，与僧人慧觉赏竹，留下此文。

此时的苏轼，政治上正遭遇比较纠结的一些东西，由此文也可揣摩个中些许意味。历代咏竹题材诗文众多，唯此文最深得人心，只因先生并非以士大夫自居，完全不食人间烟火的装酷样，刻意排斥老百姓的世俗审美。很多人说，文章强调的是竹不可替代的纯洁性，我倒不以为然。要说歌咏竹的"人格化"，先生大可不必扯"食无肉"的闲篇，直奔主题就行。选择扯"食无肉"，还与"居无竹"，等而述之，想来那"食无肉"的日常话题，也是跟"居无竹"一样，可以随意探讨了。这个意思，我想没有必要讳言。

作为"肉食者"和"精神大仕""二合一"的文人代表，苏轼第一个将"食肉"与"居竹"之妙对比品鉴。他太了解社会底层书生的想法了。读书人，读书何为？说冠冕堂皇点，可能是独善其身，兼济天下。但这得有个前提，就是你要读得起书，要能活基本的"命"——为稻粱谋。当然，你也可以大块吃肉，比如吃自己亲手烹制的"东坡肉"，大碗喝酒，比如喝自己亲手酿造的"罗浮春"，酒足肉饱，再壮起胆子说一些诸如"不为五斗米折腰"之类的大气话。酒肉并不会矮化自己的大气话。如果像"竹林七贤"那样，一言不合就翻白眼，硬怼，一根筋，不知迂回，恐怕比较麻烦。"竹林七贤"首席嵇康，就因说过类似的大气话，被司马氏王朝给砍了头。"竹林七贤"还是没有明白"竹"的美学特征里，其实跟"酒肉"并不冲突。我们谈论生活的意义，常常会谈到先生关于"竹"与"肉"的两难命题。很多时候，我们强调精神的绝对力量，可能不一定是先生的本意。"宁可"，不是说食欲可有可无，甚至不沾"油荤"，做个彻底的素食主义者。而是说，一定要在味觉享受和精神操守之间，义无反顾了断的话，当然只能留竹子——若说"食为天"，那竹即是比天还大的"道理"。

"乌台诗案"中的苏轼，写过"可折不可辱"之类的硬话，为何又从自杀的悬崖边折回来，我想，有"竹"的信仰定力，也有"肉"的现实支撑。

"汉川修竹贱如蓬，斤斧何曾赦箨龙。"（苏轼《箦笃谷》）

诗案后，苏轼去了黄州。黄州两样东西，引发了他的思考：汉川竹和猪肉。汉川竹的价格接地气，成了优点，这跟咏赞黄州的猪肉便宜是一个出发点——烟火袅袅与诗意远方，都是彼此的贴心和靠背。

苏轼推崇竹，并不排斥美食。他甚至花费心思，把毫无亮点的肥猪肉，弄出文化来：

"净洗铛，少著水，柴头罨烟焰不起。待他自熟莫催他，火候足时他自美。黄州好猪肉，价贱如泥土。贵者不肯吃，贫者不解煮，早晨起来打两碗，饱得自家君莫管。"（苏轼《猪肉颂》）

有人研究说,《猪肉颂》可能不是先生的作品。这不是我关注的话题。我关注的是,这段文章于我们日常生活的某种终极启示。先生不吝笔墨,专门给猪肉点赞,就凭此一篇诗文,也算美食到家了。其实,此文也算不得文采飞扬,按今天的说法,就是一猪肉段子,但又非一般可乐的段子——通篇不假修饰,字里行间生气满满。今天,我们所称"东坡肉",往往很在意烹调手艺,可鼓捣半天,还是不得要领。苏轼笔下,黄州的猪肉好,不是主人厨艺如何高超,而是肉材生态,无污染,关键价格还便宜。如此看来,先生日常生活,与猪肉一样接地气。

苏轼俨然视猪肉为清供,只惜精神层面的需求,与咏竹画竹尚差那么一丁点距离:猪肉有的吃固然好,多几顿少几顿无妨,竹子却怠慢不得的。

猪肉并未沾了竹子的光,便得几多清新脱俗。竹子也无需猪肉的世俗身价来垫高自己的灵魂。二者搁一堆类比,明眼的自有数,啥也不用多讲。一切刻意的形容和修饰都是多余的。就像先生到了岭南后,突然对荔枝感兴趣一样。这里不说荔枝,继续说竹。

岭南的竹与先生老家三苏祠的竹相比,少了些许诗意的柔软:

"食者竹笋,庇者竹瓦,载者竹筏,爨者竹薪,衣者竹皮,书者竹纸,履者竹鞋,真可谓不可一日无此君也耶。"(苏轼《记岭南竹》)

拉伸看,此文并无夸张的不妥,通篇都在重复一个枯燥的名堂——给竹派点啥用场？

竹，其实更适合承载煽情式的点赞。说明文字还是算了。我上小学那会儿，要是照干巴巴的这种套路，去写竹，估计会把语文老师给气晕过去。

先生的岭南竹，却没有气晕我们。相反，让我们看到了竹子高风亮节的背后，温情脉脉的低调一面。

哲宗元祐更化之后的绍圣元年（1094年），苏轼已近花甲。这一次，先生受到来自重掌朝政党派的报复——再贬岭南。

先生定是在某种曾经沧海，难为一瓢的情绪中，清晰地完成了几乎不加修饰的此段记述。文章倒是对了岭南的竹，拿腔搭调的，一来那里的竹，多到稀松平常，二来竹本身的各种实用。如果说"多"和"实用"也算风景的话，岭南的竹倒也算得一景。先生是不是从竹的身上，照见自己的影子，还有老百姓买不买竹这个"衣食父母"的账，真的有愧于竹的意思，我们只能从字里行间，去感受和拓展了。

有一点，那竹跟"竹林七贤"的另类隐喻，并非同一路子。"竹林七贤"，以竹为背景，说白了，就是个陪衬的舞美工具，主角还是人。先生的竹，与人是不分的。你可以把竹，想象成先生的身材和人面，也可以把先生，直接看作一竿竹，苦竹、斑竹、罗汉竹，如何都不会有违和感。

有人把先生的人竹合体扮相，画成了名画，这就有了大名鼎鼎的《东坡笠屐图》，也有了从头到脚，戴笠着屐的，一个竹痴、竹癫、竹狂形象——苏东坡！

痴到极致，癫到极致，狂到极致。先生笔下的竹子，画家墨中的先生，读者眼里的先生与竹，共同构建了三位一体的小景大观——"东坡竹"或"竹的东坡"。

先生自己也画竹的。他和他的表兄文同（字与可），在湖州的时候，就创了文人写竹一派。

老实说，单从感官艺术的角度，苏轼的墨竹不如他表兄文与可的"好"或者"精美"。文同写竹，先有竹，再有意，落笔竹枝，着墨竹叶，枝枝叶叶，无不流露文人气。苏轼对文同"成竹在胸"，评价甚高。苏轼画竹，师出文与可，却颇多出入。最大的不同，则是他的竹，悄悄塞了画者似是而非的私货——"主意"，还能从中读出时间的流动来。

除了画竹，苏轼还画枯木和怪石。苏轼最有名的两幅传世画作珍品，都画有竹和怪石，一张《枯木竹石图》，也有叫《枯木怪石图》的，一张《潇湘竹石图》。

民国时期，两件作品均由北洋军阀吴佩孚秘书长白坚夫，从北京风雨楼古玩店中淘得。此画曾经为明初黔宁王沐府所藏，后流落到山东，被风雨楼主人收入家藏。《潇湘竹石图》也是风雨楼的所获。白坚夫在得到两件作品后，因生活拮据，试图把《枯木怪石图》卖给大收藏家张珩（字葱玉）。张葱玉出价九千大洋，最终没有成交。1937年，抗战爆发，白坚夫以一万余大洋将《枯木怪石图》卖与日本藏家阿部房次郎的爽籁馆。这段往事，张葱玉曾有记述：

"此卷方雨楼从济宁购得后，乃入白坚手，余曾许以九千

金,坚不允,寻携去日本,阿部氏以万余得去。"(张珩《木雁斋书画鉴赏笔记·绘画一》)

《枯木怪石图》,此后一直在日本国内流转。八十余年后的2018年,突然现身佳士得香港秋拍"不凡——宋代美学一千年"晚间专场,以约四亿六千万港元成交,创下苏轼作品的拍卖纪录,买家为来自大中华地区的机构藏家。英国著名艺评家Alastair Sooke,对此画评价甚高,认为此画令艺术家的内心世界成为重要的艺术主题,是苏轼"为艺术史带来的贡献"。另外一张《潇湘竹石图》,白坚夫把它卖给了《人民日报》社长邓拓,邓拓又赠予中国美术馆收藏至今。有人认为,这件画作若现身拍卖行,起价也会超过四个亿。

《枯木怪石图》,在竹和怪石之外,多出来一个主体:枯木。《潇湘竹石图》,放大了竹,隐去了枯木。其间有着怎样的深意,不得而知。

《枯木怪石图》上拍的时候,曾经吸引了很多人的关注。去年冬天,我在成都的一个东坡专题展上,得以近距离目睹《潇湘竹石图》。它们都给了我深刻的印象。

石不像石,像"黑洞"。木不像木,像"龙卷风"。竹也被严重地弱化,即便《潇湘竹石图》那样突出"竹",竹在绘画者的笔下,也是柔软纤细弯曲的,像百折不挠的枯草,与我们眼中之"竹",相距甚远。整个一幅画,"看"不见所谓的文人"诗意",更像在营造某种困境。困境即诗意。环境向好了,诗意会颓废。好在先生的画,有着足够浓烈厚重的困境。有了困境，才有突围，曲线和墨色为走出困境提供可能——曲线和墨色螺旋而进——日常的态度和过程。高大是值得推崇的，矮小也同样值得敬重。亮色是正对面，暗色是另一面。直线是一种人生，但示弱，呈现矮小，或以曲线的轨迹，可能会走得更远。

走得远了，苏轼便把于"竹"的个性化理解，彰显到极致，甚至将葱绿的竹子给变了色，画为赤红。这个主意，胆子不是一般的大。谁见过红彤彤的竹子啊？有人较真，问苏轼，世上有绿竹，哪里来的赤红色竹子呢？苏轼不屑一顾，直接反驳，大家都在以墨作竹，但是谁见过墨竹？也是。苏轼这话，今天我们解作文艺的创新。我看未必。要创新，甚至可以画成七彩色，要觉得七彩色太玄乎了，那来个黄金的黄，不也喜闻乐见吗？偏偏，苏轼画的不是七彩竹，也不是黄金竹，就是夺目的"红竹子"。

第一次看到先生的"红竹子"，还真是让那种极具视觉冲击力的朱砂色给震撼了！一直以为，苏老头是个旧式文人，没想到把竹子画得如此另类，还真是个先锋艺术派！有苏学专家讲，先生笔下的竹，早已不是庭院里的，那几竿形而下的竹之本体，是竹升华后的某种"精神"！于是，苏学专家就极力向人游说，推荐先生的"红竹子"，说得天花乱坠，说得有人脑热心动，最后就在某处公共空间竖了个现代版的"红竹子"雕塑。三竿竹"顶天立地"。竹枝省了。竹叶围绕竹竿，披拂连缀成彩虹桥。这个构思，有人说除了桥，还有翅膀飞翔的形象，看上去更像一堆正待点火起飞的红色"捆绑式火箭"。游客看不懂了。主人就连比带画，说什么象征正直、刚毅、向上、遗世独立，不同流合污，还讲政治，有文品、人品和官品。对了，还有羽毛、翅膀、火箭、腾飞……这些就是需要表达的东西。看来出这主意的人想法还是多了。想法多了，就显滞稠和混浊。好在那"红竹子"是金属的，否则作为民间形象和草木精神代表的竹竿竹枝竹叶，还真不堪重负。想法多了，就不纯粹。朝几个方向用力，不是在做加法，而是在做减法。真正做减法做得好的，更多是依靠"勇气"，而不是借助"技术"。于是，雕塑家就搞折中，搞复合，说什么"戴着镣铐跳舞"。雕塑家不想让人看自己的作品像看怪物。无须画蛇添足解释，就要让大家看得明白，这是先生的"红竹子"，而不是别的什么。可惜那"红竹子"的雕塑，即便几乎动用全部的手段，也没法体现竹骨之瘦，只是一味强化竹竿竹枝竹叶的锐利和坚硬，忽略了先生的内敛和"合作"。我前前后后，去看过那用心良苦的"红竹子"，有几回，回回左看右看上看下看横看竖看，都没看出这个雕塑——与竹有关。

我还是喜欢先生画在宣纸上的竹画。千年前，苏轼突破水墨画竹的规矩，施以与北宋的天空不太协调的重色，描画出千年后的今天，我们看起来仍然不显过时的现代派"红竹子"，这需要有多大的穿越时空的想象力和智慧！反过来呢？向后看，向内转？我们站在今天的立场去诠释古人的精神，这就不仅是想象力和智慧的问题了。我们需要时间慢下来，需要时光回流，需要内省和折射的力量。这些都与肌体和心志承受"内压"痛苦的品质有关。只有如此，我们才能回到时间的原点，回到事情的原始状态。

就像现在，我们首先应把那竹，看成怀柔的有精神的草木。草木精神之外，才有营养草木的水，才有五个层次的浓墨淡墨，才有画成"个"字的、铁画银钩的、内空外实的、顶风冒雨的、柔韧弯曲的、诗意舞蹈的、本色自由的竹子。我们首先是在体验到上述美感的基础上，才牢牢记住了竹子形而上，顶天立地的形象，以及脱落俗尘，卓尔不群的红色。如果，一开始就"想法"芜杂、直露和功利，画出横竖的点画，以"顶天立地"，施用红色，以"标新立异"，"想法"就会偏离竹本来的面目。这就不是一边说着民间猪肉的妙处，一边怀想着精神家园的先生了。

以朱砂写竹，是苏轼形而上的发明。把"红火箭"与"红竹子"捆绑在一起，这样现代派的形而上，令我困惑。

我更喜欢先生纯书生意气式的策略。

形而上的"竹"，与形而下的"肉"，放在一起审视，也只有像先生这样，懂生活又诚实的书生，才想得出来。

形而上的竹子，与形而下的猪肉的本色互换。这一点，极似先生本色：善于以个人的低调处理，对冲人生苦旅诸多不如意。

还是回到苏轼老家植物的原竹。回到《东坡笠屐图》《枯木竹石图》外，回到生活的本来面目。回到竹，眉州三苏祠的原竹。

眉州多竹，大大小小的竹园竹林遍及城里乡下，三苏祠的竹，只是缩影。竹园里各种的竹，斑竹、观音竹、凉竹、玉竹、慈竹、罗汉竹……怕有几十种吧。最常见的，也最能派上用场的，还是慈竹，真的如先生所言黄州猪肉汉川竹一样价廉物美，做百种实用农具，编千品风情竹画，造大千一色竹纸。

相比名扬天下的竹编，眉州的竹纸，最大限度地保留了竹的本色——离竹更近。

必须得说一个细节。用纸做植料以养盆草，你一定没见过。纸是吾乡眉山的原生创意——"斑布"，一种原浆工艺纸，剔除了碱腐，漂白等化学工艺工序，最大限度地保持了竹的本色——低调，虚空，两袖清风，一身正气。关键环保啊——造就本身的同时，并不对上下左右，对他人他物，对其周遭，施加破坏——最为极端的是，就算自己老去，成为凸丫和枯枝，成为一团漆黑的炭，竹炭，也葆有竹筋（纤维）的强度和韧性，拒绝同化、腐败和交换——那煺去火色的灵魂，那对同流合污的警惕，那诚实善良的不合作，那执着于乱石仄缝里盘出虬枝和劲干的眉州的竹，它是我的乡贤前辈的符号化，存于我和我的眉州日常，也可以理解为信仰——在自我过滤、清洗、观照中，完成今生的救赎——那关于一个读书人前世与来生。那小挥毫与大写意！

18

苏轼是一个热爱着红尘，又能自由行走于红尘内外的书生。

我相信他内心的表达与身体的潜行是一致的。

苏轼的诗词中有大量描写月亮和桂花的内容。他的月亮和桂花，不仅是"北宋的月亮""北宋的桂"，还是"苏东坡的月亮""苏东坡的桂"，也有叫"苏月""苏桂"的——比"北宋的月亮""北宋的桂"更具绵长的力量，比"苏东坡的月亮""苏东坡的桂"更具女人的气质。

苏轼的红尘，由生命中最重要的几个女人构成——她们如月色般柔软淡定，红尘于是百看不厌——母亲、爱人、小妹、邻家女子和老妪……做先生红尘中的女人是幸福的。三个王姓夫人，甚至感受到了"一辈子的暖意"。我不相信所谓的"永恒""不渝"，或者"唯一"。它们都不是时间的对手。五年一小刀，十年一大刀，五十年，或者一辈子，就等同凌迟了。再多再强势的形容词，也经不住岁月的剥蚀，落得如过期的标语，听起来只能让我们起鸡皮疙瘩。承诺是不可靠的，虽然我们常常以承诺换取信任。

有一个形容词是不容怀疑的——"真"——所谓的"性情的诚实"。它以"至柔"，对抗、消解和克制空间的阻断与岁月的流逝。就像月亮，它从北宋照到现在，照了一千年，光影流逝了一千年，但依然不改"苏东坡的月亮"之本色。

它照天上人间，照千里之外——不知今夕何夕，不分阴晴圆缺。它转过来，露出北宋的一张文人脸，洁白、忧郁，叠印了母亲、爱人、嫦娥和婵娟的模样。它转过去，弯曲，如兄弟的背影。

它照周郎的赤壁，也照曹孟德的赤壁。曹孟德读书多，但心肠直，算是书呆子一类。有人认为曹孟德不敌周郎小儿，是因为不懂女人——他只会发"月明星稀，乌鹊南飞""对酒当歌，人生几何"之类的感慨。于是，银幕上《赤壁》那场厮杀戏，最后搞得女流兮兮的——女人缔造了男人、拯救男人，也摧毁男人。

一样的月夜，一样的赤壁，一样的江水，先生看到的是时间的力量。逝者如斯，未尝往也。盈虚如彼，卒莫消长。一些在下降和暗淡，一些在上升和明朗。一些在匆匆前行，一些在着急往家的方向赶。一些在兀自消逝，一圈圈画着同心圆，时间的边缘是越来越多的同心圆。一些在停顿、积累，最后留下来，指向圆的内心。圆的内心被放大，填充了时间的记忆。一些在制造欲望、快乐、忧郁或者疼痛，一些又在朝情绪相反的方向用力，情绪被降温，成为最后的情绪。最后的情绪，或晦或明，它是一轮月亮，还是满园的桂？如果是月亮，那么我怎么闻到了仲秋的芳香？如果是桂，那么我又怎么会感觉被谁照耀？我只能相信，是桂，有女人的影子，月亮的影子。是月亮，有七月早桂的隐香，八月盛花的远声。

七月，三苏祠的桂，还只是浓荫。浓荫匝地，如泼墨。泼墨的早晨、午后和黄昏，浓斑淡点，一如行草，起笔前最后的情绪。情绪无须酝酿。情绪一如旧年。情绪不忍卒读。情绪终于心不忍。我不会写诗，我只会铺张情绪。写诗的朋友住在景苏楼。朋友对着满树的桂，闲庭漫步，独自吟咏，做深沉状。

朋友那一段时间的情绪，都为等待十五的到了。朋友的七月之痒，止于八月。八月初的三苏祠，人来人往，谈论皆关于一种隐花植物。朋友不打堆凑闹热，一个人继续酝酿情绪。景苏楼前，飘落一地的桂花和桂花诗行。很快，祠中的桂花就踩着朋友的点子开了。苏宅古井开三五株，景苏楼开一簇，西园和南堂开一大片，红红火火，足足开满五亩地。那些桂花啊，不会落叶，以浓荫之势进入仲秋。等到了十五中秋，就邀明月吧，明月当空如洗，今夕何夕！再过两天，是十七。十七，景苏楼的朋友看完桂花，情绪也释放得差不多了。朋友回更大的城里去了。我去送友人，十七正适，就明月煮酒。桂花酒，祠堂外有叫卖。市声里，友人兀自吟诗。我一个人的倾听。朋友的桂花诗，除了辞藻的外表有些学院派，骨子里的情绪还是平民化的。我听得很倾心。好吧，我也学着朋友的味道，回应回应——且都赋予吧，那高贵的素色和暗香。素色，五个方向的俯仰，怎样的俯仰都是多姿啊。而暗香，这个仲秋的全部，更暗，更疏离。

八月，桂开三苏祠，开蜀地眉州的苏祠，也开江南苏孟（今属浙江金华婺城）的苏祠。因为月色满园，也因为一地的情绪，我分不清何为蜀地，何为江南。只记得，蜀地江南，该开的开，该谢的谢，该圆的圆，该缺的缺，并不会因为朋友的诗，还有我的倾听，有多么陌生。

江南的苏孟，光听名字，就好像隔壁的邻家一样。苏孟在江南，是一座苏姓人家族居村落，他们的祖上，可以追溯到苏简。苏简（字伯业，？—1166年），苏迟（？—1155年）的儿子，苏辙的孙子，苏轼的侄孙。

苏孟村也有一座"三苏祠"。苏孟村的后人，有桂花崇拜情结，"三苏祠"就全是用桂花来装饰的。随处可见的都是"桂花"。门面的砖雕是桂花，天井里种的是桂花，墙壁上画的是桂花，房梁牛腿上、案桌上也雕刻有桂花。在第二进的前檐柱上，甚至刻有"**子孙要得宝，桂花树下找**"的字样。也不知想出这副对联的苏姓祖先，究竟要暗示什么，反正苏孟后人，相信其中一定暗藏玄机。于是，好端端一个老院子，就这样叫苏孟的后人挖宝挖得千疮百孔了。

我没有拜访过苏孟，也没亲临过那个桂花园子，但我能想象桂花满园的样子——肯定也是一地的情绪。

那些挖宝的苏姓后人，有老的少的，有男的女的，有读书多读书少的。更多的是知道自己的祖上，出了个了不得的人物叫"苏东坡"。但没给后人留下什么家产，苦于现在很多人尚且活着，钱却老感觉不够花。天上咋不掉馅饼？没馅饼，那就去老祖宗那里挖吧。说不定，老祖宗真留下啥宝物哩。如果真有，那又是啥？所有的人，都对眼下的现状不满，抱有幻想。不满，那就挖吧。一代代一家家的，都这么挖过来的呢。挖着了，岂不是喜从天降！没挖着宝，没关系，也没丢啥，过日子哩。谁过日子不发点牢骚呢，老祖宗"苏东坡"不也是经常"牢骚满腹"？这样想，就通了，索性拆下一根雕画有桂花的房梁和门楣，或者挖一株百年的老桂回家。

看着当空的月亮,闻一回桂花的味道,吃着旧岁新年的月饼,一家人就乐上好一阵子。一年一度的仲秋,就这样陪伴着月亮、桂花和月饼过来。牢骚,符合秋的意境。乐子,也是八月间寻常的"暖意"。在江南苏孟,在蜀地眉州,在三里之内,千里之外"三苏祠",牢骚和乐子一样被千年的"苏月""苏桂"照亮。

19

拜谒过三苏祠的朋友,不只对满园的竹和桂,印象深刻。三苏祠有名头有来头的网红植物,还有银杏、黄荆、并蒂莲和木假山。

银杏本雌雄异株,在自家庭院植两株银杏,一雌一雄,既供观赏,又可结果食用,这是一般人家的思维。三苏祠门厅前两株银杏树,却破了这规矩,一左一右,两雄树,树龄已近千年。

那是北宋的两棵银杏。它们从石缝里挤出来,长高,长结实,高过三苏祠的庭院,较着劲地参天。据说,它们是苏轼、苏辙兄弟的化身。我愿意相信这样的传说。传说的美好,在于结果常常顺应料想,又出人意外。那两棵银杏,就让我在纳闷之后,半天想不出更恰当的词来感叹!银杏幼时,是难分雌雄的。当初种这两棵树的人,咋就知道种下去的是两棵不同寻常的豪迈之树呢?难道真如导游说的,是天意?

不可思议的，还有三件植物。

这第一件，当属木假山。严格地说，木假山不是植物，只能算植物的先人——另一个世界的植物。三苏祠的木假山，已不是苏洵在《木假山记》里记载的启贤堂那件心爱之物。我们现在看到的山峰状木假山，是后人在三苏祠里发现，重新辟修的。关于木假山的造型，至少有"三苏说"和"恋人说"两个版本。"三苏说"是主流。我们把三座木山峰，想象成"三苏"父子，从中解读出为人为文气节，虽说带有趋名附丽的功利，初衷却是善良的。"恋人说"是非主流。先生和王弗深情相拥，悲极而惊，喜极而泣，惊天地，泣鬼神，人世的真情，来世的缘分，令人感动。只是，每次我看到那木假山，总会莫名其妙地瞎想，为啥说先生拥抱的是王弗，不说是王闰之和王朝云呢？

这第二件，是苏宅古井的黄荆树。黄荆，属落叶灌木，长不高的，蜀地人家常砍作柴火之用。三苏祠的黄荆不单能长成材，而且还是能做栋梁的大材。树干早已枯死，现在看到的是一大截，可做房柱用的木化石了。奇的是，人们一直以为它已成朽木，殊不知后来又侧生出一小枝来，现在树高树冠已过丈余。有人说，那树许是饮了苏宅老井的泉水，化腐朽为神奇了。于是，每年高考前，附近学堂的学生娃，成群结队前来黄荆树下，喝水，拜谒，祈祷先生赐福，多考分数。四川有句俗话，"黄荆条下出好人"。这说的是后天教育环境对于成长的作用，想来考了好分数的学子，是悟出了个中道理的。只是那些想沾文豪的光走捷径的娃，是不是真多考了分数，就不得而知了。

我们现在能确认的是，那一年是宋仁宗嘉祐二年（1057年），苏轼、苏辙兄弟的确双双高中了进士。

曾听过"瑞莲兆科甲"的传说。还是传说！传说讲的是苏轼、苏辙兄弟高中时，三苏祠的荷塘，莲开并蒂，传为佳话。同样的传说，被不断地复制和强化。明成化年间，眉州州守许仁，将"苏祠瑞莲"命名为眉州八景之首。康乾时，甚至有地方官员两次就此事为三苏祠题匾，以寄托"瑞莲重现"的好愿。"瑞莲兆科甲"的传说也好，"瑞莲重现"的传说也好，都是动人的。

我见过三苏祠里保存的一件并蒂莲蓬实物。虽然早已干枯，也不太入画，却保存了一个美丽的事件。

有记载表明，这不是传说。并蒂莲标本，现在应该叫文物，采自三苏祠的荷塘。2006年夏天，三苏祠再一次盛开了并蒂莲。成千上万的游客，闻之前往，观赏、拍照、吟诗、作画，俨然九百年前的瑞莲事件重现。作为植物，瑞莲标本或者木假山，它们不是我们案上清供的玩物。它们都没有死。它们不是一朵，是两朵，是一枝，是同根共土的手足。它们九百年开一次。它们还要开很多个九百年。它们九百年的"有限"生命，凝固在了"这个世界"——玻璃标本容器或木假山堂。它们的"无限"生命，凝固了我们对于生命一贯的记忆。

时间总会独自蜿蜒着老去。时间老去的某一天，记忆会冷不丁地唤醒，再一次复活我们的记忆。一千年后，我们寻觅到了木假山，目睹瑞莲重现，亲见黄荆树焕发新枝。这就是我们一次又一次讲述的传说。传说，植物荣了枯，枯了长。枯是躲藏于我们每一天的日常暗示，长是等候在暗示背后的那份明天期待。传说，丢失多年的孩子，又找回来了。久别的孩子一踏进家门，狠命地咬了你。浓烈地牵扯和疼！

20

在我所喜欢的眉州东坡名物中，桤，算个特立独行的另类了。

叙述桤，并非它如何了得，相反它出身贫寒，无一点富贵文雅气。我喜欢它，除了它的接地气，还因为两个名字：一个杜工部，另一个就是苏东坡。

其貌不扬的桤，因为背后站着的书生，立马就高贵起来，不得不令我肃然起敬了。真是树以人荣啊！

桤木，原生地就在成都平原，有个很值得考证来由的古老名字——"蜀木"，只是这个名字早被人遗忘了。在我不知道它和苏东坡、杜子美的关联之前，我对桤木的认知，仅限于一种肯长的柴火树。

正因为如此，那桤，真的浪费了天生的一脸蜀相。凡夫、俗子。凡物非俗物。俗物非俗气。民间本无俗物。可为啥我们老埋怨身边，人杂事俗？凡物的肉，脱俗的竹，先生早已做过选择的推论了。东坡先生选择竹，并不能以此推论肉有多俗。事实上，先生一生既爱种竹画竹，也不避大快朵颐，吃猪肉上瘾，甚至还发明了东坡肉。

竹与肉，互生共长，对立统一。正面叠加背面，似乎缺一便有损生动和丰富。

不落俗套，不避俗物的东坡，写过有名的《桤木卷帖》。"桤木"？这名字似曾相识……会不会就是小时候的它……一定是的……我很快坚定了我的想法。

桤！你以为改个名，就不认得你的寡样？昨天还被小伙伴叫"水青冈"或"水冬瓜"的。哈哈，光听名，差点叫人笑掉牙——一个大文人，竟为一小孩子都不待见的树，用心作帖？！要知道，我上小学那会儿，写过黄山的松，写过红岩的梅，写过井冈山的竹，却不曾为身边的"桤"写过一个字的——土里土气，除了当柴，还有啥用？

《桤木卷帖》，又名《书杜工部桤木诗卷帖》，原藏于台北兰千山馆，现寄藏台北故宫博物院。接触帖子的最初一段时间，我困惑了。杜甫写过那么多的高大上，苏轼咋就选中《堂成》？写就写吧，偏偏嫌不够啰唆，在手卷后面又题有十二行一百零三字的跋文：

"蜀中多桤木，读如敧仄之敧。散材也，独中薪耳。然易长，三年乃拱。故子美诗云'饱闻桤木三年大，为致溪边十亩阴'。凡木所芘，其地则瘠。惟桤不然，叶落泥水中辄腐，能肥田，甚于粪壤，故田家喜种之。得风，叶声发发如白杨也。吟风之句，尤为纪实云。笼竹亦蜀中竹名也。"（苏轼《书杜工部桤木诗卷帖》后记）

先生的文笔和书法，自然一等没得说。真不明白，为一棵下里巴树，放纵才情，是几个意思。

"（桤）亦得所宜。民家莳之，不三年，材可倍，常斧而薪之。疾种亟取，里人以为利。杜子美有《觅桤栽》诗。"（宋·宋祁《益部方物略记桤赞》）

这是宋人对以成都、眉州为代表的川西平原一带桤木的记述。桤因为贱，无需管理，长势又疯，三年能当柴烧，普通人家就大大咧咧种了。杜甫当初造草堂，首选种桤，在情在理。建材也好，绿化也好，桤算不上物美，价廉是肯定的。杜甫在《堂成》和《觅桤栽》等诗中，并没有将桤过度美化。

《觅桤栽》原诗是这样的：

"草堂堑西无树林，非子谁复见幽心。饱闻桤木三年大，与致溪边十亩阴。"（唐·杜甫《凭何十一少府邕觅桤木数百栽》）

杜诗之后，王安石也曾歌咏过成都濯锦江边的桤木：

"濯锦江边木有桤，小园封植伫华滋。"（宋·王安石《偿薛肇明秀才桤木》）

桤，在王安石的笔下，已经具有城市景观特征，不像杜诗，绕来绕去，无非还是在说它的实用性。苏轼的桤木诗也是如此：

"芋魁径尺谁能尽？桤木三年已足烧。"（苏轼《送戴蒙赴成都玉局观将老焉》）

"二顷良田不难买，三年桤木可行樏。"（苏轼《木山诗》）

苏轼抄写杜诗的跋文，似乎也无亮点，松散的闲笔，不过把桤的实用性质，又重复了一遍。诗意之外，书艺之外，杜诗也好,苏文也好,我似乎没有领略到更多的意义。王安石是个特例。王安石应该是比杜甫和苏轼更粗糙之人,为何能比杜甫和东坡更看重桤木的美学特征,反过来,杜甫和东坡却为桤木的烧柴实用,大书特书?这一点,我迄今没闹明白。

桤……桤……桤……你究竟施展了什么魔力,让子美和东坡两个大文豪,为你的"柴火气"倾倒?

梦里全是桤——不可理喻的影子……

春,陇上百树待发,最早让我感受到生机的,一定是桤。夏,桤由着性子往上抽条,一夜一个高度,也不管虬曲与挺拔了。秋,桤果被乌鸦们肆意踩落,那些乌鸦啊,只顾将巢安在老桤的树梢,却记不得给桤以一次正眼。冬,老老少少的桤,长长短短的桤,一律无差别,都扔进了农家的火塘。没有谁,愿意自作多情,就连宋元文人画意里萧索的枝柯,也跟它没有半点关系。

桤……桤……桤……你真的只是一棵——乞——木——吗?

迷迷糊糊中,我摇着桤的名字醒了。醒来,我独对杜诗苏帖,无语。

曾经以为,东坡先生抒写桤木,定是眉山纱縠行老屋后的桤木,是不是特别地寄托什么私密情绪。比如,"大苏""小苏"的兄弟手足情谊。

有人就此做过考证。他们翻出了宋人笔记里记载的,一桩蹊跷的自然地理现象,眉州"木异":

"(宋哲宗)元符二年(1099年)九月,眉州眉山县桤木二

株，异根同干，木枝相附。"（宋至元·马端临《文献通考》卷二九九《物异考五》）

"木异"一事，后被元人原文实录于《宋史》。

同时代文人的笔记，究竟带不带感情，各人有各人的解读。正史的认可，算是当主流"大事"升了格，可见事件在老百姓和士大夫心目中，非一般的心理影响。但孤立看，这桩个案记录，也仅仅具有物候学，或植物学、地理学的参考意义。所谓的"灾难事件"，更多个人的情绪迁徙，甚至集体的共鸣。

成都文友蒋蓝坚持认为宋代的非主流学者异乎寻常的记录，埋下了某种神祇一般的伏笔：

"桤木异根同干，相互呵护，暗示了一种空前的情义……历史的深意恰在于此：同在元符二年，眉州的苏辙自雷州调往循州（今广东惠州东）。在雷州后来命名的"二苏亭"处，苏轼苏辙，万里投荒，逐臣同路，携手同游。兄弟挥手分别，隔海酬唱。诗情倒卷而来，一如海峡震荡的流波。"（蒋蓝《苏东坡的桤木情怀》）

关于眉州"木异"的历史猜想，很多人会不以为然。树是树，人是人，一个偶发现象，仅仅因为所共知的原因，猜想就被假借传播，最终指向时代的必然。

要是没有去三苏祠和杜甫草堂，目睹过那里的桤木，我也有这样的疑问。

但是现在，我毫不犹豫地支持蒋蓝，支持他把朴素的玄学，当作历史大胆的猜想和演绎——民间的桤木，它为"大苏""小苏"同干而生，为东坡先生泪尽而亡。

人心都是肉长的。历史终究有温暖的一面。我们在每一次过往的审视和阅读中，完成自我救赎，也不动声色地对既错予以纠偏。文明就是这样动态写就的。

眉州的乡下，可见的范围内，桤木已经不多。很多老桤木，早在多年前，就成了农村人家的柴火棒子。要看老桤木，得去那些保护起来的园子。三苏祠里，是有桤木的，高高矮矮，混在一园子的杂树中，很多人认不得，也并未留意它们的下里巴模样。这不能不说，是件遗憾。

听说，成都的杜甫草堂，还有很多老桤。最近的一个春天，曾经专门去过草堂，只为一棵杜甫或者东坡时代的桤。去之前，有心理准备的，千年老桤，就没敢想。不过，几十年的壮桤，总有一大片吧。然而……找遍整个浣花草堂，我只看到高高在上的楠、柏、樟、榕、榆、杨、花楸、千丈、梧桐和银杏，婆娑妩媚的怪柳、黄杨、海棠、丁香、腊梅、栀子、桃李、樱桃、丹桂和观音竹……别说一大片桤，一棵也没有！我不甘心，咨询园丁，园丁们很惊讶，怎么会植那种树？他们的神态，分明告诉我，桤的贫贱和鄙俗，令人不屑！

别说浣花草堂不见桤木，整个成都也难见。盆周的老林，或许还有的。不过，也是见一株，伐一株，不让它们攒聚成林。腾出来的地，都换种柳杉，一种速生丰产的经济林木。千篇一律的柳杉啊，见缝插针，连一小块空地也不放过，俨然已将大大小小的村庄成功占领。

原来的大多数，竟然沦落到凄凉的极少数！恻隐和感慨，不过自寻烦劳。

蒋蓝是桤粉，不止一次地去过杜甫草堂。他说，桤木从城乡的绿化中退堂，"这就是蜀人的眼光，更多关注了桤木的实用价值。他们不懂利用桤木来造梦。"（蒋蓝）

杜甫懂得以桤木造梦的。穷困潦倒的春天，诗人植桤于草堂，三年不到，育荫十亩。桤，不一定为浣花溪的美景润色三分，但一定会为草堂的安然充实十分。我在想，没有了桤，杜甫能不能搭造草堂，安居浣花溪，都是个问题。

如果说杜甫以桤木造了一个唐朝的巢，那么苏轼又将这巢翻了个新，赋予宋代的枝丫和叶。

也许，苏轼在某一个清晨醒来，突发灵感，欣然提笔抄写杜诗，就是冲那独一无二的桤木而去的，甚至说不定眼前正拥来桤的身影。那是一棵来自家乡的百年老桤。民间的桤木，曾经多么般配浣花溪畔的茅屋。就像现在，苏文苏书的随意，天然地般配杜诗的亲切一样。

"昔先生尝赞美杜子美诗、颜鲁公书皆求之于声律点画之外，今观先生书杜诗，后千百年，宛然若昨日挥洒者，盖寓精神于翰墨而才品所自到尔。倘拘以宇宙之得而论之，是未可同赏妙也。"（明·金冕《桤木卷帖》后题跋）

作为艺术评论，金冕的跋文，破解了我们阅读杜诗和东坡书文的美学疑惑：人品审美与物品（诗品、文品、书品）审美，天然地契合美感和亲切；审美本质上又是超越时空和功利的；

需要避免形而上的误区，若动不动就大而论之，盲目抽象和拔高，不一定能觉悟。

但是，如此高妙的宏论，竟然只字未提"桤"！放着两个大文豪笔下形象，视而不见，让我很难认同。金冕是明孝宗弘治三年（1490年）庚戌科殿试金榜第二甲第十二名，比不得豪门贵族出身，算个大士子应无问题。天下读书人，见面不问来头，先看张嘴——有没有共同语言？苏轼抄写杜甫的动机，一定指向"桤"，这点几乎没有异议。要研究《桤木卷帖》，离开"桤"，闲扯什么审美哲学，会不会有避实就虚之嫌？作为杜诗勾连苏轼书文的共同语言（核心信息），金冕却给我们的感觉，是在刻意回避什么。难道就因为它，是一棵容易被淹没的——乞——木？！

当然，这些问题仅仅一闪而过。我不会为此想破脑袋，摇摇头，也就过去了，也不影响我们对于金文的欣赏，就像我们日渐习惯身边没有桤木的日子一样——那贵族般的矫情、羡慕，或者不屑一顾。

21

三苏祠的东坡名物，头牌一定要留给荔枝的。

眉州原本不盛产荔枝，这并不影响东坡先生于荔枝的喜爱，甚至超过眉州乡下旮旯角落都是的卢橘。耳熟能详的《惠州一绝》外，《荔枝叹》和《四月十一日初食荔枝》，也对荔枝极尽赞美之词，甚至与江鳐柱、河豚之类的神仙食材等而视之：

"似闻江鳐斫玉柱，更喜河豚烹腹腴。"（苏轼《四月十一日初食荔枝》）

这样的开头，风风火火，仿佛一幕美食大戏开演，所有的营造只为那主角的登场：

"十里一置飞尘灰，五里一堠兵火催。颠坑仆谷相枕藉，知是荔枝龙眼来。"（苏轼《荔枝叹》）

这样的结尾，如梦似幻，似是而非，声东击西，欲罢不能，抓人啊：

"我生涉世本为口，一官久已轻莼鲈。人间何者非梦幻，南来万里真良图。"（苏轼《四月十一日初食荔枝》）

我曾在杭州品尝过莼羹和鲈汤，并不以为滋味比吾乡烂大市的藤藤菜和大草鱼要高明到哪里去，便难以理解晋代的张翰，何以为两道地方土菜辞官还乡。东坡先生不远万里赶赴岭南荒地，只因了那点可怜巴巴的口福，还打算就此终老：

"日啖荔枝三百颗，不辞长作岭南人。"（《惠州一绝》）

这也太实在了，直接暴露自己的短处，让其审美地铺满一地。还是来点踏实的。

不可思议的是，先生的老家三苏祠，竟有两棵荔枝，且一度成为网红。

一棵老荔疙瘩，一棵少年青春。

老的那棵，20世纪80年代还能挂一两颗果子。后来枯了，园工将它陈放在祠堂里，供游客瞻仰——近千年的生长年轮，佐证三苏祠的遗传基因。

物候学常识显示，嘉州、眉州以及更北一点的成都，在唐宋时仍少量产荔枝，属于长江"荔枝走廊"西北延段。荔枝的娇气，在于它只能抵抗零下四摄氏度左右的低温下限。长江"荔枝走廊"满足这个起码条件，应该是中国纬度最高的荔枝原产地，大致位于北回归线与长江重叠地带。此地多江汇合，又是四川盆地到云贵高原缓冲区，阳光、雨水和常年气温环境，恰适荔枝生长。

先秦时，泸州、戎州（叙州，今四川宜宾）始驯化野生荔枝，唐宋时，已是大规模、大范围引种。因唐朝气候温暖，宋朝寒冷些，种植区渐渐往南退至嘉州、泸州、戎州一带。有学者认为唐朝巴蜀地区出产早熟品种，我认为不对，还是晚熟品种，不过唐朝气温高，荔枝早熟而已。比如杨使君招待杜甫的红壳荔枝，在唐朝六月就熟了，现在要迟一月。以杜甫没有专门歌咏过成都荔枝为由，推测成都、梓州（今四川绵阳三台）等地在唐朝时不产荔枝，我认为也有问题，很可能是荔枝能活下来，长高，长大，就是无法正常挂果。也不知是温度还是其他啥原因。苏东坡和黄庭坚也未专门描绘过眉州荔枝的色香味，由此看来，宋时眉州的荔枝也难正常挂果，或者说眉州的荔枝，一旦挂果，就将是一个新鲜的物候学或者植物学现象。

幸运的是，北维三十度的苏轼老家纱縠行的荔枝，的确就能开出鲜花，挂出红果。

南宋的范成大，就曾记录了如此精彩的一幕：

"辛巳（注：孝宗淳熙四年，1177年，六月）。招送客（注：陆游等）燕于眉山馆，与叙别。荔子已过，郡中犹余一株，皆如渥丹，尽撷以见饷。偶有两枻留馆中，经宿取视，绿叶红实粲然。乃知寻常用篮络盛贮，徒欲透风，不知为雨露沾洒，风日炙薄，经宿色香都变。试取数百颗，贮以大合，密封之，走介入成都，以遗高、朱二使者，亦两夕到。二君回书云：'风露之气如新。'记之以告好事者。"（宋·范成大《吴船录》）

范成大并未在文中提到东坡先生的名号，但提到了眉州的"荔子"（荔枝），这就够了。"红实粲然"的佳果，送给远方的使者。荔子传递的何止荔子本身，是"三苏"故里的生机和气象呵！荔枝是眉州的，是纱縠行的，更是东坡的。纱縠行的荔枝，因为东坡，枝愈加茁壮，叶愈加繁茂，花愈加芬芳，果愈加红艳。

"风露之气如新。"

没错，高、朱二使者的点赞，即便未言及东坡，风姿气象也已然溢表——

"一点浩然气，千里快哉风。"（苏轼《水调歌头·黄州快哉亭赠张》）

无须叙述者的想象迁移，也无须阅读者的审美升华，"养气"的渊源那么分明——东坡的浩然之气，荔枝的风露之气，原来如出一辙！

宋代纱縠行的老荔，是不是宋代的品种——"柘枝红""丁香核"，我没有吃过，不敢乱说。三苏研究专家坚持认为，它就是传说中的——"东坡荔"。

"东坡荔"是书生意气式的说法，显然带有个人于先生的仰慕，正如宋时的眉州荔枝即便无法正常挂果，也不影响东坡的荔枝情结一样。

先生到了杭州，对荔枝念念不忘：

"故人送我东来时，手栽荔子待我归。荔子已丹吾发白，犹作江南未归客。"（苏轼《寄蔡子华》）

诗中的荔枝，与其说是味觉记忆的勾连，不如说是乡愁在发酵。之后谪贬惠州，一天大食三百颗，置口福疲劳于不顾，更是将"此心安处是吾乡"的强迫症情绪放大到极致。

我愿意相信三苏祠的老荔疙瘩，就是东坡先生诗中所言，朋友手栽的那棵——作为东坡精神家园的符号，自成一族，自在千年。

就算植物学意义的草木，我也以为这种可能性的大概率。毕竟，三苏祠的荔枝树，20世纪80年代，还能挂一两颗果子，即便终于枯了，也算老死而无遗憾的。何况，新的那棵已经成功引种，把荔枝挂果的纬度，真切往北挪移了三度。刻板的物候学家，据此判断眉山的草木生长环境，正在改良，或已经接近宋代的水平——这一点，我是深信不疑的。

就像我固执地以为，三苏祠的老荔疙瘩，就是先生与好友分别时手栽，同那棵新种的网红荔一样，不是化石，却有着化石的恒久和力量。

22

几日前,看过朋友的艺术团队编排的群舞《橙黄橘绿》,微叙事,轻抒情,满满的生机。我建议朋友,趁热打铁,往下弄个东坡诗意系列,比如《东坡竹》《苏祠莲》《荔枝红》啥的,加上《橙黄橘绿》,一年四季都有斑斓演绎了。朋友欣然接受了我的命题。她说,以诗意打头系列舞蹈,的确很应眉州的时景:

"一年好景君须记,正是橙黄橘绿时。"(苏轼《赠刘景文》)

眼下,正值冬春。眉州的色彩叙事,从橙黄橘绿开始。各种好吃的柑橘变着花样上市,可以列举出一大堆名品:香柑、香橙、脐橙、爱媛、大雅柑、清见、春见、明天见、不知火……

得天独厚的水土,造就眉山优质晚熟柑橘:最北的柑橘纬度,冷暖宜物;小坡浅丘,不用挑肥拣瘦。

不大明白的是,东坡先生对于确凿出产于家乡的柑橘的抒写,为何不如荔枝和卢橘那么煽情?

卢橘不是橘,是枇杷。

宋人就说:

"岭外以枇杷为卢橘子。"(宋·朱翌《猗觉寮杂记》卷上)

先生也曾写到:

"魏花非老伴,卢橘是乡人。"(苏轼《真觉院有洛花,花时不暇往,四月十八日,与刘景文同往赏枇杷》)

"乡人"的意思很明确，卢橘产眉州，正宗家乡吃货。不过，还是习惯先生叫"枇杷"亲切：

"枇杷已熟粲金珠，桑落初尝滟玉蛆。"（苏轼《二月十九日携白酒鲈鱼过詹使君食槐叶冷淘》）

在先生笔下，很多时候卢橘和杨梅并称：

"客来茶罢空无有，卢橘杨梅尚带酸。"（苏轼《赠惠山僧惠表》）

"梦绕吴山却月廊，白梅卢橘觉犹香。"（苏轼《七年九月自广陵召还复馆于浴室东堂八年六月乞会稽将去汶公乞诗乃复用前韵三首》）

"不独盘中见卢橘，时于粽里得杨梅。"（苏轼《皇太后阁六首》其一）

"罗浮山下四时春，卢橘杨梅次第新。"（苏轼《食荔枝》）

卢橘杨梅，一金一紫，酸甜混搭，视觉上入画的题材，辅以味觉嗅觉的穿透，自然更入诗文。

杨梅出于江南，先生又在杭州、常州、湖州任过职，要说对杨梅没多余的话，讲不通。可杨梅离开卢橘，在先生笔下仅此一例，且还不值钱：

"新居未换一根椽，只有杨梅不值钱。"（苏轼《参寥惠杨梅》）

作为卢橘的搭头，杨梅只能受点委屈了——先生的故土情缘在眉州，离开卢橘，杨梅的意义，或只余形而下的色香，而无乡土的意味了。

于是，便有些可惜了。今天的眉州，依旧盛产枇杷（卢橘），只是声名远不如柑橘。就像现在，正值东坡诗文里的"一年好景"。东坡没有活在今天，否则他一定会改变看法——橘是"甜蜜"的，它与吃货的爱情有关，而非只用来托物言志，不食人间烟火的"后皇嘉树"。

卢橘说到底，还是一种好吃好玩的水果。柑橘则显得有些书生意气：

"橘生淮南则为橘，生于淮北则为枳。"（《晏子春秋·杂下之十》）

东坡买田阳羡（今江苏宜兴），"种柑橘三百本"（苏轼《楚颂帖》，现藏台北故宫博物院）。橘之甜已不重要，重要的是，"楚颂一帖传之后世为不朽"（元·赵孟頫《楚颂帖题跋》）。显然，先生在表白自己对于故土的眷恋。

东坡的咏橘诗文，大家最熟悉的莫过于《赠刘景文》。

关于此诗的解读，一般认为是应景写意，表达情绪之作。专业的宋诗研究者，可能还会说，这是生活哲学，在传统诗歌中的美学应用典型。我倒以为此诗跟其他的宋诗，包括朱熹、杨万里，也包括东坡自己的"哲理诗"，不太一样，或有着超现实的深层意味。一头扯高度符号化的莲菊，另一头又扯完全世俗的时令吃货，形而上与形而下的反差也太大了。你翻遍整个《全唐诗》和《全宋诗》，找不到例外。

这就是先生的厉害所在，不是毫无原则地搞折中，和稀泥。而是选择了以生机勃勃的民间喜色，去填充荷尽菊残周围的大量飞白。

传统审美派,说这叫雅俗共赏,现代派说这叫"理想主义"。说到这里,喜欢现代美术的朋友,似乎有点感觉了:你确定不是在说,"一手伸向传统,一手伸向生活"?没错,就是它。

多年后,眉山边的仁寿出产的中国画大师,长安画派创始人,他叫石鲁,算是东坡先生的同乡。两人的性格和理想,原来真的好搭的。要文艺,也要生活,橙黄橘绿,刚刚好。

可惜,先生妙笔下的橘,没有一句是精确地投向家乡的。单纯就吃而言,先生在黄州吃过的橘子,算是印象最深刻的:

"北客有来初未识,南金无价喜新尝,含滋嚼句齿牙香。"(苏轼《浣溪沙·几共查梨到雪霜》)

"香雾噀人惊半破,清泉流齿怯初尝。吴姬三日手犹香。"(苏轼《浣溪沙·咏橘》)

"齿牙香"也好,"手犹香"也好,它们都跟眉州没啥关系。以我对先生的理解,这是不正常的。按理说,东坡谪南之后,看着橘子,一定会有地理位移的强烈感觉的。即便不会说到淮南的"橘",与淮北的"枳"这一层,也会像荔枝啊,卢橘啊啥的,把乡愁勾连一番的。

唯一的解释,不是宋时眉州的橘子种植水平不高,而是橘子恋旧的特殊隐喻,与东坡的"他乡即吾乡"现代情绪,可能恰恰相反。

我是在反复读了东坡的橘诗后,才忽然明白这一点的。

如此看来,东坡先生的人格和言行,真的彻彻底底的一致啊。我们一厢情愿地，想要东坡以橘言乡愁，其实还是跟先生的距离，隔的可能不是一棵橘子的距离。

回头说眉州的橘子。

橘子似乎是时下眉州乡下最时髦的主题，只负责大大咧咧地酸，一声不响地甜，就像村里的年轻人，阳光，青春，之于爱情……

他们在某个欣欣向荣的清晨，朝着春天发誓，要用一双本色的手，种出天底下最甜最好吃的橘子，要让整个村庄，不，整个眉州的冬天与春天，都是橙黄橘绿！

他们成功了！他们的柑橘，是这个味道——还没入口，已化成甜霜，细如冰丝，清清凉凉滑过春天的午后——两小无猜的青春少年，嘴对嘴分享天底下最好吃的——一块棒棒糖！

东坡先生不知道，很多人不知道，家乡眉州的橘子之外，如此稀缺的味道，不带任何外加的蜜素，那植物表里如一的酸甜——真的可以叫"爱情"——七种颜色，十二种香甜，从冬天铺到春天，一个春天铺到又一个春天……

东坡先生活在文人情绪的最好年代，却没有生活在吃货的最好年代。他没有吃过今天这样甜蜜的橘子。他爱王弗、闰之和朝云，为她们写过百分百的悲情，只惜用力过度，不像今天眉州的橘子那样，直奔想要的欢快主题——

"爱媛"，就是爱你。你是唯一的。

情初日，"不知火"。情浓处，清见，春见，明天见……

23

盛产桂花诗意和东坡风竹的三苏祠，上风上水。

盛产橙黄橘绿的幸福古村，也盛产爱情。

盛产苞谷红薯、瓜果稻豆的眉州乡下、青衣江畔，风调雨顺，生态环境数一数二。

吾乡眉州生态好，这一点在汉代民俗陶俑和唐宋文人诗词，所反映的当地物产情况可以见得。汉代川俑中，有大量的水田鱼塘之类的生活情境。薛涛、黄庭坚、杨万里于荔枝的叙述，直接将四川盆地的年平均气温提高了好几摄氏度。杜工部有诗，"窗含西岭千秋雪，门泊东吴万里船"（唐·杜甫《绝句》），据说描绘的就是眉州彭祖山下江口码头的胜景。

受地球温室效应大环境的影响，眉山的气温已不像千年前那么高，水量也没有汉唐充沛，但一切还那么自信。山川再现唐诗宋词景象，风物坚持千年生态品质。

比如，"白鱼紫笋"，历代文人笔下津津乐道的风物。白鱼就是"白鲦"或"白鲦"，一种天然水域出产的江鲦。我的老家洪雅俗称"白条子"。据说，"白条子"对水质的要求近乎苛刻，稍微有点风吹草动，就活不了。出山泉水清，清水出白鱼，吸取山川精华的白鱼，自然肉质也相当讨人喜爱。小时候，偶尔还能尝尝，后来越来越难以见到，加上政府禁渔，口福也便成为奢侈记忆，不过，那鱼的确算得吃过的神品食材了。奇怪的是，近来街面餐馆，一夜之间又卖上"白鱼"。哪里来的呢？不会是冒充的吧。但看其形貌，又符合古人的描述：

"长仅数寸，形狭而扁，状如柳叶。"（明·李时珍《本草纲目·鳞三·鲦鱼》）

那就来一条，果然还是小时候的味道。价格呢？二十九元一斤，跟猪肉一个等级。便纳闷。老板笑说是本地养殖。养的？那鱼可挑水源了。我表示怀疑。老板又说，现在水土生态好，不仅娇气的"白条子"能养，就连雅鱼、黄辣丁、土凤、松花等，原来要卖几百上千的珍稀江河鱼品，都可以养了。养殖技术的开发是一个方面，水质的改善或是根本。也就是说，眉山乡下渠塘田池等人工水域，已然接近先生笔下的"玻璃江"了：

"我家峨眉阴，与子同一邦。相望六十里，共饮玻璃江。"（苏轼《送杨孟容》）

"紫笋"非笋，而是一种绿色茗品，收入明人钱椿年的《茶谱》，名列天下名茶第二。第一是四川雅州蒙顶石花，第二是浙江湖州顾渚紫笋。以诗词写紫笋，印象比较深的，有两个人。

一人是元人冯子振，他写道：

"一枪旗，紫笋灵芽，摘得和烟和雨。"（苏轼《鹦鹉曲·顾渚紫笋》）

从其描述，我们可以想见紫笋的形色，还有烟雨缭绕的生长环境，大致如今天杭州灵隐寺的龙井。

另一人是乡贤苏轼，他就曾发过议论：

"想见青衣江畔路，白鱼紫笋不论钱。"（苏轼《寄蔡子华》）

东坡第一次把"白鱼""紫笋"并提,而且还明确提到家乡"青衣江畔"。先生写此诗的时候,在杭州任上。杭州自然能常喝到名贵的"紫笋",想来要吃上奇货可居的"白鱼",也不是难事,为何先生却念念不忘家乡"青衣江畔"?原来是家乡的"白鱼紫笋",稀松平常,"不论钱"!

关于此诗,是否可以做如下猜测:一是青衣江畔盛产"白鱼"和"紫笋"茶,质量的确不比江南的逊色;二是青衣江生态无污染,水质特别好。

原来,"白鱼"出青衣,旁敲的"鱼",侧击的是"水",好水泡好茶。好茶是啥,"紫笋"啊。"白鱼紫笋",言外之意,青衣江中水,青衣江畔茶。此水此茶,天作之合,堪比灵隐寺虎跑泉泡龙井。

今天的青衣江畔茗品,当为雪芽。雪芽中的极品为——"峨眉雪芽"。最近,又推出一并列名款——"瓦屋春雪",更是雪芽中的天花板。我没喝过"紫笋",但我喝过龙井,喝过"峨眉雪芽"和"瓦屋春雪"。论品质,雪芽和龙井不相上下,若扯情绪,最后胜出的无疑是"峨眉雪芽"和"瓦屋春雪"了。

"瓦屋春雪"是我老家眉山洪雅的生产。正宗的"瓦屋春雪",出自瓦屋山下,青衣江畔。那里的山不见得高,植被上好,森林覆盖达到七成以上,老树修竹,高高下下,流泉飞瀑,叮叮咚咚。林下溪畔,种茶人家,自然结成村落。一年四季,气候宜人,春夏尤多雾霭。得此天时地利,盛产名茶"竹叶青"。"竹叶青"是与"碧螺春"等齐名的绿茶工艺,当然也是广义的茗品。既是名茶,其种、采、制、艺诸般功夫,便十分讲究。生长时,不得施以化学肥药,为确保其绿色品质。采摘条件又极其挑剔。清明前后三五天,选雨后初霁时,轻采茶之嫩芽,即时制作。其制法颇为古朴精制。先取铁锅一口,以微柴火去青。再利用锅里余热,用手焙、摔、拍、筛、挤、压,致茶上毫成形。其中动作,若燕飞,若鱼游,灵巧多变,难名其状。

"竹叶青",以芽之老嫩、形色美感分品。正宗"竹叶青",就是我们通常说的"雪芽",色如春雪,形似竹叶,视为"论道"极品。

从名字看,"雪芽""紫笋",似是而非。非者,一白一紫,颜色区分明摆着哩。似者,看那"芽""笋"形状,命名方式,尤其是那冲泡之法,不得不让人联想到,东坡先生的"白鱼紫笋"啊。

冲泡"雪芽",极其讲究,碗要用白瓷碗,水要用青衣江两岸山泉。取白瓷茶碗,以泉烹之。须臾,便见水里茶针悬垂,雀嘴微开,宛若修竹新篁,久旱逢雨,煞是可爱。小啜一口,一缕山野清香,自远而近,浸人心脾。仿佛左右两腋,真有习习风生。冲泡此茶,城里人所用各种所谓的矿泉水,再贵也不可取,得用新鲜山泉。否则,其形色味皆相去甚远,徒有"雪芽"的虚名了。

"天之所生,地之所产,足以养人。"(苏辙语)

"小苏"这话,表达了大多数书生,普世的文化认同——果然是一方水土养一方人。靠山吃山，靠水吃水。吾乡两江，岷水青衣。

"锦水（岷江）细不见，蛮江（青衣江）清可怜。"（苏轼《初发嘉州》）

东坡先生之于乡土的情绪，溢于绝句的言表。青衣渔火，绿茶蔬果。岷水清明，圣比玻璃。若说"共饮玻璃江"是穿越时空的诗意夸张，那么"白鱼紫笋不论钱"，不仅是东坡先生的诗意渲染，也是对于家乡风物实实在在的叙述。这样的叙述，直到千年之后的今天，我们也能感受到其鲜活生气，娓娓道来，迎面扑鼻。

24

苏东坡诞辰九百七十周年，我作为组织者之一，参与搞了个全国性的东坡题材书画展。这是所知道类似专题展览规格极高，作品极丰的一次。引人注目的，莫过于东坡画像了。一百多件呢，有几件还是从未面过世的三苏祠博物馆镇馆宝物。

因为工作原因，我零距离欣赏过那批展览作品，印象很深。书画家们理解的苏东坡，浸润了笔墨的气质。这是一千年才苏醒一次的集体记忆。形而上的桥梁，换算成了一个千年的时间尺度。

我们与苏老头近距离接触。我们遗传密码里最牢固的基因链条被唤醒。虽然隐隐约约，似曾相识，虽然我们和古人还是隔膜，但总算在一千年的时光阵列里挤出了一条缝，站到了阵列之前。我们与英雄面对面，以平视的角度，打量、说话、互致问候，氛围轻松。我们并没有把英雄当偶像崇拜，尽管，这样的英雄一千年才出一个，算旷世了。我们只是好奇。英雄可能是个因素。英雄从来都被光环笼罩。我们看到的，往往是过滤了的"英雄本色"，没有瑕疵，成色十足，美好无边，仿佛纯度很高的金子。一千年的尺度，也可能是个因素。一千年是浓缩的"铀"，其所积攒和沉淀的那种岁月之厚，一旦摊开来，足以摧毁我们全部的想象。

文人眼里的苏东坡，我看过的版本形形色色，可谓有一百个书画家，就有一百个东坡。他们潇洒快活，爱吃猪肉；他们才华横溢，人情味足；他们少年得意，魅力四射；他们吟诗作画，对酒当歌；他们风流倜傥，豪情万丈；他们百折不挠，怀柔隐忍；他们呵护弱势，忧国忧民……

与其说书画家在画苏东坡，不如说他们在照镜子——描绘自己的性情和影子。生活并不如意。书画家们把文人的追求理想化，甚至恨不能把全部的美好都倾注于笔墨。

没有谁会怀疑他们不是苏东坡。可我们还是欲罢不能，还是要再走近点，看看光环退去后，英雄本来的模样。还是人的偷窥癖在作祟。不仅是民间百姓有偷窥癖，名人也难以免俗，比如翁方纲、林语堂、康震这样的学问家，也和我们凡人一样，对苏东坡长什么样充满好奇。那些暗藏于典籍旮旯里并不可靠的信息，被他们搜罗、组合，辅之普通人的趣味猜想，用以对抗一千年才有的时间光泽。

最有名，也是最值得重视的猜想有三个。

第一个是《扶杖醉坐图》，也叫《子瞻按藤坐磐石图》。据说这是能见到的最早的苏东坡画像，清人朱鹤年（字野云），据宋时李公麟（字伯时）所作东坡醉坐像的摹本，现藏上海博物馆。我曾经得机会目睹作品的原貌，与东坡在同一个时空安静地对视，并瞻仰他的仪容。按藤杖，坐磐石，画面上的东坡老成而温和，的确接近一位文化的长者。推测作品的底版，或作于元祐时期。可惜这件作品存在争议，因为摹写的母本，现已无存。而更早更确切的摹本，明代洪武年间据李公麟拟东坡先生画像的刻石，收藏在四川眉山三苏祠博物馆。这件作品，我也是亲眼见过的。比较两件作品，画的都是小眼睛、八字胡、高颧骨、蓄长须的东坡，观其面貌，都可称神似。不过区别亦是显著的。清人的摹本清癯庄严，走势飘逸的衣纹皱褶掩饰不住正襟危坐的恍惚。明代刻石，头脸圆润，胡须疯长，不见圣贤气象，看上去更像浸润生气的民间书生。相比之下，我更喜欢明代刻石的形象，常常让我想起黄州的东坡——已然离群索居许久，更像落地的植物或隐世的活佛。我第一次看到石像的时候，差点笑出声来，原来英雄就在身边啊！也许这两件作品都传达了东坡的相貌信息。我们相信此猜想，因为传闻两件作品的画师本人是东坡同时代的李公麟。李公麟作苏轼像，宋人有记载，"庐州李伯时近作子瞻按藤杖，坐磐石，极似其醉时意态。"（宋·黄庭坚《跋东坡书帖后》）画师和记录者都是苏轼好友，属于伙伴一类。伙伴之间，相信"三人行，必有我师"《论语·述而》，但不会相信三人行，出圣人。平等的视角，达成理解和信任。同为李公麟笔下的东坡，却留下自相矛盾的悬念，反差如此之大，让人争议。争议往往促使我们更愿意去寻找真相。真相在哪里？在我们自个心中。于是，我们大可以说，李公麟笔墨下，无论"庄严的长者"，还是"糟老头子"，都很"苏东坡"。

第二个叫《东坡笠屐图》。画像中的苏东坡，头顶竹笠，脚蹬木屐，手握犁杖，须髯飘逸。这是老来时苏东坡的模样，乐观，豁达，颇有"老夫聊发少年狂"（苏轼《江城子·密州出猎》）的气质。从形象上看，"东坡笠屐图"，就像一个篆字的"苏"字，头顶草篷，左边鱼肉，右边禾苗和庄稼。这个字，刻在三苏祠里的一块石碑上。文人从骨子里，还是遗传有农夫的基因。很多文人，在剥离掉后加的各色光环后，剩下的身份其实就是农民。回到农民的出生，回到草木的本色，并不会让我们憋屈。所以，明清以来，书画家们往往照这副打扮画苏东坡。就个人情感而言，我是比较喜欢英雄的这副装扮的。它更接近我们对于一个文人命运的良好企望。过程充满变数。但过程终究会成为经历，即便是悲剧性的经历，也是人生。看见这副打扮，我们在忘却的同时，也在唤醒童年、青年和壮年的记忆。我们对自己的未来，于是有了更多可寄托的梦想。

第三个猜想，就彻底地接地气了。猜想现在树立于三苏祠的核心景区。这也是我要说的，三苏祠的又一地标性名物，虽然是石头雕琢的，却有着植物的怀柔和韧性。

它的名字叫《东坡盘陀石刻》，号称"苏东坡雕像之王"，曾经获过一个很牛的艺术荣誉——国家级的"雕塑提名奖"。

东坡盘陀的创作者是个当代人，眉山的荣誉市民，雕塑家赵树同，前些年去世了。但作品还在，至今坐落在三苏祠披风榭的池边，供游人瞻仰。每次，我陪外地的朋友去，都要在那里逗留片刻，拍拍照，发发感叹。盘陀像，是我见过最"士大夫"的苏东坡，姿态潇洒优雅，造型英伟雍容，像菩萨一样美好得无可挑剔。雕塑家没有刻意地美化对象。他只是真实地传达了普罗大众的信仰，接纳了朝圣者共同的诉求与理想——苏东坡是圣人，就应该高大上，有着智者和圣人的传世尊容。

其实，谁见过苏东坡呢？现代人距苏东坡的真相很远。我们只能凭借民间流传的，关于圣贤的理解来为英雄塑像。我们其实对英雄本来的模样已少了兴趣。我们只是需要英雄，就像需要佛陀、菩萨、罗汉一样。这就是通常所说的精神家园。不过民间百姓的精神家园，缺少文人的个性，更多"共性"而已。于是，民间的英雄苏东坡，峨冠美髯，浓眉朗目，魁梧伟岸，天圆地方，英俊飘逸，儒雅端庄。这是符合大多数人的审美趣味，也是让大多数人能热爱的"伟人"和"圣贤"的模样。远来的游客们喜欢在此留影，有的游客甚至要模仿雕像的"样"，把右手伸出来，摆个"大手笔"造型。很显然，苏东坡的"样"，就是我们用已对照和修饰的行为示范，"大手笔"则是我们终其一生所仰慕的文化图腾。可这经得住检验吗？很多时候，我们不是在嬉笑中，拍完照，走出园，就很快淡忘了吗？

像这样，企图迎合众生趣味的"英雄本色"，就像一句放之四海而皆准的真理，我们可以读，可以吟唱，甚至可以画成神像，供奉起来，早晨晚上地默诵于心，却很难真正雕进记忆深处。即便有，也不过集体的记忆而已。就像那只大名鼎鼎的"大手笔"，它在成为集体记忆的时候，同时也扮演着经典道具的角色。灯光退却。大戏落幕。看戏的人早已散去。黑夜来临，道具被戏班跑龙套的收藏起来，搁置于暗处，等待下一回粉墨登场，或者老去。

25

接下来这件"名物"，一度很扯眉山的眼球。本来不想说，怕惹楼盘推手的嫌疑。我这人骨子里一直比较排斥房地产的。

为啥又要讲？不是它的人气高低的问题，是因为它照着三苏祠的门面，作为刚好对立的素材，绕不开啊。

想不想说，它都在那里。从三苏祠南大门，去游客中心，还得要忍住情绪，耐心地穿过它。

因属市场开发行为，它的名字免不了俗——"东坡金城"。还好，开发商没有赤条条喊出诸如"白金翰""财富一号""东方首座""凯旋广场""白银时代""皇家花园""西班牙郡"之类的极显尊贵的名字。而以"东坡"冠之，想来内心还是仰望先贤的——尽管暗地里做梦，寻思东坡先生大腕级的名牌效应，能让他的投资增值，且不需支付冠名的费用。

  小区在多年前就已打造完毕。之前是一座群众性的体育广场。把公共场所搞成商住小区，决策者肯定是承受了不小的"民声"风险的——据说，当时还真招致了一阵书生意气式的"豪怼"。小区开发后，不知是对"三苏"的敬畏，还是难以消除"住在体育场内的尴尬"，小区房价一直上不去，好不容易销售出去的商铺和写字楼亦门可罗雀。不过，这些都已成过去，至少在我写这段文字的时候，小区还是炙手可热的，只是换了些名堂而已。川菜馆子关了张。时装店迁到城中的步行街去了。化妆品门市，改头换面，卖了教辅资料、文具和玩具。写字楼、茶楼更是摇身一变——家教班如雨后春笋。"剑桥"英语、"阳光"英语，"金牌"奥数、"精英"奥数，"神墨"心算，钢琴班、小提琴班、电子琴班、长笛班、二胡班，"文曲星"作文班、"小作家"辅导班，"小凡·高"绘画班、"跳龙门"高考美术班，少林拳班、太极拳班、跆拳道班，滑冰班、滑板班，芭蕾舞入门班、古典舞初级班、拉丁舞提高班、现代舞高级班、少儿舞各级班……五花八门，生意红火，怕有四五十家吧。周一到周五，所见的教室几乎都关门闭户，人影也不见一个，不知情者还以为主人的家教是不是搞不下去了。知情的晓得那些教室只是暂时"打了烊"，它们的学生还关在周围的"大学校"课堂里刻苦着呢。

  我曾经考察过，"东坡金城"周围至少布局有两所职业学校，一所高中，两所初中，两所小学，两所私立学校，三所幼儿园。有的已是百年名校，有的是新生的社会办学力量。不知道是刻意的规划，还是"三苏"的精神引力所为。总之，它们聚集在三苏祠的四围，像星星一样拱卫着三苏祠。众多的辅导班在耐心地等待周末——那是属于它们"小私塾"的家教狂欢。到了周末，学校的老师会把孩子们放出校门来。周末，"大学校"老师不会布置很多课业，应该感谢他们。在"小私塾"先生看来，两日的空闲，是一块可以开垦、可以耕耘、可以收获的自留地。他们拥有秘不示人的独门手段。而家长们没有。"大学校"的老师们也小声传出来说"没有"——他们说这话的时候，言不由衷，使家长们不得不怀疑他们身份的暧昧，他们会不会也在每个周末暗地里扮演"小私塾"先生的角色？每个周末，"大学校"的老师，表面上也会怨声载道，一脸的委屈——他们之中更多的也是家长。数以千计的家长，会在周末把孩子送到小区来，他们相信古训，"*书中自有黄金屋，书中自有颜如玉*"（宋·赵恒《励学篇》），"吃得苦中苦，方为人上人"，"*万般皆下品，唯有读书高*"（宋·汪洙《神童诗》），相信三苏祠边"黄荆条下出好人"的榜样效应。他们倾其所有，把赌注全押在"明天"——尽管他们眼里所谓的"明天"，有些朦胧，也有些飘逸。那又如何呢？他们的父母因为家贫而吝啬，就已经荒废了他们这一代的"今天"了。"今天"还能怎样？"今天"还不是上午去沙縠行摆地摊，下午去"宝华寺"看稀奇，晚上去"远景楼"喝闲茶——几乎是这个城市普通人家的幸福模式。"今天"既已如此，那就下注吧。于是，小区成就了三苏祠边的人生"赌场"。下吧，下吧，看哪家没把孩子孤注一掷！输赢已不重要，重要的是总有人会踩着输家的身子骨爬上去，一览众山小呵——后来者的示范。如此前赴后继，成就了书香城市的家教狂欢。这一点，就连当初项目决策者也是没有料到的。本打算朝商住小区方向用力开发的，没想到阴差阳错，搞出个传世新物来。

种下的是瓜，收获的是豆，黄灿灿的，还是金豆。这里的瓜豆，已非名物意义。是不是有点黑色幽默的效果？

26

不只在眉州，就是放大到东坡遗迹遗址地，要说看得见的直观体量，最大的东坡名物，得数"远景楼"。高达十三层的地标，巍然耸立在三苏祠的东北五里地外，一到黄昏，金碧辉煌，老远都能看到。三苏祠呢，放到平面图纸上看，也足够大，祠里五花八门的物件，与东坡有关的，多达几十种，但也只能算名物的集合。

远景楼是个相对独立的个案。它的存在，只因先生那篇楼赋：

"吾州之俗，有近古者三。其士大夫贵经术而重氏族，其民尊吏而畏法，其农夫合耦以相助。盖有三代、汉、唐之遗风，而他郡之所莫及也……"（苏轼《眉州远景楼记》）

宋人最初收集先生文章时，也收集了作文的时间——元丰元年（1078年）七月十五日，很明确。

多年后，我在一个关于先生书画艺术的专题展览中，看到了此文的墨稿，但是文章名字叫《眉山远景楼记》，书写时间却是"元丰五年四月二十八日"，书写地点也有的——"乔居之雪寮"。

神宗元丰五年（1082年）的春天，苏轼贬谪黄州已遇三春，先生的人生尚在涅槃，情绪似乎刚刚获得缓解。那个春天，先生书写了大名鼎鼎的《寒食帖》，也造了"雪堂"，开始了与友人的交往，也有时间思考更大的命题。这篇《眉山远景楼记》，应是先生在书写《寒食帖》后，第一篇纯粹的书法作品。先生抄写了此前在徐州的旧文。徐州的功课，应家乡朋友的托付。现在重新抄写，也许应某个朋友之邀，以换取资助的应酬，也许只为纯粹打发闲暇。寒食之后，先生在他的新居，也就是一座简易的茅屋，见到了晚辈米芾，友人董钺，以观音纸作墨竹赠米芾，隐栝五柳先生《归去来辞》，并即兴附和董越钺的《满江红》。《眉山远景楼记》，跟那几个作品都不一样。至于它为哪位好友而作，不得而知。也许，它留给了自己。从笔意和章法来看，《眉山远景楼记》，比之《寒食帖》，徐缓而稳重，在"二王"和"颜体"之间，寻找了一个可以倚重的态度。而题款，更是滴水不漏，但没有提到"雪堂"，只说了"雪寮"。"寮"收"堂"放，个中的些微区别，正好印证了书者情绪的些微变化——自信已然拐弯，正在重新向上确立。

我们相信，那个春天快要结束的时候，先生已经不再称自己的茅庐为"寮",而叫"堂"了。于是有了《雪堂记》和"东坡雪堂"的佳话。

黄州重书的《眉山远景楼记》,与徐州初稿《眉州远景楼记》,少了作文背景的交代:

"因守居之北墉而增筑之,作远景楼,日与宾客僚吏游处其上。轼方为徐州,吾州之人以书相往来,未尝不道黎侯之善,而求文以为记。"(苏轼《眉州远景楼记》)

这个黎侯,就是黎錞(字希声,1015—1093年),北宋广安军(治所今四川广安渠江),仁宗庆历三年(1043年)进士,神宗熙宁八年(1075年)知眉州,官至朝议大夫,是个经学家。

黎錞是"老苏"苏洵的好友,跟"大苏""小苏"也有交集,是个做学问的老实人,有个外号"黎檬子"。"檬子",就是蜀人说的"懵子",憨人的意思,当然是个褒义词。海南也有"黎檬子",几年前我在海南儋州的乡场上,见过老百姓卖这玩意,有点像发育受限的小青橘,奇酸难忍,只能切片泡水喝。东坡贬谪海南后,也是见这货,又想起了故人"黎檬子":

"吾故人黎錞,字希声,治《春秋》有家法,欧阳文忠公喜之。然为人质木迟缓,刘贡父戏之为'黎檬子',以谓指其德,不知果木中真有是也。一日联骑出,闻市人有唱是果鬻之者,大笑,几落马。今吾谪海南,所居有此,霜实累累。然二君皆入鬼录。坐念故友之风味,岂复可见!刘固不泯于世者,黎亦能文守道不苟随者也。"(苏轼《东坡志林》卷一《黎檬子》)

这是多年后的记述，个人情感的意味很重。而在远景楼一记中，苏轼对黎太守为文、为人、为事，专门有个客观的简评：

"简而文，刚而仁，明而不苟，众以为易事。"（苏轼《眉州远景楼记》）

看得出来，黎太守是个做得多，说得少，干实事的执行型地方官员。明眼的读者，会发现黎太守行事风格上，似与东坡互补的。这样想，就很有意思了，因为苏东坡写此诗的时候，也是太守，不过地方在遥远的徐州。

还有更具意思的。两人都为官一任，造福一方，踏踏实实做民生，兴文化，而且几乎在同一年，都在当地造了一座地标，黎太守在眉州造了远景楼，苏太守在徐州造了黄楼。

很多朋友认为，可能造楼就是当时为官者的政绩时髦，时间区间的重叠，仅仅凑巧而已。

有一个被大家忽视的时间节点，七月十五。这一天，苏东坡写就此文，他的黄楼要等到九月九日方才落成。也就是说，眉州的远景楼，或于此前业已竣工。先生赶在他自己的黄楼落成前，急就此篇友情文字。这仅仅是时间的巧合，还是东坡特意的构思？

眉州本土的苏学研究者似乎认为，远景楼奠基于神宗元丰元年（1078年），落成于元丰七年（1084年）。这个说法并不一定经得起推敲。元丰元年七月，远在徐州的苏轼已经在考虑为楼赋文了，刚刚经历一个夏天到另一个夏天的抗洪和重建，有暇兑现乡人的友情托请。从东坡的行文中，我们知道了其自熙宁十年（1077年）正月初一，赴任徐州知州以来，与乡人的书信互动颇为频繁。这一年，是黎希声在眉州第一个任期的最后一年。老百姓也是在这一年，对黎太守的为官之道有了比较完整的任期感受。观宋代士大夫的地方为官生态，要留下什么正面物证，比如造民生名胜之类，大抵会安排在任期的中后期。考虑到眉州老百姓向朝廷请命留任黎太守，此事落地之前，造楼工程或已完成：

"既满将代，不忍其去，相率而留之，上不夺其请。既留三年，民益信，遂以无事。"（苏轼《眉州远景楼记》）

苏东坡很可能是在这一年，徐州抗洪最紧张的时候，得到了乡人关于父母官黎希声的信息和请求，只是碍于民生公务缠身，没有马上收工。东坡也大抵在年末岁初之交，得到了黎太守留任的确切信息，才得以放下公务，考虑还乡人的请托，不然，以东坡的真诚为人，不会拖到朋友离任。再者，一座三层楼左右高度的砖木结构楼台，工程若前后拖达七年，这个效率，老百姓满不满意且不说，黎太守和苏太守两个太守首先就不会满意。

回头说，徐州的东坡黄楼。黄楼于元丰元年（1078年）二月开工，八月十二竣工，高三层十丈。"黄"，取"土实胜水"（苏辙《黄楼赋》）之意，从名字可看出，苏东坡在他乡徐州造楼的目的，也是寄寓民生意愿，抒发抗洪胜利喜悦。苏辙在赋中，还有专门陈述。更有意思的是，九月九日落成典礼这天，苏东坡在黄楼专门设"鹿鸣宴"，大贺刚刚通过秋试的举子，并赋七律《鹿鸣宴》，作《徐州鹿鸣宴赋诗序》，大倡一乡文风。而在此之前的七月十五，他刚刚为远在故乡眉州的高楼作记，又有着怎样的深意？

为了帮助大家的钩沉，我试着顺着东坡的行文思绪，做流水的还原：

元丰元年（1078年）七月十五日，苏轼表情严肃，写下了《眉州远景楼记》，最开始的几行文字。接下来的叙述，更接近于自言自语：

当初朝廷以声律取士，各地的读书人就此养成华而不实的陋习。唯有眉州的士子，仍以西汉文章为典范，被外地的读书人视为泥古不化。机关的小办事员，也读经书，也习笔墨，他们所作公牍文字，竟然有古文遗风！大户显贵人家，以文章推重门第，甚至还不吝切磋，相互品评砥砺。老百姓与官府里人的关系，好比古时的君臣。官吏离任，还有人为他们画肖像，甚至虔诚地供奉起来。出了成就的，也有人自发口碑相传，一传就是四五十年啊。有心的老百姓还把家里的好东西收起来，以满足官府需求。读律令条文是经常的事情，谁说读律令条文有什么不对呢？引以为戒啊。人一辈子哪能不犯一点小过，吃一堑，长一智，有些错误却是怎么也不敢犯的。二月二，龙抬头。庄稼人又开始新的忙碌了。四月初头，野草和禾苗争着窜长，几乎家家的青壮劳力都上地薅草了。一个村庄都出动了，几十上百人，也没见有谁睡懒觉，打庄稼的迷糊眼。大家伙在田野中央放了个沙漏。有人看沙漏，掌握时辰。有人敲鼓，号令歇响吃饭，出工收工。有谁要是想"哄"，鼓点没响就收工，或是花着心思磨洋工，会招致集体的鄙视和唾弃。俗话说，人哄地皮，地哄肚皮。按劳分配，秋后算账。谁家田地多，劳力少，别人给你做了工，你就拿出银子补偿。到了七月，草也败了，谷也熟了，鼓和漏也收回来了。就买来猪羊酒醴，祭祀田祖，而后酒足饭饱，朝着秋冬睡去……

原谅我，费上这么多的笔墨去复述大师的叙述。世间有一种复述是有意义的。它可能只是一种庸常琐碎的痕迹，痕迹与痕迹的叠加，一天天往下承传，最后成为某种不可磨灭的记忆链条。它可能与苏东坡的此篇楼记中，所描述的"俗"或"风"有关。

老实说，这不是一篇够"好"，或者客套的应酬文字。他的好友，眉州知州黎希声，在眉山的民生城墙上竖了座楼，取名"远景"。欲穷千里目，更上一层楼。据说站在楼顶，能看到十里外的村庄和远山。这是朋友为官一任，造福一方的得意之作，老百姓看得见、摸得着的，眉州城固态的文化标识。

朋友是百姓心目中的好官——"能文守道不苟随者"（苏轼《黎檬子》）。

朋友也是知根知底的好书生——"为人质木迟缓"（苏轼《黎檬子》）。

为这样的同僚说上些好话，也在情理之中。可苏东坡没有提及朋友的政绩和政绩工程，仍旧是一个人在那里自说自话，讲述他对百姓生活魅力的理解——苏东坡眼里农耕文明时代，城市和乡村的"远景"。

苏东坡眼里的"远景",与楼的实际高度和远处物化的风景,并无多大关联。他的"远",甚至是一种"近",或者"向后转"。普通的官吏和百姓——作为个体的"人",他们也许只能看到"近",眼巴下的"日子"更为要紧。外面的世界很精彩,也很无奈。世界很大,也很遥远,遥不可及。而未来呢?未来是多久?是猴年马月?是十年,还是五十年?人一辈子能有几个十年,五十年?还是过好眼前的"每一天"吧。他不仅是"昨天""今天"和"明天",即便是"昨天""今天"和"明天",也是"日子"的三个全新版本了。

做官的有做官的修为,管好任上,不昧良心。做吏的有做吏的做派,听从差遣,甘为人下。做百姓的有做百姓的样子,遵守律令,伺候田地。苏轼所谓的"俗"或者"风",会不会就是这样一种最民间的生存状态——日常的幸福?

幸福是什么?有人说,幸福就是自己的感觉。这话像是一句绕口的偈语,不好懂。照苏轼的理解,幸福是"近"。当"近",越来越缓慢,甚至"向后转"的时候,就回到了幸福原始的版本——"三代、汉、唐之遗风"或者"古"——最初的慈祥和安康,仿佛乡下的老村、老屋和老娘不曾改变的模样。

我想,这应是苏轼讲的"远景"的另一层意思吧。

当然,时间不可能慢下来,或者折断,从头开始。村庄正在朝城市奔去。世界翻新的速度超过我们的想象。我们从来没有如此疲惫不堪。我们的命运也从来没有像今天这样,捆绑得如此紧凑！我们的未来早已不是一个人、一家人、一族人，甚至一个城市、一个民族、一个国家的前程，而是"人"共同的命运——那是我们一厢情愿为之努力的方向，据说也是很正确的方向。其实，我们一点底也没有。我们能有谱的，是知道其间暗含有许多的变数。我们得学会面对变数，处变不惊。就像远景楼外的"东坡湖"。天上云卷云飞，地上草长草枯，岸边花开花落，楼前人来人往。所谓站在楼上，赏心悦目的"远景"，很快被更为精彩的景色替代。我们看到重修的远景楼，虽有十三层的地标性高度，也不敌那些更高更气派的现代化高度。高度向远处的村庄延伸。已经没有了"远"。视野所涉猎，话语所提及，皆是"高度"。很快我们的周围都被"高度"占领。远景楼前的湖，被我们一次又一次地翻新。湖早不是那湖，水也不是那水，但平静却是那平静，淹没一千年。还是那份平静最踏实。就像眼下，我们能感到踏实的，还是"一天天"——日常的眼下。

还是要回到眼下，谈论幸福。只有回到眼下，我们才会感到想象中的"未来"，不再遥不可及。于是，苏东坡在东坡开出荒来种豆，把铜钱一袋袋挂起来花。苏老头在掰着指头过日子的同时，也享用着最世俗最民间最简单最有人气的幸福。于是，我们在平静中坚守平静，在日常中翻新日常，在琐碎中容忍琐碎，在重复中习惯重复。我们在平静、日常、琐碎和重复中，为我们的"明天"或者"远景"，日复一日地用力，再用力。

这么看来，我们是不是对苏东坡造黄楼作远景楼记，有了另外一层的认知？比如，造黄楼对标黎太守的为官一任，造福一方的操守，当然也是自我的鞭策。比如，设"鹿鸣宴"，对徐州民间兴文办教，抱以像故乡眉州那样的殷切期待。比如，在自己的功业杰作告成之前，提前作记对朋友予以褒扬盛赞，也有致敬的浓郁意味。

更为重要的是，它不是一篇世俗意义的应酬之作，而寄寓了超越个体人生风光，关乎百姓幸福愿景的政治理想。其个人的行高，更契合了公共的致远。

于是，故乡眉州远景的楼名，仿佛不可或缺，且有了洞穿时空，点亮今天的意义。

——少年，少年——

少年，少年

27

阿来说，故乡是认识世界的起点。

这话还可以掉个头这样说：当故乡和世界，两个最重要"空间"的交集，刚刚生成，我们"生活在这里"，没有陌生感，也没有"乡愁"。

它是纯洁的，也是通透的，就像与父母的天然牵连。

与三苏祠草木虫鸟的重叠，是眉山苏轼的童年，也是东坡故乡的起点。再往更细小更接近"起点"追溯，先生的故乡认知，应早于上学识字之前——他还不认识唐诗里的"乡愁""乡思"为何物，但他在谈到父母兄弟的时候，必然要勾连一个共同的地理空间——"三苏祠"。

它像一把倒挂的巨伞，几乎扣住了先生的记忆源头，伞盖上有青江春雪，明月清风；有丹桂荔枝，飞鸟鸣虫；有声有色，最娇柔，要数"桐花凤"。

流光溢彩，咿呀学语，似乎是太阳鸟中最精致的一种。

桐花凤三三两两，出入眉州城里乡下的时候，桐花正开得氤氲。它们捧饮桐花的蕊露，也啄食人们盛放的谷豆，专为它们供养。大约四五岁的时候，纱縠行东南西北几处园子，东坡与他的弟弟目睹了凤们的神异：

"又有桐花凤四五，日翔集其间。此鸟羽毛，至为珍异难见，而能驯扰，殊不畏人，闾里间见之，以为异事。"（苏轼《记先夫人不残鸟雀》）

桐花凤所以选在春天集结，因为沾先生的光。先生的家乡，也是我的家乡，成都平原，眉州城乡。桐树参参差差，种满岷江两岸，泛紫的春花，好看得如玻璃水杯，心动得不行，欲捧饮其于怀一般。桐花凤吸食紫桐花露，我在眉山的乡下，也的确见过的。它的妩媚好看，仿佛林下漏过的春光：

"成都夹岷江矶岸，多植紫桐，每至暮春，有灵禽五色，小于玄鸟，来集桐花，以饮朝露。及花落则烟飞雨散，不知所往。"（唐·李德裕《画桐花凤扇赋序》）

很多年后，先生抵达杭州，忽然念起眉州乡下的美凤。与故乡的距离，蓦地浓缩于一首五言的错落有致：

"昔我先君子，仁孝行于家。家有五亩园，幺凤集桐花。是时乌与鹊，巢彀可俯拏。忆我与诸儿，饲食观群呀。里人惊瑞异，野老笑而嗟。"（苏轼《异鹊》）

江南也有桐花，然江南不定有桐花凤。就算有，想来也不像眉州乡下唤作"幺凤"那么亲切。"凤"名之前，带个"幺"声，眉州人特有的昵称。就像大人小孩，唤"幺姑""幺娘""幺嫂""幺哥""幺姑爷"一样。长声拖曳的"幺"，柔软妩媚的"幺",翘了谁的眉,弯了谁的腰,是不是很怜爱?

东坡一辈子都记得那鸟的乳名,可见于那花那鸟,有着怎样的情感。桐花是家花,种满了三苏祠的五亩园子。桐花凤鸟是家鸟,一来三五只,不多不少,加上父母兄弟姊妹,刚好挤着凑齐一桌。先君和先夫人,种植桐花,于桐花树下摆放,爆炒的玉米花,裹糖的果豆。诗书少年,逗着春天之外飞来的神鸟,追着疯玩。推己及人,万物齐一,天下和谐一家亲,先生一生推崇的愿景,便是如此了。

先生也一定想到了其父"老苏",落榜之后回到三苏祠,与慈母程夫人一道,着手筹划兄弟俩的读书事业。的确,在那个清晨与黄昏,早故的老父老母,一下于眼前明亮起来,化作桐花凤鸟——今人于故人的怀想,于是那么真实,细切,以及生动。

花舞人间的桐花凤鸟,年迈的父母与少年的兄弟。这是我见过的最早关于亲人、故乡和万物的"五伦"图景。它专属于东坡先生,神秘、温润,兀自散发人间烟火气,别有用心良苦。

28

一个人的乡愁,一定是从乡音开始,那业已埋下的种子。一个四川人的乡愁,也一定是从乡音始发,于鸟啼虫鸣之中,寻觅活水源头:

"在海外,夜间听到蟋蟀叫,就会以为那是在四川乡下听到

的那只。"（余光中《致流沙河信》）

余光中在四川乡下听到蟋蟀鸣于风中黄昏。

东坡先生在纱縠行园子里看到"幺凤"撷取桐花晚露。

余光中仰慕李白、杜甫、苏东坡，为他们写诗，了却故乡的那一缕袅娜的"愁"：

"大江，就让给苏家那乡弟吧；天下二分，都归了蜀人，你踞龙门，他领赤壁。"（余光中《戏李白》）

余光中的时空感，终究抵不过千年的隔膜。东坡的惆怅，裹藏在内里，乡音细切，旧声冥顽不化：

"病眼不眠非守岁，乡音无伴苦思归。"（苏轼《除夜野宿常州城外二首》）

"心衰面改瘦峥嵘，相见惟应识旧声。"（苏轼《侄安节远来夜坐三首其二》）

盆地蜀人的口音，比中原江南的人要重，别人看来一言难尽的隐疾顽症笑话，苏东坡不以为然，反以为荣。南宋朱弁《曲洧旧闻》就记载了一段东坡口音逸事。先生作《司马温公（司马光）神道碑》，心情急切，想找个人分享。见朋友晁之道（晁咏之）、晁无咎（晁补之），激动得满嘴的四川话，也不顾人家听得懂听不懂，反正高声武气，南腔北调，胡乱念了一通，有盐有味，很喜剧。

挂在嘴边的故乡——眉山话。

没错，先生从娘胎那带来的口音，没齿难忘。先生说过，忘了那是可耻的。

29

东坡先生的土腔土调,也许跟父亲苏洵、母亲程夫人,还有启蒙先师张易简有关。

张易简是个会作诗文的道士,他的好友矮道士李伯祥,曾经作过一句有趣的诗:

"夜过修竹寺,醉打老僧门。"(苏轼《题李白祥诗》)

道士往往掌握着超常人的知识。如果是在唐宋时代,他们往往还担负教化地方公责。四川人叫道士,不叫道士,叫先生,看来是有道理的。张道士所在的道观,叫"天庆观",是个半官方的宗教场所。道观里办了个"北极院",教授发蒙识字的学徒,大概是一所由道观和社会力量,共同筹建的兼职"乡校"。

多年后,苏东坡在他的文章中,提到了一座叫"天庆观"的道观,一所叫"北极院"的学堂,一个叫"张易简"的道士。我们于是对苏轼早年的求学有了认知——大约在七八岁的时候,开始正式拜师习文,他的弟弟子由跟屁陪读:

"眉山道士张易简教小学,常百人,予幼时亦与焉。居天庆观北极院,予盖从之三年。"(苏轼《众庙堂记》)

时间,地点,老师姓甚名谁,记得毫不含糊。

弟弟子由的回忆,佐证了相关说法:

"予幼居乡间,从子瞻读书天庆观。"(苏辙《龙川略志》)

天庆观在什么地方,两兄弟都没有交代。眉山本土的研究者，甚至还有一些苏学研究大家，比如孔凡礼，也倾向于先生就读的学堂是在眉州城里或城郊附近一说。理由是，大小"二苏"兄弟，不可能舍近求远，跑去读个启蒙的"初小"。这样的推论，似乎有些武断。

关于天庆观的所在，其实有迹可循。

宋代眉州附近一带，的确有叫"天庆观"的。比"二苏"稍晚的冯时行，在丹棱任职时，曾作过一首天庆观记游诗：

"家山千里秋风客，搔首夜深寒雨窗。万古兴亡心一寸，孤灯明灭影成双。鬓边日月如飞鸟，眼底尘埃拟涨江。高枕欲眠眠不稳，晓钟迢递发清撞。"（宋·冯时行《客丹棱天庆观夜坐》）

冯时行（字当可，号缙云，1100—1163年），恭州璧山（今重庆璧山）人。徽宗宣和六年（1124年）恩科状元，绍兴五至六年（1135—1136年）知眉州丹棱。冯时行诗中的天庆观，在丹棱龙鹄山，为佛道两教名山，唐宋时最为兴盛，建有三宫九观，其中就有"天庆观"。

冯时行的诗文，传递一个信息，天庆观在眉州影响力很大，不乏名声。苏轼后来的回忆，也有这个意思，天庆观的北极院（北极殿）常年有上百学生就读，他和兄弟子由入学的时候，甚至还有几百人。这些求学的弟子，扮演了准道士的角色。

现在的问题是，"二苏"去的天庆观，有没有可能就是丹棱龙鹄山的天庆观？

我认为，这种可能大，而且兄弟二人上的"天庆观"还可能是寄宿制，苏家当时有这个需求，也有这个条件。

事实上，在大中祥符二年（1009年），宋真宗专门下诏：

"令州军府监关县择地建道观一所，并以天庆为额。"（宋·沈作宾、施宿等《嘉泰会稽志》卷七引）

有研究者发现，真宗时，各地时兴办"天庆观"，州以上基本都有，县一级却寥寥无几。现在的证据也不支持，"二苏"念的"乡校"在眉山县城内。我以为离家去丹棱天庆观的可能性大。当然，也有可能在苏氏祖居的三苏乡三峰寺一带，只是没有信息可以旁证。

苏轼、苏辙兄弟俩上初小的两三年，正值仁宗皇帝推行庆历新政，"老苏"似正混迹于蜀中的三教九流圈子，又不得不奉子苦读，一旁策鞭勉励者为夫人程氏。苏洵十八岁、二十九岁的时候，有两次举进士不第的灰色经历。这期间，苏洵像其他小地方的书生一样，不得不结婚，生子，但还是念念不忘四处交友游历。民间所传，大发奋是在二十七岁的时候。那时候，苏轼还在母亲的腹中酝酿。真正让苏洵受到冲击，是在仁宗庆历六年（1046年），苏洵同史彦辅同举制策"茂才异等"，可惜碰上改革，不适应科举新政，再次与进士无缘。这次的打击几乎是毁灭性的，因为他已经经不起折腾了。三十八岁，在眉州乡下，那就是个半蔫子老汉，还有多少精力供自己挥霍？

第二年，父亲苏序离世，苏洵回眉州奔丧。这个与亲人分分合合的过程，使得他有机会重新调整人生定位问题——给"大苏""小苏"命名，决意功名，闭门读书，亲授二子，并治学术。

这是苏洵这辈子最正确的一次选择。实践证明，以苦读赢取功名的路走死了。现在，当务之急，是如何绵延家族的教育和文化。朝廷的科举新政，彻底刺激了苏洵的神经，他需要愈加静下心来，准备下一场真正的大考——培养苏家的新一代书生。

于是，送"二苏"兄弟读书，摆上了苏洵的议事日程。

跟谁学呢？苏洵想起了好友张道士。要拜的这个先生，一定是与苏洵有交往的"道友"。不过，"二苏"真的是去拜师启蒙的。想来这个决定，也是苏洵与程夫人合计的结果。毕竟眉州眉山城西南和青神交界一带的老程家，已经是有人取仕的富庶大户。老苏和程夫人的初衷，也不是想让兄弟俩真的学个啥"道士"的职业，更可能是慕张易简的诗文名分：

"吾八岁入小学，以道士张易简为师。童子几百人，师独称吾与陈太初。"（苏轼《东坡志林》

苏轼贬谪黄州的时候，因为朋友提到一个叫陈太初的同学，于是想起来他和陈同学共同的老师张易简。事情起因是，眉山老家来了个道士叫陆惟忠，两人谈到另外一个道士陈太初，就是同苏轼一道曾经在天庆观北极院上乡校的同窗。陈同学跟张先生学道士，学得比较忠诚，最后升天了。东坡最终没有升天，在张道士那儿打了个秋风，又折回来了，到底还是沾了仙风，在人仙之间两头跨界，终于乐得滋养了满身民风的"坡仙"。

很多人认为，苏东坡是因为他的同学陈太初，干了个超越常人的事,才记住了先生张易简的。"二苏"在天庆观,跟张易简大约上了三年"初小"。多年后,到了儋州,先生再一次回忆起他在天庆观的童年趣事。

这一次,是在梦里。梦里的主角,一个是东坡自己,另一个就是他的蒙师张道士:

"眉山道士张易简教小学,常百人,予幼时亦与焉。居天庆观北极院,予盖从之三年。谪居海南,一日梦至其处,见张道士如平昔。"(苏轼《众庙堂记》)

让东坡先生魂牵梦绕,念念不忘的张道士,开启了东坡飘飘欲仙,似是而非的信仰启蒙——

"玄之又玄,众妙之门。"(苏轼《众妙堂记》)

神神叨叨的老子道德经文,听起来像天书一般,现世士大夫的治世理想,却是深刻地于幼小的心灵里埋下了鲜活的种子。大约是在庆历四年(1044年)前后,张道士的一个朋友,从京城带回来了《庆历盛德诗》,作诗的人叫石介(字守道),刚刚以进士甲科应召入国子监直讲。石介的诗,点赞朝政,对标当朝头等十一位士大夫,有拍马屁的嫌疑,并不能算得好诗。但石诗言志啊。东坡暗自背了下来,并以列举的大人物为榜样,这让他的先生惊讶不已。张道士知道自己的诗文水平已经不能覆盖眼前的小毛孩。道士推荐了四个人——韩琦、范仲淹、富弼、欧阳修,并让小东坡记下了他们的鼎鼎大名。他们都是少年"大苏"心目中的神仙。这话是先生自己说的。

多年后,苏轼考中了进士。那一年,范文正公刚刚去世。

苏轼来到范公的墓前，默诵新立的碑文，不禁潸然泪下。先生说，他知道范公的为人已十五年，而未能谋一面。从先生的讲述中，我们除了得到先生上"乡校"的大体年纪信息，还暗自浸润了先生自幼的道德源泉。扼腕中的平静，传递着向高处的瞻仰。原来，一个崇高者真的可以在另一个崇高者的心底，悄然埋下种粒。

又很多年后，身处天涯海角的苏东坡，已与当年先生提到的那些留下万世芳名的文化大咖们，相提并论。这并不能磨灭童年苏轼的偶像印迹。"曾经沧海难为水，除却巫山不是云。"（唐·元稹《离诗五首》）远离尘世纷扰的东坡，已不再追星，他自己就是最亮的那一颗。他的梦里，有韩公、范公、富公、欧阳公，也有一个叫"张易简"的小道士。

此时的张易简，已然超越了一个启蒙先生狭隘的本义，与眉州家乡深度关联，它见证了东坡想入非非，大胆逐梦的童年，并与故乡捆绑。就像纱縠行的桐花凤鸟一样，具有了时间和空间雕塑的标志意义——它是故乡人物脸谱的一次固化，拼接先生的人生地图，指向记忆的不可磨灭，因为一些人永远铭记。

特别需要交代的一件事，"大苏"被他的老爹送去天庆观读书之前，也就是庆历二年（1042年），一个叫王安石的江南临川（今江西抚州临川）士子，意气风发地荣登杨寘榜进士第四名，高调取仕。

临川是才子之乡。眉州是进士之乡。

临川出了王安石。眉州出了苏东坡。

于是，怎样地鼓掌和喝彩都不夸张，因为历史正迎来北宋一朝，两个最为举足轻重的主角，已然粉墨登场。

王安石高调地登上了赵宋王朝的政治舞台。

苏东坡的理想人生，或已刚刚开始。

30

苏轼第二个正式跟从的先生，姓刘，有个自我对立的名和字，名巨，字微之。改这个名字的初衷，想来不是把人生搞得纠结，而是提醒自己，时时处处，在巨细之间要小心拿捏，不可轻易地强词定夺。

刘微之挂牌授业的"寿昌院"，一听名字，就知其与佛教的寺院有关，也许是公私合营的寺校一体的学堂。在宋一朝的眉州，就算官办的州学和县学，似乎也要依靠大户人家的财力资助。

刘微之可叫作"教授"，学问或要超过道士张易简，但仍然是个低调的书生。东坡在入刘微之名下的时候，已经完成了四书五经的启蒙，现在需要更扎实的钻研，比如诗文的修辞和境界。这个时候的"大苏"，已经会作超出同龄人的精彩诗文，也开始暴露出管不住嘴巴的毛病。

有一则宋人笔记，就讲了他给先生抬杠的事情：

"眉山刘微之巨，教授郡城之西寿昌院，从游至百人。苏明允命东坡兄弟师之，时尚幼，微之赋《鹭鸶》诗，末云：'渔人忽惊起，雪片逐风斜。'坡从旁曰：'先生诗佳矣，窃疑断章无归宿。曷若"雪片落蒹葭"乎？'微之曰：'吾非若师也。'"（宋·叶寘《爱日斋丛抄》卷四）

抬杠的结果，刘教授自愧弗如。教授并未因为弟子的口无遮拦，钻地洞，撂挑子，毕竟少年的诗文才华，真的摆在那里，还得硬着头皮收了这初出茅庐的牛犊。他相信，眼前的少年"二苏"，就是上苍赐予的贵人。多年后，兄弟俩果真应试制举，一鸣惊人，此时的刘教授真的可以长舒一口气了，他当年的确不是谦虚，而是真的心悦诚服。事实证明，他没有错判，也没有误人子弟，而且十分幸运，两个旷世奇才曾经在他的门下站立。

于是，刘先生写了一首诗，回赠"二苏"兄弟：

"惊人事业传三馆，动地文章震九州。老夫欲别无他祝，只愿双封万户侯。"（宋·刘巨《赠苏轼兄弟》）

我相信刘先生的赠言是温暖而真实的。弟子称师，弟子倍师，甚至不知天高地厚的弟子嘲师，都不重要了。师不必不如弟子，弟子不必不如师。青出于蓝，而胜于蓝。重要的是，他的确碰上了别人几辈子都不会撞见的人间奇事，类似于今天眉山人说的踩了"屄屄"（眉山方言，粪便的意思），还是大熊猫的"屄屄"——收了"二苏"作弟子。尽管自己这辈子也是多次应试不第，只能被乡人呼为"孝廉"，但是事实就是事实，想低调回避，也回避不了：

"案前曾立二贤良（'二苏'）。"（宋·范镇《句其十三》）

就冲此话，这个刘微之教授，就已足够自己一生嘚瑟了。

顺带说一下，少年子瞻、子由就学"寿昌院"刘微之门下时，已经有了父亲老苏的正式命名"苏轼""苏辙"。这是两个立意高远的名字，苏洵的私密深意，不言自明，他需要年轻一辈的"二苏"，来帮助他自己完善人生。因为此前，他先后赴京参加了举制策和举茂才异等，兼不中，不得不灰溜溜回家，重新调整人生——把希望寄托给下一代。

一个放浪形骸，自由散漫惯性的中年书生，他的科举仕宦人生，须重新找到一个支点。这个重新，就是"二苏"，苏洵人生最重要的两篇杰作。

杰作尚未完成，现在还是个羽翼未丰的异鹊雏凤：

"岁月不知老，家有雏凤凰，百鸟戢羽翼，不敢呈（亦作'言'）文章。"（宋·梅尧臣《题老人泉寄苏明允》）

"大苏""小苏"，似乎是"老苏"心目中蓄势待发的潜光。苏洵为"二苏"命名，并托付给刘微之，以鞭策自己能转运，走出浮躁的低谷，静下心来，专心致志，苦读经史，钻研学问，为人生赋能。

自此，子瞻、子由，可以少年苏轼和苏辙的名义，名正言顺地与眉州乃至蜀中的杰出文人互动了。

这第一站，就是"寿昌院"，对话的对象就是刘巨刘微之。

很有意思的是，苏家兄弟俩"寿昌院"同窗中，有家氏三兄弟，也是完全意气风发、高谈阔论的少年。他们的名字是：家安国、家定国、家勤国。家氏，眉州眉山县另一个出学术大牛的家族，以研究春秋称名，三兄弟中老大、老二相继考取进士，其中定国还与"二苏"同科，是为讲友。

31

苏东坡——应该回到正式上学的大名——苏轼，第三任老师叫王方，眉山青神的一个乡贡进士。乡贡进士说得好听，其实就是个落榜的进士。

苏轼到底有没有正式拜于王先生名下，无资料佐证。王方教授的"中岩书院"，也不像两宋眉州一带的书院那么有名，比如田锡就读的"修文书院"，李焘治学的"巽崖书院"，魏了翁授徒的"鹤山书院"，等等。眉山青神人一直坚持此说，并演绎出一段爱情佳话——苏轼和先生王方的爱女王弗"唤鱼联姻"，至今传颂。于是，很多人相信，苏轼在出川前，是有这么一段求学或者研学的经历。

王方是苏洵的好友，又是青年苏轼的岳丈。苏轼出川前，与王方交友多年，就算没有正式的师徒名分，苏轼也一定在他那里讨过学问的真经。再说，王方的书院，就在岷江边上的中岩寺，那里山川形胜，佛音禅意，自成一个内敛丰厚，鸟瞰俗世的闭环体系，本身就是一种无法从书本中获取的营养圣地。苏轼在踏上功名之路前补上这一课，也有世界观自觉的意义。多年后，我们在密州的超然台，在黄州的赤壁，都看到了。

是不是可以这样说，青神中岩，是苏轼第一个真正意义的肉体异乡——它离纱縠行的老家，不止一条岷江那么远，它甚至就是另外的一个世界。

如果说，另外一个世界，是苏轼别无选择的归宿——那立命的故乡，苏轼在此时走近它，于岩壁上的佛传和铭刻中，一定不止一次地，照见了接下来想要抵达的距离。

"额上明珠已露机，那堪圣佛放头低。门洞不是无人锁，这锁还是这钥匙。"（苏轼《中岩尊者洞》）

此诗是苏轼题给中岩的。先生在解读中岩寺天生门洞之谜的同时，又提出了另一种人生趣美——一把钥匙开一把锁，这把钥匙开这把锁；锁就是钥匙，钥匙就是锁；我是我自己的锁，也是我自己的钥匙。

先生本是来解谜的，却把自己绕成了一道谜——先生是自己的谜面，也是自己的谜底。

我们还是犯糊涂了。先生留在青神中岩的谶语，莫非暗藏了什么旷世玄奥？

很多年后，苏轼莅杭任通判时，与好友参寥一道造访钱塘西湖寿星寺，也曾云里雾里说过一段话：

"某生平未尝至此，而眼界所视，皆若素所经历者。自此上至忏堂，当有九十二级……某前身，山中僧也。今日寺僧，皆吾法属耳。"（宋·何薳《春渚纪闻》卷六《东坡事实·寺认法属、黑子如星》）

先生的自说自话，大意如此：我生平并未到过这里，但此地一切似曾相识，就跟于此住过家一样。从这儿去"忏堂"，应有九十二级台阶……我前生曾于此山为僧。今天寺里的僧人，都是我过去的师兄师弟。

先生的呓语，可解作类似人生观照的顿悟。苏轼不止一次说过前世为僧的话，《冷斋夜话》甚至还收录了苏轼乃五祖戒禅师转世的一则奇闻。

苏辙初谪高安（今江西宜春高安）时，与洞山的云庵和圣寿寺的聪禅师是好朋友。三人都在昨天晚上做了个梦，梦见三人出城迎五祖戒禅师。这个梦很快得到验证，一是收到苏轼来高安的来信，说他们马上可以见面。再是三人见到苏轼后，讲了梦里之事。先生并没有感到有啥不适和诧异，很平淡地讲了一句话：

"轼年八九岁时，尝梦其身是僧，往来陕右。又先妣方孕时，梦一僧来托宿，记其颀然而眇一目。"（宋·僧惠洪《冷斋夜话》卷七）

先生说他八九岁的时候，曾经梦见自己做过寺僧，往来陕右（今陕西）之间。苏轼说，他的母亲程夫人，似乎也讲过怀他的时候，有一个僧人来托宿，关键是这个僧人风姿绰约，气象高古，有一只眼睛失明。几人听先生讲此话，甚为惊奇，因为五祖戒和尚就是陕右人，五十年前坐化，坐化前真的到过高安！

这则笔记，是比苏轼小一点的粉丝，也是好友僧惠洪记录的，惠洪第一手素材，应来源于同时代相关人士的讲述，可靠性大致没有问题。

苏轼为何对眼前所见之未见,像放电影一样既视感,而且还很笃定?莫非潜意识里早已烙印了深刻的佛缘?

倘若如此,那么我只能说,这样的烙印,在先生小时候就已有之。童年的精神意志,以不灭的形式埋藏,多年后烙印得以触发,记忆也被复活。

那么,留给苏轼不灭记忆的又是哪般场景?我想更可能就是青神中岩的佛传故事,是那里的石梯、"忏堂"和钟声,还有寺庙里的大师和小和尚。苏轼的外婆家在岷西醴泉山下,岷东的中岩就在对岸不远。那是一处最有"精神"意味的幽静。苏轼陪同外婆和母亲,去林下赏莲,半山观岚,摩崖拜佛,上寺进香。后来,长大了,又去书院求学,也少不了与先生和师兄师弟一道,去寺里交游,听高僧讲经的。如果说先生是以凡身穿越三世的佛,那中岩就是先生留在故乡的道场。

也就是说,先生关于故乡的记忆,除了家山家水,还有纱縠行的老园子,一定也有中岩这个"三世"道场。几者不可分割,纠缠赋能,扭结成某种共同体。

它们是形而上的不灭。

多年后,先生每到一个有缘的地方,那不灭的记忆,一定首先被唤醒。这不是玄学,是先生内心世界,于世俗生活中的真实投射。

宋哲宗元符三年(1100年),流放天涯海角的苏轼遇赦北还。归途中,白发苍苍的先生拜谒了广东韶关曹溪南华寺,见到了六祖的漆储真身,不禁百感交集,写下了这样的诗句:

"我本修行人,三世积精炼。中间一念失,受此百年谴。"(苏轼《南华寺》)

前世为僧,今生入俗,来生还穿越。

这一次,先生的肉体,与时间和空间,以"三世"故乡的名义,达成了彻底的和解。

32

对比张易简、刘微之和王方,苏轼父母更是先生不可多得的人生导师——程夫人扮演了最初的道德教长角色,苏洵涵养了治学江湖的第一泓清流。

苏轼十岁左右的时候,父亲苏洵赴京游学,苏轼便拜谢了张易简,回到纱縠行,跟随母亲程夫人学人生道德,《宋史·苏轼传》和苏辙《亡兄子瞻端明墓志铭》的说法,是"亲授以书",确认了程夫人毫无争议的双重角色——家长和师长。范滂母子俩的一段对话,也因为苏轼和程夫人的对标演绎,家喻户晓。

范滂为平民呼唤,伸张正义,支持他不惧生死的,来自最近的力量——母亲的深明大义。程夫人读史,为范滂母子事迹,慨然太息,苏轼一旁潜移默化,暗自用力。两人交流并无多。苏轼说,他要做范滂,问他的母亲是否同意。这不是在征求意见,是情不自禁的赤子独白。母亲程夫人既没有对小小年纪的子瞻感到惊讶,也没有废话,直奔主题,你能作范滂,我难道不能做范母吗？苏母的反问，当然也是伟大母亲的由衷流露。

以史为鉴，自我对标。范母和范滂的故事是一面镜子，苏母和苏轼从中照见了自己的影子。桃李不言，下自成蹊。春风化雨，润物无声。苏母教子的白描图景，安静而生动。

范滂母子俩的故事，由程夫人讲给苏轼听，苏轼又以始终如一的案例实践，讲给天下人听，为民发愿，替弱者呐喊，表达公共诉求。代表民意发声，与权势角力，要承受的个体风险，是可以预见的。为那本能预见的明白风险，无怨无悔，甚至赴死，这就是悲剧了。

范滂是悲剧的，苏轼也是悲剧的。悲剧与悲剧之间，是成千上万士大夫的风骨和人格彪炳，是一千年家国风尚的传承和绵延。

还有两个真实的故事，也从另一个侧面印证了苏轼从苏母那里直接获益的道德滋养——"不残鸟雀"和"不发宿藏"。

"不残鸟雀"："吾昔少年时，所居书堂前，有竹柏杂花，丛生满庭，众鸟巢其上。武阳君恶杀生，儿童婢仆，皆不得捕取鸟雀。"（苏轼《记先夫人不残鸟雀》）

"不发宿藏"："先夫人僦居于纱縠行。一日，二婢子熨帛，足陷地。视之，深数尺，有一瓮，覆以乌木板。夫人命以土塞之，瓮中有物，如人咳声，凡一年而已。人以为有宿藏物，欲出也。"（苏轼《记先夫人不发宿藏》）

万物齐一而平等，在苏母那里是类似"不残鸟雀"的善良温暖的细节。苏轼把它们一一捡拾，并演绎开来，编织进宏大的"仁政"理想之国。"不发宿藏",又与大多数普通人的想法,格格不入。谁不想天降馅饼,一夜暴富的好事?更何况这只是地下埋下的,一坛找不到主人的古董而已。苏母就不想。挖一坛古董诚然是小事,很多人都在挖,也没有谁来指责。但就是这一坛古董,不定会给苏轼一辈子不好的导向,因为与那一坛小古董关联的,或是一个人究竟该以什么样的手段获取人生财富的大问题。

以小看大,推己及人。苏母在苏轼走进诗书经史的学问世界之前,首先完成了对苏轼的人性启蒙。苏母的娘家在岷江边上,不远的斜对面就是中岩古刹。苏母的关怀一定来自于自幼受佛家的洗礼。也就是说,苏母留给苏轼的,不止纱縠行的童趣和母亲的骨头温情,还有人生的第一道标杆和人格的早起塑形——它是苏轼故乡模型里不可或缺,崇高而又虔诚的终极内涵。

苏洵是个纠结也好强的父亲。

"*君少,独不喜学,年已壮,犹不知书……年二十七,始大发愤,谢其素所往来少年,闭户读书,为文辞。岁余,举进士,再不中,又举茂才异等不中,退而叹曰:'此不足为吾学也。'*"(宋·欧阳修《故霸州文安县主簿苏君墓志铭》)

年轻时游山玩水,鄙视功名,后来不得已被夫人架在火上烤,叫给孩子做个榜样,闭门读书,折腾多年,也是啥也没捞到。放在崛起中的眉州士大夫家族群体中,苏洵的案例,世俗一点讲,对苏轼、苏辙的作用,怕不是什么正面效应。民间传了那么多年的苏老泉,二十七,始发奋,读书籍,对很多家庭来说,其实就个是灰色幽默。哪个家长希望自己的孩子,到了二三十岁,才想起来读书?但是,老先生的确做好了榜样,在孩子们接着来到世上的第一天,他们看到的是一个"四有青年"的正面形象。

苏洵真的可以称得上"二苏"榜样的:

"知取士之难,遂决意于功名,而自托于学术。"(苏洵《上韩丞相书》)

考不上功名,那就专心致志做学问。这在当时,属于非主流,很多读书人理解不了。做学问,不能当饭吃没假,但单纯地做学问一样可以丰富自己的精神世界。苏洵的诗词并不咋地,据说是辞藻啊,韵律啊,修辞啊,这些技术手段问题。我的理解还是内情体验和文学想象的缺失,加上他的兴趣也没在诗词上面。但是其学术成就,绝对是杠杠的。不过要说,苏轼、苏辙两兄弟,在他那里学到多少诗文功夫,我看未必。

来看一段清人的点评:

"二苏具天授之雄才,而又得老泉先生为之先引,其能卓然成一家言,不足异也。老泉先生中年奋发,无所师承,而能以其文抗衡韩、欧,以传之二子,斯足异也。间尝取先生之文而读之,大约以雄迈之气,坚老之笔,而发为汪洋恣肆之文,上之究极天人,次之修明经术,而其于国家盛衰之故,尤往往淋漓感慨于翰墨间。先生之文,盖能驰骋于孟(子)、刘(向、歆)、贾(谊)、董(仲舒)之间,而自成一家者也。……上继

韩、欧，下开长公（苏轼）兄弟。"（清·邵仁泓《苏老泉先生全集序》）

"二苏"乃作文的天才。天才既不可学，亦不可教。天才也需要引导点拨。苏洵的引导，单就做文章而言，大约更在于思想、气象和品格方面。苏洵偏是很排斥华而不实文风的，所以能自成一家，抗衡韩、欧，并传递予"二苏"。在一个推崇华文缛章的大消费时代，朴实的文风要取胜，没有十二分的文史搂底，别人都不会正眼瞧上一瞧。好在苏洵看家的法宝就是文史学问。我相信，"二苏"的文史功课，与老爹自幼给他俩的熏陶分不开的。苏轼自己说，他小时候读《史记》和《汉书》，采取的是笨办法，抄书，《汉书》还一抄就是三遍，这功夫下得吓人。我估计纱縠行南轩书房的那些大部头，苏洵一卷卷翻烂了，"二苏"就接着翻。实际上，苏轼的雄辩底气，与年轻时候跟随父亲苦读积淀的文史功力是分不开的。

苦读是一个方面，游学又是另一个方面。

苏洵是游学专家：

"先君未为时所知，旅行万里。"（苏轼《钟子翼哀辞》）

游学的"老苏"，什么峨眉、青城，武当、庐山、黄山，能去的，差不多都去爬过了。今天的年轻人，去这些风景区，叫旅游观光，打个卡，拍个抖音，宣告到此一游，除了流量啥都没挣到。那时候的读书人，可不像我们今天这样浅薄。他们是带着好奇心和求知欲去的。读万卷书，行万里路。苏洵是把游览名山大川，当书读的。窝在家里苦读，读一万卷，也只是完成了读书的一半。另一半，还得去"走"，用脚"读"，你的足迹能丈量多远，你的人生才会抵达多远。

这一点，苏轼、苏辙两兄弟显然深受乃父影响。似乎还是在少年的时候，眉州附近很多地方，就已留下两兄弟的疯狂足迹：

"从子瞻游，有山可登，有水可浮。"（苏辙《栾城集》）

眉山城西三十里，有个偏僻的丘山区，那里迄今还留存三个斗粗的石刻大字——"连鳌山"，据说是苏轼少年手书遗迹。字很有异象，恍惚一看，似乎不像少年作品，更像某个仙人，高擎巨寻，凌空刷上去的。但是见过那字的人，都觉得很合苏轼多年后密州自述，沾沾自喜的"少年狂"气质。

眉山城西三十里，还有个华藏寺。那儿有个东坡先生读书台，清时还能看到遗迹。东坡于华藏寺读书的传说，是寺里的僧人一代代传下来的，想来可靠。

"三苏"的成长经历，其实是个黑洞一样的谜。今天的我们谈到这一点时，首先会找个常态的理由，比如家学或师学的渊源。其实，家学抑或师学，也难经得起推敲。苏洵的老师是谁？我不知道，也许名不见经传。苏洵的老爹苏序的文章才华，当时也就只能在小地方玩玩。苏洵的二哥苏涣，二十四岁考中进士，想来才华定是了得的，但这又能说明啥？苏涣一边苦读考取功名，一边搞传帮带吗？苏洵受了哥哥多少影响？这些都不好说，至少我们从"三苏"的文章字眼里，并未找到确凿的信息。最多，我们凭借猜测，认为"二苏"的这个伯父，似乎挺成功，是两个诗书少年的青春偶像，但要说苏洵自觉对标兄长，励志发奋，还真是未必。

苏洵的老师，就是名山大川，就是他自己。家学师学，不如自学。自学成才的苏洵，以自己一生的鲜活案例，给了苏轼、苏辙示范，这一点是肯定的。

蒙田说，作为一个父亲，最大的乐趣，在于有生之年，能够根据自己走过的路，启发教育子女。

天才的路，没法学。苏洵是不是天才，历来有争议，一般认为他很笨，天生榆木疙瘩，不是块读书的料。如果无师自通，不算天才的话，我相信，它至少独辟了通往天才的另一条幽僻的蹊径。

天才是他的两个儿子。苏洵发现了天才的"二苏"，并把他俩引领到南天门前，率先送他们一程，以自己的"一万卷书"和"一万里路"，直接垫高了兄弟俩的人生起点。于是天才之路，在我们看来，那么遥不可及。

33

成年的苏轼，在没有叩开科举之门前，至少还拜在两位厉害人物的门下——欧阳修和张方平。

这在当时是一种士子交游的时尚，也是通往科举之门的显规则，谁都不能免俗，苏轼也不能。

是时，苏轼、苏辙与欧阳修和张方平还搭不上边，就是他们的老爹苏洵也与两公无交集。他们是通过一个叫雷简夫的书生才攀上关系的。雷简夫早年是个隐士，此时在眉州旁边的雅州知州任上。苏洵带着"二苏"拜见了他，并奉上自己的《洪范论》《史论》《权书》《审势》《审敌》《审备》诸文。雷简夫非常欣赏苏洵的政论才华，欣然修书三封，分别致以当朝最厉害的三个牛人：韩琦、欧阳修、张方平。雷简夫推荐苏洵，"大苏""小苏"得以开阔眼界。这是北宋仁宗至和三年，也就是嘉祐元年（1056年）正月间的事情。此事，记录在南宋绍兴年间，一个在眉州任过知州的书生邵博的笔记《邵氏闻见后录》里。《邵氏闻见后录》，记录了作者在眉州期间收集整理的，"三苏"家族鲜为人知的事迹，比其他一些宋人笔记要靠谱，今天叫"非虚构"。

因为有了雷简夫的推荐，"三苏"的名声自此算是走出眉州了。

欧阳修此后跟苏轼的关系，我们都知道了。张方平，很多人不熟悉。张方平是整个两宋时期，唯一一位两次制科入仕的三朝重臣，从宦四十五年，跟北宋中期很多牛人有交集。苏洵为了两个儿子的前途，找到他的门下，也在情理。

苏轼见到张方平的时候，是在见过雷简夫，拿到推荐信之后的当年，嘉祐元年（1056年）三月。那年，苏轼刚过二十岁，张方平在户部侍郎知益州（今四川成都）的最后任上。张方平很乐意地见过"三苏"。张方平一道见过的，还有蜀中各地欲举进士的士子。苏轼把刚刚完成不久的"正统三论"交给了张方平，当然得到了赞誉。张方平并未厚此薄彼，而是将蜀中诸士子，一律礼遇以读书人的应有尊严：

"轼年二十，以诸生谒成都，公一见，待以国士。"（苏轼《乐泉先生文集序》）

朋党时代，方平先生显然不是个善于营造的人。他并没有刻意地笼络"三苏"，即便对"二苏"的抬爱，也是出于师长的爱才心切。"二苏"对他的崇拜也是发自肺腑，并无社会上传说的那些世俗名堂。纯粹得像一张白纸的张方平，只重友谊，不立党羽，这一点，很对"三苏"的脾气。"二苏"便同方平先生定下了忘年交，方平先生也资助了苏洵。苏轼投桃报李的，除了几篇文章，也只是为张侍郎画了一张画，老苏题了字，画留在了大慈寺。

后来，张方平有底气向欧阳修力荐"二苏"，也是因为"二苏"的文章清流。可惜，今天我们都知道名冠古今的欧阳修于苏轼有知遇之恩，而忘了一个老实巴交的张方平。即便如此，东坡下御史狱时，"天下之士环视而不敢救"（宋·马永卿编《元城语录》），已经退休在家乡南都（今河南商丘）的张方平，仍然秉公上书，同王安礼、章惇、吴充等人，合力施援。苏轼呢，就算多年后重回朝廷，位极人臣，但他对方平先生的回报，也只能是帮先生校校一部名不见经传的文集，撰写了一篇几百字的序文而已。

所以啊，赤子的心思，比君子的心思还要不接地气，完全凌空高悬在半天中，我们这些烟火书生其实很难懂的。

顺便交代一下，苏轼益州拜见张方平的时候，还拜见了同宗的一个高僧，大慈寺的苏惟简（释惟简）。寺里珍藏唐代佛画大师卢楞伽的壁画，让苏轼深为折服，而发"精妙冠世"的慨叹。

大慈寺自此成了先生念念不忘的"乡舍"：

"每念乡舍，神爽飞去，然近来颇常斋居养气，日觉神凝身轻。他日天恩放停，幅巾杖屦，尚可放浪于岷峨间也。"（苏轼《与宝月大师五首》其四）

岷峨间的"乡舍"，在老家三苏祠的旁边。先生借用此"乡舍"，不存放童年，而存放通达另一片天地的灵魂。

34

苏轼几乎是在蜀中士子们毫无察觉的一夜之间就成长起来了。他的羽翼已渐丰满，他的足迹正在朝眉州之外，巴蜀之外，氤氲漫溯。

苏轼的人生领域，一定不只是眉州城里的那个五亩园，甚至不只是蜀地那块纵横两三百公里的小天地。他需要拓展，延伸，放逐，翱翔。

但是，像他的父亲一样行万里路之前，还要完成一件纯个人的事——去青神中岩"唤鱼"，与他的灵魂伴侣王弗，接受一场人生洗礼。

那是一个美丽的传说——"唤鱼联姻"。

青神中岩，现在还留有"唤鱼池"的东坡手迹。唤鱼池，我去过不止一次，每次都有新发的感动。唤鱼池边的书法碑刻，我也曾仔细地研究过，从文物的角度，我能推测到的年份，大概在元以后，再往前就有点大胆了。若从书法风格的角度，我也难与东坡的字相联系。先生的字我们太熟悉不过，我从来未曾见过像"唤鱼池"的"鱼"一样，苏轼书写了"鱼"字下面那样的水字底，一种更接近池鱼的游痕。也许我们看到的更多的是，苏轼书法成熟时的行笔和章法，独对他少年时候的学书习惯不甚了解。当地的文物专家就信誓旦旦地断定，乃北宋遗物，而且就出自苏轼本人，似乎还无法反驳。如果这样的话，那中岩唤鱼池边的碑书，可以与城西"连鳌山"一道，定义为东坡的少年书风了。蜀中另外两个地方，资中县的重龙山和自贡自流井区的釜溪河，也有长相一个模样的"唤鱼池"书法石刻，有横排，有竖排，都是近代以来，东坡崇拜者以青神中岩"唤鱼池"石刻为范本摹刻的。此两处石刻，就算是复制，也被当地书生视为文化遗产。

不管怎样，"唤鱼池"已经被视为少年东坡的代言符号，深入人心。我们甚至相信，它与先生流传千古的那阕悼亡词，互为因果，缺一不可，共同组成了先生和爱人王弗的真爱模型——没有相识也便没有分离，没有聚也便没有散，没有喜剧也便没有悲剧，没有"唤鱼联姻"的怦然心动，也便没有"十年生死"的魂牵梦绕……

我最近一次去唤鱼池，是在两月以前。

我知道，去中岩唤鱼，选择秋冬，就是选择仪式感。因为你会遇见莲姜，一种似鱼非鱼，似蝶非蝶的黄白草花。也许又叫"飞来凤"。低调虔诚的淡香，恍若晨钟暮鼓里的烟袅。关键是那花姿，似停欲飞，无意开合。它是蝶吗？秋已去，冬将至，又哪来的蝶？莫非所剩无几的秋光，迷乱了眼……

莲姜迎面而开的时候，岷江边上的河坝子，可着劲地闲了。西龙坝子闲了，黑龙坝子闲了，汉阳坝子闲了，瑞丰坝子闲了……

闲的多有老人。老爷子有时实在闲不住，就住家，修船补网，闲里偷忙。老太太的闲是真的闲，挎个绣花香包，赴半山寺吃清斋，进香火，给年轻人说大媒。

年轻人的终身大事，又怎会让她们掺和。年轻人自有自的时髦。平日家里老人看得紧，有啥想法也藏着掖着。这下得以放飞，约了相好，汉阳坝上"偷青"，瑞草桥踩桥，唤鱼池击掌唤鱼……

这么轻松地说着，似有一种忘年的心动。年龄真不是问题，甚至季节也不是。

就像眼前的深秋，或者初冬。中岩山下，唤鱼池边。我不知道多少朋友，与我有着同样的纠结……

"我自己也感到有些奇怪，为什么来到这里就想击掌唤鱼。不为别的，只为心中的那一份美好。好像在这春日载阳，万物萌动的季节里，并没有什么规律可循……"（衣璇玑）

这是初来乍到眉山这个小城，我一度愿意吟诵的文字。可惜，抒写的季节，锚定在春天，不然与眼前的一应投射，还有那兀自收放的香花，怡然自得的游鱼，真的可以叫契合，或心有灵犀的。

让我们一起来，轻拊，击——掌……轻声，唤——鱼……

用肢体会意，定是懂得倾心的人儿。就是"倾心"。"一见倾心"的"倾心"。

现在叫"瞬间即永恒"——譬如宋仁宗至和元年（1054年）的"唤鱼"。时光的定格，并不影响小阳春的波光潋滟。

倾心的击掌唤鱼，曾经塑造了子瞻和弗，多年前塑造我的朋友，今天它塑造我。本不相信世上有什么天长地久，在那个秋冬之交，在赴青神中岩之前，"唤鱼联姻"仅限于一个狭小地域的传说。

那个十月，我来到现在所居的城市。一个乡下书生，要在陌生的闹市忘我地感动，怕是奢侈。似乎长达整个秋冬的迟钝和隔膜，都在一丛蜡梅由秋入冬的复杳中，兀自倾诉了——

"蜡梅，我把你/

想成桐的模样……"

然后是类似语感的堆砌，不见一点新意。料想中的春光，迟迟未至。七楼之上的蜡梅，餐风饮尘，花枝委地，实在无香柔可言。直到与朋友美文的邂逅，蓦地才有了"春日载阳"的感觉——你的盛开安静而腼腆，就像蝴蝶的芬芳翩然自来。你左手向上，右手向下，仿佛两面呼应的旗帜。你顺势击节，默念谁的名字，经唱一般，架通水与草的桥梁。一条鱼，与另一条鱼。闻你而动。不需要虚造氛围和声势。也不需要堂皇的说辞,有你来就够了。等待的意境,为你造设。

就像这个十月,岷岸的水草,那么通透,那么怀柔,顺水飘摇,逆水也飘摇。白里揉黄的蝶,绕飞千年的鱼,迎面而来,心随影移,影随我动。

谁情不自禁,想喊,喊不出声来。我看见传说中的一幕,正在上演——鱼水交融,双鱼颠倒……

原来,最接近鱼和水的文字,节奏还可以这样——

鱼,青年的鱼!清纯的,锦色的,柔软的,萌动的,幸福的。一条与另一条。就要接近的秋冬。不,小阳春的十月。青神。中岩。唤鱼池。我分明聆听和目睹,一对掌声,影子和涟漪,彼此靠近和荡漾。掌声呼唤掌声。影子向往影子,涟漪催动涟漪。整整一千年,三十六万个春秋。该老去的都老去了。只有那年青春,缓慢地,自由自在地,固守最初的欢娱和倾心。我要回到北宋,回到那场婉转隽永的东方情绪。我要为他们洗尽,一千年的铅华和风尘。我要为那段刻骨铭心之始,优雅的,由衷的,击掌,再击掌。

细切的,自由的。碎步与摇摆。那呼之欲出的喝彩……

随性的律动,分明把自己也给带入了。多年前,写出那段文字的朋友,想来也是物我不分,极重情感的。朋友说她是在讲述子瞻和弗,我却坚持认为她也在讲述每一个不满的我们自己。

可惜我还是不能彻底。俗念的温水煮了常态的青蛙,青蛙的沦陷,似乎再不可逆转。就算"莲姜"以高达九重的神圣喻义,布满中岩的山前林下,唤鱼池畔,我亦不敢轻易解释,甚至有点望"莲"生畏。

这个秋冬,它以倒计时的方式,抵近我,以我的陌生,隐忍催化。也许是继发多年前朋友那段文字的余感,也许是另一场开始。仿佛蝴蝶与秋光,鱼与秋水的共话,紧随其后。好了,上一个秋冬,我悄悄地走了,正如我在又一个秋冬悄悄地来。已然备好足够的虔诚,纳迎一触即发的"倾心"或者"永恒"——它的悄然而至,秘而不宣,携带神祇的意味。

那一束秋光,单纯得只剩下照亮,与倏然降临。

谁注目而待,欲言又止,那么无力,像落叶的螺旋坠池……是青年的他们!我的子瞻,我的弗!我的北宋双鱼。试图拯救的涟漪,触发临界,无中生有,由远而近……原来传说真的如此生动!

"唤鱼"!多么诗意,也多么时尚。曾经,眉州诗书少年口口相授,今天,它温暖而共情。有谁质疑它的渊源?答案,分明呼之欲出。

它镌刻在古老的中岩,真实性入石三分,虔诚度与九十度的悬崖垂平。

它与一旁的千年经幢和水月观音,互证真伪,且一定葆有才子佳人的底色,赋予某种隔世的幽光——"唤鱼"——欢愉——欢愉的双鱼……

子瞻与弗,比目携手,水岸间或游或飞。

竹箬莲姜一样的鱼鲽。在水，是凉竹箬叶，倒影的清晖。在岸，又是连理的姜花，开成双飞的素蝶。现在，它似鱼亦非鱼，无声胜有声……

某种温暖，自鱼鲽萌动，一开始便是不分的：

"东方有比目鱼焉，不比不行，其名谓之鲽。"（《尔雅·释地》）

比目的鱼，似乎不止一只慧眼，是眼与眼的聚焦，甚至就是双鱼同生共享的合体：

"两片相合乃得行。"（明·李时珍《本草纲目·鳞部》第四十四卷《鳞之四·比目鱼》引郭璞注）

"同谐鱼水之欢，共效于飞之愿。"（元·王实甫《西厢记》）

我相信十八岁的子瞻和十六岁的弗，是被那比目双鱼的戏水，或者于飞，兀自感动过的，也一定不止一次。感动于秋光秋水中的行走从容。感动于鱼与水的相融其乐。

鱼于水，子瞻和弗于岸。看见鱼了，它们与子瞻和弗，两两倒影于怀。

倒影的开花植物。双体缠绕的树，那根与枝的连理，花与叶的互动：

"游丝空绢合欢枝，落花自绕相思树。"（唐·王勃《春思赋》）

"莫许韩凭为蛱蝶，等闲飞上别枝花。"（唐·李商隐《咏青陵台》）

子瞻和弗，或许并不曾想到，刹那间的互相凝望，业已完成一世生死的雕塑，令我们唏嘘至今，膜拜千年：

"屈体相就，根交于下，枝错于上。又有鸳鸯，雄雌各一，恒栖树上，晨夕不去，交颈悲鸣，音声感人。"（晋·干宝《搜神记》十一）

雕塑的恒久意义，又不止于我们的膜拜，还有池边秋光秋水中的初开，穿越十年的生死，注满一个人月夜寒松里的悲声，终又化为我们的共鸣：

"十年生死两茫茫，不思量，自难忘。千里孤坟，无处话凄凉。纵使相逢应不识，尘满面，鬓如霜。夜来幽梦忽还乡，小轩窗，正梳妆。相顾无言，惟有泪千行。料得年年肠断处，明月夜，短松冈。"（苏轼《江城子·乙卯正月二十日夜记梦)》

月下的千里照耀，寒中的万般温暖。子瞻和弗，前世是相守老死的神树，此生是化悲于欢的青年的鱼，来生又从鱼开始萌动生发的童话。

三生三世，边界模糊。这就像，根与土的依偎，花与蝶的相惜，水与鱼的缠绕，冬与春的轮回……

其间或有时间的雕刻，雕刻又并不确定，那又如何？玉树临风，妩媚可人。平淡中的守望，隐忍中的内化，一辈子的珍藏。青春少年的初心，以不变的线性轨迹穿越时空，至今清晰可见。

即便十年之后，弗说过的话，子瞻也是一字不差，铭记于心：

"其后轼有所为于外，君未尝不问知其详。曰：'子去亲远，

不可以不慎。'"（苏轼《亡妻王氏墓志铭》）

一连用了两个否定的诤词："不"。弗的初衷，除了商榷，还有提醒和照镜子的意思。弗能这么对子瞻坦言，显然笃定他便是今生的唯一了。子瞻的铭记也具有同样的说服力，想来也因了"唤鱼"——那个秋冬的"倾心"或者"永恒"。

一条鱼与另一条鱼的呼唤与应和。

青年的弗留给子瞻的印象，除了启示，还有含露而开的敏感，与花照水一般的娴静：

"其始，未尝自言其知书也。见轼读书，则终日不去，亦不知其能通也。"（苏轼《亡妻王氏墓志铭》）

弗是眉山青神人，本地乡贡进士王方之女。王方是子瞻少年居乡时，游学中岩书院的先生。按师门出处，弗是子瞻隐于幕后的师妹，不是同窗，却把子瞻看作心仪的偶像。终日不离而去，只因子瞻的书声，正漫漶少年的弗。腹有诗书气自华。中岩低调的"飞来凤"，宛若唤鱼池怀柔的秋水，正好对冲子瞻的青春高调。当局者迷，旁观者清。弗又怎是旁观者？连理的植物，合体的比目双鱼，"心有灵犀"，或者"同志式的共鸣"。

多年以后，当子瞻已然成办傲世的"东坡"，因为特立独行，招致几起几落的折磨，我们再观弗的意义，一定不止"弗"字面上的矫正和化解，还有温热与释放的一面。

就像此刻，我离开中岩，告别唤鱼池，回到我一个人枯燥的蜗居，沉浸于我的子瞻我的弗，让鱼鲽和莲姜附我全体，乐此不疲。而后以向内折射的倾述，或应声入水自救，俨然一条青年的鱼。

王小波说：

"一个人只拥有此生此世是不够的，他还应该拥有诗意的世界。"

从今天开始，我愿意奔赴那世界。

即便此后的冬，渐行渐深。即便光，燃烧成灰烬。

35

一些事，终将为履痕。

一些人，终将被铭记。

时间如烟云，它飞来飞去，担负了人生过滤器的作用。而故乡，一直在那里。

就像至和元年（1054年）之后，子瞻和王弗双双离开了中岩，就像多年后，两人分隔两个世界，"唤鱼池"还在那里，眉州城东短松冈的万棵青松还在那里一样。

就像元丰五年（1082年）的某个黄昏，先生忽然毫无征兆地记起来，七岁的时候，偶然听过九十岁的朱姓眉州老尼，曾经给他念叨过的一句，据说是蜀主同花蕊夫人夜宿摩诃池的诗：

"冰肌玉骨，自清凉无汗……"（苏轼《洞仙歌》）

根本不需要任何勾连，也无须过度解读——它就是一种深入肌骨血脉，化为一串串神经元生物信息因子链，今天也许叫"潜意识"的条件反射。

好了，该说再见了。

蜀中的故乡，子瞻的眉州——

"故乡飘已远，往意浩无边……"（苏轼《初发嘉州》）

在一个交通和通信，均不发达的冬天，青年的苏轼刚刚启程离乡，就发思乡的感慨，我却一点也不怀疑，其情感的真实性。"故乡飘已远"，这五言的情绪，虽然是带格律形式的，但脱口而出，比今天的所谓口水诗还接地气。今天的口水诗人，早把洋装紧身衣，肥润地着于一身，搂着城里左摇右摆的灯红酒绿，偏偏要装倚卖的寂寞，殊不知那寂寞，虚得只剩下气冲纸糊，一捅就穿帮啊……

一鸣惊人

一鸣惊人

36

宋仁宗嘉祐二年（1057年）。立春跨过年尾的腊月和年头的正月。

东京（汴京，今河南开封）城仍旧水瘦山寒。蜀地的春天，却可从头年冬天算起的。越过秦岭，出潼关、洛阳，再往东，便是北宋大都开封了。开封的冬天，跃跃欲试。

宋仁宗在等待。欧阳修在等待。宋仁宗等待，因为对上下抱团、死水一潭的士大夫集团不满。欧阳修等待，因为早看不惯自景祐、庆历以来迂阔矫激、僻涩怪诞的"太学体"文章：

"时士子尚为险怪奇涩之文，号太学体，修痛排抑之。"（元·脱脱等《宋史·欧阳修传》）

北宋的政局文坛，看似两坨肉，实为一张皮。解决流行文章的弊端，官僚风气自然耳目一新。不止宋仁宗和欧阳修，很多人在等待。等待一个人的登场。他们已为此做下不止一个秋天和冬天的准备。

后来的事情，我们都知道了，翰林学士欧阳修顺应时势，权知贡举，为朝廷选拔士子，作为大事，载入《续资治通鉴长编》。真正改变宋史的，是他读到一篇进士策论《刑赏忠厚之至论》。六百字左右的考场急就短文。文微，言重。针砭时弊，纵横恣肆。指点江山，激扬文字。文品明显异于他人，高出别人一大头。天下文章，太需要有如此革新面貌。欧阳修欣喜若狂，似乎看到了重建文道的熹微——自己终其一辈子没有干成的宏伟事业，终于有了接班人，虽然并不知此人是谁。欣喜之后，是忐忑。欧阳修的忐忑，不是忌惮此人的作文天赋，是畏惧此人咄咄逼人的势头！幸福来得太突然，欧阳修有些老年晕眩。欧阳修的怕，一般解释为遭遇锋芒，或者后生可畏之类。而我要说，按欧阳修为人为官为文的做派，他的确是怕了的。半辈子以来波澜不惊，不正缺少那样一种锋芒吗？他说，情愿退而求其次，不招惹此人。

很多年后，此人回首往事，还谈到：

"昔吾举进士，试于礼部。欧阳文忠公见吾文曰：'此我辈人也，吾当避之。'"（苏轼《太息一篇送秦少章》）

此人说这话的时候，欧阳修已经不在了。我想，要是文忠公还在世，此人会当着他的面，如此口无遮拦，锋芒毕露吗？

此人，就是苏轼。

苏轼一登场便以诗文立名。苏轼的名分，尤其在诗人心目中，神圣，崇高，不可替代。这就像在苏轼的心目中，陶渊明的地位无可替代一样。法国诗人、作家克洛德·罗阿，与云南诗人于坚，对苏轼的崇拜接近于朝圣。两人一前一后写了《灵犀》《朝苏记》两本小册子。行文的动机，题目的内涵，叙述的风格，包括长度，也惊人的一致。更有意思的是，两人都认为苏轼是心目中的那个唯一。

罗阿自问：

"我却为何要穿越整个世纪独独去喜爱那个他。"（法国·克洛德·罗阿《灵犀》，宁虹译）

于坚直接定性苏轼：

"中国最后一位伟大的文人（出现在宋）。"（于坚《朝苏记》）

现代诗人对苏轼的评价虽说感性了点，大体也是对的。作为中世纪（也有汉学家说是近世的）最好的诗文系统之一，它的沉淀发酵，是一个与时间并行的过程，它的历久弥香，被一千年互证和加持。

接着说那个诗意盎然的春天。风华正茂的苏轼，礼部贡举，资格考试省试的四场单科考试中，以《刑赏忠厚之至论》（策论）居第二，复以《春秋对义》（经义）居第一。这里的第一、第二，并非言省试总成绩第一、第二的问题，而指单场评判成绩。欧阳修给《刑赏忠厚之至论》打了个第二，给《春秋对义》打了个第一，总成绩提升估计并不太大，但最终苏轼也是通过了省试，参加了仁宗皇帝亲自主持的殿试。殿试结果，中了乙科。来来回回，几次三番折腾。有人由此演绎出一个未经证实的传闻：欧阳修怀疑文章作者是他的门生曾巩，为不让人误会，压了苏轼名次，我们的主人公由是屈居第二。

欧阳修的点赞有多个版本，最可靠的是"出人头地"成语的由来。是说欧阳修自那次考试后，对苏轼的名字来了兴趣，大约又从张方平等人那里要来了苏轼的其他文章，而后坐不住了：

"读轼书，不觉汗出，快哉快哉！老夫当避路，放他出一头地也。"（宋·欧阳修《与梅圣俞书》）

欧阳修这个话，后来收录于《宋史·苏轼传》。

嘉祐二年（1057年）的贡举，最终被誉为"千古一考"。这里面当然有"三苏"的声名贡献：

"轼、辙登科，明允曰：'莫道登科易，老夫如登天；莫道登科难，小儿如拾芥。'"（清·张岱《史阙》）

苏洵的牢骚话，听起来很无助，一边痛揭自己疮疤，一边大赞"大苏""小苏"。但你能说，他没有自我表扬？

因为"三苏"的参与，精准地说，因为苏轼的参与，那年科考被垫高了许多。

一场普通的科考，因为苏轼的出场，如此不凡。

我们不知道，传闻欧阳修压了苏轼名次的士大夫们，有没有注意到，那场科考的无常与杀机，是不是潜藏了一介书生的自我隐喻？任何假设和推测，对于今人，也许只是关于苏轼初试进士的争议话柄。黑色幽默也好，后现代解构主义或者现象学也罢，并无助于我们理解苏轼之后的起落与悲喜。闻风以起舞，抱月而长终。莫非中国士大夫集体潜意识的进与退、去与还，冥冥之中与此攸关？

一鸣惊人的苏轼，并没有复制屈原、陶潜、李白、杜甫的抒写。明末清初文人张岱，把苏轼的诗名排在屈陶李杜之后，这又有何关系？苏轼即将开启的诗意栖居，我们叫"东坡"，超迈而豁达，遗世而独立。

嘉祐二年（1057年）的春天，苏轼还不叫东坡。这并不影响中国的文化史在此震裂分水，以一次又一次的坍塌凹陷，于挤压中确立耸势——极简宋诗的橙黄橘绿与庐山面目，豪放派词的大江东去与时空颠倒，唐宋文章的随物赋形与行云流水，"士人画"（"文人画"）和"尚意书风"的书画一体、书人一体、人画一体与形神兼备，还在黄州、惠州、儋州，那叫远方的故乡蛰伏，且为一个书生凝神屏气，寂寞耐性地做着形而上的酝酿。

37

进士及第的苏轼还没有等到礼部的任命，不得不回乡服母丧。

长达三年的丁忧，百无聊赖，就去后院的"疏竹轩"，独对那一丛怪石发呆。

"家有粗险石，植之疏竹轩。人皆喜寻玩，吾独思弃捐。以其无所用，晓夕空巑然。碪础则甲斮，砥砚乃枯顽。于繳不可礐，以碑不可鎸。凡此六用无一取，令人争免长物观。"（苏轼《咏怪石》）

长相奇丑的怪石，是个累赘的"长物"（多余之物），除了供人赏玩，百无一用。我相信这是苏轼当时的真实想法，几乎可以肯定他甚至动过"弃捐"（扔掉）的念头。事实上当我们读到此诗的后面，托梦怪石自说自话，方才明白苏轼似乎是在借丑石自我反观——嶙峋与圆滑，天才与无用，世俗与精神，障碍与自由……

丑石没有说服梦中之人，就像苏轼没有说服自己。它们都是矛盾的综合体。

38

严格地说，苏轼的出世起点，从大理评事签书凤翔府节度判官开始。按宋代文官制度，这个入门官职，至少也是个七八品的京官，之前进士及第所授河南福昌主簿，最大就是个从八品或正九品的地方小员。福昌县即今天的洛阳下辖宜阳县。东坡先生年谱，说苏轼并未到任过福昌主簿，当地学者坚持认为这不合常理，还搬出清代的地区官方文献佐证。苏轼的履历文章中，的确找不到去过福昌的痕迹。我的猜测或许到过的，只是碍于青年丧妣的打击，第一次入职的新鲜感，加之还要准备那场惊动赵氏皇帝的制科考试，他没有心情也没有时间去写日志刷朋友圈。

一些研究者把苏轼、苏辙兄弟参加的嘉祐六年（1061年）的制科（制举无常科），与四年前（嘉祐二年，1057年）名动京城的贡试搅和在一起，由此发论，因为欧阳修误判，苏轼屈居第二，实为第一。其实，这是对苏辙所著《亡兄子瞻端明墓志铭》的误读。那一年的贡举（常科），评判程序复杂规范且不说，单考官系统就十分强大，苏轼并未得中前三甲（宋制甲科为五人），只是上了乙科榜单。

特别要提到的是制科考试。苏轼参加的制举（制科）有两次，分别是嘉祐六年（1061年）和英宗治平二年（1065年）。宋朝的制举科考，是非常态的，门槛高得出奇，难度大过想象。照制举标准，放在今天超过九成的文科博士、博士后策论文章及格都恼火，遑论入围。朝廷设立制举的初衷是选择非常之才、特别之士。从选拔人才的角度看，嘉祐六年的制举科考可称，前无古人，后无来者，规格和规范是按选丞相来设置的。事实上也选到了两个丞相级别的青年才俊——苏轼、苏辙兄弟。推荐者欧阳修，评判者王安石等一帮子牛人，定夺者仁宗本人。

那场科考，还有段苏辙的插曲。苏辙的策论，对仁宗皇帝施行的某项朝政大批特批。经评判者反复斟酌，最后仁宗做出裁定。仁宗到底还是从选人角度，给了苏辙一个出路。政见不同，可以讨论，不用上纲上线。从苏辙的遭遇，对比苏轼，可见苏轼不是天生的愤青，要说愤青，苏辙有过之而无不及。至于为何后来苏辙越来越谨慎，苏轼越来越放飞，则是两种人格与外力相遇，自我挣扎和救赎的选择。

有必要提一下，关于苏轼在这场考试中的一些评价。

王安石：

"尔方尚少,已能博考群书,而深言当世之务,才能之异,志力之强,亦足以观矣。"(宋·王安石《应才识兼茂明于体用科守河南府福昌县主簿苏轼大理评事制》)

欧阳修:

"苏轼昆仲,连名并中,自前未有,盛事!盛事!"(宋·欧阳修《与焦殿丞千之书》)

宋仁宗:

"仁宗初读轼、辙制策,退而喜曰:朕今日为子孙得两丞相矣!"(元·脱脱等《宋史·苏轼传》)

苏轼是年参加的制科科目尚存争议,苏轼自己说"科号为直言极谏"(苏轼《答李端叔书》),王安石说是"应才识兼茂明于体用科"(宋·王安石《应才识兼茂明于体用科守河南府福昌县主簿苏轼大理评事制》)。我个人倾向于"贤良方正能直言极谏科"一说。不管咋样,苏轼最后的结果是入三等。此成绩要远高于状元,因为"自宋初以来,制策入三等,惟吴育与轼而已。"(元·脱脱等《宋史·苏轼传》)何况,吴育还是三次等,要略低于三等。也就是说,苏轼是宋初以来第一人。他的兄弟苏辙,尽管满嘴跑火车,放了大炮,仁宗最后也是给了四次等的评判。

之所以要啰唆此话题,为表明一个态度。嘉祐二年和嘉祐六年的两次科举,第一第二也好,三等也好,只是苏轼的一段履历,相对于先生此后人生的深邃、丰富与宽广,如此卖力考据,对于苏轼的人生既不加分,也不减分,但又是如何都绕不开的一个卜命谶题。

如此,包括接下来赴任凤翔,似乎可以三五闲笔带过了。

39

苏轼在凤翔的任期整整三年,从仁宗嘉祐六年(1061年)冬天,到英宗治平元年(1064年)。

苏轼在赴凤翔之前,有两年多到三年,回蜀中眉山老家服母丧的赋闲经历,也交了些朋友。一是与前辈龙图阁学士王素在成都相交,纵论军事民生。王素的父亲王旦,宋初真宗景德年间的名相。王素有个儿子叫王巩(字定国),是苏轼恩师张方平的女婿,后来成了苏轼的好友。一是与青神"霜髯三老"——王淮奇(字庆源)、杨君素(字宗文)、蔡褒(字子华),在岷江边的瑞草桥上畅饮作乐,与妻子王弗的堂弟,续妻同安郡君王闰之的胞弟,也就是小舅子王箴(字元直,顾随《东坡词说》认为王箴即王缄),门对门嗑瓜子炒豆,瞎扯俗龙门阵。有一次,苏轼约了堂兄苏不疑(字子明)去岷江对岸的蟆颐观喝酒,喝了个不亦乐乎,醉了就对山下的岷江,扯大喉咙放歌。这些鸡毛蒜皮事,苏轼都把它记录下来了。苏轼这时候已经是进士出身了,还能同乡下的老人茅根,不生分,可见骨子里的泥土情感,是真实不掺水的。

还有一次,更奇了。

苏轼与王弗的亲弟弟王愿,去青神石佛镇猪母泉,看传说中的双鱼，竟然还得以一见，王愿以为神奇。看双鱼一事，似乎是苏轼记载的重点。但是，我研究这个故事，似乎并非如此简单。石佛镇，供了个母猪菩萨，就是四川当地人说的母猪佛。母猪崇拜，在蜀地有民意基础，出自母猪养奶娃（四川方言，襁褓中的婴儿）的传说。母猪都能修炼成佛，那得多么励志！这个传说，立意在于寄托某种良好的祈愿：其貌平平的普通人，只要内心秉承有一份善良的人性，终会收获正果。

青神猪母泉的传说，还有个极富诗意的结局，说母猪佛终化为一泓清澈甘甜的泉水，滋养泉水两岸的人、鱼和百花百草。泉中或有两条鲤鱼的，只是一般人不曾得见。有缘的苏轼，那天忽然就看见了。这个故事，是不是蕴含有某种特别的个性化深意，比如平民化的女性意识？

苏轼思念新丧的母亲程夫人，从小给了苏轼、苏辙兄弟俩母爱，老夫人如今已然化为泉水。那天，猪母泉兀地惊现两条灵动的"双鱼"。双鱼，是不是暗语兄弟俩？泉润双鱼是不是暗寓苏轼的恋母情结？当然，这一摊子，都是我个人的猜测。苏轼并没有这么说。我只是想，这个事，苏轼把它煞有介事地记录在《东坡志林》里，就算暗藏了自己的细小心思，也是书生的性情使然。

回头继续说凤翔。

苏轼发现凤翔这个小地方，并不是像想象中的那么陌生。很快，他找到了一个客居书生的亲切感，有点类似于"回乡"——过凤翔东院，观王维诗画，于南溪作诗。

元宵节是春节后第一个大日子。按理说,读书人都是与家人在一起,同赏灯火。如果抑郁了,思乡心切了,那就跟辛弃疾一样,去灯市上寻艳遇,找一找暧昧情绪,"*蓦然回首,那人却在灯火阑珊处。*"(宋·辛弃疾《*青玉案·元夕*》)苏轼呢,却没有在家陪夫人王弗,而是一个人跑到城北的开元寺,看王摩诘摹写吴道子的佛经人物画,还看入神了。吸引苏轼的,有三点。一是画中的佛事人物外貌奇瘦无比,二是人物内心世界"心如死灰",三是衬托之物为门前"雪节霜根"的两笼竹子。人、物,还有情绪,毫无违和地聚于一个时间的断面,那观者如何也不能置身事外,分明就是画中一员了。王维追求审美的理想主义,他的佛教关怀,支撑了他的追求。

苏轼在那个元宵节见过的开元寺王维壁画,现在已经看不到了。有人考证过,认为王维似乎没时间给开元寺画壁画,苏轼看到的更可能是画匠们依据纸本的王维画稿,复制到寺院的。这个不是重点,重点是苏轼的确从画中看到了自己的影子。苏轼看到的壁画,很可能是像日本大阪市立美术馆那张传为王维所作的《伏生授经图》之类的佛事人物。此画曾经被宋内府收藏过,估计是徽宗时代的画院摹本。此前画作有个著录,出自王维亲笔的祖本《伏生图》。现存的《伏生授经图》,的确是一件令人心动的人物画。画家笔下的人物,不仅是写实、写意那么简单,更是写灵魂的。灵魂又不是虚无存在的,是与时间和空间,扭结的模型——断裂的时间,扁平的空间,扭态的人物,多边形不规则的情绪流动……

可以说，苏轼看到的王维佛事人物画，是一个独立于世界之外的小宇宙。难怪一看就入迷，完全忘了这一天是元宵节，他在凤翔的城西，老婆在城内，雪缓缓地下着……

读苏轼的文章，看王维的画，我们便不难理解，真正的故乡，其实是与最终极的信仰挂钩的。

还有一片难忘的竹林，在南溪之南。宋代北方还能看见竹的，终与眉州纱縠行老家园中茂林，有着不同——三苏祠的竹，阳光雨水中参天，自由随性，无所拘束。

先生在竹林中新构了一座小得不能再小的茆堂（"茆"同"茅"），取名"避世堂"，让人不由得想起其抄写的杜工部《堂成》一诗（《楷木卷帖》）。杜甫在成都置草堂，因为走投无路。苏轼一生以陶潜、杜甫为偶像，结茅人境，避世草堂。但是，这才刚刚入世，衙门的屁股都还没坐热，就对官本位有了看法，难道潜意识翻出了啥预感？

不管怎样，苏轼在凤翔，终于有了属于他一个人地理意义的第二故乡。苏轼在凤翔，有几件事可以记述一下。

求雨。春天，关中大旱，苏轼爬上太白山湫潭筑坛祈雨。为了祈雨，苏轼自己亲自动手，写了篇祝文，文采嘛当然是没的说。苏轼也知道，老天下不下雨，还不是老天说了算，岂能由人？所谓的祈雨，也就是个顺应民愿而已。文章再好，它能当饭吃？能把上天感动？那为何苏轼还要如此卖力，倾尽才华，十二分虔诚地去折腾那番？显然，他是懂得体恤百姓，知道底层人的朴素想法的。

为了老百姓的事,就算折腾,我也是理解的。喜剧的是,苏轼这一番操作,竟然还真的有了应验,雨果然来了,一下就是三天。这不是歪打正着嘛。苏轼自己高兴坏了,这算不算是他自己为官以来,第一件民生好事?当然算,不过这话,只能自己偷着乐了,他自己公开的结论,写在了事后的一篇总结文章《喜雨亭记》的末文里:

"一雨三日,伊谁之力?民曰太守。太守不有,归之天子。天子曰不,归之造物。造物不自以为功,归之太空。太空冥冥,不可得而名。吾以名吾亭。"(苏轼《喜雨亭记》)

这段话很有意思。我给大家试着演绎一下:雨一下就是三日,这是谁的力量(也许叫"功劳"更为达意)?老百姓说是太守(老百姓就是善良啊)。太守当然不敢居功,这么说也是天子之力。天子何等智慧之人?天子也是人,不是神啊,人怎么能去抢神仙的功劳。天子也不敢揽这功,还会归于造物主(估计天子可没这么想,都是苏轼自己在那以己之心,度他人之腹,瞎琢磨)。造物主才是真的伟大。没错,没有造物主,也便没有万物,可那又如何?造物主当初开天辟地,也没想过要留存任何功劳簿一事,如果是这样,那就不是造物主了。造物主,是主宰万物的,是非功利的,公而无私的。罢了!罢了!造物主,再谦虚,也没法继续往下推辞了。于是,有了虚空一说。虚空冥冥,连名字都没有,那又指向何方?混沌吗?虚无吗?那,祈雨还有何意义?著此记文还有何价值?苏轼高明就高明在,没有陷入彻底的虚无主义,而是最终回到了现实主义的这个底盘上来，它也是我们为人为文为官的出发点——这一切的一切，都算在这个亭子上吧，还可以让这亭子留下一个美名：喜雨亭。这样，估计各方都没意见，关键是老百姓喜欢啊，先生自己当然也喜欢的，今天的读者自不必说，喜欢得很哩。这难道不是最重要的事情吗？

之所以写下这段不着边际的话，其实我想告诉大家，苏轼的思想，不是一时脑壳发热，是一个字一个标点生长出来的。

但是，毕竟自己是个公务人员，苏轼不得不面对案牍劳形，还有各种人际关系和形式主义。好在，他只是太守的帮手，不需要政治上为朝廷背书。所以，他可以由着性子上班，顶撞上司刷存在感。

苏轼顶撞的这个上司，不是别人，是他的同乡，眉山青神人，叫陈希亮。陈希亮是个好官，专斗恶人，可惜架子大，脾气不大好。犟，就是四川人说的火爆子加老牛筋。这脾气倒是对苏轼口味，因为他自己也是年轻气盛，拧巴，不是啥善茬。你不好惹，我也不好惹，这叫"两不对付"。苏轼官小，但是先来一步，给老百姓做了些事，挣了个"苏贤良"的好名声。新来的陈太守，可不惯这德行，都是为凤翔老百姓服务，摆啥谱，搞啥个人崇拜？两人怼上了。府里有两个小吏，忍不住还拍马屁，叫了两声"苏贤良"，太守不乐意，就收拾上了。这摆明拍门方给对子听。苏轼不乐意了，替下面的兄弟强出头，当然太守岂能服软买账，照样收拾那些个小吏不误，最后发展到压了苏轼的公文。苏轼明里没占势头，暗地里写诗讥讽。尽管两人你来我往，毕竟两人都是耿直人，怼是怼，工作还得干下去，朋友还得交下去。后来，苏轼认识了太守的儿子陈慥（字季常），成了知己。多年后，苏轼还给这个家乡出产的太守，写了个墓志铭《陈公弼传》，传播太守为官的好名声。苏轼和陈太守，真的算得上惺惺惜惜惺惺。

在凤翔，苏轼一有闲，便是与兄弟苏辙诗文唱和，几乎月月有诗文：

"诗成十日到，谁谓千里隔。一月寄一篇，忧愁何足掷。"（苏轼《次韵子由除日见寄》）

最有名的，便是那首"雪泥鸿爪"，写得很朦胧很哲学，很多人虽然半懂不懂，却不影响大家吟诵的兴趣：

"人生到处知何似，应似飞鸿踏雪泥。泥上偶然留指爪，鸿飞那复计东西。"（苏轼《和子由渑池怀旧》）

一直以为，这才是苏轼真正人生体验之作。此前的那些只能算是即兴，有点人性冲动，但也有技巧性的痕迹，毕竟初出江湖，个人情绪得收敛收敛。

现在终于有了传说中的"乡愁"。因为人在他乡，所谓的"乡愁"，因为有了与自家兄弟的离愁做了具体的载体，好寄托，即便若即若离，缥缥缈缈，但总是出自个体的真实情感，不是为赋新词强说愁。

此词，历来评价比较高。清人查慎行，甚至认为是禅语的化用：

"雁过长空，影沉寒水，雁无遗迹之意，水无留影之心。"

(清·查慎行《苏诗补注》引《景德传灯录》天衣义怀禅师语)

我倒认为，若能从诗文中感受到某种深刻禅意的话，想来更多是先生自己的发明。这个时候的苏轼，那么年轻，兀对玄妙莫测的禅意来了兴趣，想来那禅，定不像学来的，而是天生的啊。

凤翔一任，苏轼终于见着了算半个家乡人的表兄文同。这算是他在凤翔最重要的人生收获之一。

文同（字与可，1018—1079 年），文翁的后人，号石室先生、笑笑先生、锦江道人，梓州永泰（今四川盐亭）人。

嘉祐五年（1060 年）八月，苏轼还没有去凤翔任职，经苏辙介绍，文同与苏轼结交。至此，两人虽未谋面，却已开启了神交：

"与君结交，自我先人。"（苏辙《祭文与可学士文》）

两人交友的内在逻辑——有相同的审美趣味。文同，曾经履过东坡老家眉州边上陵州的太守。加上眉州人深信的表兄弟渊源，和铁定的苏辙亲家翁这两层亲情交契（苏辙女儿嫁给了文同的老三），苏轼与文同，里里外外都是可以互相信赖的乡党了。但两人朝廷同僚，来往并不多，两人也就见过两次面而已。这并不影响两人的审美交集和灵魂契合——画竹。

正式的见面在治平元年（1064 年）新春。文同赴汉州（今四川德阳）任职，途经凤翔，两人有了见面畅谈书画和定交的机会。此次见面，苏轼二十九岁，文同四十七岁，算是忘年交。

凤翔一面，两人"一见初动心"（宋·文同《寄题杭州通判胡学士官居诗四首月岩斋》)。

文同待人真诚,是个笑笑先生:

"先生闲居,独笑不语。问安所笑,笑我非尔。物之相物,我尔一也。先生又笑,笑所笑者。笑笑之余,以竹发妙。竹亦得风,天然而笑。"(苏轼《石室先生画竹赞并叙》)

一个人爱笑,当然是天生好性格。经常带着好心情,吟诗作画,那诗文书画也一定有一副好长相。比如,文同的书画,我就以为画得最喜气,跟苏轼愤愤不平的墨坨坨风竹,不太一样。

时别六年的熙宁三年(1070年),大概在四五月间,两人同住京城西城,你来我往,又一番友谊加深。可惜,此次分别之后,因为公务繁忙,两人天各一方,只能书信来往,未谋再见。直到神宗元丰二年(1079年)正月,苏轼赴任湖州,忽然听闻了文同离世的噩耗:

"元丰二年正月二十一日……文公以疾卒于陈州之宾馆……余闻赴之三日,夜不眠而坐喟。梦相从而惊觉,满茵席之濡泪。"(苏轼《文公墓志铭》)

文同的死讯,对苏轼的打击无疑是巨大的。苏轼失去了一位真正能懂他的士人竹画的志同道合者。苏轼的不平与纠结,不是当事中人,绝对理解不了。好在,苏轼留下了名篇——《文与可画筼筜谷偃竹记》,让我们对什么叫书画人士与众不同的"共同语言",有了新鲜的认知。

更大的打击在酝酿——再过几月,苏轼的人生至暗,即将覆盖过来。文同的离世，也许只是个潜在的预警信号，只是苏轼自己太木讷，未曾察觉而已。

需要交代另一个人，章惇，章子厚。这个人物是个狠角色，苏轼也是在凤翔与之定交，此后两人一度有过较宽的人生交集。苏轼此后的人生悲剧，与其有着一定程度的负相关。在此，先记下。

40

苏轼在凤翔任职的第三年，是甲辰年。宋英宗赵曙改年号为治平元年（1064年）。

这一年的八月，西夏进犯西部边境，苏轼曾为将士们派送过粮草。这大约是苏轼第一次接近军事前线。宋夏之间的军事争夺，有个历史原因，在于崇尚汉文化的西夏，出了个自信爆棚的狠人李元昊。这场战事，也引发了北宋一朝政治牛人们对于重文轻武的反思，包括晏殊、韩琦、范仲淹、欧阳修等人，甚至一度卷入其中，后来神宗时代王安石的变法诱因，这是其一。苏轼本质上还是书生，因为对两国政治和军事冲突介入不深，在此后的变法之争中，能够看到国家层面的利益，并不如王安石深刻。

冬天的时候，苏轼凤翔任期届满，回长安差判登闻鼓院。这个职位，政治设计上相当于京城的信访办负责人，官不算大，但毕竟是顶层策略，直接面对民生诉求，应该说，还是可以施展抱负的。苏轼的民本思想，或与他的这段任职有关。

是时，苏轼名气已经传开了。英宗早就听说了苏轼的名声，来年一开春，就有意重用，"欲以唐故事召入翰林，知制诰"（元·脱脱等《宋史·苏轼传》）。史书还记载了英宗同宰相韩琦的一段讨论，很有意思。英宗的态度，当然希望破格重用，毕竟刚刚改元，朝廷需要新人新气象来支撑场面。韩琦则认为，苏轼是个天下的远大器（人才）没错，但不是现在，是将来。显然，韩琦认为苏轼政治上尚欠火候，贸然重用，朝廷上下，不以为然不说，对苏轼自己也是个心理负担。两人商量的结果，做了个折中，依惯例由学士院召试文章。苏轼当然不怕考试，从容推出二文——《孔子从先进论》《春秋定天下之邪正论》，得力于从父亲"老苏"那里师法来的高谈阔论功底，最终获评高分"三等"，第二年入职直史馆。欧阳修担心苏轼听到韩琦和英宗的讨论，对韩琦不服气，专门还做了他的思想工作，苏轼却不以为然，对韩琦的态度予以了正面呼应。虽然后来有很多史家批评过韩琦用人扭捏，但从朝廷用人的标准、程序等大局看，韩琦无疑是经得起推敲的。事实上，苏轼的确缺少从政经验，得慢慢历练。

回到京城的苏轼，与父亲和兄弟住在南园，有了更多时间照顾家人。可惜好景不长，夫人王弗和老父亲苏洵相继离世，他不得不思考还乡的事情。

苏轼最重要的一次还乡和离乡是在三十岁后。发妻王弗和父亲苏洵相继病故，新娶王弗堂妹王闰之。这段家长里短的经历,包括之前的丧妣,之后王闰之和王朝云两位夫人的离世,是苏轼诗意人生不可或缺的难以承受之重。若没有父亲母亲、兄弟姐妹和三位夫人的情感抓挠,关于先生几起几落的叙述,也便少了温暖和黏度。

短短几年,苏轼遭遇了接二连三骨肉分离的打击。先是小姐姐折了,接着是祖母亡故,紧跟着伯父苏澹,长兄景先,还有一个小姑妈,一个姊妹也卒了,然后是爷爷苏序老死,再又是嫁外婆程家有钱人程之才的苏八娘受气而夭,随后又一个大姑妈也走了……

最痛的当然是从母亲程夫人丧故开始的,然后是夫人王弗和父亲,一个个至亲都赶了归途的趟儿……

父亲和爱人走了。苏轼对付悲伤的手段是植树,以植物的生长性,对抗肉体生命的物理断裂。苏轼相信生长的绵延不绝,能化解情殇的无边无际……

苏轼最亲的三个人,葬在了眉州东侧蟆颐山之东二十余里,地名老翁泉处。今天,那里作为三苏陵园遗产,保护了起来。

苏轼在城东老翁山下,一口气种下三万棵青松:

"老翁山下玉渊回,手植青松三万棵。"(苏轼《送贾讷倅眉》)

也有较真的,说苏轼早就在城东种松了,不是等到他的亲人死后才开始种的。

依据是这首诗:

"我昔少年时,种松满东冈。初移一寸根,琐细如插秧。二

年黄茅下，一一钻麦芒。三年出蓬艾，满山散牛羊。不见十余年，想作龙蛇长。"（苏轼《戏作种松》）

此诗前还有个交代的短序：

"余少颇知松，手植数万株，皆中梁柱矣。"

东坡年谱作者认为，苏轼种松大概是在少年时，尚未开始游学，在家或有过一段耕读时光。

我以为，后面这首诗除了松树生长的节令比较写实，其他应还是情绪化符号化的东西，不一定代表了当年是个以种松为职业的松农。在宋时，蜀中乡下，大大小小的自然林盘多得去了，造房，劈柴，就去自家林盘里砍就是了，也不一定非得要满山满坡地去种。就算要种，估计也无必要种那么多，而且还是单一的树种，不像今天，飞机播种马尾松，搞退耕还林。

大多数的人认为，苏轼在王弗和老父亲去世后，照情理讲也许种过一点，但大多数是此前多年栽植的，现在亲人新故，哪还有心情去植树啊。

我更愿意相信苏轼植松以悼亡人一说的。汪曾祺《人间草木》里有句话，道出了此种情绪：

"人活着，一定是要爱着点什么的，恰似草木对光阴的钟情。"

与其说苏轼钟情松，不如说是在表达对光阴流水的挽留。生与死之间的较量，苏轼唯有在绿植这一点上去寻找平衡。就像城东山冈上的那些高高矮矮的松，又岂止是千万青松，是生意盎然的"鲜活"情绪啊！现在，它们寄托了苏轼的寄托，付诸父亲和爱人的情之绵密,像绣花纳鞋一样,布满眉州的山山水水。没有谁去猜测,三万棵青松是不是文人的强迫症,就像我们从来不会去质疑,此后苏轼再也没能回过老家,却能把乡音常挂嘴边至死不变一样。

当三万棵青松顶雪迎春的时候,已是神宗改元的第一个春节了。那一年,是戊申年(熙宁元年,1068年),"澶渊之盟"埋下的隐患正在一天天显现,这让刚刚加冕的神宗赵顼心事重重。他有许多空前的零碎想法,只是并不成熟,且以他的资历,要硬抖弄出来,不是说不行,而是他有所忌惮,毕竟朝野上下那些手握重权的书生集团,是执行者,他们的态度如何,情绪咋样,会不会唱反调,他是吃不准的。所以,他得迂回一下,找一个替身,替他整理想法,还要胆子大,敢于冲到堂上去,大声地说出来,说给天下人听。

这个人,姓王,名安石(字介甫,号半山,1021—1086年),江南临川人,出身官宦世家,自幼也是博览群书。

王安石是在宋仁宗庆历二年(1042年),登杨寘榜进士第四名入仕的,从底层的淮南推官、鄞县知县、舒州通判,做到了常州知府、江东刑狱提典等职。从王安石早年多地州县从政经历看,他似乎对宋朝的政治生态、社会痼疾、民生冷暖,有着第一手的心得。嘉祐年间,王安石有很多机会,回到京城担任要职,都被他给拒绝了。直到后来推迟不过,才勉强就职集贤院,知制诰,终于有了机会参与王朝的顶层设计。

属于王安石的政治瓜葛或刚刚开始。也许他在等待一个人和另一个人，不，在等待一个时代。这一个人是他的上司赵顼。另一个人就是我们的主人公苏轼。苏轼真的是王安石故事人物的另一个，他和其他的人包括司马光、欧阳修还有"二程"这些牛人，都不一样。没有王安石，苏轼的人生会少了许多的包浆和生动。同样，没有苏轼，王安石头顶上的光环，要晦暗许多。是他们，共同组成了一个叹为观止的时代。

那一年春天和夏天，注定是不平凡的一个春天和夏天。正月，日食。八月，京师和河间，连续发生大地震，还伴生了月食。非同寻常的一连串天象，究竟预示王朝行往什么方向的演绎轨迹？

辽和夏的边境冲突没解决，金人又在东北边悄声崛起了。八月一日，东北女真族的牛人完颜阿骨打出生。此人后来建立了一个强悍的少数民族政权——"金"。六十年后，他的后代以武力占领了汴京，俘虏了两代赵氏皇帝。又过了若干年后，他的后代的后代，建立了"后金"，逼死了明思宗朱由检，建立了中国最后一个封建王朝政权。

那个春天和夏天，宋神宗很忙，忙着召见前朝留下来的一应重臣。四月，召见富弼、吕公著，五月召见了文彦博。神宗的这一串联动，显然不是作秀，而是在表明某种积极的向往。他得把个人先行感知到的王朝危机，传递给朝野上下。也许来自天命的赋予。神宗相信天命。但是，究竟怎么做，还没有一个清晰的框架。有一点是可以肯定的，朝政的迂腐气象需要革新了。可惜，前朝的那些个位高权重的老臣们，却没有给出让他为之眼亮的道道。老实说，那个春天和夏天，年轻的神宗皇帝，对王朝上下的知识分子，失望透顶。

这才有了王安石横空出世的"越次入对"。注意，这个"越次入对"是著写《宋史》的史官们说的。意思是，若论政治惯例，皇帝要召见的一串串人物中，哪个不是学富五车、才高八斗，这里面当然没有王安石。历史神奇就神奇在，王安石竟然排进去了。

排进去的结果，至今还在产生影响。

列宁这样定义王安石的开创性：

"王安石是中国十一世纪时的改革家，实行土地国有未成。"（列宁《修改工人政党的土地纲领》）

毛泽东的盛赞，更倾向于执政党的定力：

"王安石最可贵之处在于他提出了'人言不足恤'的思想。"

列宁对王安石的评价，局限于一个历史的断面，在措辞上还是有所保留的，因为土地国有学说是20世纪才有的先进政党理念。现在，由王安石提出来，是不是穿越了？毛泽东的点赞很有意思，他的话换成老百姓大白话就是，一个人要干事，干成事，干成大事，那就不要怕人说，要怕人说，那就啥也别想，啥也别干了，事在人为，在不怕人言。这些话，我们耳熟能详，今天讲就是一种实事求是的"实践论"的政治观。十一届三中全会后，中国共产党人把它发展成为了——"实践是检验真理的唯一标准"。21世纪20年代，又有了一个更加朴素，也备受老百姓拥护的说法——"撸起袖子加油干"。

记得几年前的冬天，新华社发布了一篇很有影响力的白皮文章——《当改革遇见王安石》，以新世纪新时代的全新视野，总结和反思王安石变法。这篇文章算是自19世纪末20世纪初梁启超开始的一百多年来，全球学术界研究王安石最新集大成的当下梳理。引用一段精彩的：

"若放眼世界，自十四世纪以来，也就是王安石变法的三百年后，西方经历了文艺复兴、宗教改革、工业革命、俄罗斯改革、明治维新，以及英国资产阶级革命、法国资产阶级革命和美国独立运动、俄国十月革命，等等，变革席卷世界。今天以及可预见的将来，变革将引领潮流。王安石变法体现了顺应历史发展的方位感与方向性，他与宋代社会的变革同步共振，与数百年后乃至当今追求变革的时代精神、世界潮流不谋而合。"（《新华每日电讯》2019年11月15日11版《当改革遇上王安石》）

这段话，集中全文要义。一个推崇开放发展唯物史观的理想主义政党，就是应该有这样的历史胸怀和全球视野。因为，我们面对的是一个存于历史时空的理想主义前辈，他当然不只是一个历史人物，而是动态行进的标准体系——理想主义之"域"。

此体系，当然有苏东坡，有田锡、范仲淹、欧阳修、司马光……

致敬，王安石。

致敬，苏东坡。

致敬，田锡、范仲淹、欧阳修、司马光……

此处应有响亮的掌声……

好了，我们的主人公，另一个超越时代的理想主义者，也应该跟随时代的节拍，登台走戏了。

41

苏轼离乡还朝了。家里仅有的几亩家宅田亩，山林树木，托付给了堂兄苏子明管理。成都平原的山林，叫林盘，巴掌大一块，出点柴火。说是托付，其实也就是给那些山林找了个名义上的新主家。也许放不下那些桤木。苏轼喜欢桤木，就像喜欢杜甫的草堂诗歌一样。

叔丈人王淮奇（字庆源）等人来送行，说了一大通难舍的话。他们知道苏轼这一次离乡，与前两次都不太一样，此前的老家尚存地理意义的牵连，此后或就只剩个符号了。

就同乡人"霜髯三老"（王庆源、杨君素、蔡子华），在园子里种下一棵荔枝，相约挂果时节还乡。荔枝从小树到挂果，是一场漫长的等待。苏轼不知道下一次回乡是什么时候。荔枝是寂寞的，又是不老的。只要树一直在生长，等待就还在，牵扯就还在，故乡就还在。

东坡在家园中种下荔枝，也种下一个关于故乡的约定。

三十多年后的哲宗元符三年（1100年）秋天（大概是八九月），黄庭坚离开巴蜀之前，去了一趟眉州青神。黄庭坚是从戎州（今四川宜宾），沿江而上，抵达青衣江畔洪雅、青神、眉山、丹棱诸县的。据说，为丹棱大雅堂拟文的《大雅堂记》，就写于青神。在去青神途中，黄庭坚写了著名的《青衣江题名卷》，墨迹残卷现存中国国家博物馆，是研究黄庭坚蜀中行踪和书法艺术的重要文献。

此行，黄庭坚的本意是去探望姑妈黄寿安，和在青神做县尉的一个表弟张祉（字介卿），当然也有借此机会追寻先生苏轼足迹的意思。这一趟，黄庭坚驻足玉泉岩，品青衣江香茗，并在玉泉壁留下了"玉泉"和《玉泉铭》的题刻。玉泉岩的"玉泉"题名刻，现在还能隐约看到踪迹，但《玉泉铭》只能在传世的山谷诗文中去找了：

"玉泉坎坎，来自重险。发源无渐，龙窟琬琰。"……（宋·黄庭坚《玉泉铭》）

陪同黄庭坚的是王闰之的弟弟，青神人王元直。

王元直，是"霜髯三老"之一王庆源的侄子。元祐年间，苏轼第二次赴杭州任职时，王元直还去杭州看望过苏轼。从头年元祐四年（1089年）夏天（七月），到第二年元祐五年（1090年）春天（二月），王元直在杭州一住就是半年，还常与东坡一道醉饮湖畔。分别时，苏轼曾赠予了一首荔枝诗，也就是眉山人耳熟能详的《寄蔡子华》。诗的后面，苏轼专门做了个交代：

"王十六（王元直）秀才将归蜀，云：'子华宣德蔡丈，见托求诗。'梦中为作四句，觉而成之，以寄子华，仍请以示杨君

素、王庆源二老人。元祐五年二月七日。"（苏轼《书寄蔡子华诗后》）

苏轼特别嘱咐王元直两件事。一是诗是蔡子华托付的，得当面交给他老人家。再是还要把诗歌也给杨君素、王庆源二位老人家也瞧瞧。交代之亲切，之仔细，可见这个荔枝的事情，跟这三位老人的关系，非同寻常。三位老人，就是当年同植荔枝，共话约定，苏轼一辈子都在念叨的"三老"（"霜鬓三老"）。荔枝约定，当然只是个美好的愿望而已。当年的分别，事实上已成永隔。

如今多年过去，物是人非。东坡先生远谪海南，黄庭坚自己也是刚刚结束复职的朝命，当然也是各种复杂心理了。赴眉山和青神一带追寻先生足迹，到底有了重要的收获。在见过的青神亲友中，有个"霜鬓三老"的后人，就是蔡子华的孙子蔡汝砺。这个晚辈给黄庭坚看了一样珍贵的东西——苏轼元祐年间以龙图阁学士守杭州任上书写的荔枝情绪：

"故人送我东来时，手栽荔子待我归。荔子已丹吾发白，犹作江南未归客。江南春尽水如天，肠断西湖春水船。想见青衣江畔路，白鱼紫笋不论钱。霜鬓三老如霜桧，旧交零落今谁辈。莫从唐举问封侯，但遣麻姑更爬背。"（苏轼《寄蔡子华》）

是时，黄庭坚谪居巴蜀已逾六年，距苏轼作此诗已有十一年之久了：

"余来青衣，当东坡诗后十一年，三老人悉已下世……时东坡犹在零陵，使人拊卷太息。"（《永乐大典·黄庭坚豫章集·苏

东坡书蔡子华诗后》)

十一年了,作诗的老人远谪他乡,读诗的三位老人却已作古。此情此情,无不触动着黄庭坚忧郁的神经末梢。

在眉州期间,黄庭坚还去苏坟山祭扫了苏洵墓地。现在又看到先生的墨迹,睹物思人,黄庭坚一气,写了五首应和先生的诗作,其中一首是祈愿朝廷重新启用先生的:

"天子文明浚哲,今年不次用人,九原埋些佳士,百草无情自春。"(宋·黄庭坚《和东坡送仲天贶王元直六言韵五首其一》

此时的苏轼也是刚刚结束沦落天涯的谪居,渡海北归,正辗转于返乡的途中。黄庭坚得到的官方消息,可能苏轼这会儿正在零陵(与"永州"一地二名,今湖南永州),不久应该会回到眉州。黄庭坚之所以特意写下那些诗,还有先生荔枝墨迹卷后面那段话,也是感同身受——他的老师苏轼远远超越一般士子的坎坷与零落。

农历八九月,正是四川迟熟小米荔枝的收获季。可以想象得到,那个秋天的苏轼如何地归心似箭,岭南的荔枝再唯美,也不能替代眉州的乡味。

走到英州(今广东英德)的时候,苏轼又领到新的转任朝令——提举成都符玉局观。这是冬天的事情。也就是说,若不出意外的话,苏轼将在这个冬天,平安地回到故乡,了却三十多年前与荔枝的约定——

那一直生长的情结,自己的另外一半附体。

苏轼不知道"霜髯三老"等不及他的归来,就已离去。老病缠身的苏轼,奔波于儋州(今海南儋州)、廉州(今广西合浦)、永州、成都的回程。他的思绪一直徘徊在十一年前杭州任上,不,是三十年前的那个冬天。

就要归来了,老鬓早斑白,想起那荔枝,情绪止不住向内投射。

三十年,一个圆,就要回到多年前的原点了。甚至已经看到鲜红欲滴的果实垂过枝头!

想来那个冬天的唯一幸福,就是与荔枝的重逢,与家园的合体,只是这幸福来得太迟,太迟……

——理想主义者——

理想主义者

42

有人说苏轼并非彻底的理想主义者,他的性格与宋神宗和王安石之间的利害攸关,源于两种人格的冲突——宋神宗和王安石的理想主义,比他更直接,更高调,更像一种形而上学的"主义"。

宋神宗不仅在整个宋朝,甚至放到三千年王朝史上,也是可以拿来说道的封建帝王。他跟王安石有过几场关于治国之道的著名对话,还真像个热血沸腾的"九〇后"。

神宗问政王安石,史书称"越次入对"的奏对之语,王安石竟然留了个心思,悄悄做了个笔记,这便是大名鼎鼎的《熙宁日录》(又称《日录》)。后世绍圣史官据此编写了《神宗实录》,王安石的私人笔记才得以公开,算是有了官方的背书。当然,此文也成了后世党争的焦点。新党拿它来给自己撑腰,旧党视之为反面教材,总之是个滋生是非的话柄。

南宋孝宗时代眉州丹棱史官李焘,大量引用《日录》补遗,但态度却是偏向元祐党人一方的,史料虽然丰富了,站队并不见得公正。李焘算是较为中立的史官，依然受到某种世俗惯性的影响，可见有些东西的线性裹挟，的确难以阻挡。南宋重修《神宗实录》，元人修《宋史》，也未脱出此窠臼。这个结果，其实也从侧面回应了一个命题——悲剧人物之悲剧性必然，往往别无选择。

南宋读书人编写的《邵氏见闻录》，本来是文人的闲笔，也没有真正站在第三方的角度，慎看前世书生的言论，屁股还是坐在大众化列车上的，不过也可从中观见相关言论非议的斑驳。

比如这段带有鲜明倾向性的言论实录：

"废大法而立私门，启攘夺而生后患，可为寒心，孰大于此……绍圣史官蔡卞专用王安石《日录》，以修神考《实录》，薄神考而厚安石，尊私史而压宗庙。"（宋·邵博《邵氏见闻录》卷二十三）

"越次入对"并不是一次完成的，是那一段时间的君臣问答，本质上呢，又是王安石表达政治愿景的东西。如果愿景是原上众草的话，那问对就是蛰伏大地深处，蠢蠢欲动，亟欲露头苏醒的眠根。现在只等熙宁初年的一声春响了。

王安石"越次入对"背后的东西，其实也有迹可寻。此前，英宗多次欲让他出任要职被拒，已经触发了某种想要的效果，朝廷上下，包括富弼、文彦博、韩琦、司马光等一应咖位人物，似乎对王安石有了一个不错的印象——有"矫世变俗之志"（元·脱脱等《宋史·王安石传》），是个隐于基层，耿介自重，轻易不会抛头露面的高士。

也就是说，王安石出山，是有民意呼声的。就像姜子牙垂钓渭水，诸葛亮蜗居隆中一样，不是不肯问世，是火候不到。

那么，两人到底说了些什么呢？下面摘录《宋史·王安石传》部分对话内容，帮助大家理解概貌：

"熙宁元年四月，始造朝。入对，帝问为治所先，对曰：择术为先。帝曰：唐太宗何如？曰：陛下当法尧、舜，何以太宗为哉？尧、舜之道，至简而不烦，至要而不迂，至易而不难。但末世学者不能通知，以为高不可及尔。帝曰：卿可谓责难于君，朕自视眇躬，恐无以副卿此意。可悉意辅朕，庶同济此道。一日讲席，群臣退，帝留安石坐，曰：有欲与卿从容论议者。因言：唐太宗必得魏徵，刘备必得诸葛亮，然后可以有为，二子诚不世出之人也。安石曰：陛下诚能为尧、舜，则必有皋、夔、稷、卨；诚能为高宗，则必有傅说。彼二子皆有道者所羞，何足道哉？以天下之大，人民之众，百年承平，学者不为不多。然常患无人可以助治者，以陛下择术未明，推诚未至，虽有皋、夔、稷、卨、傅说之贤，亦将为小人所蔽，卷怀而去尔。帝曰：何世无小人，虽尧、舜之时，不能无四凶。安石曰：惟能辨四凶而诛之，此其所以为尧、舜也。若使四凶得肆其谗慝，则皋、夔、稷、卨亦安肯苟食其禄以终身乎？……二年二月，拜参知政事。上谓曰：人皆不能知卿，以为卿但知经术，不晓世务。安石对曰：经术正所以经世务，但后世所谓儒者，大抵皆庸人，故世俗皆以为经术不可施于世务尔。上问：然则卿所施设以何先？安石曰：变风俗，立法度，正方今之所急也。"

《宋史》的材料，大体忠于《日录》，应当可靠，除非《日录》本身掺假。写日录，是当时士大夫们的流行，除了王安石，司马光、曾布、吕惠卿等人，都有这个好习惯：

"凡榻前奏对语，及朝廷政事，所历官簿，一时人才贤否，书之惟详细。"（宋·周煇《清波杂志》）

因为有了这些人物的工作日记，才给后世的史学研究者提供了对象的第一手资料。

再则，《日录》在王安石生前，并未公开流传，完全属于个人隐私性质的文献，本人蓄意造假的逻辑讲不通，自然值得信赖。可以说《日录》，大体反映了王安石的一些思想片段。当然，系统的阐述，还得专文，比如名气更大的《答司马谏议》，再如奏章《进戒疏》《论馆职札子》等。

苏轼这个人，比王安石更书生气，似乎做不惯严肃刻板的事情，记工作笔记，就是个案牍的形式主义而已。苏轼最讨厌的就是形式主义，他宁愿长篇鸿制，高谈阔论，或者把流水账式的日记习惯交予闲情逸致，他都乐意，就是觉得办公室里的那些渣渣洼洼，没必要浪费思考力、想象力和文艺才华。

王安石刚好相反，这个人天生对制度、秩序、法则这些条条款款的力量有着无限的兴趣，完全是一个逻辑崇拜者，苏轼认为毫无意思的东西，他却能够耐着性子，一五一十梳理得滴水不漏。

这显然是两人的世界观和方法论在起指挥性的作用。不过，这不影响两人站在各自的立场，去严肃看待一些公共话题。

王安石看到的王朝流弊，苏轼也看到了：

"夫天下之未平，英雄豪杰之士，务以其所长，角奔而争利，惟恐天下一日无事也。是以人人各尽其材，虽不肖者，亦自淬厉而不至于怠废……天下既平，则削去其具，抑远天下刚健好名之士，而奖用柔懦谨畏之人。不过数十年，天下靡然无复往时之喜事也。于是能者不自激而无以见其能，不能者益以弛废而无用。当是之时，人君欲有所为，而左右前后皆无足使者，是以纲纪日坏而不自知。"（苏轼《策略第四》）

按理说，苏轼和王安石是有共同语言的，不应该出现后来大是大非的分歧和恩怨。历史尊崇人性，人性又那么真实。因为真实，一千个读者，就有一千个哈姆雷特，真实的人性后面，更掩藏着无法穷追的负重和复杂性。

王安石是单纯的。苏轼也是单纯的。平行来看，这个单纯，一点问题都没有。但是，历史让他俩踏进了同一条河流，于是单纯也不得不面对复杂的局面了。更何况，单纯之人，又如何能在单纯的，也是压缩的时间和空间里，去处理河流每一天每一时刻，不同的川息？

王安石不能，苏轼也不能。历史不能替他俩做出选择，因为历史没有第三只眼。当局者迷，旁观者清。这不是说历史，是说现实的。再说，历史不也是当下的现实，现实不也是正在发生的历史吗？

历史是人写的，但人是有性格的，性格即命运。历史的生动就在于，它按历史自己的逻辑演绎，别无选择，而不是尊崇上帝的旨意，运行人生轨迹。

历史与命运有着显著的不同——命运往往是无辜的，历史注定爱莫能助。

43

理想主义者王安石和苏轼，几乎在同一个时间，步入了理想主义的时代。宋朝的文明史，不，中国近世的文明史序章，由他俩来共同书写。

从熙宁元年（1068年）开始，王安石的人生是这样的——

"熙宁元年，王安石四十八岁，四月，以翰林学士破格进朝应对皇上。熙宁二年二月，皇上让他做参知政事。四年，任同中书门下平章事（事实上的"宰相"）。七年，多次上书乞求辞职。六月，以观文殿学士的身份知江宁府。八年二月，又召回到任同中书门下平章事。六月，授予尚书左仆射兼门下侍郎。九年十月被罢官，以使相的身份做江宁府通判，这时王安石五十七岁。自熙宁元年入朝，执政共九年，从这时起就称病不再出来。元丰元年，他五十八岁，特授开府仪同三司，封舒国公，领集禧观使。三年，授特进，改封荆国公。八年三月，神宗崩，宣仁太后临朝，进封王安石为司空，第二年为元祐元年，四月，王安石去世，年六十六岁。赠太傅称号。王安石被罢相后在江宁共九年，绍圣年间赠谥号文公。"（近代·梁启超《王安石传·荆公之略传》）

熙宁元年（1068年）到熙宁九年（1076年），执掌朝政大权的王安石按自己的想法，把宋朝送进了"荆公时代"。熙宁九年（1076年）十月，到元祐元年（1086年），王安石回到江宁赋闲养老的"后荆公时代"，"皇上的赏赐问候不断……施行王安石的政策没有多少变化"（近代·梁启超《王安石传·罢政后之荆公》）。这一来一往，刚好打个对折。王安石用了十九年的时间，给惯性的世俗，以现身的参考：什么是理想主义和它的代价？

越是理想主义者，越推动着历史往悲剧的方向偏移。即便熙宁、元丰年间这样的自由时代，像苏轼这样的理想人格也未例外。宋初以来，孙复、石介、胡瑗"三先生"，我想还应该加上他们的前辈田锡，以及李觏、欧阳修、范仲淹等一应文化领袖，是他们的共同理想，掀开了近世的学术自由风气，于是有了影响世界的"宋学"繁荣，这包括王安石的荆公学派、司马光的温公学派、"三苏"的蜀学派、"二程"和张载的理学派（也叫"洛学派"）等四大学派。

到了北宋熙宁、元丰年间，"宋学四派"，也可以说是大消费时代四大精神贵族群体，已不满足于知识分子孤芳自赏、自我循环的形而上领域，而深刻地介入到了中国老百姓的世俗生态，并折射为一种高度主导个人和群体的，日常生活、人生去向、社会实践的现实态度或者终极归宿。这就十分有意思了。

熙宁、元丰年间，中国近世最接近现代社会的纯精神化的时代高点，竟然是以王朝几个顶级知识分子的悲剧人生谢幕的，这包括苏轼和王安石，当然也包括宋神宗、司马光，以及一揽子的"元祐党人"和"元丰党人"。

也许，理想时代，就是用来塑造理想人格的。理想人格，本来就不会委曲求全于喜剧甚至闹剧的套路——它的宿命注定是悲剧性的。

王荆公崇尚秩序、制度、规范这些逻辑的东西，目的性很明确，那就是非功利的经世致用，是务实的也是积极的。司马温公，骨子里的儒学烙印很深，也很消极，不在其位不谋其政，道不同不相与谋，刚好与荆公针锋相对。"二程"的学说，忽视鲜活的生活和人性，不接地气，陷入了纯粹抽象的符号崇拜，不能自拔。

苏轼与他们都不一样。长期身处底层，比他们几个看到的人间，更像人间，更真实，但又不止于此。苏轼也想像理学家那样，去修身以锻造人性，做一个有为的儒子，留下千秋功业。当然还得像荆公那样去做，踏踏实实建立一些东西，带给社会实惠。因为想法太多，哪一个都是理想化的，自然阻力不小，这一点，是读史觉悟的，是观父亲的人生比对得到的。

三派学说，构成了一个相对稳定的矛盾体系。如何才能冲破他们，苏轼想到了佛。苏轼还是在眉州求学的时候，就已受到佛的影响。现在，多年过去了，青春没有了，亲人一个个离去，功名也不温不火，难上难下，出不得，也入不得，陷入两难，不，苏轼甚至将面对三难、四难。从某种意义上说，苏轼试图建立一种超越三路学派人物的第四种理想人格。这样的终极人格道路，跟冒险赴死有啥区别。但又有啥法呢，自己选择的，明知是药，还得吃下去，一条路蹚到黑，义无反顾，步入无可逆转与自我救赎的渊薮。

苏轼还朝于熙宁二年（1069年）春节后。二月，任职一朝廷部门的中层岗位：殿中丞直史馆，抑置判官告院。第二年，又任监官告院。主要的工作就是办人事公文，闲差，若政治上没啥理想，也挺不错的。苏轼偏又那么难耐寂寞，于是有了后面高调的"出头"。

有一则短文，借述故人董传，道出了他刚到岗位上的微妙心境：

"故人董传善论诗。予尝云：杜子美不免有凡语，'已知仙客意相亲，更觉良工心独苦'，岂非凡语耶！传笑曰：此句殆为君发。凡人用意深处，人罕能识，此所以为独苦，岂独画哉。"（苏轼《记董传论诗》）

董传是苏轼在凤翔时的诗友，大家可能不太熟悉。苏轼应制科，赴凤翔，两人在岐下（今陕西凤翔县南）遇见。

董传的士子人生，并不得意。那年穷困潦倒的他正准备科考。苏轼离任凤翔，途经长安，见着董传，忽然很感慨：

"粗缯大布裹生涯，腹有诗书气自华。"（苏轼《与董传留别》）

诗句名气很大，会点文墨的似乎都能背得，却道不清背景，以为苏轼在自我表白。说苏轼美誉自己，或美誉董传，都是狭隘的，苏轼的格局当在为天下书生长志。后人据此又引申出书生意气一说：

"人无书气，即为粗俗气、市井气，而不可列于士大夫之林矣。"（清·梁章钜《退庵随笔·政事一》）

可惜，书生意气的董传，也免不了悲剧，屡试不中，只能等荐官，等有人推，偏偏一命呜呼，留下无尽遗憾。苏轼听说董传死讯，还专门写过文章追忆。

主张经学（理念）先行，经验（实践）护航的王安石，对顶层设计极度崇拜。在他的观念中，管理国家，与管理一个商铺，没有什么区别，只要条条框框捋好了，团队就应该无条件执行，不达目的，誓不罢休。熙宁年间，也就是所谓的王安石时代，干了一件事——变更祖宗之法度。

王安石的变法，与此前历代的变革都不一样的，是系统性和前瞻性，涉及的领域有财政、教育、土地、税务、军事等诸方面，从管理学的角度看，当然是一场已然接近现代化国家管理的宏大变革。王安石在 11 世纪初年，先后推出的系列法度，最早引入了"国进民退"的国家资本主义，欧洲的经济学家们要到 20 世纪才想到这个层面。就这一个千年的时空反差，足可以看出王安石的理想有多远大。

王安石的变法，肯定会遭到抵制，也一定会失败。这是今天的思想史家们的"马后炮"说法。因为，他没有民意基础，说白了，不切实际，忘了民本，动了利益集团奶酪，等等，反正，理由足够充分。但是，单从社会设计来说，不应该是制度先行吗？再说，制度设计得那么好，没有理由失败啊，难道是他的设计错了？非也。没有思想先行，反对的人多，是因为大家没有在一个思维平台上，平等地进行高级层次尖端水准的思想讨论，意识形态领域各执一词，咋执行？历史上，很多变革成功的案例，无不是思想先行。比如，欧洲资产阶级革命，俄国十月革命，日本明治维新，中国社会主义革命和改革开放，都是得有人先知先觉，推动纲领性东西出台，由某个先进政党群体去游说天下，然后才得以扫清意识形态障碍，获取广泛民意的支持。

苏轼反对新法，是从发策略异见开始的。王安石主张大兴科举和办教育。王安石推动的科举，重考经学大义，排斥诗词文章，似乎认为这些个人化的东西，对物色公共人才没有多大用处。苏轼当然反对，因为他自己就是一个天马行空的自由言论者，想象又爆棚，对那些既定的故纸牛筋没啥兴趣。苏轼还主张推荐与考试两条腿走路。两人在变革人才制度上，大体的目的还是可以谈拢的，但选取的策略走了不同的极端。

当然，这还不是两人的焦点所在。两人的焦点，在苏轼的两篇重磅文章，熙宁二年（1069年）十二月的《上神宗皇帝书》，和熙宁三年（1070年）二月的《再上皇帝书》。

苏轼在上两书之前，有个插曲——制止朝廷减价采买浙地官灯。熙宁二年（1069年）十二月，神宗下旨，要开封府采买年货官灯。开封府造了个预算，神宗批示，降价采买。开封府官员一看，这是个难题，要么硬来，要么完不成任务，只有先把市面上的官灯都掌控起来，禁止私人买卖，再等待上头发话。

苏轼当然是对类似的事，有个人态度的。但是，这又不是其分内之事，思来想去，写了一篇《谏买浙灯状》，奏了上去。

此篇谏文，直接对话者为神宗皇帝。本来苏轼官位就小，还直接捅天，这不是冒险吗？苏轼也一定考虑过后果的。神宗下旨削减开封府预算，属于政府采购性质的价格控制行为，无可厚非，今天也是这么干的。如果简单地批准开封府预算，似乎也有利益输送的隐患，至少要规避这个嫌疑。苏轼是没有想到这一层，也不会想这么复杂，他自有他的立场——官灯一事，商人和老百姓不满意。苏轼的反对意见，今天看也是对的。一来官里过节买灯，是不是有铺张浪费的形式主义嫌疑，再则官家肆意压价，这不是与民争利吗？其实，站在中间立场看，宋神宗和苏轼都没有错。

状子递上去后，置办官灯的事就搁置了。宋神宗实际上采纳了谏买浙灯的建议，客观上给了苏轼更大的胆子——

他更想批评的是王安石和神宗皇帝的变法。

于是，有了那两篇重磅。

《上神宗皇帝书》的语气当然是批评，不过还算比较客气，全文的主旨在六字——"**结人心，厚风俗，存纲纪**"。"结人心"，好理解，变法是国策，当然得有民意支持，现在变法，人心散了，这不是得不偿失吗？"厚风俗"，表达的观点，与神宗皇帝和王安石不一样的是，苏轼认为政权稳定，不在于富强这些表面现象，根子在于社会的道德建设。这其实是一个问题的两个方面。道德建设当然非一日之功，宋神宗和王安石需要见到的是，尽快解决问题，最好立竿见影。他俩当然知道，道德建设重要，但是有生之年看不到啊。再说，一个人的道德建设好说，要天下人来搞道德建设，这就是个宏大的命题了，他俩没信心啊。"存纲纪"，更侧重于存台谏的纲纪，这话本来没问题，但是苏轼一说出来，似乎就是在批评神宗皇帝和王安石关闭言路，啥意思呢？事实上，宋神宗和王安石搞变法，忌惮的正是反对的声音太大。苏轼高调提出"存纲纪"，似乎就是要主张反对变通古法的声音。几个观点，今天看，都有道理，但在当时，也客观形成了一道变法的强大阻力。何况，文章结尾，苏轼的语气似乎已经不仅仅是"劝说"了：

"陛下生知之性，天纵文武，不患不明，不患不勤，不患不断，但患求治太速，进人太锐，听言太广。"

苏轼给宋神宗定义了三个问题，一点也未顾忌皇帝的脸面：急功近利，提拔干部速度太快，对待言论态度暧昧。

以古论今，洋洋洒洒万言的《上神宗皇帝书》还没有下文，苏轼就已按捺不住，又递交了短平快的《再上皇帝书》，语气语速更加犀利夺目，对变法的方方面面，挑了一堆的刺。

最吓人的是这段话：

"臣以为此法譬之医者之用毒药，以人之死生，试其未效之方。三路之民，岂非陛下赤子，而可试以毒乎？今日之政，小用则小败，大用则大败，若力行而不已，则乱亡随之。臣非敢过为危论，以耸动陛下也。自古存亡之所寄者，四人而已，一曰民，二曰军，三曰吏，四曰士。此四人者，一失其心，足以生变。今陛下一举而兼犯之。"

这哪里是上谏书，摆明了警告，警告的对象还是绝对权力，这就有点飘了，啥时候王朝的政治生态这么开明了？如果，你是宋神宗和王安石，读到这里，会是个啥态度？反正我是难以想象的。

一般认为，这两篇文章是苏轼自己的观点。但仔细想，也不尽然。苏轼也不是当年的眉州少年，脑壳一发热，就管不住嘴。他应该是通过基层调研，积累了第一手的切身素材，甚至还收罗了反对派各方风口人物的观点，只不过，他观察问题的眼光视角，别人又如何能及？再说，也只有他才有胆识和才华，秀那牛气冲天的文字，包括他的兄弟苏辙都不一定有这股子冲劲。苏轼当然不是被反对派人物当枪使的。要说是谁的枪，那应该是他自己的枪，是那个时代的枪。枪响之处，子弹和靶子，两败俱伤。

《上神宗皇帝书》和《再上皇帝书》递上去后，宋神宗和王安石究竟有没有明确的态度，史书并未记载。有一种说法，说王安石看到《上神宗皇帝书》，暴跳如雷。这种说法成立的话，那第二次上书又是啥态度？杀人吗？

理论上，类似未获任何阅批下文的奏章，更可能被宋神宗和王安石束之高阁，打入冷宫，这还算好的。但是"元祐党祸"后，命运就可想而知了。

到了徽宗崇宁二年（1103年），来自皇帝和权臣蔡京的打压，就排山倒海地来了：

"应天下碑碣牓额，系东坡书撰者，并一例除毁。"（宋·吴曾《能改斋漫录》）

作为反对党的台面人物，苏轼的诗文奏章这些意识形态的东西，跟"毒草"就划到一起了，属于重点清理的靶子。我们做最坏的想象，大致也不会差多远。有一种说法是，《再上皇帝书》手稿，在靖康之变和宋室南迁之后，沦落民间，到了冯氏三兄弟手上。多年后，陆游看到了，感慨万千，情不自禁在文稿上题了跋文。陆游是宋室南迁之后，苏轼的头号铁粉，铁到啥程度，有个比较。杜甫爱李白，为李白真情赋诗十五首。陆游爱东坡，为东坡手稿跋文十四篇。光写跋文还不够，还写赞、作序、撰读后感，编东坡法帖集成——《东坡书髓》。

陆游对东坡产生浓厚兴趣，大约在其蜀中漂流任职期间。眉山本地传说，放翁先生曾造访东坡老家纱縠行和"披风榭"，拜谒先生遗像，留下了眉州最佳形象推广七言名句：

"孕奇蓄秀当此地，郁然千载诗书城。"（宋·陆游《眉州披风榭拜东坡先生遗像》）

这里我要说的是另外一个故事。苏东坡表兄程正辅（字之才），就是苏轼的姐姐苏八娘嫁过去，受夫家轻视的那个姐夫，他有个孙子叫程垓（生卒不详），算苏轼的双层关系表亲后人，手里有件家藏，黄山谷在蜀中时留给他们家的法帖。陆游莅眉后，程垓慕名而访，想请他给题个跋文。陆游当然愿意干这种露脸的事，欣然题下了这段话：

"此卷不应携在长安逆旅中，亦非贵人席帽金络马传呼人省时所观。程子他日幅巾筇杖,渡青衣江,相羊唤鱼潭、瑞草桥,清泉翠樾之间,与山中人共小巢龙鹤菜饭;埽石置风炉,煮蒙顶紫茁,出此卷共读,乃称尔。"(宋·陆游《跋程正伯藏山谷帖》)

陆游看重的不单单是黄山谷的法帖。法帖背后站着苏门的山谷,山谷背后站着东坡哩,何况法帖持有者还是东坡的晚辈。读黄山谷,就是读苏东坡。还不能是那种世俗的读,得挑环境,挑人,这叫士为知己者阅。功名仕途,富贵达人,当然不可取。得回到眉州,回到青衣江畔,回到"唤鱼池"和瑞草桥的清泉翠樾之间,吃小巢龙鹤菜饭,置石上风炉,煮蒙顶"紫茁"(又作"紫笋",青衣江一带老川茶茗品),然后在一种纯粹的时光中,与山里乡下粗人,惬意地分享。

引用的这段跋文,有情有义,有画面感和仪式感,关键还留下了不可多得的宋人生活细节,以及苏轼的眉州老家几样风物:联姻的"唤鱼池",夫人娘家的瑞草桥,青衣江的上品"紫笋",乡下的非主流菜肴小巢龙鹤菜饭……

才子作跋,果然不一样,真个是让人开了眼。

陆游对东坡的推崇已然无出其右,明显有对标东坡读陶渊明,著"和陶诗"的意思——一颗星,向另一颗星靠近,第三颗星在不远处默默校对轨迹。

因为中国士大夫的"看齐意识",才有了太阳系和银河系,也便有了千年之后,我们仰望的浩瀚星空。

苏轼的奏章手迹,今天我们是没有福气看到了。好在,我

们还能读到陆游的跋文,似乎也有亲见的意思了:

"天下自有公论,非爱憎异同能夺也。如东坡志论时事,岂独天下服其忠,高其辩,使荆公见之,其有不抚几太息者乎?"(宋·陆游《跋东坡谏疏草》)

这话,陆游借赞东坡赞王安石(这话有点拗口)。在一个极端抬举东坡,妖魔安石的扭曲时代,把苏轼和王安石放在一起,讨论正面价值,便不止于表达个人关怀,还试图拷问世人公共灵魂。

44

我们曾经在相当长的一段时期内,把苏轼反对王安石变法,归为保守派的消极之为。

果真如此?

这里要说到人格冲突,尤其是自然人格与社会人格的冲突。人性的使然,最先要追溯到的是自然崇拜,毫无拘束,褪去修饰后的向内折射,便有了我们通常说的人之初始,性本真善。社会人格的形成,却是人为选择的后果。两者之间,显然有着不可调和的矛盾,因为每个人面对社会的选择,往往是被动的裹挟。

"一个社会越是接近人道的模式,则孤立与社会孤立与人性两者之间的冲突就越小。社会目标与人生目标的冲突越大,则个人在两个危险极端之间被分裂得也越重。"(万晴川《自然人

格与社会人格的冲突——贾宝玉薛宝钗性格比较》)

注意,这里说了两个模式——社会模式与人格模式。个体能单向地选择社会模式吗?

陶渊明和曹雪芹两个人,完全从对立的两个超现实角度尝试过了,结果还是行不通,一个落得喜剧,一个落得悲剧,人世间的悲与喜,终掩饰不住那"一场空"。我们推崇陶渊明和曹雪芹,无非是推崇那种选择的过程,这个孤芳自赏、义无反顾的过程,便是人格模式——不一定非得达到人格目标,那个实现人格理想的过程,便已成就了理想的人格。

就像苏东坡那样:

"珍视自身的生命存在,努力超越种种窘逼和限制,执着于生命价值的实现,获取生活的无穷乐趣和最大的精神自由。"(王水照《"苏门"的性质和特征》)

有人说,王安石是在主动去实践社会模式。说法没毛病。毛病在于王安石夸大了人格理想的作用力,甚至可以说他不仅没有消弭冲突,还制造了更大的冲突,至少为更大的冲突埋下了隐患。

苏轼也是这样。再次说到拧巴。拧巴是个来自北方的词,在我们四川眉州,就是"方脑壳"的意思。说得高级一点,就成了宁为玉碎,不为瓦全。理想主义的人格,往往会陷在这里的"高级"里,出不来。越是自然人格崇拜的,越会在社会人格建模中,碰得头破血流。比如,屈原的悲剧,我们甚至要用两千年的祭祀来化解。

同样的理想主义，王安石与苏轼的人格画风迥异，更像是个全心全意为天下、为百姓的治国导师。

苏轼和王安石的交集，在于都是革新派士大夫。中国历史安排王安石和宋神宗走到一起，并合谋惊动了一段文明史，迄今还影响着我们精神走向的变革，人称"神宗变法""王安石变法"，或"熙宁变法"。

近代日本，不管是京都学派还是东京学派的汉学家们，譬如大名鼎鼎的内藤湖南、宫崎市定、小岛毅等人，对这一场变革，异口同声地予以深刻定义：

"王安石改革的特征是滴水不漏的严密的制度设计。其基础是他对于《周礼》等儒教经典的独到的深刻理解……如果新法能够得到长久继承，那我们是否可以想象，中国社会也可能同西洋的历史一样，就那样顺势跨入近代社会……中国改革开放政策却最大限度地利用了作为一个开始的和平文化国家的宋朝的形象。王安石的新法，也作为一种未能实现的早期对近代社会的追求而受到高度评价。"（日本·小岛毅《中国思想与宗教的奔流：宋朝》）

"新法似乎具有社会主义的性质。"（日本·宫崎市定《中国史》）

宋神宗、王安石两人是改革派靶子，以司马光与两位太后（曹太后和高太后）等王公贵族为代表的保守派联盟是另一极，作为第三极的存在（后面还有护法派章惇，机会主义分子吕惠卿，洛党程颐、程颢，朔党刘挚、刘安世，以及御史台一帮子恶人的四五六七八极），苏轼在这个时间节点，回到了京师，不，回到了宋朝。

苏轼与宋神宗和王安石正面遭遇。

都是四川人说的咬他脑壳硬，咬他屁股臭的那种。三块冥顽不化的磐石。宋神宗代表一个人的最高权力，王安石代表历史使命，苏轼说他代表天下百姓。谁也替代不了谁，谁也撼动不了谁，谁也不可或缺。当然，这是放大到整个宋朝来讲的。好在，他们在王朝变革问题的探讨上，似乎都放弃了个人的诉求。王安石又与宋神宗用力一致，他们面对的不只是苏东坡，还有司马光，太后、太皇太后等皇亲国戚、达官显贵、商贾世家，以及无数的中小地主、小商品经纪和个人利益者。

在国家政治面前，个人是渺小的。这是宋神宗和王安石变革的初衷，也是苏轼一生秉持的原则。既然初心都一样，为何会闹出后来影响整个王朝走向的惊天变故？

有研究者因了苏轼个人英雄主义崇拜的情感使然，把熙宁变法的冲突，归结为危机和黑暗的构陷。对于此，我是不以为然的。因为苏轼一个人，否定一段宏大变革，不是正确的史观。但是，站在大多数人的角度看，熙宁、元丰年间，无疑是苏轼一个人肉体人生的至暗时刻。

肉体终究只是在世的依附。苏轼又以精神性的诗意书写人生，改造历史安身立命。从这个意义讲，接下来，我们看到的是苏轼如何以一个人的诗意力量，去挑战围绕王朝变法的护法与覆法两派。也许是以卵击石，却又那么感天动地，书写了中国士大夫前所未有的戏剧性一面。

对立的各方面前,我惶惑了,究竟是宋神宗和王安石犯下历史不可饶恕的大错特错,还是我们的主人公苏轼真的不合时宜?

现代的性格及命运的人性色彩学说,无法解释全部疑惑。苏轼与宋神宗、王安石的冲突,或只是视角的问题。

宋神宗和王安石,站在一个平台上,他俩眼里的"天下",是可以解构、量化的"国家政权",也可以叫宋朝,那一个坚硬的实体存在。同样都是读书人,苏轼的天下,温暖,接地气,也可以叫民间,由千万苍生组成。国家政权实体被宋神宗和王安石视作大而宽广的体积,缺失生动的细节,也少了审美的温度。苏轼要干的事,就是在那叫变法或者叫政权利益的体积上,按照个体的需求,描绘上细节和色彩,抚摸上包浆和温情。

宋神宗也好,太皇太后和太后也好,王安石和司马光也好,他们当然代表了庙堂。苏轼是以个人的力量代表北宋中后期政治一极的,但是,你能说他代表宋神宗、两太后、王安石、司马光们的庙堂吗,当然不能。说苏轼代表江湖,倒是勉强讲得通的,只是他的江湖,是行走在庙堂,穿梭于人间的动态江湖,甚至就是他一个人的江湖。围绕其行走的,除了苏轼小小的朋友圈,更多是千万普通面孔,陌生而温暖的包裹。

苏轼个人英雄主义的悲剧,是否可以归结为,试图以一己之力去角逐政权机器,说白了就是以卵击石,悲剧从一开始已然注定?这么说,是我们以现代人的上帝视角去审视历史,作为当事人的苏轼呢，他能否完善自我的改造或者拯救？

苏轼不能改造自己。

他不是堂吉诃德，更像中国近世转变期的那一个西西弗斯。拯救倒是可以的，只是多了悲怆。苏轼人生的悲怆，是一个人自我救赎的否定之否定。

45

关于那场因变法而引发的官场地震，今天可以搬出各种现代学说，去剖析破解，抑扬褒贬，甚至可以携带私货自我发泄。历史奇怪就奇怪在，我们坐视它的时候，它也无处不在观照我们。

我们有上帝视角。历史似乎也有第三只眼。

苏轼与王安石，都是读书读到顶点的那一个。都置有胸中块磊，那形而上的磐石，一块磐石与另一块磐石。偏偏想着形而下的功业——救济天下。

同样的天下，两人看上去那么不同。

王安石是个高度自信，自负爆表的顶层规则设计师。他的自信有他的充分理由：

"不畏浮云遮望眼，自缘身在最高层。"（宋·王安石《登飞来峰》）

此诗是诗人的"文以载道"，也是哲学家的救世宣言。

天将大任于己，忧国忧民，儒家的出发点摆在那儿。蓬勃生长的理学"知先行后",又给了王安石强大的哲学支撑。他看到了大消费自由经济时代,资源过度掠夺,经济泡沫加速财富两极分化,政商群体钻营腐败的官僚体系,和不合事理的政策空子,还有对底层人民的巧取豪夺,由此带来多米诺骨牌效应式的朝政危机。王安石对"理"学那套意识形态的东西并不迷信,拒绝来自上天的真理,只相信自己的思考与判断。王安石一眼观天下穷真相的宏观洞察力、辨析力,即便放在今天,也是数一数二的。他画了个叫"通变"或者"新政"("变法")的蛋糕,交给了宋神宗,也交给了苏轼。王安石说他的"蛋糕"很大——看上去的确很大。王安石也说他的"蛋糕"还很甜,他当知县时就吃过,他说,这个"蛋糕"不可独享,得分给天下。宋神宗是那个分"蛋糕"的操刀者,实际上,王安石不仅自己画了"蛋糕",还给宋神宗当了把切刀,当然,是自告奋勇的,心甘情愿,也无私的。王安石很长一段时间都处在兴奋之中,沉迷于自己画"蛋糕"当"切刀"的激情,他的情绪已然覆盖周遭的环境,也把自己笼罩和桎梏。

林语堂说,王安石的蛋糕叫"国家资本主义",还有点社会主义倾向,又是个"妄想狂"。

于坚说,"王安石颇似现代自由主义思想家以赛亚·柏林说的刺猬","迷于观念,不太顾忌身边、在场、当下"(于坚《朝苏记》),是个"功利主义者、实用主义者"(于坚《朝苏记》)。

林语堂和于坚似乎都认为,王安石是一种"无观念的观念",去排斥另外一种"观念"。京都学派的集大成者宫崎市定,将王安石的"观念"命名为"直观主义""合理主义"。总而言之，就是个矛盾体。

客观地说，王安石的"蛋糕"，哪怕仅是画上之物，依旧值得肯定，毕竟人总是要有追求的，国家机器总是要向前滚动的。然而，王安石又选择了自我利用，不管这利用对个体人格会带来何种戕害。他一厢情愿，试图把大"蛋糕"一刀一刀分解为具体的现实，摆到天下众人的大餐桌上头。为此，他不得不选择一刀切，平均主义，模式化、同质化，或者叫教条主义、本本主义。理想主义、空想主义甚至观念主义都没有错，王安石错就错在将理想主义、空想主义或者观念主义，教条化，形而上学，也可以叫"左"倾。中世纪还没有诞生辩证法，王安石也没有机会去预警接下来的行动，会犯激进冒险的历史性错误。

苏轼是为文章而生的。

上帝选择苏轼，选择苏轼的文章，是让他或者它，作为一种与"理"学并行的世界观、价值观和人生观的复合意义存在，以昭示天下，改造文明。

苏轼终究又是个凡人。

他热衷于寻佛问禅，又难以舍弃修身、齐家、治国、平天下的儒家理想。他思考宇宙，也热爱生活，他的笔下天马行空，却又生机勃勃。他看到穹宇星空的深邃和异美，也触摸到低处细节的纷纭，以及各个不同。他是司马迁、杜甫，也是屈原、李白、陶渊明、梭罗。他的精神世界，是多维的纠缠态，时空混沌，情感交织，物我不分。

他的追求跟王安石一样，也可以叫"理想国"，只是不那么功利和大而无当，而是审美的日常化，反过来说他的日常也即审美的理想化。他本来是宗教的神祇所在，他要干的文章大事，应与鸡毛蒜皮有着天然地不可调和。他一直在努力做一个"动态的"，可以围观触摸的"道"，让世人对标师法，自我反观与警示。

"十一世纪，文人依然能将自己定位于思想文化的中心。苏轼当然也视自己为这些思想承载者的一员。"（包弼德《苏轼与文》）

苏轼的诗意人生，或者"三观"示范效应（意识形态），已然在锦绣文章的书写过程中日臻完善。

为天地立心，对话万物，偏又不是能于秋水的冥想中，凝神静气，心无旁骛，构建主体意识的那一个玄学家。苏轼还是个终极关怀者，他的天下不是桃花源式的乌托邦，也不是一群人殊途同归的极乐世界。基督徒情结或许也有的，只是那时候基督教还没有传到宋朝。然而，他终究的标签是"为生民立命"的儒者。听了母亲程夫人讲范滂的故事，便立志要做范滂。范滂是儒者。儒者和犬儒者的内涵区别，何止一个"犬"字那么简易！他没有办法做出士大夫之外的第二种、第三种抉择。寂寞和孤独在其语境，已然是某种欲罢不能，欲说还休，疲于奔命，苦中作乐的纠结——那灵与肉的大尺度的搅拌，小尺度的煎熬，慢而又慢的挣扎。他被对手、环境或者第三种、第四种力量作为"木秀于林"的那"秀"，处以凌迟，终又死去活来。

苏轼首先选择了老师欧阳修的"文以载道",这是他创世的初心:

"先帝晚年甚患文字之陋,欲稍变取士法,特未暇耳。议者欲稍复诗赋,立《春秋》学官,甚美。仆老矣,使后生犹得见古人之大全者,正赖黄鲁直、秦少游、晁无咎、陈履常与君等数人耳。"(苏轼《答张文潜县丞书》)

观此文,我们看到一个智者以一口正宗眉州腔的文言,大声宣读自己的纲领,声如洪钟,字正腔圆,像川派的民间话剧表演,又像学院派的社团立誓。苏轼宣读的不只是关于时政的述评,是在揭示自己的"政之道"。苏轼"道"有点类似屈原的"美政",陶渊明的"世外桃源",杜甫的"尧舜风俗",在宋朝叫"政通人和",在今天叫"以人为本"的和谐社会。

儒者的仁爱和佛徒的关怀,注定其绕不开对于世俗百姓的疾苦悲悯。他又是生动真实的"活人"(活泼之人),多血质加胆汁质,还有点抑郁质,宋初以来主流和民间的诸样斑斓,都被其铺洒在宋朝的大地之上。无政府主义,自由化,高谈阔论,直言不讳,书生意气,感情用事,日常的审美化,审美的理想化,等等。宋朝的士大夫们越来越自恋,较着劲地比学赶超。苏轼也不例外。他太想把自己的内心掏出来,鲜活地证明给王朝了。苏轼还不知道这叫"知行合一",他只是自觉不自觉地在将自己的立言,尽可能地具体化,形象化,而不是耽于冥想,流于概念。

"其于人,见善称之,如恐不及;见不善斥之,如恐不尽;

见义勇于敢为，而不顾其害。用此数困于世，然终不以为恨。"（苏辙《亡兄子瞻端明墓志铭》）

苏轼如何知道，世上哪有尽善尽美，更多是城府和权宜。

苏轼和王安石，也许都太超前，肉体生活在宋朝，思之所及已达远处，意识意志穿越到千年之后的现代。

两个活在当下，又模糊想象的思想者。

在这一点上，两人又是平行的。

山高人为峰。王安石不畏高，因为自己就是那高点。便求大同，以一种观念一种模式，框量天下。王安石的经天纬地，直观地显现为实用。以一种能，策对若干个可能，在哲学上，可以扣上形而上学的帽子。

"不识庐山真面目，只缘身在此山中。"（苏轼《题西林壁》）

苏轼从俯视的细部出发，强调独立个体的彼此不同，以关怀差异，渐进实现对整体的把握和开发，是由下而上，由微观到宏观的，更像实践论学说的倡导者。

两种经世的策略，是世界观的差异，也是方法论的不同。本来，这也没有什么，放在纯学术纯文化的范畴，都是可以坐下来切磋或者论争的。事实上，几年之后，两人相聚于京口，同为天涯沦落人，的确就此有过不算深入，却点到为止的灵魂碰撞。

历史为两个重量级人物设置的命题，或基于政治前提，其他的得往后挪一挪。便有了两人的冲突和接下来的是是非非。冲突的焦点在政治。现代派的剧情里，叫现实冲突，一种源于环境的强大推手。

苏轼和王安石,中世纪的东方那最高处的先知先觉者,同样的祭台,不同的法宝。他们都自诩掌握了上天神旨,都是没有二话可说的通天者。很多年后,我们再来诠释苏王的对立,发现两人为人、为文、为政之道,其实是那么的高度统一。

他们不是偏科的智慧者,也不是道德的缺失者,更不是人格的分裂者。

他们都没有错。时间空间也没有错。

错的是政治,别无选择。不是他俩错误地选择了政治,就是政治拿他俩做了祭品。

智商爆棚,情商一塌糊涂,对人际关系一窍不通,一根肠子通到底。这样的两个读书人,竟然同时踏进一条叫"熙宁变法"的时政河流,还彼此把对方当成河里玩命狗刨的那一个死对头,由此衍生的恩怨情仇,又如何能说得清?

46

王安石的政治鸿谋夭折了。一场围绕革新时弊的纷争,没有顺势裂变出政党政治。中世纪的北宋,与君主立宪框架下的共和制度擦肩而过。令人唏嘘的是,持续折腾的党争风波,最终导致王朝最严重的流弊,是王安石和苏轼都无法意识到的。两人到底不是现代意义的思想家和政治家,如果说他俩业已封神,更可能出于历史的道义与情感。

文明的积累和进化，就差那么一口气。王朝士大夫的合力而为，遭遇读书人自己的舆论合谋。北宋的政治家们，自己把自己打败了。

权贵与政商结成的利益集团，把王安石和苏轼推向两个反旋纠结的湍流中心。不迷信意识形态的王安石，被意识形态打败可以理解。问题是自身就是意识形态结合体的苏轼，也在意识形态的面前困惑，就令人困惑了。

多年以后，宋徽宗懒惰了，他不想在政治上像他老子神宗那么淘神。他的儿子高宗，更是个阴谋家。高宗的皇权取自飞来的误会，有点像中五百万彩票，这让他恐慌，更谈不上自信。他撇开法治，抓到了一个可以与皇权合谋的象征——宰相，由此衍生出南宋畸形的集权生态。熙宁之后，王朝历史转了一个圈，又回到起点。此时的中国，再也回不到苏轼和王安石的宋朝。

回头继续说那场变革。"当权派"和"反对派"，是林语堂对北宋中后期政治生态的一种简单理解。"当权派"力量式微，但有权力。"反对派"人才济济，影响力连皇帝都要忌惮几分。林语堂的划分，有一个好处，就是让市井百姓，对高层的纷纭有个通俗的印象。林语堂的立场，少了学术权威意味，多了民间烟火气息。

林语堂反感政治，大概从同情褒扬苏轼，贬低王安石开始。王安石的喜剧，是林语堂用来加重苏轼悲剧砝码的特效。两个人的悲剧，现在由苏东坡一个人来承担。林语堂把两个纠缠不清的悲剧体，拆分、剪裁、重组、再塑，最终为我们推出了整个宋朝最大的悲情一号——苏东坡。

林语堂终究还是个狭隘柔弱的读书人。两个政治阵营的争斗，现在传导于同一棵稻草，最终压向两颗沉重的头颅。林语堂只看到稻草下昂首挺胸，傲立于世的苏东坡，而对与稻草共舞的王安石视而不见，也是个体的情感使然。

有人将王安石和苏轼的悲剧，归结为两种人格的缺陷，很少人看到他俩的悲剧，只是那场政治风波最大的副产品。

苏轼的确也是有毛病的，如果善良赤忱，特立独行，还有道德洁癖，不懂苟且，脾气还古怪，忍不住"呵呵"两句算毛病的话。苏轼的"呵呵"，是对待事物的常态，就这一点，他也不是王安石所说的"流俗"。"流俗"是王安石针对"通变"，树立的一个意识形态靶子。

比"呵呵"更严重的是，苏轼直接抨击王安石和宋神宗。

熙宁二年（1069年）二月，苏轼刚刚还朝，就因政见不一，从此与王安石发生了正面交锋，且一发不可收拾。多年后的元丰八年（1085年），苏轼仕途巅峰中书舍人任上，他将自己过去对拗相公的批评要义，总结在《答张文潜县丞书》一文里。苏轼客观评价了王安石的政治文章，并没有涉及人格。相比之下，苏轼的父亲苏洵在《辨奸论》（清人李绂、蔡上翔疑为南宋初年道学家邵伯温伪托之作）里，把王安石当小人来叙述，可见苏轼跟他爹的格局也有层级的差距。

苏轼甚至还将矛头指向神宗。熙宁二年（1069年）十二月，熙宁三年（1070年）春夏，苏轼多次给神宗公开提书面意见，措辞尖刻，搞得神宗下不了台，成为朝野上下一大政治新闻。

譬如，在《议学校贡举状》里，苏轼批评变革科举。一般认为，苏轼《议学校贡举状》为熙宁四年所作，依据是苏辙《亡兄子瞻端明墓志铭》和宋人王宗稷《东坡先生年谱》。今人多采用此说。实际上，应为熙宁二年春夏之交。清人黄以周等辑著的《续资治通鉴长编拾补》，对苏轼此文系年，有明确补正（研究参见1982年05期《北京大学学报·哲学社会科学版》刊发冀洁《苏轼〈议学校贡举状〉并非熙宁四年奏上》）。

又如，在《拟进士对御试策》，抨击"青苗法"：

"今天下以为利，陛下以为义；天下以为贪，陛下以为廉。"（苏轼《拟进士对御试策》）

甚至还引用刘向的话，质疑朝政：

"今朝廷可谓不和矣。其咎安在？陛下不返求其本，而欲以力取之。"（苏轼《拟进士对御试策》）

一而再地语气这样冲，也是无出其二了。

名气最大的当是两次给神宗上奏章——"万言书"性质的《上神宗皇帝书》和《再上皇帝书》。

"万言书"往往带有鲜明的宣言色彩，思想价值要大于文学价值。王安石当年也给宋仁宗上过"万言书"，同样被称为天下奇文。苏轼"万言书"的行文措辞风格，对了蜀人的直肠子性格。"万言书"最尖锐的靶点，聚焦在抨击君权并非千年以来一直传闻的"神授",而是天下"民心"所向。

事情并未就此打住。熙宁四年(1071年),苏轼担任开封府试官,搞了个材料作文试题,鼓动学生公开发论"专权的优劣"。这就有点疯狂了。苏轼一度要朝廷畅通异见人士的言论渠道——"台谏"。如此看来,苏轼很像一个穿越版的现代民主人士。

苏轼和王安石都早生了一千年。原来,说来道去,到底还是时间错了。

47

宋神宗和王安石当然没有听命于异见领袖苏轼。尽管二人从未怀疑过苏轼的才华,但是,没有办法,要实现政治抱负,只有清除障碍。宋神宗和王安石的抱负,与苏轼的理想何止差异,简直就是水火不容,即便再爱惜人才,也不得不忌惮几分了。

熙宁四年(1071年)夏天,苏轼写了篇策文《考试开封进士发策》,质问宋神宗。宋神宗表示很无语。王安石没神宗有耐心,大为光火。此时,王安石身边的一些政治投机者,林语堂称小人的官僚,为拍王安石的马屁,也在背后蠢蠢欲动,搞小动作。

这期间,发生了两件事。

一是苏轼写了一首应酬诗,开罪了御史李定。那诗我认真读过，老实说，确有讥讽贬低李定人格意味，苏轼要不那样说才不是苏轼。不过这不是重点。

再是谢景温弹劾苏轼当年回乡途中贩私一案。苏轼贩私，定是不成立的，朝廷调查后，给过结论。谢景温是王安石兄弟王安礼的大舅子。谢景温捕风捉影，造谣中伤，有党争的背景。当然李定和谢景温在那场党争中，谁都没有获利。可见党争真的是政治祸端，而非个人道德出了啥偏差。

苏轼的人格，在朝廷上下，几乎是公认的，宋神宗都不怀疑。这也是苏轼与众官僚的不一样。现在有了委屈，苏轼便觉着同那帮官僚道德差异太大，不是共同语言的问题，完全是人格冲突。道不同，不相与谋。在朝廷再待下去，也没多大意思了。他自请外调（下派）。宋神宗本来是要给他个知州的，中书省官员在起草送审批文时，提了反对意见，建议通判颍州（今安徽阜阳），宋神宗搞了个折中，批示通判士大夫向往之地——江南杭州。

于是，接下来苏轼的地方任职，就很有意思了。先是以太常博士直史馆通判杭州，后又辗转于密州、徐州、湖州任上，时间跨度为熙宁四年（1071年）至元丰二年（1079年）。

一个文采第一的朝廷京官，被边缘化。苏轼是自己把自己一步步边缘化的。他的人生危险或才刚刚开始。无限风光在险峰。苏轼的危险，换一个视角，何尝又不是精彩？

士大夫的行动性

士大夫的行动性

48

苏轼在杭州的履历有两笔。

熙宁四年（1071年）夏天，到熙宁七年（1074年）秋天，杭州任通判；元祐四年（1089年）夏天，到元祐六年（1091年）夏天，以龙图阁学士出任浙西路兵马钤辖，管辖杭州、湖州、苏州、常州等七个州兼知杭州。

两个回合下来，积累五年履历，比在黄州蛰伏的时间还长。

苏轼出生在眉州，却在他乡的杭州留下了大量可考的人文烙印。杭州人自视高，对眉山人老是标榜苏轼是眉州人，不以为然。在杭州人心目中，偏远的蜀中眉州，只是个苏轼的出生地而已，只有像杭州这样的国际大都会，才配接纳苏轼这样天下无二的大文豪。对这话，我表示理解。杭州人的做派，其实从另外一个方面，印证了苏轼行走的形而上意义——

"杭州赢取了苏东坡的心，苏东坡赢取了杭州人的心。"（林语堂《苏东坡传》）

苏轼即赴杭州。宋神宗似乎给了他一个颇为自在的选择。

此行目的地,江南形胜——杭州,真能躲避是非,乐得逍遥?苏轼自己也没信心。没信心没关系,身体与故乡的地理区位,类似黑洞反向相对的涡形旋转,没有上下左右,也不分南北东西:

"寓形天宇间,出处会有役……是身如浮云,安得限南北。"(苏轼《送小本禅师赴法云》)

降低身体的空间方位感,神形便无那么多羁绊了。真正的得意忘形者,是得了凌空的"真意",忘了现世的"原形"。

就像先生在离开汴京之前,与同乡岑象求的赠诗那样:

"我本不违世,而世与我殊。……人皆笑其狂,子独怜其愚。"(苏轼《送岑著作》)

岑象求,蜀中梓州郪县(今四川三台)人,苏辙的姻亲。那年,象求和苏轼同时外派,苏轼奔杭州,象求回梓州。一个遂了还乡愿,一个不得还。不得还也罢了,还反方向径去东边的江南,离眉州老家,愈漂愈远。

此前上一个冬天,熙宁三年(1070年)十月二十八日,苏轼曾给在四川老家任都曹的堂兄苏子明,写过一封信,家常里短之余,忍不住又发了一通牢骚:

"轼自到阙二年,以论事方拙,大忤权贵,近令南床据摭弹劾,寻下诸路,体谅皆虚,必且已矣。然孤危可知。春间,必须求乡里一差遣,若得,则拜会不远矣。"(苏轼《临政精敏帖》)

情绪垃圾,一倒就是一堆。在京言事两年,不擅周全,终陷于旋涡，得罪了权贵，被人弹劾，退而求其次，往下面找归宿。最希望的是回到老家眉州，寻个差遣。从信中可知，不管是自己，还是托人，苏轼一定向朝廷有过陈情。朝廷最终并未满足其回眉州的意愿，当然有朝廷的考量。我想，更可能是宋神宗和太后，觉着他是个能堪大用的旷世人才，现在才三十几岁，正值旺年，此时回乡，有可能就是最后的退路，再欲放他出来做啥事，怕真的难了。

朋友圈中，当然知道苏轼脾气的，于是各种劝说来了。文同算其中最能说上话的。一来文同年长，二来两人还是表亲，再则也在地方和京城，都有过仕宦经历。有此三层背景，文同的话，便有了某种"老人言"的意义。

此时，文同远在苏轼眉州老家不远的陵州（今四川眉山仁寿）任上，听说脾气冲的苏轼要去杭州，立马急吼吼弄了个十万火急的鸡毛信。

信是一首暗号诗。暗号是啥，提醒表弟管住嘴巴：

"北客若来休问事，西湖虽好莫吟诗。"（宋·叶梦得《石林诗话》卷中引文同《句其一〈送子瞻倅杭〉》）

诗为情物，当随情生。有好山好水，就有好心情。诗人又最感性。情绪一好，喜形于声于色，又如何能忍，忍不住自然诉诸诗行。何况还是视诗文为生命，又那么耐不住寂寞的苏轼！现在，你叫他闭嘴！这不是杀人，是比杀人还要吓人的株连——连同诗意和灵魂一起灭失了！

表兄文同的提醒，本来出于善意。粗一看，是这理嘛。但还是经不起推敲。因为这种话，不仅没解决矛盾，还制造了矛盾：既然接下来，眼前将有西湖之好，那为何还让人家闭嘴？

苏轼到底听没听劝？仔细揣摩离京前此诗，便可知一二。

那个握别的清晨，苏轼没有忍住诗兴，这也好理解。问题是他的诗兴，并未走套路，来点思乡情长，而是大倒苦水。倒就倒吧，可别往自个倒即可。苏轼较真，还不按常理出牌，偏要自己给自己扣苦水盆子。

眼睛尖的朋友，读苏轼写给岑象求的诗，会发现一个问题：似曾相识。

哪里见过呢？李白自嘲？

"我本不弃世，世人自弃我。"（唐·李白《送蔡山人》）

还是杜甫怜香惜玉？

"世人皆欲杀，吾意独怜才。"（唐·杜甫《不见》）

原来，相识在这里：

苏轼一个人化了两个诗面——李白和杜甫。

率意的太白，隐忍的工部。

此前有个弃官不做，悄悄隐世的陶渊明，现在又来了个高调做不得便不再想的李白，还有个做了偏又做得谨小慎微畏畏缩缩的杜甫。几个格格不入的影子，会不会在脑壳里打架？

苏轼自己也无底数。没辙，那就摸着石头过河。待着想不清晰的东西，唯有行动来说服自己。

那么，让我们权且随先生步履，移步换景，一步一番光影变幻。

杭州的山水风物，会否因为先生足迹的打磨，焕发不一样的鲜活？

急性子的苏轼，在那个夏天和秋天，忽然放慢节奏，未急于奔跑上任，而是乐呵呵先去了一趟陈州（今河南周口淮阳）和颍州。

陈州见了两个人，兄弟子由和恩师乐泉居士。

是时，子由任陈州"教授"（宋时掌管各地学校课试的学官），乐泉居士正好以观文殿学士、新知河南府身份退隐陈州任太守。

陈州之行，苏轼与子由度过了一个中秋，还交了子由门下一个年轻辈——张耒。

张耒原来是子由在陈州收的门生，现在"因得从轼游，轼亦深知之"（元·脱脱等《宋史·张耒传》）。元祐时，张耒正式入苏门。张耒就是"苏门四学士"之一的张文潜，本来几个门生诗词文章并不相上下，但是苏轼似对张耒有着某种私密的推崇，"汪洋淡泊，有一唱三叹之声"（苏轼《答张文潜书》）。评价仅十一个字，态度垂直而深沉。

颍州之行，苏轼拜谒了退休赋闲的另一位大恩师，六一居士欧阳修。待了二十几天，陪先生逛颍州的西湖，喝了不少的酒。两人分别后未及一年，老先生就溘然长逝了。得到噩耗时，苏轼已在杭州通判任上，悲伤至极，写下下面的小诗：

"故人已为土，衰鬓亦惊秋。犹喜孤山下，相逢说旧游。"（苏轼《哭欧阳公孤山僧惠思示小诗次韵》）

此诗虽然不如多年后,在扬州写的那首《西江月·平山堂》有名气,但其借环境和容颜,倾述回荡于时空之中的悼亡之情,让我想起了另一首更加有名的《江城子·乙卯正月二十日夜记梦》。原来,不管是"明月夜,短松冈",还是"孤山下""亦惊秋",它们都抓疼了我。

陈州、颍州之行,苏轼均与子由有诗和,兄弟之情,溢于纸表。

苏轼一路走走停停,拜师交友,饮酒赋诗,差不多半年就快过去了。小半年的幸福,究竟是长还是短,我们局外人,没有发言权。我们能够看到的是,大好的时光,花在松松垮垮的世故人情闲篇上,可见苏轼骨子里,是个极重人际,又懂得释放的散淡儒生。这么说来,苏轼是不是算得上一个积极的"士"?也不绝对。

苏轼有首诗,便是在陈州途中水路上偶得的:

"鸟乐忘置罘,鱼乐忘钩饵。何必择所安,滔滔天下是。"(苏轼《出都来陈,所乘船上有题小诗八首,不知何人,有感于余心者,聊为和之·其二》)

有人说,托物言志。有人说,发牢骚。总之一个意思,苏轼还没到杭州,就把好友们的提醒和劝诫忘到九霄云外去了。

鸟一忘乎所以,便忘了鸟笼捕网。鱼一得意起兴,就忘了鱼钩鱼饵。感性的书生,与公开的陷阱,相互设防,如同一层玻璃纸。

真性情的诗人一旦忘情,物亦非物,我亦非我。

我特别喜欢如此煽情的"得意忘形":

"让我继续这样的写作:/一条殉情的鱼的快乐,/是钩给它的疼。/继续这样的交谈:/必须靠身体的介入,/才能完成话语无力抵达的地方。/让我继续信赖一只猫的嗅觉:/当它把一些诗从我的书桌上叼进废纸篓里,/把另一些,从纸篓里,/叼回到我的书桌上//"(娜夜《写作》)

苏轼就是这样一条"殉情的鱼"。他的快乐正是"钩给它的疼"。

当他不能完全靠情绪表达情绪的时候,那么身体就不得不挺身而出,完成情绪无力抵达之处——用身体写作,写诗,不是"下半身主义",是躯干和四肢的全部,是身体与意识的深度捆绑,施以临界的低温和副高压,然后收缩,收缩,再收缩,等待原点的裂变和聚变——那些不忍舍弃的东西,似乎正从废纸篓里,被谁又情不自禁、忘乎所以地搂了出来……

我没记错的话,苏轼的诗里多次提到"网"和鱼钩。最有名的是在惠州松风亭,忽然联想到"挂钩之鱼。"(苏轼《记游松风亭》)

原来先生还真是现代派身体写作诗人穿越而来。惠州的"挂钩之鱼",先生如醍醐灌顶,忽然就捕获了人生解脱之快意。

十月,小阳春,苏轼出颍口,再访濠州(今安徽凤阳和江苏淮安盱眙一带)龟山。五年前先生因为护送乃父灵柩还乡,曾经路过。想当年意气风发,各种人生规划,现在呢?

"我生飘荡去何求,再过龟山岁五周。身行万里半天下,僧

卧一庵初白头。"（苏轼《龟山》）

人生其实就是一个同心圆的螺旋复制。一直在路上，只是失意者试图说服自己的套话而已。一圈，两圈，三四圈……时过境迁，初心与双足的合谋，也不过划了一条向内用力的疲惫轨迹。

人生终是一场身体、灵魂与环境的对话。空间的转换，固然最易触发内心的敏感点位，斗转星移，沧海桑田。反过来，情绪的波动，又会折射周遭，人面桃花，物是人非。

多年后的哲宗元祐八年（1093年），已对高处寒暖愈加麻木的苏轼，又遭排斥。离开京城之前，欲见小皇帝辞行，碰了一鼻子灰。

就是在这个时候，有个修道的好朋友送来一张太白先生画像，一下又激发了先生内里的波澜：

"化为两鸟鸣相酬，一鸣一止三千秋……西望太白横峨岷，眼高四海空无人。"（苏轼《书丹元子所示李太白真》）

研究者认为，诗中的"两鸟"，喻指李杜。我倒以为，有作者自比的深意。画像中的太白，是先生的膜拜，并引以为知音。先生看李白，也从中照见隔世的自我，显然先生于此时此地此情此景，找到了高度精神化的契合与平衡。

诗中还提到先生的故乡——峨岷。

峨岷真在千万里之外的。千万里的世界，很大，很精彩，也很无奈。

"身行万里半天下，眼高四海空无人。"（胡适）

适之先生此联，集苏轼两诗，牵扯李白、苏轼、钱君陶，还有适之先生自己。千山万水，千年时光，各领风骚，也不能说空无一人，说空无一人的，定是内与外的对话，正遭遇困顿。

苏轼于陈州水上得诗，本来春风得意，欲赴新任，想到鸟网鱼钩，多半也与情绪低潮有关。就像惠州的"挂钩之鱼"一样。观"挂钩之鱼"，忽然有了醍醐灌顶的觉悟，体会到解脱的愉悦，世界观彻底来了个颠覆，这是多年后的事情。现在有点迷茫也正常，因为折腾还不够到位。陈州吟诗，与惠州吟诗立意，有点距离，但似另有深意。苏轼第一次想到了以天下为故乡：

"何必择所安，滔滔天下是。"（苏轼《出都来陈，所乘船上有题小诗八首，不知何人，有感于余心者，聊为和之·其二》）

人一辈子，本来就短暂，何必一定要绞尽脑汁，无畏四处碰壁，只为给肉体找个安乐的居所？

肉体是随心灵行走的。要说所安之处，那天下便是。

莫非，这就是"此心安处是吾乡"的前奏版本？

49

熙宁四年（1071年）十一月二十八日，苏轼正式迈进杭州任上的通判办公室——"北厅"，继续抒写一个士大夫生命体的行动性。

杭州与我，一直好似谜一样的存在。

"东南形胜,三吴都会,钱塘自古繁华,烟柳画桥,风帘翠幕,参差十万人家。"(宋·柳永《望海潮·东南形胜》)

"东南形胜",算是宋词堆砌辞藻的造极了。即便如此,我还是不太理解,我们常常津津乐道的,什么天堂与苏杭,到底有啥关系。在此之前,我只知道有个叫白娘子的美貌神仙,下凡西湖,嫁给了老实巴交的许仙,惹了法海大师不高兴,把白娘子收来罩在雷峰塔下。

读这个故事的时候,我还是岔州山区的一个愣头少年,对先贤苏轼的了解,并不比了解白娘子的爱情传奇多。作为一个"三苏"故里的后学,我都不好意思提这事。

"欲把西湖比西子,淡妆浓抹总相宜。"(苏轼《饮湖上初晴后雨·其二》)

一出口便挽救了我的,是东坡先生。是他开天辟地,把西湖比作西施(西子)。先生厉害就厉害在,这个原创性的拟称,一下让西湖,让杭州美扬天下。我不知道有多少人,在没去过杭州之前,知不知道西湖是啥样。我只说我的感受。美人西施的名号,在我心目中是大于西湖的。苏轼没去杭州之前,叫西湖的,也许到处都是,哪个又出了名?苏轼去了后,各地的西湖名气跟着水涨船高,好多处似乎都与先生的足迹扯到一起,且有对标杭州苏轼笔下西湖的意思。你能说,这仅仅是一种时空上的巧合?

当然不是。最近,我听有人说,杭州的精华,在山,不在水,这话语出惊人,颠覆了很多人的认知。曾经读过一本法国汉学家谢和耐的《蒙元入侵前夜的中国日常生活》，里面引用了马可·波罗在蒙古人入主下的杭州见闻，园林建筑，市井风情，很宋朝，也很杭州。但是，我还是无法确认一个信息：没有了西湖的杭州还叫杭州吗？

杭州的山，山形走势并无多少辨识度。关键是没海拔，无论哪个方面都比不了我的家山——瓦屋与峨眉。就算自命清高的西湖，不过一个超级蓄水池而已。没有了耸立，也便没有了山高。没有了流淌，也便没有了水长。那为何，我又那么推崇杭州？因为苏轼和他的"西子诗"啊。如果容许我说一吓人的话，我一定会这样说：杭州的精华，不在山，亦不在水，在苏东坡。这么说，除了情感放大了点，并无多少不妥。只是现在，先生叫苏轼，东坡是先生第二次来到杭州时的名号。

苏轼是在什么样的语境下，将西湖与第一美人西施联想起来的？所知的信息，大致是交友观光，饮酒作诗。除此之外，再做点自己想做的"民生"小事，以小见大，比如给杭州市民疏浚六井，引清泉改善城中百姓饮水。这就好似陶渊明在彭泽当县令，可圈可点的政绩乏善可陈，而去南山下种豆，写桃花源诗，本来不想出名，却挡不住兀地平白无故，歪打正着就爆款了一样。

陶渊明的桃花诗，生长于世外的桃花源。爆款的"西子诗"，难道也出自苏轼的"理想国"？

苏轼能与杭州相互成就，有一点，那就是他并没有把自己当"外人"。一开始，便主动代入了：

"莫上冈头苦相望，吾方祭灶请比邻。"（苏轼《初到杭州寄子由二绝·其二》）

苏轼到杭州，第一件事情，就是请邻居一起来祭灶，看那融入陌生空间的速度，完全就是直接破"圈"不设防。心门一开，眼前便是那"家"，那故乡了。

很快，苏轼实打实体会到了杭州的好处：

"未成小隐聊中隐，可得长闲胜暂闲。我本无家更安往，故乡无此好湖山。"（苏轼《六月二十七日望湖楼醉书·其五》）

杭州的灵隐寺、吉祥寺、天竺寺，知名度很高，但是再高高不过京都大相国寺，人家是皇室背景，显赫啊。杭州的山水，整体看，没啥。细致之处，小巧精致，或也不乏审美的亮点。比如"马一角"（马远）和"夏半边"（夏圭）的"边角一景"。这是南宋文人偏安一隅的趣味。现在是北宋，知识分子个个胸怀大山大水的理想抱负，集体狂热烧得王朝上下风风火火，他们中的很多人，没有闲暇去欣赏那些边边角角，弯弯绕绕。像苏轼这样极小众的另类，就算正在遭受失意，要让他们的目光掠过天空，停驻路边的行走，还得有一个自上而下的过程。

苏轼来到杭州，这就是自上而下了。自上而下的苏轼，也许是对比过家乡的大山大水的。瓦屋峨眉，蜀中二绝。就那气场，杭州的山水也没的比。但杭州是天堂。天堂谁不向往？然传说中的天堂，到底还是个抽象高蹈的概念，要接地气，就得找自个的小感觉——不是天堂，胜似天堂。酒随便喝，也没人管。关键是，可以吟诗，自由自在地吟，押不押韵，合不合辙，不用纠结，反正像文同那些，成日提心吊胆的朋友，已不会在耳边聒噪的。这是不是就是"隐"了？姑且是吧。成不了大隐，小隐也可。小隐隐于野，大隐隐于市。在杭州任个通判，公务也就那么点，更多是些琐碎的日常。正因为如此，日常也可以隐人的。做大隐，要耐得住寂寞，忍得市井官场各种喧嚣诱惑。做小野，又没地方可去。便隐于聊吧，无聊中的有聊，大小之间求个中——中隐的中。本来是打算来杭州放个风的，谁知道却无多少正事可做。好吧，那就放自己个长假，多约朋友，大碗喝酒，大块吃肉，再去灵隐寺访访高人，西湖边上做做有氧运动，回来学学玩流行，填词凑长短句，神仙日子亦不过如此。故乡山水再亲，只能陈放个老屋。杭州的湖山，实实在在，看得见，摸得着，邻居又那么善良好客，还有三五文友隔三岔五吆五喝六，不把它抓住，还待何时？

苏轼与杭州一见如故。

"前生我已到杭州，到处长如到旧游。"（苏轼《和张子野见寄三绝句·过旧游》）

诗句写于与杭州的初见。不久后，先生结识了几位大德的高僧，曾一同游历了西湖的寿星寺。这一次的游历，流传下来的是先生自己讲述的一件异事。

先生当然是第一次去寿星寺的。刚刚到山门前，他给同行的朋友说，眼前所见，好似上辈子曾在此为僧一样，一切历历在目。先生甚至还一本正经预告，接下来要登临的忏堂台阶，当为九十二级。几位朋友随后边登边数，台阶数目果然不多不少。这个事肯定不止一位朋友讲过，估计寿星寺的僧人们，都传开了，这便有了宋人笔记《春渚纪闻》里的那则记闻。《苏轼年谱》作者孔凡礼先生，并不认可此类神怪之类的讲述，认为无可信。传说也就算了，但是我们又怎么能否定先生的自我佐证：

"轼于钱塘人有何恩意，而其人至今见念，轼亦一岁率常四五梦至西湖上，此殆世俗所谓前缘者。在杭州尝游寿星院，入门便悟曾到，能言其院后堂殿山石处，故诗中尝有'前生已到'之语。"（苏轼《答陈师仲主簿书》）

我信推崇者的口碑，更笃定信仰者的虔诚。来杭州，看来先生早就有过打算，不只冲江南的浅山淡水，还有寻找冥冥之中那一份前缘的续篇——有缘千里来相会……

我们仿佛听到了一声细切的呼喊——眉山苏轼，前生已到！

看来，苏轼似乎已然做好了，安家于此，闲居下去的打算。

林语堂说，杭州是苏东坡的第二故乡。但我知道不是。不是杭州不是，是凤翔不是，密州不是，黄州不是，惠州、儋州都不是。它们跟眉州一样，无分彼此——作为第一故乡的存在，共同为苏轼的乡愁背书。

50

借杭州的湖光山色，翻走不快，其实也为难那些湖光山色了。山川风物固然化人，然苏轼是老牛筋，典型眉州男人性格，化起来门槛很高。

"眼枯泪尽雨不尽,忍见黄穗卧青泥……卖牛纳税拆屋炊,虑浅不及明年饥。"(苏轼《吴中田妇叹》)

眼不见,心不烦。来杭州天堂,就是想隔绝那些心烦所见。偏偏越这么想,越绕不开。先生的人性背景上,我们横竖看见的,似乎都是动态铺写的两大字——"民生"。还有那毫无功利的公共底色和清晖。绕不开,牢骚也就接二连三地来了。

除了发牢骚,苏轼还超级郁闷。一个为民请命的朝廷命官,吃着老百姓的薪米,总不能天天务虚,写诗发牢骚,聊以自慰,不干正经实事吧?

苏轼陷入了当年杜甫新任公职时一样的苦恼,公务员不好当,又是个不顶多大事的副职。要命的是,这个副职还自视经天纬地之才,自我委屈了。你说累不累?

"百重堆案挚身闲,一叶秋声对榻眠。床下雪霜侵户月,枕中琴筑落阶泉。崎岖世味尝应遍,寂寞山栖老渐便。惟有悯农心尚在,起瞻云汉更茫然。"(苏轼《立秋日祷雨宿灵隐寺同周徐二令》)

苏轼比杜甫会调节情绪,杭州的山水是有贡献的。山水之间的江南黄叶,淹没于大片青绿之中,寒风习习,这样的秋声,有了与北地不一样的寂然。伴随先生入梦的,想来是西湖的欸乃,灵隐的暮振,豁然晕开,袅袅娜娜,随云汉缥缈,留一个悯农的赤子,四顾茫然,原本激起的波澜,在五次分水之后,我们看见短边小角的淡墨遗痕。

官府里的同事沈姓太守，是个敬业，且赢得美誉的长者。他的政绩，考核方来自汴京的朝廷。但是到了此方治地，很多工作需要新来的这个通判的认可，甚至还要往下进一步执行。通判的职责所在，就是替朝廷分忧，为民生发话。现在的问题是，这个通判不是别人，是刚从上面下来的苏轼。苏轼下来的原因，在太守那里并不是什么神秘的事情。太守也深知，朝廷的革新，在基层落实起来，有着各种各样的问题。比如，青苗政令，两人在看法上，其实已然达成了默契。太守也是个谨小慎微的人，担心这个不太好管住嘴巴的大书生，再闹出啥么蛾子。杭州是朝廷重点督办的地区，那些正当红的大人，派下来的卧底，可能正穿梭于杭州的市井乡间。他们在暗地里观察各地官府，对那些还不起朝廷融资的老百姓，是个啥态度。直接关人最现实，也最有效。一个杭州的监狱，很快关了一万多人。太守这么干，也是出于对上方的负责。关人当然不是个好办法，但不关就要被弹劾。在德政和乌纱帽之间，太守很难拿捏。太守越这样担心，苏轼越觉得来劲，甚至在两人交流的时候，苏轼张嘴就是暴政，甚至建议太守把人给放了。太守有没有答应，我不知道，我们看到的结果是，苏轼很快把那些妇女、儿童，还有欠款不多的人给放了。苏轼这么做，当然赢得了民声，苏通判也就成了杭州老百姓心目中的"苏大人"。

有一首问题诗还是被弹劾者送到了神宗的案头。大概是借桧树发牢骚的：

"凛然相对敢相欺，直干凌云未要奇。根到九泉无曲处，世

间惟有蛰龙知。"(苏轼《王复秀才所居双桧二首》)

单从诗学技巧而言,此诗写得并无新意,但名气大,神宗皇帝还给做了点评。弹劾的人提醒神宗皇帝,写诗者这是拐着弯子,在质疑蛰龙天子哩。皇帝没怎么在意,予以了驳回。年轻的皇帝并不想玩文字游戏,他需要一个清净的干事环境,包括执行者和反对者的舆论,任何一方的声音过于放大,并不见得好。再说,被弹劾者是名满天下的苏轼,身后还站着偏爱的太后,还有一堆太后帮的贵族和官僚集团。神宗其实也在观望苏轼,他并不希望把苏轼推到远处,完全站到自己的对立面。

苏轼放人的事,传到朝廷之后,对战的双方,于是有了新的话题。有个叫王广廉的钦差,是王安石红人吕惠卿的侄子。得势的王钦差,为了捞点政治资本,不惜在通判公堂上,对苏轼发起了激烈的交锋。交锋的结果,并未让苏轼妥协,倒是苏轼自己索性向朝廷做了据实的陈情。也许因为苏轼的举动的确有了民意的支持,让吕大人也不得不忌惮几分。

苏轼的声音最终还是被革新派一波又一波的高调给淹没了。更多欠债的人无法获得解救。跟沈太守不一样,苏轼在朝廷和百姓之间,选择了大多数——他是天选的大多数人的代言者。

"政虽无术,心则在民。"(苏轼《谢晴祝文》)

今天重温这样的赤诚政声,真的有一种荡涤之感,这大概是为人民服务的早期版本了。

士大夫的行动性,有一个意思就是,为民发声。哪怕不公开发,也要赋诗以自我解闷——有郁结于胸,忍着难受,不得不吐啊!

那段时间,苏轼写了一堆牢骚诗,也不知道给谁看过。他并不知道,这些纯个性的文艺发声,最终为那个捅天的文人悲剧,埋下了深刻的伏笔。

51

在杭州这样美好的地方发牢骚,可是不太合时宜的。本就是来放松的,何必呢?且按下那些不快,先享受一下寂寥吧。

苏轼又有着天生亲于寂寥的性情。蜀中平原腹地眉州,近处岷江边多林盘,远处瓦屋峨眉更藏名山古刹,那些疏林老寺自然成了小孩子潜意识里自我放逐的向往。

"轼少时本欲逃窜山林,父兄不许,迫以婚宦,故汩没至今。"(苏轼《与王庠书·其二》)

先生这段陈述,我们一般解作对世俗婚姻的无趣。我们所知道的青年苏轼,与青梅竹马的少女王弗,又有一段旷世的"唤鱼"奇缘。但是,我们读"逃窜山林"一说,似乎又恍惚了:爱情和婚姻,会不会是两条线索,时分时合?如果是这样,那又如何解释先生同王弗堂妹王闰之的美满婚姻,与侍妾王朝云的二人世界?先生所以这么说,我的理解更可能在陈述"灵魂问题"——寻找另一片类似精神故乡的灵魂栖息之地。

要说栖息肉体,杭州声色市井,西湖的波光烟岚,当为首选。灵魂呢?杭州和它的西湖,够不够深邃和厚重?大人物的灵魂纵深，往往是自己延伸的，那些外在图景的陈设感，并不能解决灵魂游刃的问题。足迹背负思考的所及，才是灵魂的广袤。

苏轼走出他的工作室，遍访吴越山林深处，那里或藏有儿时旧梦的可能性。大大小小多达三百六十处的佛寺，的确为接下来的灵魂活动，提供了足够深广的景深——遍访各寺，私会名僧，并与他们交游聊叙，诗文应和，乐此不疲。

苏轼在去杭州之前，先去金山寺，访问圆通长老，并作《游金山寺》：

"我家江水初发源，宦游直送江入海。闻道潮头一丈高，天寒尚有沙痕在。中泠南畔石盘陀，古来出没随涛波。试登绝顶望乡国，江南江北青山多。羁愁畏晚寻归楫，山僧苦留看落日。微风万顷靴文细，断霞半空鱼尾赤。是时江月初生魄，二更月落天深黑。江心似有炬火明，飞焰照山栖乌惊。怅然归卧心莫识，非鬼非人竟何物？江山如此不归山，江神见怪惊我顽。我谢江神岂得已，有田不归如江水。"（苏轼《游金山寺》）

《游金山寺》想象奇特，如神鬼飘逸，其以文为诗的散体风格，与前后《赤壁赋》，有异曲同工之妙，这是学术界的共识。我之所以原文照录，因为此诗并未得到足够重视。

在我看来，至少有三个第一：

一是第一次将故乡动态化和过程化。以初发于家乡的长江（岷江为其上游），流淌入海的过程，寄寓"宦游"与"归隐"。从江头到江尾，似乎就是苏轼自己建构的解释乡愁的，"归乡"

或"归田园"的模型了。苏轼于此明确地回到了一个重要的命题,"家"在何处?家里早已没有了固定的田产,"有田不归",也许只是一种自我安慰的世俗说辞。骨子的情绪,有"如江水"。一江春水向东流,江流多远,水流多长,那故乡就有多远多长。

二是不自觉地预警了接下来的"乌台诗案"。诗里的情绪,与诗案之后,蛰伏黄州的情绪:

"拣尽寒枝不肯栖,寂寞沙洲冷。"(苏轼《卜算子·黄州定惠院寓居作》)

一梦相承。此为冥冥之中的前梦,黄州为游离态的半梦半醒。梦与梦之间,隔了杭州和黄州的山水。

三是以"诗"预言,预言自己有田不归,终以他乡做故乡的诗意栖居与终极归宿。

苏轼夜宿金山寺,开启了先生的吴越佛缘之旅,留下了与宝觉、佛印、圆通等高僧交游的佳话。

苏轼第一次去金山寺,是不是就流露出归隐江南,甚至形而下,买田吴越,赋闲下半生的想法?此时还看不出。多年前的嘉祐二年(1057年)那场琼林宴上,常州(今江苏常州)宜兴县(原名义兴县,太平兴国初年更名为宜兴县,属常州管辖)士子蒋之奇、单锡,武进县士子胡完夫等人,相约卜居阳羡(今江苏无锡宜兴),也许就是席间的一个文艺沙龙的花絮而已。谁也不曾想到,一个名满天下的蜀中士子,真的有流落异乡,买田归隐的那一天。

现在看来,这个玩笑话有点"半开玩笑半是真"了。就像现在,先生的他乡人生,又似真的走到了一半。鬼使神差的是,先生绝对想不到,多年后的徽宗建中靖国元年(1101年)的三月,历经磨难,辗转天南海北的自己,能再次来到金山寺,还眼见了好友李公麟给他绘画的一张小像。

是时是地,此情此景,那颠沛流离,那饱经沧桑,是不是一股脑儿交织了过来?

"心似已灰之木,身如不系之舟。问汝平生功业,黄州惠州儋州。"(苏轼《自题金山画像》)

"三州"具结,当然有人生回顾的意蕴。倘若说,先生于此给自己画了个句号,还真不好讲。接下来还有三个月的余路,怎么着也应有所直觉的。很遗憾,没有。按先生的性格,人生的长短并不是要测量的东西,就算预见真的只有三个月余生,就算心已成灰烬,就算那舟还剩下最后的飘摇,总还留一份自慰的暖,一股向前的力,一段未曾涉足的异乡,就一定有继续行走和书写的可能。

苏轼自题金山画像,最后记录于《金山志》:

"李龙眠(公麟)画东坡像留金山寺,后东坡过金山寺,自题。"

关于《游金山寺》,清人有评点:

"起二句,将万里程半生事,一笔道尽。"(清·汪师韩《苏诗选评笺释·卷一》)

联想多年后苏轼在金山的自题画像,就很有趣了。一个金山寺,来时,且画个半钩,再往,又把剩下半个钩给封了口。而后,一骑绝尘。莫非,杭州的金山寺,终是先生的宿命?

待在杭州安顿下来,苏轼迫不及待拜见了三位高僧——"秀州"(今浙江嘉兴)"报本禅院"(又名"本觉寺")的"乡僧"文长老,杭州西湖孤山下智果寺的惠勤、惠思。

这是熙宁五年(1072年)深秋到腊月的事情。

十月,苏轼经湖州到秀州,查勘堤防,与"乡僧"文长老相遇。

文长老,来自蜀地眉州的诗僧,苏轼第一次莅杭期间,与其交往颇深:

"诗僧在宋有文及,字本心,蜀眉州人,而住持本觉寺,苏文忠三度过访,互相唱和。"(明·崇祯《嘉兴县志·词翰》)

十月间的初次造访,触发了苏轼的家山思绪:

"万里家山一梦中,吴音渐已变儿童。每逢蜀叟谈终日,便觉峨眉翠扫空。"(苏轼《秀州报本禅院乡僧文长老方丈》)

也就是在那次的回望中,苏轼第一次提到家乡的一大生态景观——"峨眉翠扫"。

多年以后,苏轼在密州,将其与眉州另一大生态景观相提并论——"瓦屋春雪"。

"峨眉翠扫""瓦屋春雪",大概是苏轼笔下抒写故乡,最为惬意的表达,既写实,又超写实。写实,是因为这两处景观,属故乡的专属,而且至今都在那里,任我们评述。说它超写实,是因为诗句乃先生为自己量身定制,所寄托的情绪,从一开始就并不局限于现实的审美景观,而具有穿越时空的符号意义。

那个腊月间,苏轼还拜访了惠勤和惠思。

惠勤是欧阳修好友,两人有三十余年的交情。苏轼赴杭前,欧阳修除了向他推荐惠勤,还谈到了惠思。于是,便有了借山之孤,赞两位高僧一等人品的赋诗:

"孤山孤绝谁肯庐,道人有道山不孤。"(苏轼《腊日游孤山访惠勤、惠思二僧》)

不只惠勤、惠思,接下来还有更多的诗僧,慕名而入苏轼的朋友圈。只是这个朋友圈有别于世俗,显得另类的清淡和高远了:

"苏子瞻佐郡日,与僧惠勤、惠思、清顺、可久、惟肃、义诠,为方外之交。"(明·田汝成《西湖游览志余》)

杭州与诗僧交往的"方外之交",有多惬意?

几年后的元丰二年(1079年)五月二十二日,苏轼在写给可久的回信中,表达过某种怀旧的情绪:

"北游五年,尘垢所蒙,已化为俗吏矣。不知林下高人,犹复不忘耶?!"(苏轼《北游帖》,又名《致坐主久上人尺牍》)

辗转任职,不是己所能左右,所言"俗吏"不大会是故作自谦的。而"林下高人"的由衷向往,一定发自肺腑。事实上,很快,朋友圈有了模样,除《五月十日,与吕仲甫、周邠、僧惠勤、惠思、清顺、可久、惟肃、义诠同泛湖游北山》提到一众僧友,还有祥符寺的维贤,孤山寺的思聪,净慈寺的大小本(大本即圆照禅师宗本,小本即大通禅师善本),以及仲殊和法颖等。这个朋友圈的地理范围，等到苏轼后来再度莅杭时，已经扩大到了整个吴越。

多年后，苏轼不无得意地自我陈述：

"独念吴、越多名僧，与予善者常十九。"（苏轼《东坡志林·卷二·付僧惠诚游吴中代书十二》）

需要重点提到——道潜，也就是参寥子。

僧道潜，吴中於潜（今浙江临安潜阳）人。

宋人笔记《冷斋夜话》专门有二人的记述：

"东吴僧道潜，有标致，尝自姑苏归湖上，经临平，作诗云：'风蒲猎猎弄轻柔，欲立蜻蜓不自由。五月临平山下路，藕花无数满汀州。'坡一见如旧。及坡移守东徐，潜往访之，馆于逍遥堂，士大夫争欲识面。东坡馔客罢，与俱来，而红妆拥随之。东坡遣一妓前乞诗，潜援笔而成曰：'寄语巫山窈窕娘，好将魂梦恼襄王。禅心已作沾泥絮，不逐春风上下狂。'一坐大惊，自是名闻海内。"（宋·惠洪《冷斋夜话·梁溪漫志》）

上文释放的两条信息，值得细致琢磨。

一是苏轼同僧道潜，大概是苏轼第一次莅杭时认识的。这个观点，与林语堂、孔凡礼等人的"徐州说"有出入。我相信惠洪的考证。惠洪虽为南宋人，但他的身份是僧人，僧人讲究缘分，惠洪就跟苏轼有缘，今天叫铁粉，是个打心眼里愿意去理解苏东坡的人。

二是两人一见如故。一见如故的原因，是道潜颜值和诗文天资特别好，苏轼在他的身上找到了自己的对影。当然，道潜也一定视苏轼为心目中独一无二的膜拜,不然,也不会有道潜自此一生追随先生轨迹的下文了。也就是说,两个人似乎不只一见如故,还有互为倾心,彼此照见的意思,甚至有点贾宝玉见林黛玉的那种天上人间、前世今生的恍惚感了。惠洪记述二人相识那一幕,真诚温暖,情不自禁,似乎自己就是画外音的第三者。叙述者与被叙述者,若即若离,所谓的障碍,早已被那隔世的情感消解和释融。惠洪追随苏轼的佳话,我在后文还会讲到。

苏轼与道潜的交往,超越一般的友谊,就算是莫逆之交或者生死之交,这样比较极端的说法,也不足以形容其交集。两人到底是一种什么关系呢?

苏轼有自述:

"妙揔师参寥子,予友二十余年矣,世所知其诗文,所不知者,盖过于诗文也。好面折人过失,然人知其无心,如虚舟之触物,盖未尝有怒者。"(苏轼《东坡志林·卷二·付僧惠诚游吴中代书十二》)

苏轼对参寥子的这个评价非常高。"虚舟触物"的用典,把道潜敞亮的诗心,推崇到了一个哲学的高度。苏轼欣赏此般境界的佛家情怀,其实也是在自我净化。我们都知道,苏轼的"真",本来就是一个世所稀缺的物件,现在又来了一个道潜的"无心",两者的碰撞,那真个是火星撞地球,千万年一遇了。

苏轼交往的不只高僧,也有清顺、守诠这样的普通僧人,甚至还有小沙弥,只因他们都能对苏轼的路子。我们今天叫,有信仰的交集——也就是缘分。

结交清顺、守诠，完全因为他俩名不见经传的小诗，被苏轼无意中读到了。小沙弥法颖是参寥子的法孙，一个小孩子。上元节，几个人去看灯，小朋友天性好玩，屁颠屁颠跟去，坐在大人肩上看，苏轼开了个玩笑，"出家儿亦看灯耶？"（苏轼《东坡志林·卷二·付僧惠诚游吴中代书十二》）就这样一句，小法颖脸色就变了，那感觉就跟揭了人不光彩的老底一样，立马下地，一边哭，一边回了寺院，从此专心修行，终成大师。多年后，苏轼回忆并记下这个小故事，由此我们可以想见苏轼推崇的理想，是如何的高纯度。

寻访一寺，交游一僧，且不说受到的信仰熏陶，单那赋诗也蔚然可观：

"昔年苏夫子，杖屦无不之。三百六十寺，处处题清诗。麋鹿尽相识，况乃比丘师。"（苏辙《栾城集·卷十三》）

苏子由并没有刻意渲染，只是据实陈情。其兄子瞻前后居杭五载，留诗四百七十四首，与诗僧交游相关近半。

苏轼这是在给自己找退路吗？

想，当然想。哪个士大夫，抑郁不得志时不想？但，又如何能？

"眼看时事力难任，贪恋君恩退未能。"（苏轼《初到杭州寄子由二绝》）

顾虑太多，那么多价值，是光环也是包袱，任一样都舍不得丢弃。左右为难，进退尴尬，似乎是读书人的通病，就算苏轼这样顶级的人世修行者，也难能免俗。

苏轼在杭州与诗僧交往的诗歌，这个绝对数量累积，除了一定程度折射了苏轼于杭的日常模型，更重要的是，它像一个开放的超级仓库，让我们看到了苏轼内心深处，那一片坦荡清澈以及空漠的根性底色。

它是苏轼真正的故乡。

苏轼或最终也无从彻底归田还乡，地理上与老家眉州遥隔千万里，肉体上又不能自我灭失以遁佛门，"却比前人口头上的'归隐''归田''遁世'要更深刻更沉重。"（李泽厚《美的历程》）

52

杭州人丝毫不掩饰对于苏轼的真爱。

不仅停留于嘴上诸如"东坡肉""东坡庵""苏堤""惠民巷""安乐坊""吴山酥油饼"这样深入人心的千年口碑，还有各种直抒胸臆，表达爱戴的情感标志。走的路叫"东坡路""学士路"，过的桥叫"学士桥"，看戏处叫"东坡剧院"，瞻仰地叫"苏东坡纪念馆"，叫"东坡像"……

今天，我们甚至能见到留在杭州的众多"东坡遗迹"。

西湖、苏堤、三潭印月的景观组合，集体为先生的政绩美誉背书，背了一千年。世上真正美好的东西，其实自己会说话。就像那四位一体的西湖风景，不用我们刻意去传播，自然天下闻名。

苏轼两次莅杭，当然不是走马似的观光，也不止于做个好官，干些实事，收获德声这么简单了。苏轼是把杭州当家园来精心构造的。疏浚西湖，造苏堤，于湖中立三塔为界。立足民生的初衷，却让我们看到超越为官一任、造福一方的一般意义。自然造化的山水之间，又添人文的深刻烙印，这样的内外生发，上下倒影的传世风景，既是上苍的神赐，也是人类自我的馈赠——苏轼在给予杭州人民福祉的同时，也给予了自己精神慰藉。

"过溪亭"和"凤凰岭"，名关苏轼和辩才两个老人——"二老"。

元祐年间的苏轼，再次造访杭州的时候，清高孤寂的禅师辩才，已经快满八十岁。那个夏秋，苏轼和朋友刚刚为他过了一个惬意的生日。而苏轼要到腊月，才满五十三岁。辩才命名了"龙井茶"，也命名了"凤凰岭"。他早已耳闻"乌台诗案"之后谪居黄州的学士大名。两个忘年的性情中人，于是有了相互同情的价值基础，惺惺惜惺惺，苏轼同情辩才的高远清健，辩才久仰学士的见素抱朴。

这一天是腊月十九，苏轼农历的生日。本来很寻常的一个冬日黄昏，苏轼却想起了一件有意思的事情，他决定以日课的形式记录下来，于是有了淡泊温润的《次辩才韵诗帖》：

"辩才老师退居龙井，不复出入。轼往见之。常出至凤篁岭，左右惊曰：'远公复过虎溪矣！'辩才笑曰：'杜子美不云乎'，'与子成二老，来往亦风流'！因作亭岭上，名之曰'过溪'，亦曰'二老'。谨次辩才韵，赋诗一首。眉山苏轼上。"（苏轼《次辩才韵诗帖》，又名《辩才老师退居龙井不复出入余往见之尝出至风篁岭左右惊日远公复过虎溪矣辩才笑曰杜子美不云乎与子成二老来往亦风流因作亭岭上名曰过溪亦曰二老谨次辩才韵》，现藏台北故宫博物院）

序文字面流淌的情绪，已经趋于白描素色的恬淡了。可为何在接下来的正文，生生冒出来两句鲜明突兀的牢骚：

"来如珠还浦，鱼鳖争骈头。此生暂寄寓，常恐名实浮。我比陶令愧，师为远公优。送我还过溪，溪水当逆流。"（苏轼《次辩才韵诗帖》）

也许看不惯那些拥挤的世景，也许对自己不群的否定甚至不满。不满也便罢了，为何还能与僧友心平气和对话，互述衷肠，淡定地调侃人生的索然与反常？难道这就是苏轼自我表白，所谓忘年交友"二老"的待人接物常态，并以此反证某种特立独行的行为主义？我实在是迷惑了。

西泠印社西边的"六一泉"，灵隐寺的冷泉亭，我都是去过的。我追随它们的清冽和寂然。它们是荡涤的，荡涤我日渐污染的情绪和空间。我在冷泉亭想象着先生办案的无奈和谈笑风生，在"六一泉"敞开胸襟大声吟诵着先生的吟诵：

"君子之泽，岂独五世而已，盖得其人，则可至于百传。尝试与子登孤山而望吴越，歌山中之乐而饮此水，则公之遗风余烈，亦或见于斯泉也。"（苏轼《六一泉铭并序》）

君子如玉，它的道德熏染，它的智慧滋养，岂是"五世"能叙述完善的？也许惠泽百代，甚至千秋万代。六一之后，有惠勤。惠勤之后，有先生。他们的遗风，就像孤山之上的吹拂与俯视，行于吴越湖山，走于华夏大地。就像眼前的甘泉，我们喝着它就是喝着榜样的营养，涓涓不息！

我不止在一处，触摸过留余先生体温的传世遗迹。杭州碑林的《表忠观碑》，吴山"感花岩"诗碑，毋庸置疑，它们是先生留给杭州不可多得的文化遗存。大麦岭东麓和石屋岭下石屋洞的题名，更不同于恶作剧似的"到此一游"之类的乱涂乱画。

"苏轼、王瑜、杨杰、张□朱，同游天竺，过麦岭。"（杭州大麦岭东麓东坡题刻）

"陈襄、苏颂、孙奕、黄灏、曾孝章、苏轼同游。"（杭州石屋岭下石屋洞东坡题刻）

题刻中所列出同游者的名字，大概可以归为志同道合者一路。他们是杭州版本的"西园雅集"。

西湖诗词自不必说。字字珠玑，行行流彩，作为口碑传承的文化进行时，它们赋予了西湖最为生机勃勃的时光倒影。

杭州乃浮华之地，最适合做背景，来说道士大夫的民生。苏轼于杭的两段任职经历，干了为民造福几件实事，迄今让杭州的百姓津津乐道。熙宁年间通判三年多，干了两件大事。疏浚六井，解决杭州城"吃水难"的问题。熙宁七年（1074年）夏秋治理蝗灾，保百姓的口粮。元祐年间统领浙西，守杭州，短短一年多，又干了三件大事。杭州城发瘟疫，苏轼背负违背与老友眉州人巢谷（始名榖，绍圣初年始见"巢谷"，字元修，小名巢三）在黄州达成的诺言，捐献密方"圣散子"，自费购药材，架锅熬汤，"不问老少良贱，各服一大盏"（苏轼《圣散子序》）。瘟疫过去，带头捐金五十两，设"安乐坊"，杭州城第一次有了官方背景的医疗诊所，解决百姓"就医难"的问题。然后是疏湖造堤，在西湖上留下一道生态设施和文旅景观，西湖从此叫"西子湖"，这样的人文升华，就算锦上添花之类的美好修饰，也不足以表达它的温度和色彩，因为它有士大夫的普世情怀背书，并一开始就注定自觉地历经时空的检视。这又岂是"民生"或者"民声"所能定义的。

所以，杭州人可以大声地说，东坡命名了杭州，就像眉山人骄傲地告示天下，苏轼命名了眉州一样。眉山人和杭州人，都没有夸张。

53

能诗的周韶，善歌的琴操，苏轼在杭结交了两个红颜知己。但是先生离开的时候，带走的却是懵懵懂懂的王朝云。

"朝云，字子霞，姓王氏，钱塘人。"（苏轼《朝云墓志》）

墓志的白描手法，传递的信息十分有限，犹抱琵琶，像云像雨又像风。有人说，苏轼选择朝云，因为朝云向佛，在信仰上更靠近男主人公。一本叫《燕石斋补》的古书甚至说，朝云即西子，苏轼题"西子诗"，源于朝云那神女歌诗，恍若天籁的灵感。朝云向佛,或只解决问题的一个方面。但说朝云是西子的,似乎又在暗示,苏轼带走朝云,便是带走杭州的纷纭与氤氲。

我更倾向于折中的说法——苏轼找到了活体的故乡。

有一种伴侣,是故乡。或者说,有一种女子,是故乡。王朝云便是这样的伴侣,这样的女子。

王朝云是苏轼的三位爱人之一,肉体与精神二合一,精神又大过肉体的红颜。她第一个道出,"学士一肚子不合时宜"(宋·费衮《梁溪漫志》),戳疼了先生的灵魂。先生捧腹大笑,以为知己。

王朝云的灵光一动,让先生在遥远的杭州,得以邂逅故乡,没有烦恼,但有寄托。也是朝云自此的跟随,心无旁骛,无怨无悔,让先生接下来的黄州、汴京、惠州,一路行走,一路故乡。

王朝云不是老家眉州的老乡。王弗、王闰之才是。王弗已经去世多年。王闰之陪伴在身边,本本分分做着自己的家庭妇女。王闰之早已成为先生身上的一块肉,与先生自己是同向并行的,与故乡却是对立的。王弗引发的乡愁,要在去密州之后。而王朝云的出现,终给了先生灵魂上的某种归宿感,也可以叫乡愁。只是引发先生那时的乡愁,并非地理意义的,就像从岭南归来的柔奴,让先生模糊了吾乡和他乡的界限,也一定不是地理意义一样。此时的朝云,多年后的柔奴。多年后的柔奴,唱出一句"此心安处是吾乡",一定勾起了苏轼在杭州的旧梦:

与朝云的遇见,便是与故乡的重逢与叠复。

多年后,苏轼贬谪岭南,这样写道:

"枝上柳绵吹又少,天涯何处无芳草。"(苏轼《蝶恋花·春景》)

一般理解此词是在做一种爱情告白——博爱,不纠结于阶段的爱与被爱。这样高大上的爱情观,在今天都算另类。

苏轼对待爱情的态度,最让我佩服的,不是他给了王弗、王闰之和王朝云百分之百的爱,是三位女生明明看到另外两人的存在,偏偏又自认为享受了传说中的那一个百分之百的唯一和全部。

王朝云是苏轼在杭州那个恰当的时空节点遭遇的芳草,或者说是苏轼三段情感经历的符号之一。三段符号又与精神的故乡联系。爱人和故乡,都是苏轼的人生伴侣。

王朝云叫杭州、惠州,叫"西湖"。王弗叫眉州,叫"短松冈"。王闰之叫黄州,叫"雪堂"。

苏轼的故乡,或就不是一种单调的色彩,散发的幽光,那么别样多姿。比如赤壁,比如岭南,比如荔枝,比如明月……

王朝云当然是苏轼第一次杭州之行的重要收获。此外至少还有那句推送西湖的网红广告词。

苏轼第二次莅杭,把杭州当作自己的"小家"经营,留给世人津津乐道的显性遗产——"苏堤"。

余秋雨有一段话,有点啰唆,为了说明问题,我还是原文照录:

"就白居易、苏东坡的整体情怀而言,这两道物化了的长堤还是太狭小的存在。他们有他们比较完整的天下意识、宇宙感悟,他们有比较硬朗的主体精神、理性思考,在文化品位上,他们是那个时代的巅峰和精英。他们本该在更大的意义上统领一代民族精神,但却仅仅因为辞章而入选为一架僵硬肌体中的零件,被随处装上拆下,东奔西颠,极偶然地调配到了这个湖边,搞了一下别人也能搞的水利。我们看到的,是中国历史文化良心所能做的社会实绩的极致。尽管美丽,也就是这么两条长堤而已。"(余秋雨《西湖梦》)

余秋雨嘲讽白居易、苏东坡的杭州政绩符号——"白堤"和"苏堤"。很多人反过来又嘲讽余秋雨。

我似乎可以理解余秋雨的立意的——站在历史和文化的双角度观历史也看文化。苏轼,那么大个人物,做什么太守啊,就应该天天给皇帝上书,在龙图阁讲学,坐而论道,指点古今。上天缔造千年一个的东坡,却自甘"流俗",做太守,搞民生,兴水利,不是浪费人才,是在耽误历史啊。余秋雨似乎把"苏堤"视作中国文化史的一团墨迹。真是站着说话不腰疼。余秋雨等终究只是个文化精英,代表了自以为是的某种高蹈姿态——他们的救世往往耽于臆想,不接地气,老百姓如何能买账?

精英们忘了苏轼是个士大夫。

"士大夫终不肯以小舟夜泊绝壁之下。"(苏轼《石钟山记》)

士是啥？

"孔子曰：推一合十为士。"（许慎《说文解字》）

"士者事也。"（《毛诗故训传》）

士大夫是啥？

"作而行之，谓之士大夫。"（《周礼·考工记序》）

看来古代的书生，都强调士大夫的行动性，有理想，也有行动。王阳明把行动性发展为一种新的学说——"知行合一"。"白堤"是白居易的行动性。"苏堤"是苏轼的行动性。二者很好地诠释了士大夫的内涵。但是，士大夫的行动性，又是动态的价值观系统，岂是一个"行动性"能说得清的！

"古之善为士者，微妙玄通，深不可识。"（老子《道德经》）

照老子的话看过去，高妙的士大夫，比如苏轼这种，真的是千山万壑啊！

今天我们看待士大夫，往往会放大体制色彩的标签。没有哪个士子能回避那张标签。苏轼又是标签的死忠党，若有点例外，则是太似一个真实的人，又那么不似。这么说，我们便对其在杭州、惠州、儋州的政绩，有个总和的认知了。

于是，我们可以理直气壮地质疑余秋雨等文化精英：苏文是大声说给天下人听说给历史听的东坡的形而上，而"苏堤"是做给天下人看做给历史看的东坡的形而上！

54

眉山的春天有些恍惚，桃李樱还没看够就谢了。江南的春色形式清晰,远听惠风和畅,近看草长莺飞。媒体报道疫霾之后的"苏堤",游人如织——比九百五十年前更接近苏轼的"春天"。

正好读到一篇谈论中国知识分子"救世"(事关天下责任感)的文章。

文章提到一个问题:中国知识分子何以一时走向神坛,一时坠入地狱?作者的发问,似乎是为苏轼量身定制的。很遗憾,文章没有提到苏轼,倒是提到与苏轼差不多同时代的范仲淹,还有与苏轼同在嘉祐二年(1057年)中进士的张载。作者以为,中国传统意义的知识分子,由"士"成为"士大夫",虽然完成了悲剧的转换,又始终绕不开权力那道茬,出世,入世,入世,出世,反反复复,几次三番,像中了魔咒。

"近代以前中国处于一种'没有知识分子却有知识阶层'的时代。知识分子的核心内涵——独立钻研科学和对公共事务保持批判精神——被权力掩盖。于是,我们看不到一个个知识分子,却看到了士大夫群体。近代以后,中国又进入'没有知识分子也没有知识阶层'的时代。'五四'以来,启蒙、革命等话语霸权充斥整个20世纪,从而导致用'精英阶层'取代'知识分子阶层'的现象,而'精英阶层'被想象成具有独立思想人格的完美英雄、哲人。这实际上是概念的偷换。本应在'问题'的研究中体现独立精神的中国知识分子成为'主义'的担道者,从而再次失去了创造'内涵'的机遇。"(李扬帆《失位的中国知识分子:离权力越近,离救世越远》)

上面的引文，批推崇"主义"的陶渊明"卖红薯""打酱油"也罢，批一些异数"扔砖头"也罢，关键他连历代书生奉为神明的终极理想（无限天命观）——"为天地立心，为生民立命，为往圣继绝学，为万世开太平"（张载《横渠语录》），也大批特批。

按照作者的观点，"不做自我标榜之表面文章，不做一呼百应之口舌争辩，以其坚毅的人格力量拆解了权力"，苏轼似乎符合其"问题书生"的标准，很遗憾，苏轼未入其法眼。我在想，苏轼就算被边缘化，也一直未曾离开过官场，关键任上还天天想着为天下百姓做点实事，要说问题，要比张载严重得多。可惜，作者没有瞧上苏轼。作为中国文化史上那一个出世入世的最大矛盾体，也是最难挑剔的精神集合体，竟然被自我标榜以意识形态"救世"的当代知识分子，再一次选择性边缘化，这究竟是谁的悲哀？

55

杭州的春色再好，也止不住苏轼的思乡。

思乡的黄昏，苏轼选择以"词"叙事，铺陈日常的细节，也荡开灵魂的高蹈。

间于"歌"和"诗"之间的"词"，正好覆盖日常和灵魂，上得了厅堂，也能下厨房，自由度要比"歌"与"诗"大许多。这便有了"宋词"最为广泛的接受度。

"宋词"乃今人之提法。"词"在成为"宋词"之前,叫"诗余""长短句""语业",听这些名,似乎并不入流。欧阳修、苏轼这样追求高大上审美趣味的士大夫,也只是将其视为"近体乐府"之类的吟唱花样。还有更轻视的,譬如,贺铸的"倚声",姜夔的"歌曲",柳永的"乐章",黄山谷的"琴趣"……

苏轼发现"词"的好,是在杭州的时候。杭州是"天堂"。那"天堂"又是什么?只有灵魂高度自由的知识分子,才会思考这样的玄虚命题。"天堂"般的杭州,在柳词里,已然降低身段,焕发民间的生机和暖调。来自汴京的士大夫们,前脚走出书斋,后脚踏进大世界,游离于雅俗之间,熏陶市风,体察民意,此般光景已然接近20世纪的"共和"生态。

撩下蒙面头巾的"词",张开一张樱桃嘴,委身茶楼酒肆,打板即来,不拘一格,喜闻乐见。顶级的书生,终于找到了与民同乐的审美交集。在此之前,他们更多考虑的是儒家的功业,而对细微真实的人生有些忽略了。

苏轼最早关注到"词",是年轻时在老家眉州求学的时候:

"记得应举时,见兄能讴歌,甚妙。弟虽不会,然常令人唱,为作词。"(苏轼《与子明兄书》)

此处的"讴歌",指"歌词",更可能说的就是歌的柳永词,"柳词"在当时的流行程度,相当于今天的刷抖音。很可惜,意气风发的书生,那时候还理解不了,柳词里接纳地气的市情,其实更契合知识分子的散漫人生。

苏轼是到了杭州,才得以有机会近距离感受到柳词之妙的——抒写日常和细小,便是揭示内心。这让习惯了宏大叙事的苏轼,忽然有了一种蓦然回首般的,似曾相识或者陌生感。

抑制不住审美兴奋的苏轼,跃跃欲试,提笔写下平生第一阕婉约"词":

"一叶舟轻,双桨鸿惊。水天清、影湛波平。鱼翻藻鉴,鹭点烟汀。过沙溪急,霜溪冷,月溪明。重重似画,曲曲如屏。算当年、虚老严陵。君臣一梦,今古空名。但远山长,云山乱,晓山青。"(苏轼《行香子·过七里濑》)

从未出手,出手便占领高地,这便是"苏词"。

很多时候,我们习惯了将"苏词"归为豪放一派。事实上,苏轼也有"韶秀"的一面:

"人赏东坡粗豪,吾赏东坡韶秀。韶秀是东坡佳处,粗豪则病也。"(清·周济《介存斋论词杂著》)

"粗豪"是不是病,另说,但大学士按下文章,作歌词,似乎真有点大材小用:

"学际天人,作为小歌词,直如酌蠡水于大海。"(宋·李清照《词论》)

李清照的批评,也不是一点道理都不讲。但是,苏轼写得最好的词,是"是花还是非花",是"十年生死两茫茫",是"莫听穿林打叶声",是"拣尽寒枝不肯栖",而不是"大江东去"。

苏轼尝到了作词的甜头。且一发不可收拾。

苏轼在离开杭州去密州前,写了一阕有意思的词:

"东武望余杭,云海天涯两杳(亦作"渺")茫。何日功成名遂了,还乡,醉笑陪公三万场。"(苏轼《南乡子·和杨元素,时移守密州》)

杨元素,名绘,家乡眉州边的汉州绵竹(今四川德阳绵竹)人,熙宁七年(1074年)七月,替陈襄守杭州。苏轼在与杨元素交接的迎送酒会上,写下此词。

功成名就,不至于夸张到要喝三万台酒来表意。而还乡,倒是冒出来好多次的苗头了。

写完这词,苏轼就去密州了。亲人的离情,故乡的别绪,从来不像今天那么浓烈。

56

苏轼在那个秋天之后,向朝廷自请赴密州(今山东诸城)。兄弟子由在离密州不远的齐州(今山东济南)任上。夫人王弗早已离世多年。

密州的治所,在今天的山东诸城,管辖区却要比诸城大。密州盛产书生,最有名的要数李清照的丈夫赵明诚。赵明诚恋物胜于恋人,跟苏轼正好相反。恋物者往往冷血,恋人者生机勃勃。

有个情况很有意思。熙宁七年(1074年)冬天,苏轼赴任密州,熙宁九年(1076年)冬天离任,王安石正好在苏轼赴任和离任之前两度罢相,最后一次彻底归隐江南。苏轼后来蒙受乌台冤案,是不是与王安石的罢相有关,或者说,若王安石尚在任上,此桩莫须有的污案是不是就不会发生?

无从知道。我们能够追诉的意义,更倾向于苏轼和王安石两人的性格即命运。若从我个人判断看,悲剧大概率不会发生。历史不能假设。宋王朝并没有按理想的学说运行,也便有了近代历史研究者们的诸多感慨。

苏轼初任密州,署——"太常博士、直史馆、权知密州军州事"(古柏《苏东坡年谱》)。

两年后,又署——"朝奉郎、尚书祠部员外郎、直史馆、知密州军州事、骑都尉"(清·乾隆《诸城县志》卷十四录《雩泉记》)。

这一连串头衔,亮点在"密州军州事",也就是通常说的知州或太守。显然,苏轼已经荣任主政一方的军政大员,能够为老百姓做点事。苏轼自熙宁四年(1071年),与主政的王安石政见相佐,不受神宗待见,主动请命赴任地方,按他的资历和宋朝文官的任职常态,在杭州就应该任太守了。苏轼的人生偏就是个非常态。幸运的是,较为清闲的杭州通判职位,让苏轼有了更多接近"佛"与民间的机会。

苏轼自请密州,并不是他自己向朝廷的诉求,"请郡东方,实欲弟昆之相近"(苏轼《密州谢表》),还有更为私密复杂的心态。

事实上,密州的两年,兄弟俩虽然隔得很近,种种原因,未曾得见一面。与亲人分别愈久远,思念愈深刻,可见先生也是个烟火气浓重的儒子。这个时候,动归隐之心,试图远离言论的是非,可能有另外的原因。

"议论止于污俗,交游谓之陈人。出佐郡条,荐更岁龠。虽仅脱网罗之患,然卒无毫发之称……虽无望于功名,庶少逃于罪戾。"(苏轼《密州到任谢执政启》)

按眉州人直肠子的性格,又如何能隐忍和超然,管住自己的一张大嘴巴?这一点,苏轼自己也说服不了自己。

奔赴密州途中的情绪,在一阕给苏辙的词中,有比较集中的吐露。以词做亲友间的通信媒介,那时候很流行。

那词,上阕述迷茫,下阕表衷肠。尤其是这句:

"有笔头千字,胸中万卷;致君尧舜,此事何难?用舍由时,行藏在我,袖手何妨闲处看?"(苏轼《沁园春·赴密州,早行,马上寄子由》)

接连两个自我诘问,一边设置政治正确的门槛,讲了一通理想,一边又荡开政治,讲客观,自己给自己找台阶下。

看来,苏轼从一开始踏上为官之路,就注定陷入矛盾。士大夫不必非得像杜甫,一辈子都抛不开长安城的那道紧箍咒,也不必学屈原、李太白和陶渊明,一言不合,甩袖子,走人。进也好,退也罢,其实都是士大夫的行动性。

关于苏轼的密州政绩,褒贬都有。主流的,褒其恪尽职守,勤勉治政。出处为苏轼、苏辙两兄弟的陈述:

"驱除蟊螣,逐捕盗贼,廪恤饥馑。"(苏辙《超然台赋并叙》)和"循城拾弃孩"(苏轼《次韵刘贡父李公择见寄其二》)

也有不看好的,贬其乏善可陈,几无亮点。

比如,防治蝗虫。苏轼去的时候是冬天,蝗灾的后果已经明摆起了,老百姓自发烧灭虫卵,不过是农业常识而已,并不需要行政的大力推动,苏轼所为或只是向朝廷提出了一揽子减灾政策。

再如,逐捕盗贼,《宋史》所载资料显示,更可能类似恶吏的蛮政或者浑水摸鱼,苏轼去后,予以纠偏和整治。

又如,关于河北、京东两路"榷盐"(食盐专卖)问题,苏轼质疑朝廷的政策,不利于河北、京东两路地方稳定。"榷盐"乃国之改革重举,其实是可以通过正常渠道讨论的。苏轼站在百姓一方,看到的是民声民怨。施政官员,站在国家一方,出发点是财政利益。国富民强,民强国富。国与民,不是两张皮,是皮和毛的关系,非一个简单的对策可以保全。只要不是原则问题,双方大可以心平气和,坐而论道。就算是今天,类似问题,一样可以交流,不能简单粗暴,论及对错。事实上,与后来守徐州和杭州纵比,主政密州两年,苏轼确能拿出来说的,除了几篇向朝廷奏事的公文,文采超一级以外,剩下的就是超然台、雩泉亭、快哉亭、山堂、盖公堂五座市政设施了。一个封建体制束缚的地方官员,行政权力和社会资源本来就有限,两年任期,能干多少大事、正事、美事呢?

把最好的文艺才华,用在政务公文上,又有多大错?

开展调查研究,向朝廷据实陈情,争取惠民政策,更是本职所在。

造楼修台，撰文求雨，有多少创意就不提了，也许有形式主义或"作秀"的嫌疑，然而建筑大观形象，还有附丽之上的锦绣文章，却是实实在在，留予了后世。

密州两年，我是要给先生点赞的。

57

苏轼的密州人生，真正的高光亮点，在于诗词文章。

恩师欧阳修离世之后，谁来领导北宋的文坛？苏轼自己或未注意到，冠盖天下的文艺才华，正悄悄地把他置于风口浪尖之上。

主流的观点认为，苏轼在密州，因为政治纷扰的疏离，山水自然的怡性，引发第一个诗文创作高峰。

最好的作品，当数散发主体之光的《超然台记》，还有开创豪放派词风的《江城子·密州出猎》。而我更喜欢从肉体的日常出发，抵达精神的超导临界温度的儿女情长之作，自然也是苏轼的人生、思想和诗文魅力的一致性所在——

阳光无差别地普照大地，温情脉脉，平易近人。

"十年生死两茫茫，不思量，自难忘。千里孤坟，无处话凄凉。纵使相逢应不识，尘满面，鬓如霜。夜来幽梦忽还乡。小轩窗，正梳妆。相顾无言，惟有泪千行。料得年年肠断处：明月夜，短松冈。"（苏轼《江城子·乙卯正月二十夜记梦》）

之所以一字不漏援引，因为一直有研究者质疑，此词表面上的"说出",或者"直抒胸臆",多了些。而不像同样写思念,写得独特质朴,含蓄抓人的。如李白的《静夜思》,王维的《九月九日忆山东兄弟》。甚至有人诟病此词的江湖地位,只是附加了苏轼的名人效应。若从单纯的审美手段看,此词当然算不得一等好词,然文学又如何能以炫技作为评判的标准?

苏轼刚到密州的正月开年,是不是真的做了一个梦不重要,重要的是先生对于爱妻王弗的思念,确定是那个春天的主题。

斯人已远去,自己苟活人间。活在两个世界的肉体,在虚拟的第三维度时空里(梦境)相遇,彼此的灵魂瓜葛不得不说。此情此景流露出对于主体精神的催化,已然超越传统"小技"。技术是苍白的,相思之树长青。欲说还休,欲哭无泪,又不得不说,不得不泪。

这便是陈师道说的人间臻境:

"有声当彻天,有泪当彻泉。"(宋·陈师道《妾薄命·为曾南丰作》)

同样的情感,在《水调歌头·丙辰中秋》达到顶点。

关于苏轼在密州,林语堂仅仅叙述到的一首东坡诗文。他说:

"他在密州想起未能相见的弟弟,就写出了史上最好的中秋词。"(林语堂《苏东坡传》)

林语堂还从词的审美形式上做了一番推演,而对蜚声文坛的《超然台记》,还有任上所做的民生,视而不见。

我对比过唐宋以来中秋诗词,前三位,李白、杜甫没有,李清照、辛弃疾也没有，唐人张九龄的《望月怀远》占一席，另外两席都是苏轼的，一首是《水调歌头·丙辰中秋》，还有一首是《西江月·世事一场大梦，人生几度秋凉》。

很多朋友喜欢张九龄的"海上生明月，天涯共此时"（唐·张九龄《望月怀远》），说是代入感很强。就美学手段而言，同样都是写月亮，张诗和苏词，分属两种审美趣味，贵族的小众，与平民的普遍性。

只说叙述维度。张诗仅时间和空间两个维度。苏词"世事一场大梦，人生几度秋凉"（苏轼《西江月·世事一场大梦，人生几度秋凉》），至少有时间、空间和情感三个维度。现在一句苏词，就打败了那首《望月怀古》。再说，苏轼丙辰中秋那月亮——又岂是月亮，它还是兄弟，是爱人，是故乡——从来在那里，又从来不是。游子早已远去。记忆一直那么踏实，行走的故乡又一直在脚下。仿佛那明月——日日高挂，千里共一的"婵娟"，又从来不是昨天的那轮。它是心目中恒久动态的慰藉，就算一千年一万年的情感暗区，亦在瞬息间照亮。

这便是罗阿说的：

"苏东坡擅长把再平凡不过的时光与生命中巨大的不确定性编织在一起。"（法国·克洛德·罗阿《灵犀》，宁虹译）

由此看来，《水调歌头·丙辰中秋》，在时空情感之外，还多出宗教和哲学等维度，高出张九龄好几头。

宗教和哲学构成意识形态，两者往往又混沌不分。诗词的宗教或哲学维度指向终极价值。林语堂对苏轼中秋词的看法，我是怀疑的。若剔除主体的存在，没了苏轼此前的起落、际遇和冲突，单纯讲诗词的审美形式，如何能判断它是——"史上最好的中秋词"？

前面说过，"我欲乘风归去，又恐琼楼玉宇，高处不胜寒"（苏轼《水调歌头·丙辰中秋》），与王安石完全是两个相反的"极"。

都站在文章和道德的制高点，一个目光向上，一个目光向下，一个难以承受之重，一个难以承受之轻。没有谁高谁下，谁是谁非。这倒成了一个容易树立成意识形态靶子的问题。

林语堂就是避而不谈。由此可见，林语堂不只对做官没兴趣，对意识形态更是排斥。林语堂空心化的"中秋词"评价，代表了现代以来一批空心化文人的审美趣味。

苏轼的"中秋词"是立体的存在，有质感，有重量，有体积，有能量，还有时间意义的纵深感。苏轼就是一颗超新星，就算我们站在一千年甚至更远，看到的闪烁，再光亮璀璨，往往也与苏轼本体有着一千个光年——那遥不可及的距离。

今天，我们仰望星空，叫偶像崇拜。

那个中秋，苏轼神游月夜，叫托物寓意。

托当空明月，寓兄弟情谊。明月照千里之外。照子瞻、子由兄弟。明月在这里，等同于"故乡"，含蓄而模糊。

也有直接而清晰的：

"长安自不远，蜀客苦思归。莫名叫障日，唤作小峨眉。"（苏轼《庐山五咏·障日峰》）

"障日山"在密州城东南二十五公里，状如峨眉。峨眉在先生老家眉州西南百里开外，每个明媚的清晨，先生都能看到它的妩媚和婀娜。先生唤"障日山"为"小峨眉"，显然是把它当非外的家山了。

十年后，先生赴任登州（今山东烟台蓬莱），第二次路过密州，忍不住以梦述怀，强化故乡"家山"的情感认知：

"海人入梦方东去，风雨留人得暂陪，若说峨眉眼前是，何处故乡不堪回。"（苏轼《次韵徐积》）

回到密州，恍惚又见"峨眉"，想要的故乡俨然就在眼前。这样的感情，朴实而执着。

多年后，先生去世，魂归汝州（治所今河南平顶山汝州）郏城（今河南平顶山郏县）的"小峨眉山"，分明就是冥冥之中的注定了。

关于先生在密州思念蜀中故乡，还要说到一首诗：

"胶西高处望西川，应在孤云落照边。瓦屋寒堆春后雪，峨眉翠扫雨余天。治经方笑春秋学，好士今无六一贤。且待渊明赋归去，共将诗酒趁流年。"（苏轼《寄黎眉州》）

鲜为人知的迎送诗，因为提到诗人的老师欧阳修，灵魂偶像陶渊明，提到他的故乡，也是我的老家，如此又不是一首世俗意义的迎送诗。

熙宁九年（1076年），好友黎錞四川眉州任上，苏轼写了这首诗。

感叹六一居士，追随五柳先生，要表达的深意，都是浅显明白的。家山瓦屋、峨眉，为蜀中二绝。很多人不知道，也没有去过。苏轼不经意的一句"瓦屋寒堆春后雪，峨眉翠扫雨余天"，一下让天下人都知晓了两山的最美。这便是名人的光芒。直到今天，我们还在享受着先生带给家乡的流量红利。

把家乡山水风物提炼成两个审美符号，"春后雪"和"雨余天"，就像过年结婚新居落成，写成大红对联张贴在门楣一样，写什么并不重要，对仗是否工稳也可以忽略，重要的是贴对联本身，意味着某种常态化的寄托，日复一日，年复一年，也不管身在何处。

想来先生那一段时间，思乡之情已超越一般意义的游子离绪——家是动态的切近的，于己的人生捆绑一体。自私一点讲，苏轼不是在靠才情为家乡打广告，是在身体力行诠释故土之于书生的意义——一个血脉瓜葛的空间物象经情感反哺，终修炼成那一种苏轼式的，随时可以自我变现，且源源不断的驱动之源。

58

徐州的政绩才是可以大书特书的。

苏轼是在赴任河中府（今山西永济）途中，忽然接到朝廷任命，转任徐州的。

在此之前，赴京述职路过齐州（今山东济南），苏轼得以见到齐州太守李常（字公择）。李常给他看了外甥黄庭坚的诗文。

这应该是苏轼第二次看到黄庭坚的诗文。上一次是杭州任上，去湖州（今浙江湖州），与黄庭坚的岳父、知州孙觉见面的时候，孙觉向苏轼推荐了黄庭坚的诗文。孙觉和李常的推荐，可见两人对苏轼态度的重视，背地里当然也有黄庭坚自己的仰慕。

至此，苏轼对黄庭坚有了一个定位：超逸绝尘，有独立意识。这一点尤为让苏轼看重，所谓志同道合。黄庭坚的诗文，让苏轼眼睛一亮。黄庭坚本来小不了苏轼几岁，可惜尚未有啥诗名。苏轼《答黄鲁直》中的点赞，算是顶流加持潜流的典型个案。

路过郓州（今山东郓城），又见到了蜀人同乡鲜于侁（字子骏）。鲜于子骏老乡，是个有鲜明个性的好人。乌台诗案后，很多人怕苏轼的事牵连自己，唯恐避之不及。鲜于子骏却在苏轼押解路过扬州（今江苏扬州）的时候，不听别人劝，冒险看望苏轼。物以类聚，人以群分。讲站队和讲操守，在苏轼和鲜于子骏这样的蜀人看来，并不矛盾。他们有个共同对标的老乡——眉州洪雅先贤田锡。

到了汴京城外，苏轼得到了苏辙传递的口信：先行回京述职，不能进城。苏辙这话，有几个意思，今天只能猜测。王安石罢相之后，宋神宗一度陷入迷茫，朝政往哪个方向变局，没有谁能够预测。

苏轼自己也不能，只能老老实实赴任下一个岗位："知徐州军州事"。

一切待遇与密州没有任何变化，变化的是换了一个地方为民做事。不同的是，这次是徐州（今江苏徐州）。徐州是南北通途的重要节点，也是南北融合的文化名城，名气没苏杭大，但给主政者留有施展空间。

苏轼在蜀公范镇（字景仁）家暂住期间，见到了驸马都尉王诜（字晋卿）。王诜和黄庭坚，都是苏轼的铁粉，他们的人生，很大程度受到了苏轼的影响。南下赴任，路过南都（今河南商丘），又拜见了恩师老乡"乐全居士"张方平。

接下来，便可以做点事情了。

59

苏轼断是没有预警到一次原本顺应民意的求雨，会招来一河逆天的大水。三十年河东，三十年河西。说的是黄河发大水，改辙易道的无常。苏轼自己说五六十年一决，这个比较可信。

但是，这一次不一样，千年一遇，抵好多个三十或五六十年。

"熙宁十年七月十七日，河决澶州曹村埽。八月二十一日，水及徐州城下。至九月二十一日，凡二丈八尺九寸，东西北触山而上，皆清水无复浊流。水高于城中平地有至一丈九寸者，而外小城东南隅不沉者三版。"（苏轼《奖谕敕记》）

千年一遇，在苏轼的笔下，只是冷冰冰的数字参考。尽管如此，苏轼自己关于那一次黄河大决堤的记录，今天已是珍贵的文献。零距离抵近第一现场的当事者，他的亲历，为事后真相的还原背书，我们深信不疑。

大水持续的时长，洪峰的相对高差，还有漫灌肆虐造成的破坏，摊开来，是一堆三维模型沙盘。竖起来，是纵深的长度，厚重的分量，惊天地，泣鬼神的颂词。

还应该加上人物——

"城将败，富民争出避水。轼曰：'富民出，民皆动摇，吾谁与守？吾在是，水决不能败城。'驱使复入。轼诣武卫营，呼卒长，曰：'河将害城，事急矣，虽禁军且为我尽力。'卒长曰：'太守犹不避涂潦，吾侪小人，当效命。'率其徒持畚锸以出，筑东南长堤，首起戏马台，尾属于城……轼庐于其上，过家不入，使官吏分堵以守……"（元·脱脱等《宋史·苏轼传》）

值得深挖细掘的阅读材料，今天的中学生反复吟诵它，试图从中找到某种稀缺的典型价值，赋能人生。倘若它不是确凿地出自正史，我大概率会相信它，更像一部高大全的英雄主义大片剧本，今天叫主旋律。

最先出镜的有钱人，他们争相往城外逃，保命、保财富。人性如此，也不必苛求。情有可原的铺垫，无意中，烘托了主角出场的背景。

而后，我们听见了谁的大声疾呼，熟悉而陌生：有钱人都躲了，老百姓的心思定会动摇，那还有谁和我一起守城？只要我在这里，决堤的大水，就一定不能冲毁徐州的城墙。

捉笔者只是照实记录了主人公脱口而出的口水话，但谁能否定它不是我们冥冥之中想要的台本，那聚焦C位的"豪言壮语"?

接下来的决策和指挥,既是当权者的职责所在,也是一个士大夫的行动使然。

我们的主角找来了武卫营的卒长,以及更多的兵士,共同挑起了C位的担子。他带上工具,身先士卒,冲到了抢险的最前线。紧随其后的是他们,五千磐石般的肉身,前赴后继。他并未去想行动的后果。后果是难以预料的。之后的很多历史研究者,认为他是在赌博,赌自己的命,赌那些兵士们的命。为什么不像那些富人一样"躺平"呢?这么说,也许是对的,因为几千年来,黄河边上的老百姓就是这么"躺平"着过来的。水来,就跑。水退去,又回来。在不可预料的自然破坏力面前,肉体的奋争何其无力!

但是,他显然不只是在凭借区区肉身,去搏那奔涌浩荡的千年洪魔,他是在激发我们的精神力量啊!肉体可以躺平,精神不能。肉体是单薄的,精神力量无限!

七十多天,过家不入,当然是自觉的对标,大禹先贤,他是先生的榜样,也是先生自我要求的准则。他当然是做给徐州城看,更是做给天下看的。当徐州城全城动员之日,则是胜利之时。当天下人都来看齐之日,那就是前途和光明。

果然,他们昼夜铸堤,不知疲倦,鏖战七十余日,终于铸就千丈长堤,"卒全其城"(元·脱脱等《宋史·苏轼传》)。

一场灭顶之灾,擦肩而过。徐州城意外地保住了,千万百姓第一次看到了,有一种隐忍的力量,胜于汹涌的大水。人心铸就长城。

多年后,另一个蜀人,陵州(今四川眉山仁寿)的虞允文,在采石矶,以一万余众老弱病残,抵抗非对称的金国完颜亮兵团,也有那么一场关于人心的对话,似曾相识。

徐州抗洪和采石矶大战,是书生的胜利,更是人民的胜利。

宋神宗破天荒高调地褒扬了苏轼的功绩:

"敕苏某。省京东东路安抚使司转运司奏,昨黄河水至徐州城下,汝亲率官吏,驱督兵夫,救护城壁,一城生齿并仓库庐舍,得免漂没之害,遂得完固事。河之为中国患久矣,乃者堤溃东注,衍及徐方,而民人保居,城郭增固,徒得汝以安也。使者屡以言,朕甚嘉之。"(苏轼《奖谕敕记》)

来自最高决策者的点赞,在那个动荡的秋冬,的确有那么点怪怪的感觉。苏轼定没有想到,突如其来的黄河大水,能成就一番政治功业。尽管,心情还有点抑郁,但徐州百姓的欢呼,俨然成为主流。他是士大夫。士大夫,不仅是诚实善良的书生,还应该是百姓民生的捍卫者。他做到了,问心无愧!

徐州的大水,可遇而不可求。但历史偏偏让苏轼遭遇了。

关于那场伟大的抢险,苏辙在《黄楼赋》的序文中,总结了三条:水未至,未雨绸缪,精心备战;水既至,身先士卒,抢险赈灾;水退后,固堤防患,长保平安。

此三条,直到今天,依然管用。

60

徐州抗洪的口碑效应，可以流芳百代。而筑"黄楼"，开"重阳盛典"，办"鹿鸣宴"，引"三郡士子聚会"，算是苏轼政绩中最亮的文化实事盛事。就此一件，可抵十事！

"重阳盛典"，招引来的文坛名士，如王巩、陈师道等人，达三十余人。秦观虽未到现场，也激情作赋《黄楼赋》，以表美意。"三郡士子"会试徐州，登"黄楼"，赴"鹿鸣宴"，掀起了办学兴科举的空前盛况。

苏轼到底是个十足的读书人，形式主义的政事，也像做民生一样认真踏实。老百姓反感形式主义，却不会拒绝官员们的认真。办文化，苏轼最认真，自己又是当朝第一大文化人，有着别人学不来的底气。苏轼的徐州"黄楼"文化事业，给当地的书生，给老百姓带来看得见摸得着的实惠，就算多年后，苏轼在汴京弄了一个名噪天下的"西园雅集"，也无可比性。

林语堂对徐州抗洪，评价并不高。倒是对"黄楼"和楼上一个碑的来龙去脉兴致盎然。林语堂说，"黄楼"是抗水力量的象征。为了纪念那场伟大的胜利，苏轼造楼，还写了一篇文章，刻成碑，竖在黄楼上。时局发生巨变时，苏轼遭朝廷放逐，碑也被毁。后来，徐州的一个太守，叫人把碑挖出来，做成拓片，赚了很多银子。林语堂尽管讲这个故事，讲得津津有味，但立意就显得偏离主题了。还有一点，林语堂于此也犯了一个硬伤。

苏轼并未写那样一个自我吹捧的文章，他只是个书写者，撰文者为苏辙。黄楼赋碑的信息，在当朝文人笔记张邦基《墨庄漫录》和徐度《却扫编》里均有记载。

事实上，在整个事件的始终，苏轼并不是我们想象的那么高调。林语堂把读者阅读的重心，引向碑文的辗转遭遇，除了徒增几多黑色幽默的快感，并无助于一个伟大灵魂的塑造。徐州抗洪，苏轼一生中最为严肃的重要断面。

断面是正面的，黄楼和黄楼赋碑也是正面的。

黄楼赋碑现尚存徐州。中锋的正书用笔，柳公权的骨气，欧阳询的险峻，颜真卿的庄严，清瘦中的俊朗，圆润中的收敛，收放中的不苟，其情绪意趣，与那个重阳佳节的氛围，重叠性很高。有研究者认为，此碑很可能就是苏轼书写的原碑，而非后刻。

苏轼徐州黄楼时期的书艺成就并不算高峰，黄州才是。徐州的心态，一方面带给了他流传千秋的民生口碑，另一方面又束缚了其思想的触角和文艺的翅膀。

令人欣慰的是，徐州不仅没有像有些人质疑的，留下什么文化飞白遗憾，而是恰恰相反。

徐州的苏轼正在吸光蓄能，平和地等待"湖州竹派"，等待"士人画"（"文人画"），等待《寒食帖》，等待"尚意书风"，等待"西园雅集"……

近年来，有当代书评家，对于早期宋拓苏帖的深入研究，为我们勾勒了这样一个渐入佳境的前奏——从文化大咖，到文化自信,中间还隔着一个乌台和黄州的反向历练。

《西楼苏帖》最早问世于南宋乾道四年(1168年),由苏轼的粉丝信州玉山(即江西玉山)人汪应辰(1119—1176年),在四川制置使知成都府任上,镌于成都府治西楼。

书帖收罗苏轼徐州时期的书法作品,达二十五种之多,盛名的有:《表中观碑》,原石藏杭州钱王祠,宋刻拓本现藏日本东洋文库;《黄楼帖》,拓本现藏北京文物商店;《北游帖》,纸本现藏天津艺术博物馆;《次韵秦太虚见戏耳聋诗帖》,纸本现藏天津艺术博物馆;《天际乌云帖》(部分),纸本现藏天津艺术博物馆……

上述书帖的艺术特质,可以从一段宋人笔记里找到端倪:

"昔东坡守彭门(徐州),尝语舒尧文曰:'作字之法,识浅、见狭、学不足三者,终不能尽妙,我则心目手俱得之矣。'观其用笔凌厉,驰逐出入二王之畛域,而不见其辙迹。晚年独与颜鲁公周旋并驱,而步不许退也。长笺大幅,风吹雨洒,如扫败壁,十目注视,排肩争取,神气不动,兀如无人……"(宋·李昭玘《乐静集》卷九《跋东坡真迹》)

《西楼苏帖》整体表现出苏轼深厚的唐人楷书基本功。仅止于古法,又如何能够。于是又独辟蹊径,搞出一套"尚意"的理论来。

比如:

"作字之法,识浅、见狭、学不足三者,终不能尽妙,我则心、目、手俱得之矣。"(宋·李昭玘《乐静集》卷九《跋东坡

真迹》引苏轼论书语）

"识浅、见狭、学不足"，不止讨论习书者的技法。三分功夫，两分学养，一分技艺。苏轼这么说，其实是谦虚、低调，鄙视炫技。"学不足"好理解，欲抵达"识浅""见狭"，需要哲学层面的修养。比如，苏轼极力推崇的书法之"意"或者"道"，并非玄学——它其实是与点画提按，行笔章法，始终随行，浑然一体，绝不可分述，做等而下解读的。

徐州的苏轼，老老实实当太守，不顾一切抗洪水，大张旗鼓兴科举，每一天都在严肃地"识浅"，每一天也都认真地"见狭"。

可惜，严肃和认真，往往又是双刃剑，处理不好，政治功业就跟文采成反比了。

于是，我们更愿意看到某种与公共话语体系，不太合拍的"情绪"。

比如，"枯木"。苏轼最早或在赴任徐州的时候，开始关注"枯木"的意象，而不是在乌台诗案之后的黄州蛰伏。

苏轼路过济南，与友李公择等人游槛泉（趵突泉），赏梅插梅，在槛泉亭墙上留了一枝水墨的枯木。

"熙宁十年（1077年），东坡先生过济南，写枯木一枝于槛泉亭之壁。自书年月，笔法遒劲，枝干虬结，如龙翔凤翥。盖一时精思神会，浑然天成，非世间画工好手所能。"（清·冯云鹓《济南金石志》卷四）

苏轼留在槛泉亭上的"枯木"一枝，是瘦削的老梅，还是枯松？不得而知，因为手迹似乎未流传下来。但是，这个文人佳话，留在了济南槛泉亭，冯云鹓的《济南金石志》里，就集录了一些线索。

亭主叫刘诏，是他收藏了此画，并在元祐年间刻石。石刻后来"流浪于别馆"。金大定二十九年（1189年），禹城王国宝徙石刻置远尘庵，常山李彦文记之，后又移植儒学大成殿左壁。明初"靖难之役"，笔迹遂失，禹城石刻尚存。世人慕名传拓众多，县中小吏不胜烦扰，投石于井，碎为数段。一年后，禹城学官再次将碎石，从井里捞出，拼接置原处。县尹吴大人还附跋以纪。明嘉靖年间，福建王姓教谕有眼无珠，不识珍宝，竟然将石刻抛弃了。被人捡拾，拿去做了造房的柱础。自此，苏轼的枯木墨迹，湮灭人世。

我们现在看到的民国间现世，后流落日本，近年又登陆佳士得香港大拍，卖了四亿六千万港元，终于回到中原的《枯木怪石图》（又作《木石图》或《枯木竹石图》），据说就是那件作品。可惜，我们看到作品上，除了米芾、刘良佐（款）的题诗，并无画者的名款和确凿作画年份。

见过此画的人，大多并不反对为苏轼所作一说。更多的异见，在于画作的时间。有人说，此画作于"乌台诗案"后的第五年，即元丰七年（1084年）。那时候，苏轼的情绪已经快步走向突围的终点，审美的诉求也更自由了。他应来访文友的邀请，乘着酒兴，以枯木和怪石，表达情绪。也就在那年的四月，苏轼离开黄州（今湖北黄冈），转任汝州团练副使，继续枯木和怪石的纠缠。

我其实更倾向于那张无名的枯木作于黄州。

也许,苏轼时在密州、徐州,就已以己投射枯木,也许还有怪石和竹,三位一体的审美,更符合先生的黄州涅槃:

"所作枯木,枝干虬屈无端倪。石皴亦奇怪,如其胸中盘郁也。"(宋·邓椿《画继·轩冕才贤》)

是不是可以说,密州、徐州,就算作枯木,更多只是苏轼在政治纠结期,于日常生活的前置提炼。它的终极灵魂,需要等到乌台的跌落,等到黄州的重生。

在徐州,壮年的苏轼完成了一个士大夫最重要的功业行动,忽然身心疲惫。

苏轼越来越怀旧了。

"六年逢此月,五年照离别。"(苏轼《中秋月寄子由三首》)

"我虽作郡古云乐,山川信美非吾庐。"(苏轼《次韵答王定国》)

苏轼的怀旧,终不是一个人的惆怅:

"西去想难陪蜀芋,南来应得共吴姜。"(宋·释道潜《次韵子瞻饭别》)

子由和王定国,与苏轼一样身不由己。参寥近乎偏执的禅意,并不能彻底解释黄昏的烟火气。

归去来兮。苏轼真正羡慕的,是那个筑亭遁世的放鹤人:

"黄冠草屦,葛衣而鼓琴;躬耕而食兮,其馀以汝饱。"(苏轼《放鹤亭记》)

放鹤人,叫"云龙山人",他是苏轼眼里的竹林七贤,笔下的陶渊明。

"归来归来兮,西山不可以久留。"(苏轼《放鹤亭记》)

写下最后这句,一些念想,似在浅淡,一些念想,似更幽深了。

乌台真相与黑暗突围

乌台真相与黑暗突围

61

春夏的蜀地,春寒料峭,天气陡然冷了。老家带信说,瓦屋山下了一场实透的春后雪。我问,那桐花呢?老家人很诧异,你说那花呀,不是清明才开的吗?也是。离倒春寒还有些日子。只是我的语境过早地切入到了苏轼的寒食雨季。

苏轼并不知道,湖州(今浙江湖州吴兴)之后的黄州是他的下一个奔赴,或者谶命,别无选择。

而我却能按自己的想法轻松行走——去湖州。

湖州的文友说,这个季节来湖州正好,处处可见先生笔下的,"山水清远"(苏轼《墨妙亭记》)。

"湖中桔林新著霜,溪上苕花正浮雪。"(苏轼《将之湖州戏赠莘老》)

"若对青山谈世事,当须举白便浮君。"(苏轼《赠孙莘老七绝》)

……

我是跟随先生忐忑的脚步去的。明媚的春夏之交,我的跟随，驻步湖州……

一直不甚明白，一方水土的"清远"，到底是何等的一种致境。

湖州的文友说，山水的清净和空蒙或是一个原因：

"余杭自是山水窟，仄闻吴兴更清绝。"（苏轼《将之湖州戏赠莘老》）

文友还说，湖州的"清远"，也许还有先生所言的"闲"：

"乐哉无一事，何处不清凉。"（苏轼《乘舟过贾收水阁收不在见其子三首》）

文友见我纳闷，转而又解释，先生说的"无一事"，在湖州人看来，叫低调更合适。

湖州的低调，生发自骨子里。

湖州的文人，名分远不如成就名气大。沈约的"永明体"，赵孟𫖯的"松雪体"，凌濛初的"二拍"，吴昌硕的诗书画印，钱玄同的"音韵学"……

湖州的丝商，更是个闷声发财的另类。富可敌国的巨额财富，悄悄换成书楼和小园，藏在高墙和大树之间，鲜为人知。不像我们蜀地的军阀官僚，大张旗鼓，生怕别人不知道自己的土与豪。

湖州山水的"清远"，让苏轼很快萌生爱意：

"我从山水窟中来，尚爱此山看不足。"（苏轼《游道场山何山》）

蜀中的大山大水，早已烂熟于心。杭州的浅山浅水，也是无数次地赞誉过了。为何到了湖州，依旧看不足？

我找到了先生的墨竹和画论。

苏轼的"清远"，当然不止于眼中的山水。它在诗词文章之外，还需要以水墨来解读。

先生的山水画我没有见过。先生论王维的山水，耳熟能详：

"味摩诘之诗，诗中有画；观摩诘之画，画中有诗。"（苏轼《东坡题跋·书摩诘〈蓝田烟雨图〉》）

我们理解先生诗画融合一说，往往停留于某种具象。事实上王维所以获先生推崇，还因为：

"摩诘得之于象外，有如仙翮谢笼樊。"（苏轼《王维吴道子画》）

显然，先生更看重类似真或者自由——某种接近现代人的精神。

"文以达吾心，画以适吾意。"（苏轼《书朱象先画后》）

"适吾意"，可不仅仅是个人私密情趣的流露，有着更高层面的诉求。随性，适意，顺其自然。

就像画竹竿，一笔到顶，而非逐节接画，顺了手，更顺了竹的胸臆，和自己的心思的：

"苏轼子瞻作墨竹，从地一直至顶。余问何不逐节分？曰：'竹生时何尝逐节生'？"（宋·米芾《画史》）

这跟作文也是一个道理：

"常行于所当行，常止于所不可不止，文理自然，姿态横生。"（苏轼《答谢民师推官书》）

苏轼把个人的审美追求，甚至上升到了信仰的高度：

"龙眠居士作《山庄图》，使后来入山者信足而行，自得道路，如见所梦，如悟前世；见山中泉石草木，不问而知其名；遇山中渔樵隐逸，不名而识其人……醉中不以鼻饮，梦中不以趾捉，天机之所合……居士之在山也，不留于一物，故其神与万物交，其智与百工通。……吾尝见居士作华严相，皆以意造而与佛合。"（苏轼《书李伯时山庄图后》）

审美的终端指向信仰。除了文中所言华严佛相，似乎还有文字之外的其他意蕴。比如，士大夫的向善，庄子的求真与循自由，等等。它们共同组成了苏轼的标准体系，这对于唐以来画师们的自然崇拜——"师造化"，是极大的扩展和丰富。

苏轼其实树立了一个很高的哲学标杆——"清远"。

不只是塑造表象，还要表达情绪，叙述衷肠，最后直逼人性和人格。

南宋的山水画家们，做到了前一半，以小巧，且不讲规则的零山剩水，倒影日渐收缩的内心世界。

宋末元初的赵孟頫，做到了另一半。近山川，近自然，有会于心，与山川对话，替万物代言：

"吴兴山水清远，非夫悠然独往，有会于心者，不以为知言。"（宋至元·赵孟頫《吴兴山水清远图记》）

真正在笔下实现苏轼倡导的儒释道三教融合，只有黄公望。

湖州和杭州之行结束后，我来到了富春江畔。帆影点亮的晨曦中，是一个人的独行与徘徊。而后，学着元朝老书生，步行前往浙西的山腰民宿静居。迎面而来的某种意境，似是而非：

"在荒山乱石丛木深筱中坐，意态忽忽，人莫测其所为又居泖中通海处，看激流轰浪，风雨骤至，虽水怪悲诧，亦不顾。"（明·李日华《六研斋笔记》）

我按图索骥，试图在那片山水中，寻觅到想要的"全真"意境。可惜，我的刻意和挖空心思，还是与那十里画廊，百里江月，对不上号。这并不影响，那些久违的生动和丰富，列队而来……

黄公望隐居富春山江，写真，也写意。摈弃五色的青绿，唯留纯墨的氤氲，一千多日情绪的叠加和调整，终模糊了我眼见的参差错落，与疏密有致。那浅峰矮林，江鸥渔樵……

细切而宏大，亦真亦幻，仿佛曾经的某一段黄昏，又像接下来的那一个黎明。记忆的连缀，也是日常的呢喃，行走于路的踟蹰潜行，又一次的出发与抵达……

春与秋，生与死。悲与欢，离与合。

我的前世，我的今生，我的来生，我的流淌，我的温暖如初……

也许，眼前的这一幕，正是我一直追寻，却又不得要领的"苏轼清远"——

"子久师董源，晚稍变之，最为清远。"（明·王世贞《艺苑卮言》）

62

苏轼的"清远",或最早缘自先生与半个老乡文同两人共创的画竹一派——"湖州竹派"或"湖州画派"的。

然而,山水的诗情和妙境,又如何与竹的写意关切?

元丰二年(1079年)四月的下旬,苏轼刚从徐州到湖州。在此之前,还沉浸于好友文同新逝的悲情里。精于画竹的"竹痴"文同是先生的表兄,正月二十日,赴任湖州途中,殁于陈州驿舍。

苏轼再次想起文同的时候,已是炎热的七月。湖州的七月,令人莫名的烦躁。曝晒满屋书画,见着文同墨竹,睹物思人,不禁潸然。

表兄的忽然去世,戳中了苏轼的三处痛点:文同为官人格,对表弟苏轼的情感支持,以及"墨竹"。

苏轼与文同的关系,与苏辙、欧阳修、黄庭坚、王定国、参道潜都不同。与苏辙,当然是亲情。与欧阳修和黄庭坚,是师生情,欧阳修是师,黄庭坚是门徒,苏轼自己是亦师亦徒,承前,也启后。王定国,同僚加兄弟。僧道潜,信仰参考者。文同不一样,同乡、长辈、表兄弟、师徒、文友,关系很复杂。

除了是苏轼的墨竹画师,文同不知不觉,还担任了政治导师的角色。

文同,仁宗皇祐元年(1049年)进士,大苏轼差不多二十岁，算是苏洵同时代的书生。嘉祐五年（1060年），苏洵在京试秘书省校书郎，文同为秘阁校理，点校中秘书，两人算同事。苏轼本来也在京，但与文同并不相识。苏辙倒是与文同有过谋面，"与君结交，自我先人。"（苏辙《祭文与可学士文》）

很快，苏轼去了凤翔，文同也回到了蜀中永泰（今四川盐亭），丁父忧。治平元年（1064年）夏，文同除服归馆，途经凤翔，两人有了初见。因了政治理想的意合，也因了诗文书画的情投，两人一见如故，惺惺相惜，都在各自的诗文中留下深情的铭记。

一个说：

"志气方刚，谈词如云。"（苏轼《黄州再祭文与可文》）

另一个说：

"一见初动心""谓我同所好"（宋·文同《寄题杭州通判胡学士官居诗四首·月岩斋》）。

再见要等到六年后的熙宁三年（1070年）的春夏之交。文同除服母丧还朝，知太常礼院兼编修《大宗正司条贯》。苏轼呢，在京任殿中丞、直史馆、判宣告院，权开封府推官。

凑巧两人住地都在西城一带。阔别的这几年，朝政的演进，使得文同愈加隐忍，却未改苏轼的本色。本来很好的两个老朋友，在一起，有时忽然就没了话。文同没话，是替苏轼担忧。苏轼没话，是不知道自己该不该坚持己见。文同到底是大一轮的老同志，官场那些名堂，他早已见得多了，他不想眼睁睁看着苏轼掉进火坑里。

"愿君见听便如此，鼠蝎四面人恐伤。"（宋·文同《寄题杭州通判胡学士官居诗四首》）

"千钧一羽不须校，女子小人知重轻。"（宋·文同《子瞻戏子由依韵奉和》）

辞之诚，意之切，溢于言表。

第二年，是熙宁四年（1071年），文同遭新党排斥，以太常博士降级使用外放陵州（今四川眉山仁寿），回到苏轼的故乡边上。熙宁五年（1072年），又知兴元府（今陕西汉中）。熙宁八年（1075年），调任知洋州（今陕西洋县）。

文同与苏轼分手后的第二年夏天，得知苏轼要去杭州，第一件事还是劝，这便有了那句著名的"莫吟诗"。这回算是苦口婆心，仁至义尽了，苏轼听进去了吗？苏轼是眉州人。眉州人出了名的一根筋。

一根筋的苏轼，坚持的是执着，不改的是初心。

文同的墨竹，倾斜着出，委屈着长。苏轼的风竹，顶天立地，红彤彤夺目。相似的生命，不同的活法。

文同去了陵州、兴元和洋州。苏轼去了杭州、密州和徐州。两人在书信里的家长里短，嘘寒问暖，如同亲见。

两人终于还是没有料到，西城的分手，竟已成今生的诀别。而湖州，冥冥之中成就两人形而上的交集，也注定绑缚于一场关于风竹的宿命。

元丰二年（1079年）夏天。苏轼清晰地记得，那天是七月七日。湖州的天有点闷热。苏轼翻出书画曝晒，一眼就看到了文同赠予的竹画……

迎风的枝叶曲而不折,梅雨蒸出来的霉点,并不影响浓淡渲染的干净。

不禁怅然而废卷,废卷而失声……

灵魂挚友的离世,带给先生的悲情,着笔于《文与可画筼筜谷偃竹记》里。

一篇述情的应时短文,一笔荡开,陌生的审美自"竹"开始:

"竹之始生,一寸之萌耳,而节叶具焉。自蜩腹蛇蚹以至于剑拔十寻者,生而有之也。"

骨肉的疼,一开始就直击形而上的尖尖,小心翼翼谈起了审美。笔锋一转,谈起了文同的竹画,也抛出了两人的"湖州画派"("湖州竹派")"成竹在胸"的文人写意观,后来也多作画论来读了。

"故画竹必先得成竹于胸中,执笔熟视,乃见其所欲画者,急起从之,振笔直遂,以追其所见,如兔起鹘落,少纵则逝矣。"

文同"成竹在胸",笔下的竹,有别于世人,"节节而为之,叶叶而累之"。

不只如此,还是与主流不一样的叛逆性的生长——向下,弯曲,整体画势很像一条蛇形的抛物线,又毫无颓势。似无风助,也少了雪的衬托。竹也不是特别的葳蕤有气势,但是占据视觉主体面积的竹梢,区区一枝,便概括了完整的意象。除此之外，就是竹之外的某种深意了。

来自多个方向的寒，从竹叶竹梢，经过竹枝竹节的传递，集结于最末最缓的转折与提按——那个春天最为彻骨的寒，如此逼人。

这么看来，文与可的竹，似乎走出了五代以来，画院体师法自然的写实范式，生机已然大于植物的美学形态，更接近于关于"竹"的自我暗示，或者某种执念。

"与可画竹时，见竹不见人。岂独不见人，嗒然遗其身。其身与竹化，无穷出清新。庄周世无有，谁知此疑神。"（苏轼《书晁补之所藏与可画竹三首其一》）

同为"竹"的寄寓一派，文同和苏轼的出发点和终点，似乎正好相对。文同从"竹"出发，于"竹"写"我"，"竹"什么样，"我"也什么样。苏轼从"我"出发，再朝"竹"看去写去，甚至直接就把"我"看作"竹"，写作"竹"。"我"当如何，形而上便当如何。或者"我"和"竹"在形而上那个抽象点位，三百六十度地契合了。

也许，文同是象征主义，苏轼是表现主义，甚至超现实的。

于是容易理解，为啥我们喜欢文同的"竹"，反而对苏轼的"竹"不感冒。物和人之间，那个妥协的点，其实很难把握的。文同和苏轼各自处理得好不好，我们说了不算。我们是多数的旁观者。

艺术史公认，苏轼是制定文人书画规则的第一个。

比如，中国传统士大夫美学标准的立意，"士人画"或"文人画"的发轫——

"论画与形似,见与儿童邻……诗画本一律,天工与清新。"(苏轼《书鄢陵王主簿所画折枝二首》)

又如,人格与画品的叠印与加持,画竹——人竹一体或人竹不分。

苏轼一直将竹子引以为自我的榜样,"在意念上让自己成为竹子"(法国·克洛德·罗阿《灵犀》)。

从苏轼讨论文同的竹画始,中国画的价值观有了根本性的转变,也就是现在所说的,开了"文人画"或"士人画",也叫"南画"的先河。

东坡亦画竹,只是其"竹",不如文与可那么精道,有些另类——"不类竹"。

墨竹不是苏轼的发明。"红竹子"是。红竹墨竹,只是形式的蜕。没有灵魂的肉体,经不住蜕皮的。苏轼的红竹墨竹,经得住蜕,无视那墨,无视那朱砂,不会影响主义,趣味,还有灵魂。见主义赋能,有趣味有生动,没有灵魂还能剩下啥,死鱼样的墨坨和朱砂泥吗?

再如,拒绝手段和超越形式的书法,日常应用的艺术逻辑——更强调不拘一格的趣味与灵魂。

现代书法的要旨,似乎已然落笔于红竹和墨竹。它们是20世纪的主义——

"借助书法中的草情篆意或隶体表达自己心中的韵律,所绘出的是心灵所直接领悟的物态天趣、造化和心灵的凝合。"(宗

白华《中国艺术意境之诞生》)

米芾最懂得书法线条墨色的形式美感的。但米芾终不是形而上的"湖州竹派",只能看到苏轼从文同那里借鉴过来的墨法:

"以浓墨为面,淡墨为背。"(宋·米芾《画史》)

这就是米芾同苏轼的距离。尽管就书画本身的表现能力,米芾似乎可以秒杀苏轼。但怎么说,我们也不会把同样不拘一格的米芾,排到苏轼的前面去。

苏轼的"红竹子",我没有见过。传世的《枯木怪石图》和《潇湘竹石图》,也有争议。是不是就没有可以参考的?当然不是。从苏轼开始,文人画竹子,似乎收不住。

元代的赵孟頫,湖州本地人,学文同金错刀写实竹,学苏轼飞白拟石意,形式和"主义"也都有点那个意思。明代的王绂,墨竹在潇洒和妩媚之间摇摆,深得贵族喜爱。清初的石涛,来得狂野,讲究势如破竹的气,狂风暴雨的场,那竹比苏轼更不像"竹"。乾隆年间的郑板桥,小笔写竹,近看秀气,远看力量。近代的吴昌硕,是真正的"湖州竹派",一来他是地道的湖州本地人,再则他画出了竹子的新世界风尚——革命者看到高蹈的理想,知识分子看到闲适的趣味,老百姓看到生机和活着。

美,原来并不是那么高深莫测。

"元四家"之一的吴镇,尤为值得关注。他的《仿东坡风竹图》,现藏美国华盛顿弗利尔美术馆,作于元至正十年(1350年)。

作画的时间、地点和情景是这样的：

"东坡先生守湖州日，游何道两山，遇风雨，回憩贾耘老溪上澄晖亭，命官奴执烛，画风竹一枝于壁间。后好事者刻于石，寘郡庠。予游霅上，因摩挲断碑，不忍舍去。常忆此本，每临池，辄为笔游而成，仿佛万一。遂为作此枝以识岁月也。梅道人时年七十一，至正十年庚寅岁夏五月十三日竹醉日书也。"（元·吴镇《仿东坡风竹图》题跋）

五月，湖州。向右上披拂的竹枝，特立风头，独行夜雨。它与二百七十年前的那个五月和黄昏，是不是很有种草蛇灰线的意思？

元丰二年（1079年）的五月。苏轼在湖州。

"湖州江山风物，不类人间，加以事少睡足，真拙者之庆。"（苏轼《答吕熙道二首之二》）

"此间湖山信美，而衰病不堪烦，但有归蜀之兴耳。"（苏轼《答范纯夫》）

一边说湖州太适合自己这样的闲人闲居，一方面似又想着归蜀。湖州，这是要陷苏轼于自我的矛盾吗？

非也。这个地方，对于苏轼，还有文同，更像谶语击中的软处。

关系十分特殊的文同，在春天来临之前走了。文同是在上任湖州的途中殁了的。

文同走了，苏轼来了。苏轼并不知道，湖州是文同的宿命，也是他的宿命。

文同提醒苏轼，管好自己的一张嘴，并不算预警。这就像他自己无法预警突如其来的病情一样。苏轼对自己的未来，并不怎么上心，藏不住的抑郁，也只是放不下熙宁年代的情绪而已：

"明朝卷地春风恶，但见绿叶栖残红。"（苏轼《月夜与客饮杏花下》）

就像多年后，吴镇在湖州继续多年前的那个五月黄昏一样。苏轼画了一枝风竹，画在老溪亭的墙上，画的是竹，一下笔，就跑偏了，画成了自己高蹈和独白的模样：

"更将掀舞势，把烛画风筱。美人为破颜，恰似腰肢褭。"（苏轼《东坡题跋·与客游道场何山得鸟字》）

东坡画竹，更像写胸臆。画竹非竹，只因落墨太重，有时候甚嫌墨色厚重突兀不够，索性换成夺目的朱砂。把竹子调出阳光和灯火的色泽，我看是先生的发明。更多时候，先生之墨竹，作为枯木怪石的看客存在——虬曲的枯木，转了几个拐，终从石窠脱颖而出。看过此画的，除被画中C位的几个圆圈抓住，剩下的印象，便是那四围的嶙峋了。

先生拟石头，比画竹子在行。先生自述：

"文与可尝云：老夫墨竹一派。近在徐州，吾竹虽不及，石似过之。"（苏轼《题憩寂图》）

画竹第一高手文与可，自然认可东坡的墨竹。然东坡自以为，其竹难比与可，但石头有过之，其实就是说他自己的石头（东坡之石为"苍苍石"），比自己的竹子要好。这就奇怪了。按理说，文人墨竹一派，石头为竹之背景，以石说竹，到底还是竹的角色，更体现画者的主体情志，为何画石还比竹子上心？或者说先生自己何以更看中石，乐得将竹自我边缘与矮化？

先生开创文人书画一派，拟竹写竹的功力，自然十分了得。"成竹在胸"，把墨竹的写意技巧，说得如此通透，若说画竹不在行，或者说画不出主流审美趣味的嶙峋风骨，真的无法说服人。

东坡墨竹的问题，一度让我困惑。

直到多年以后，我在一种叫"东坡笠屐"的文人画里，才有了豁然开朗的觉悟。准确地说，那不是一张画，而是一群不同时代的书画家，站在各自人生节点的表达与倾述，只是他们共同选择以东坡作为审美对象。

我能找到的版本，自宋以来，大约有宋李公麟，宋末元初的赵孟坚、赵孟𫖯、钱选，明代的唐寅、仇英、尤求、曾鲸，清时的费以耕、余集、张廷济，近现代张大千、程十发，日本富冈铁斋，朝鲜许维（炼）等人的作品。这里面，据说李公麟的东坡，最接近先生本人，但我观其笔意，出自李公麟本人可能性并不大，更像是明清文人的寄托。有兴趣的朋友可以自己研判。

一柄自由行走的竹杖，是千姿百态的东坡，不可或缺的道具。它们与笠和屐一道，演绎着先生的人生"清远"：

"莫听穿林打叶声，何妨吟啸且徐行。竹杖芒鞋轻胜马，谁怕？一蓑烟雨任平生。"（《定风波·莫听穿林打叶声》）

值得一提的是,朝鲜南宗画家许维(炼)的《阮堂先生海天一笠图》,画的明明是他的老师阮堂先生(金正喜),然看过此画的,都以为画的是东坡本人,显然,先生不仅是许维(炼)和阮堂先生的偶像,也是我们共同的崇拜。

一百位画家笔下,有一百位先生。一万名观众眼里,有一万名东坡。

如此说来,东坡与竹,似乎是一体的语境,不可分述。

"宁可食无肉,不可使居无竹。"(苏轼《於潜僧绿筠轩》)

"宁可",不是说食欲可有可无,甚至不沾"油荤",做个彻底的素食主义者。而是说,一定要在味觉享受和精神操守两者间,义无反顾了断的话,当然只能留竹子——若说"食为天",那竹即是比天还大的"道理"。

把形而上的"竹",与形而下的"肉",放在一起审视,也只有像东坡这样,懂生活又诚实的书生,才想得出来。

东坡笠屐,与东坡竹、东坡肉一样深入人心。东坡竹与枯木怪石共生,似乎都在诠释,一个伟大人物的人生走势与人际生态。

竹与石共生无恙,又不失独立本色,显然是我们愿意看到的生态。

一直在贬谪路上的先生,念念不忘猪肉,止不住地发福,与主流的士大夫形象,那梅兰竹菊的清瘦,相去甚远。先生的墨竹,最大限度地契合了先生的胸怀和气度——丰润生动,哪怕与对手的分歧与较量,也充盈善良和温暖。

作为政治对手的不合作存在，苏轼已然不具任何的破坏性，像一茎墨竹，像墨竹的衍生品，保留竹之本色的原生纸，曲折有度，柔软无边——那煺去火色的灵魂，那对同流合污的警惕，那诚实善良的不合作，那执着于乱石仄缝里盘曲虬枝。它是东坡先生的符号化，也可以理解为信仰——在自我过滤、清洗、观照中，完成今生的救赎。

怪石是不可或缺的。没有硬，也便没有软。东坡竹与东坡肉，更是日常的不可或缺。怪石又是东坡竹的不可或缺。这就像辣椒生姜是东坡肉的不可或缺一样。没有生态，便没有生活，也便没有生机。没有悲剧，便没有抑扬顿挫，也便没有升华与灿烂。

几日前，艺术品市场刚刚拍卖了一件傅抱石的东坡笠屐图。抱石笔下的东坡，契合了我在这个雨季的情绪：

无可挑剔的线条和笔触，还有墨色，塑造了先生谪贬儋州后的憔悴和忧郁。

有人说，苏东坡是乐观和超迈的。殊不知，这是悲观主义开出的另一种极类幸福的绚烂——花朵，不总是乐观的——我们看到的，往往只是相反呈现的表情，非一贯对于悲剧的悯怀与释放。悯怀与释放，正好把画中人物，与笔者和观者整合，像一个最大的公约数，也像一场共同遭遇的雨季：

一顶竹笠，一柄竹杖，一双竹屐，除此之外，唯余线条的曲直，墨色的浓淡了。

雨季绵延，氤氲画里画外。

苏轼纪念表兄文与可的那篇短文，写作时间非常准确——农历七月初七。

在此之前的秋天，他还写过《眉州远景楼记》，一篇叙述家乡风物的美文。除了越来越强烈的乡土表达，那个春天，苏轼似乎还忙于一些考察民生的冗事，而对即将扣到头上的一团天大的墨黑，毫无察觉。

63

我实在不愿意提到那个暑热的初秋，元丰二年（1079年）七月下旬。不只江南的湖州，包括中原的汴京，西南的眉州，整个北宋的版图之内，毫无例外地繁华而燥热。

历史的长河，有一泻千里的壮阔，飞流直下的跌宕，也有九曲十八弯的婉转，一些节点的来临，似乎突破常态。好端端的一段月影平江，毫无征兆地垂直陷落，不见滩涂过渡，亦不见暗流前奏。

譬如，那个秋天，王朝的士大夫集体上演了一场人性悲剧。不，似乎只是一个灵魂王者的独角戏——东坡乌台诗案，触目惊心，骇人听闻，作为极其深刻的负面清单样本，载入世界文明史册，至今让人喊疼。

那是一个向下陷落，暗不见底的凹鲤。

苏东坡鲤在那里。知识分子抽出的骨头集合鲤在那里，像一团车碾石压冤情深陷无力呼抢的棉。

那场被认定为文字诏狱的悲剧，当事一方是王朝的最高统治者，一个志向远大的年轻帝王。他的初衷，革新内里，整饬秩序，因为士大夫集团的同行倾轧而事与愿违，令人意外地滑向历史的反面。此前，他与赵氏先祖们，以不杀士大夫自诩。他的王朝也因此被今天的历史研究者，当近世文明崇拜。

诗案的另一头，那终极的受害者，不是别人，正是拥有最为广泛的粉丝群体，流量还在不断放大的苏轼。中间还有一大拨人，几乎涵盖王朝的整个高层。

至少有三个圈子：整人的御史台官僚集团，拯救的贵族和士大夫良心阵营，也包括案件波及的其他受害者。

没有谁能置之事外。也没有谁是胜利者。这场诗案，只有一个意义——书写终极悲剧。

也因为他们的集体出演，我们今天还能看到九百五十年前那个大大的惊叹号，黑或者暗红的惊叹号，以及王朝的贵族、士大夫和市井百姓，共同皴出那一抹突兀的人文反色。

因为主人公苏轼，乌台诗案从一开始就注定会成为世人关注的焦点。诗案的法律文本档案，在宋金交战王朝更迭的乱世，流落民间。现在我们看到有三个版本的影响最大：

署名"朋九万"《东坡乌台诗案》一卷；胡仔《苕溪渔隐丛话》卷四十二至四十五，共四卷；署名周紫芝《诗谳》一卷。

"朋九万"大概是南宋蜀地的一个书生，以其署名的《东坡乌台诗案》，在南宋前期就已刊行。此书几乎可以看作案件的实录，包括记载弹劾奏章和罪证的监察御史里行何正臣札子，和监察御史舒亶、国子博士李宜之、御史中丞李定的弹劾状，以及御史台检会送到册子，当事人苏轼的"供状"，结案判词"御史台根勘结按状"。

有人怀疑《诗谳》，或为伪托牟利之作。胡仔《苕溪渔隐丛话》，又改编自其父胡舜陟抄录御史台《诗案》原卷副本。

近年，有学者研究发现明刊《重编东坡先生外集》卷八十六，关于"乌台诗案"的记录，具有审刑院上奏并获神宗圣裁存档文献性质，为案件研究提供了忠实原貌的可能。此案件的流传，在众多的文字诏狱中最具传奇性，反映了士大夫们对于言论冤屈的感同身受，对照反思和自我救赎的集体共鸣。

现代以来，林语堂《苏东坡传》一度风靡畅销，影响了很多人。

自由派的林语堂，把苏轼的悲剧，归结为党争政治与"小人"文化的构陷个案，并未从北宋后期政治、经济、文化的大背景下，去深究政治党争之于士大夫官僚文化的破坏性，简单用"君子"和"小人"圈子文化来演绎其作为"反对派"同情心态，也影响了当代以来的文化生态。

就说余秋雨文化散文盛行的那阵子，《苏东坡突围》甚至成为高中生竞相追捧模仿的满分范文。客观地说，因为余秋雨的文学悲情，九百五十年前那场言论诏狱，再次引发主流学界的关注，研究收获也丰。大家有兴趣的话，可以对比读读，比如王水照、李一冰、陶道恕、刘德重、朱刚、戴建国、赵晶、巩本栋、吴钩、莫砺锋、李裕民，以及汉学界日本内山精也、美国蔡涵墨等人的研究。

64

需要交代诗案的概貌。

事情大约从元丰二年（1079年）的四月，甚至更早就已出现苗头。苏轼刚到湖州不久，向朝廷进《谢上表》。一篇应酬性的公文，直肠子的苏轼还是忍不住流露出一贯的感情色彩。

他再一次吐槽了：

"食中有蝇，吐之乃已。"（宋·朱弁《曲洧旧闻》）

只是这一次，吐出来的蝇，不是一只，是一小撮。

苏轼的谢表，很快以官方印刷通报（"邸报"）的形式，发到各级官僚手里。谢表本身也没啥，问题出在一句牢骚话：

"愚不识时，难以追陪新进；老不生事，或能牧养小民。"（苏轼《湖州谢上表》）

此话有何深意，今天已无从猜测，但御史台的李定、何正臣、舒亶等人，坐不住了。他们从中几乎可以肯定地读出了苏轼对他们这帮革新派官僚的不满，也感受了某种潜在的威胁。他们不知道没有了王安石扎场子的宋神宗，究竟还能独自支持"新法"多久。他们心虚甚至胆怯，那是一小撮"新法"追随者的集体心虚和胆怯。

树欲静，而风不止。

既然王安石已经不再能为他们提供保护伞，只有自己挺身而出，先发制人。维护"新法"，与"新党"的自保几乎可以画等号。后来"新党""旧党"相互倾轧，的确也证实了他们的担忧。也许在这段时间他们就已开始了密查，甚至从档案文献里，还找到了沈括多年前去杭州巡察，拜会苏轼所求手抄近作，据说是关于一册叫《苏子瞻学士钱塘集》的读后感，也可以看作是沈括针对苏轼诗歌的时政批语。他们的阴暗、心虚和胆怯，立马在苏轼谢表和诗歌里的敏感词，找到了平衡。

先发制苏轼，几乎是那群官僚的共识。在他们看来，讥讽朝政是不允许的，弹劾此类言行，也是作为言官的职责所在。御史台迫不及待地奏请逮捕苏轼。苏轼是王朝头号公众人物，他们本来冒着极大的风险，竟然被最高决策者宋神宗轻松地批准了。

于是，苏轼七月二十八日在湖州任上被逮捕，八月十八日押赴台狱。在经历御史台的"根勘"，大理寺的审议和量刑，审刑院的"复核"，上报宋神宗圣裁等司法程序，十二月二十九日以谪贬黄州结束。

宋神宗如何会批准发动这一场文字狱，直到今天都是个谜。能看到的文献显示，神宗在诗案司法诸环节的批复，并未明确地表现出绝对权力者的某种倾向。至于苏轼好友王巩《甲申杂记》记载，神宗同王珪、章惇关于苏轼《桧》一诗是否讽喻当权者的讨论，则是几年后的事情。

宋神宗神龙见尾不见首的做派，是否可以大胆假设：

其一，苏轼文名太高。

"且东坡何罪，独以名太高，与朝廷争胜尔。"（宋·胡仔《苕溪渔隐丛话后集·东坡五》引宋·马永卿《元城先生语录》云）

宋人笔记，几乎一致认为苏轼出事，就是树大招风，名气太大，对谁都是个障碍，没有办法。苏轼在士大夫中，威望与王安石、司马光不相上下。此时王安石和司马光，一个修史洛阳，一个赋闲江南，朝野上下，似乎只有一个高光点——苏轼。

其二，苏轼是最大的反对派。苏轼这个反对派，似乎又自成一家，就算是后来归为元祐一党的，苏轼也跟他们有很大的不同——他更看重那些老百姓的利益，愿意为他们发声说话，而不是代表既得利益集团，在野或者当权一方。

其三，苏轼的言论因为印刷业的革命性进步，而广泛传播。当朝士大夫的文学作品，能在生前就付印流传的，只有苏轼一人。他的言论影响力正在飞快扩散。

其四，苏轼是眼下变法的最大障碍。这个不用说了，他的声音太大，大到了几乎淹没当权者的政令。

如此看来，宋神宗发动苏轼诏狱，也有迹可循：

其一，关于变法的论争到了白热化时刻，宋神宗一度动摇，又硬着头皮坚持，可能受到新党们的蛊惑，或者他在王安石赋闲之后，反复纠结权衡，不得不给自己打气，一个人去蹚变法的浑水，以此证明自己的存在。

其二，打压苏轼是眼下唯一有效，也是必要的举措。

其三，欣赏苏轼的绝世才华，不存在嫉妒的心理，也不想要苏轼的命。他只是要给苏轼以最严厉的警告，以此提醒朝野上下。

其四，他不大会把这种心思明白昭告天下，只想通过发动一场诏狱，让案件当事所涉各方揣摩忌惮。

宋神宗的态度，似非偶然。发动一场诏狱，有违祖先遗训，或将开罪政治对手祖母曹太皇太后，母亲高太后，还有一大帮子旧派士大夫。

逮捕苏轼的最大风险，若放到整个王朝的政治氛围来考量，可能还会遭遇千千万万的读书人和中产阶级的背后非议，也就是与天下人为敌。这对于一个有着远大政治理想的年轻帝王而言，无疑面临极其痛苦的抉择。

内山精也的研究独辟蹊径，他认为支撑宋神宗最后痛下决心的，并非御史台官僚的捕风捉影，添油加醋、措辞严厉的弹劾状文风，而是他和新派幕僚团队，已经隐约意识到一种日新月异的科技进步——活字印刷的应用，似乎正在成为某种深刻影响社会观念或者意识形态的强大工具。这是前所未有的，超出了王朝知识分子阶层的认知。

"变法"需要支持的声音，而不是相反。公众人物的言论，将会给他接下来的"变法"和社会管理带来何种挑战，几乎所有的当事一方都没有做好准备。越是未知的，越让人迷惘和恐慌。准确地说，苏轼诗文的传播，让朝廷第一次陷入了言论管控的极大危机。在此之前，士大夫们的兴观群怨，不过读书人的自娱自乐罢了。

人祸悲剧就这样不明不白地制造了。

我们来看苏轼获罪的官方"责词"：

"黜置方州，以励风俗，往服宽典，勿忘自新。"（宋·佚名《宋大诏令集》卷二百零五《尚书祠部员外郎直史馆苏轼责授黄州团练副使本州安置制》

咀嚼责词语气，确有某种欲罢不能的味道，所谓的恩威并施，这便算个参考模本了。左手皇恩，右手天威。看得出来，赵顼和老太后，也是又爱又恨，纠结啊。爱是爱苏轼的栋梁之才，恨是恨铁不成钢。不管怎样，命总算保下来了。这是不幸中的万幸。

只是，御史台官僚们，至死都不会承认他们整人的卑鄙。他们与反对者们之间不可调和的何止隔阂，就算他们之间互相采取的，所谓不择手段，也只能叫阳谋。现在他们占上风，他们对他们什么时候下台是心存恐惧的。宋神宗当然也不会把自己的心思坦白于天下，个中的微妙，外人又如何能说得清？苏轼更是没有想到吐槽吐了一百次都没啥动静，第一百零一次后却惹下大祸。若说有量变的因素，那也是他的作品，被印刷术不断复制传播之后衍生的可怕流量。事实上，案件的当事各方在案件的开始，根本就无从意识到，他们正在共同构陷一个文化史的巨大黑洞。

这或是历史本来的认知盲区，又或是苏轼、宋神宗、御史台官僚们，甚至包括整个王朝士大夫的集体宿命。

林语堂叙述乌台诗案，尽量克制自己的文人情绪，但他还是认为东坡诗案给后世开了一个很坏的头——通过对自由主义知识分子的打压以控制言论。多血质的余秋雨，则感慨诗案元凶，揭开了封建王朝集权背景下的黑暗文人生态的伤疤。林语堂无法认知到宋神宗的风险和挑战，余秋雨放大了个体角色对于历史进程的影响。他们都没有认识到，自《诗经》以来，中国士大夫赖以安身立命的立言传统——文本意识寄托隐喻修辞结构，以表达政治诉求，在现代传媒背景下，面临什么样的挑战？不仅宋神宗和"新党"们面临这样的挑战，"旧党"们也面临同样的挑战，就是苏轼本人也未能独善其身。他并未意识到自己的言论，正在对宋神宗，对御史台的官僚们形成某种围困。换一个角度说，正被群体孤立，或者说自己把自己反推到了舆论的中心。

他的"敌人"——如果那些他所反对的人都是"敌人"的话，他也成了"敌人"的"敌人"，于是，"敌人"也通过诗案，完成了对他的合围。

65

一位千年英雄，被"敌人"推向文明史的风口浪尖。他的光环因为孤独而显影，也因为黑暗而夺目。这么看来，诗案从一开始，就注定不是苏轼一个人或一群人的宿命，而是苏轼和他的兄弟、文友们的宿命，那些"敌人"的宿命，宋神宗的宿命。

它的意义甚至可以置放于更为广阔的时代去讨论。

我们到底看到的是苏轼一个人的悲剧那么突兀——被御史台关押了一百三十天，经历生与死的考验，差点就走向了自绝的边缘。

苏轼终免于刑事追究的原因，有王安石、王安礼、张方平、苏辙、范镇等士大夫精英的救援，也有宋神宗王朝统治集团内部的谈判和妥协，包括司法机制的正常运行。当然也是中国文化的一次自我纠错，尽管它并不彻底，到底还是让我们看到了近世文明的微光——一个旷世大文豪不可复制的人生就此点亮。

特别要提到的王安石，其在宋神宗难以决断的时候，说了一句话十个字：

"岂有圣世而杀才士者乎？"（宋·周紫芝《太仓稊米集》卷四十九《读诗谳》，又见宋·周紫芝《诗谳跋》）

真正的话语，是有重量的。此时的王安石其实已经罢相，但是仍然坚持上书神宗。神宗听了他的话，"当时议，以公一言为决"（宋·周紫芝《太仓稊米集》卷四十九《读诗谳》，又见宋·周紫芝《诗谳跋》）。此事，当时的知识分子都在传说，后来收入了南宋人周紫芝的笔记《诗谳》里。

苏轼一案的处理结果，最终又因为时任尚书右丞王安礼的上书，神宗才扎了板。王安礼系王安石的弟弟，是个坚定执行新政的当权者。眉州史家李焘，记录了最后一幕：

"轼既下狱，觭危之，莫敢正言者。直舍人院王安礼乘间进曰：'自古大度之君，不以语言谪人。按轼文士，本以才自奋，谓爵位可立取，顾碌碌如此，其中不能无觖望。今一旦致于法，恐后世谓不能容才，愿陛下无庸竟其狱。'上曰：'朕固不深谴，特欲申言者路耳，行为卿贳之。'既而戒安礼曰：'第去，勿漏言。轼前贾怨于觿，恐言者缘轼以害卿也。'始，安礼在殿庐，见御史中丞李定，问轼安否状，定曰：'轼与金陵丞相论事不合，公幸毋营解，人将以为党。'至是，归舍人院，遇谏官张璪忿然作色曰：'公果救苏轼耶，何为诏趣其狱？'安礼不答。其后狱果缓，卒薄其罪。"（宋·李焘《续资治通鉴长编》卷三百一）

李焘的记录清晰而冷静。今天，我们阅读此文，除了唏嘘就是怅惘。

宋神宗和王安石、王安礼，应该从来未曾动过杀苏轼的念头。他们三个人，只是反感苏轼反对派的大嘴巴而已。抓苏轼的人是御史台的人，至于如何发落，宋神宗就算动用绝对权力，似乎也要受到各方力量的掣肘。

当代的主流学者研究乌台诗案，大体还是比较客观的。但是，有些观点，貌似有理，其实对真相的把握，并无多少实际的意义。

比如：

"苏轼得以度过险境，保留性命，所凭借的真正的力量，绝非谁的保护，而是他自己的学术文章在天地间的巨大声誉。"（王水照、朱刚《苏轼评传》）。

这话有点虚，但你还不好反驳，因为它虚得无懈可击，可总觉得哪儿不对。哪儿呢？仔细想想，这话要是让苏轼读到，他自己都不相信。为啥？

在当时，苏轼的学术声誉，与整个政权体制机器，似正形成对垒。当然谁，都有占理和不占理的地方，这是辩证法，逻辑上站得住脚。既如此，最终如何收局？于是有了随后的缓冲，所谓的时间换空间，对冲突的各方兼如此。实际上，苏轼后来的诗文言辞，也的确证实了这一点——他自己对乌台诗案也有极具启示意义的反思，在事件的始终也从未自诩过是学术和道德文章战胜了一切。

与浩瀚的时间和空间对抗，个体终究是渺小的。就算是圣人，也无一例外。"东坡乌台诗案"，最终衍生出"党争与政敌""君子与小人"等说法。党争一说定是绕不开，也遭人诟病的，且从此酿下祸根。封建士大夫政党，因为圈子的狭隘和现代性认知的缺失，最终没有在达成共识上用力，而是滑入反方向。不得不说，这是北宋王朝文明的一大败笔。倘若通俗地以"政敌""君子""小人"来解读（比较流行的说法之一），以司马光、王安石、苏轼、宋神宗为例，他们谁是谁的敌人，谁又是谁的朋友？谁是君子，谁又是小人？

比如王安石，林语堂就说"王安石那群小人"，显然，林语堂并不看好王安石的道德文章。事实又如何呢？"君子喻于义，小人喻于利。"（《论语·里仁》）"义"与"利"，是我们区别"君子"和"小人"的通俗标准。王安石推行改革，有何私利呢？"为天下理财，不为征利。"（王安石《答司马谏议书》）苏轼反对王安石的变法，也是出于一个知识分子的公共良知。就这一点，王安石同苏轼，还有范仲淹、欧阳修等人，几乎都是无可挑剔的士大夫君子。他们虽然在不同的政治阵营，却又留下握手言和、冰释前嫌的佳话。这样的"敌人"，为何又不是"挚友"？

再说章惇，一个优秀的宰相，为政清廉，从未谋过任何的私利。他和苏轼是情深义重的朋友，但是政治观念完全不一样。即便如此，两人也是相互欣赏，彼此发声支持，但为何后来章惇会将苏轼一贬再贬？有人说，是章惇心胸狭隘，整治苏轼出于文人的嫉妒和报复心理。按当时士大夫的理想，立言立业，章惇的立言，或未实现，但要说他嫉妒苏轼，就不好说了。报复倒是可以坐实的。

神宗去世，章惇成为旧党围攻的"三奸"和"四凶"之一。御史台和士大夫们弹劾用语的刻薄与恶毒，比当年对待苏轼有过之而无不及。围攻者，就有苏轼、苏辙兄弟。在此之前，章惇可是把苏轼视作最好的密友的。

苏轼到底对章惇持何态度？不好说。目前没有看到他本人落井下石之类的言论。他的兄弟苏辙倒是十分坚决：

"……然使惇因此究穷利害，立成条约，使州县推行更无疑阻，则惇之情状犹或可恕……臣不知陛下谓惇此举其意安在，惇不过欲使被差之人有所不便，人人与司马光为敌，但得光言不效，则朝廷利害更不复顾……故臣乞陛下，早赐裁断，特行罢免，无使惇得行巧智以害国事。"（苏辙《栾城集·乞罢章惇

知枢密院状》)

苏轼、苏辙兄弟在政治上,可以视为同心同德。我们不敢怀疑苏轼背后支持了苏辙,我们也无法否认苏轼或默认了苏辙的政治倾向。还有,元祐之后,苏轼连升几级,像坐直升机,几下便登上权重的高位,倘若政治上未与绝对权力者保持一致,又如何能获得这般重视?

一切止于我们的猜测。事实上,北宋年间,知识分子沦陷于党争,情况错综复杂,不是可以简单用文人的道德尺度可以衡量的。

这一点,我们可以从同样属于新党集团的后人,却与元祐旧人有着千丝万缕联系的叶梦德的看法中,找到可资参考的说法:

"元丰间,苏子瞻系大理狱。神宗本无意深罪子瞻,时相进呈,忽言苏轼于陛下有不臣意。神宗改容曰:'轼固有罪,然于朕不应至是,卿何以知之?'时相因举轼《桧诗》:'根到九泉无曲处,世间惟有蛰龙知'之句,对曰:'陛下飞龙在天,轼以为不知己,而求之地下之蛰龙,非不臣而何?'神宗曰:'诗人之词,安可如此论,彼自咏桧,何预朕事!'时相语塞。章子厚亦从旁解之,遂薄其罪。子厚尝以语余,且以丑言诋时相,曰:'人之害物,无所忌惮,有如是也!'时相,王珪也。"(宋·叶梦得《石林诗话》)

这则诗话,谈到乌台诗案三个重要人物的态度。

神宗:无意苛责苏轼,对王珪等人搞文字构陷还是很清醒的。

王珪：极力找苏轼碴子，故意挑起政治冲突。

章惇：面对面怼权相王珪，在宋神宗跟前，说了些好话，替苏轼解围。

著者叶梦得本人，似乎就是个争议人物，其采录的信息带感情色彩亦在情理，说他阴抑元祐，褒扬蔡党，不可采信。

但是，我们可以找另外一个旁证人——苏轼的好友王巩。想来他的说法更为可靠：

"王和甫（王安石弟王安礼）尝言，苏子瞻在黄州（此处有误，实为乌台诗案期间），上数欲用之，王禹玉（王珪）辄曰：'轼尝有"此心惟有蛰龙知"之句，陛下龙飞在天而不敬，乃反欲求蛰龙乎？'章子厚曰：'龙者，非独人君，人臣皆可以言龙也。'上曰：'自古称龙者多矣，如荀氏八龙，孔明卧龙，岂人君也？'及退，子厚诘之，曰：'相公乃欲覆人之家族耶？'禹玉曰：'它舒亶言尔。'子厚曰：'亶之唾，亦可食乎？'"（宋·王定国《闻见近录》）

这则传世的笔记，从另一个角度，支持了叶梦得的说法。

但是，传统史学主流对苏轼和章惇的评价，在南宋一朝几乎是完全反方向的两边倒。我们现在看到最权威的资料，见于眉州丹棱籍贯的大史学家李焘的说法：

"（熙宁四年，1071年，三月）先是，李承之荐惇于安石，安石曰：'闻惇极无行。'承之曰：'某所荐者才也，顾惇才可用耳，素行何累焉？公试与语，自当爱之。'安石见惇，惇素辩，

又善迎合，安石大喜，恨得之晚。此据邵伯温见闻录，或移入四月丁亥。"（宋·李焘《续资治通鉴长编》卷二百二十一）

李焘著史，素以严谨实录见长。此处，引用南宋人邵伯温见闻录，可见我的这位乡贤，对王安石的变法，是持否定态度的。李焘的史观，显然还是受到两宋文人集团，固有的保守正统思想所限制。他无法站到今天的角度，去认识一场伟大的变革，更不敢由此去否定封建王朝的统治者。只好把北宋王朝政权的失败，全部诉诸于改革派人物的道德价值。于是，李焘借邵伯温见闻，表达了自己的态度：章惇人品上有问题；王安石明知其人品有问题，却又不计较，可见王安石本人，人品也是有问题的。

李焘的说法，几乎影响了整个南宋和元明清三朝的史学界。

近代的研究证实，《宋史》存在歪曲安石变法，诋毁章惇的现象。真实的章惇，也是一个跟苏轼一个调性的书生，自视甚高，脾气倔强，甚至还有点刚愎自用。为阻止宋神宗对那些反对变法的士大夫动杀心，不惜与之当面掀桌子，搞得神宗满腹牢骚。捍卫新法，与司马光、苏辙等一干人，在帘前愤恚争辩，也不怕势单力薄遭死罪，最后闹得宣仁高太后火冒三丈。

最极端的事，发生在元符年间。神宗的皇后，哲宗的母亲——向太后，执意要立端王，也就是后来的徽宗赵佶。章惇干脆直接指陈端王轻佻，不可临天下，这不是冒死，是找死啊。后来朝政的演变，印证了章惇的看法。章惇这个人，阅人精准，一方面与他的政治视野有关，另一方也说明其做人论事大公无私。事实上，章惇在变法的始终，秉持态度只有一点，于国家有利，不搞一刀切，也没有任何的一己私心，而不是以简单的政治站队为标准，比如采纳元祐年间修订的法典，让哲宗都诧异不已。章惇为政，既不谄媚，也不腐败，初心是啥子，至死就是啥子，在多党纷争、政局动荡的北宋晚期，这一点难能可贵。章惇主政的七年间，宋王朝的国力回光返照，达到了一个相对高点。

《宋史》把章惇定义为奸臣，让章惇为蔡京背书，蔡京又为徽宗背书，说到底，就是不敢触动统治体系根基，让一介士大夫落得绝对权力者的替死鬼——没有昏君，只有奸臣。

章惇这个人到底怎么样，其实我们可以参考苏轼和章惇两人各自的评价。

"子厚奇伟绝世，自是一代异人。至于功名将相，乃其余事。"（苏轼《与章子厚书》）

"余尝见章丞相《论事表》云：'轼十九擢进士第，二十三应直言极谏科，擢为第一，仁宗皇帝得轼以为一代之宝，今反置在囹圄，臣恐后世谓陛下听谗言而恶讦直。'"（宋·周紫芝《太仓稊米集》）

苏轼和章惇，"三观"到底有多少重叠，两人的人格能不能画到一个大的集合里，不好说。也许，苏轼是理想主义者，章惇是现实主义者。理想主义者和现实主义者，都是一肚子不合时宜，还碰头了，这个时候，两个人内心的隔阂，就算还没有走到完全不可调和的地步，我想，大概率也是形同陌路。

元祐元年（1086年）十一月，苏轼政治上最得意的时候，章惇贬到了杭州。

章惇收到了苏轼的来信：

"归安丘园，早岁共有此意，公独先获其渐，岂胜企羡。但恐世缘已深，未知果脱否尔？无缘一见，少道宿昔为恨。"（苏轼《致子厚宫使正议尺牍》）

从苏轼的语气中，其实我们已经看到了，理想主义者与现实主义者的核心分歧——对待功利的态度。理想主义者，可以做到更彻底，现实主义者再怎么说，都会绕不开内心的那些个磕碰。这下，我们应该看到了两人最终的结局。

回到说苏轼。乌台诗案后，苏轼对言论狱案心有余悸，按说他对以言论来整读书人是抵触甚至反抗的。后来发生的蔡确"车盖亭诗案"，朝廷在征求意见的时候，他却忘了自己曾经在御史台遭受的侮辱，而给朝廷写了奏状，要求逮捕蔡确：

"轼密疏：朝廷若薄确之罪，则于皇帝孝治为不足；若深罪确，则于太皇太后仁政为小累。谓宜皇帝敕置狱逮治，太皇太后出手诏赦之，则于仁孝两得矣。"（元·脱脱等《宋史·苏轼传》）

"车盖亭诗案"是彻头彻尾的莫须有文字狱，蔡确至死都未认账，也因此远贬岭南，冤死他乡。苏轼对于蔡确一案的态度，恐怕以"君子"或者"小人"很难说得通的。我想，他这么说，想来是在经历乌台诗案后，个人对于言论管控的成熟认知。这也正是苏轼人格的伟大所在，真诚坦荡，敢作敢当，最为难得的是还能坚守初心,一生都在反思中完善自我。

比如,对当年抵触新政的重新认识——

"*新法之初,辄守偏见*""*所言差谬,少有中理者。*"(《苏轼文集》卷五十一《与滕达道书》)

周围的敌人,都是可以在坦荡的光明中淹没的。内心那个挣扎的"我",或才是最大的"敌人"。王安石不是完人,范仲淹、欧阳修也不是,苏轼也有很多的"小"。一个人能认识到自己有多少"小",就有多少"大"。所谓像真理一样的抽象完人,并不存在。苏轼,不是真理,也不是"完人",他的伟大无需我们刻意拉低他人来烘托。他是以特立独行存在的。你我心中的真实情绪,就是供养他的鲜活土壤。

于是,我们可以说,苏轼比神坛上的那一个供奉,更有力量,且生生不息。

——形而上的山水——

形而上的山水

66

跌落民间的凤凰,跌落黄州(今湖北黄冈)。落毛的凤凰,不,等待涅槃的凤凰,它低飞于长江之畔的东坡和赤壁。

元丰二年(1079年)除夕前,走出御史台。

元丰三年(1080年)春节那一天,踏上自我救赎的戴罪远行。

苏轼一贬回到起点——

"检校尚书水部(工部第四司)员外郎(副职)、充黄州团练副使(地方防务助力)、本州安置、不得签书公事"(苏轼《到黄州谢表》)。

这一串拗口的虚衔,没有一个可为百姓办实事,也意味着苏轼的身份产生了重大的垂直位移——一个戴罪的官员,就算是最低的职级薪水,也只能领半。实际上,几个月以后,当他的家人来到黄州,每天能够支配的开支,须控制在一百五十钱以内。这是他在给秦观信中的自述。有人做过研究,一百五十钱,只能在消费指数极低的黄州买菜买酒,过最朴实的日常生活。

生活的困窘，对一个饱读诗书的士大夫，本来也没什么。这些问题，早就思考十遍百遍了。乌台一案摧残了肉体，更打击了精神。现在，朝廷还他一个半自由之身，已是万幸。灵魂何其高贵。没有了肉体，灵魂又如何寄托？乌台黑屋，暗无天日的审讯，已让他想明白了——他首先得活下去，面对那画了圈，打了围栏的日常，甚至自己给自己再加一团紧身的素衣包裹，往内里挤压、折叠、收缩，或者躲在角落，一个人舔舐羽毛——那曾经的高蹈，如今一地的零落。

从二月初一，来到黄州那天起，苏轼陷入了前所未有的彷徨与孤独。

"去年御史府，举动触四壁。幽幽百尺条，仰天无一席。隔墙闻歌呼，自恨计之失。留诗不忍写，苦泪渍纸笔。"（苏轼《晓至巴河口迎子由》）

好在夏天来临之前，兄弟子由把他的家人送到黄州。天气从未有过的晴朗，苏轼出黄州，忙不迭地前去迎候妻子。此时的苏轼，不说喜出望外，久别重逢也应有的。很遗憾，想要的春天都没见着，他的情绪似乎还未从乌台的深井里缓过来。

黄州只是开启贬谪的头，他并不知道后面还有惠州和儋州——那更加陌生的语境。

眼前的黄州，空间意义的一块小地方，它的长宽高，从现在开始膨胀。

67

黄州这个地方,说是州,其实就管黄冈、麻城、黄陂三个穷县。州治所黄州城,甚至连城郭都没有,一面为江,三面残缺不全的矮土墙。城里地势低,经常积水,有人干脆就在水洼里种庄稼、养鱼。这样叙述,听起来是不是有点像城中的贫困村?非也。是城村不分!

"问君何能尔,心远地自偏。"(晋·陶渊明《饮酒·其五》)

偏执的诗人笃信,越僻远的所在,越能予灵魂以归宿。

僻远的黄州,是苏轼的归宿。最初的那一段日子,苏轼寓居一座叫定惠院(亦作"定慧院")的幽深晦暗小庙。

同样的幽深和晦暗,因有月亮和梧桐,还有海棠可看,苏轼的情绪从御史台的深渊重返民间。月光漏过梧桐,残月的光芒照见幽人的寂寥和缥缈,他怜与自怜。飞鸟惊回,枝寒洲冷,翻飞看上去不会超过一冢荒坡,一块沙洲,一截江流——戴着镣铐的舞蹈。

我跳舞因为我悲伤。

"缺月挂疏桐,漏断人初静。谁见幽人独往来,缥缈孤鸿影。惊起却回头,有恨无人省。拣尽寒枝不肯栖,寂寞沙洲冷。"(苏轼《卜算子·黄州定惠院寓居作》)

有人研究说,文人在极端低谷,情绪往往需要一段铭心的爱情来抚慰。比如此词,似乎暗指一段私密恋情,关于梦中邂逅的神秘幽人,她是老家眉州一富家女,是温都监女,抑或王朝云。

对此猜想,我不以为然。一个精神大过肉体的形而上者,日常的诗意灵感并不需要肉体情欲来蒸腾。寂寞和孤独,比任何世俗意义的生活源泉更有活力,用今天的话说更能治愈。关于苏轼在黄州的日子,我没有读到任何关于苏轼儿女情长的流露,不管是王闰之还是王朝云,我都没有读到。或许我们的主人公,注定是一个并不开化的士大夫,在道统的面前,情欲被强大的精神屏蔽,又并非不屑一顾。如果一定要说,作为男人的苏东坡,身体中潜藏的火山能量,需要彻底缓释的话,我宁愿相信,他还在找临界点,而且肯定不是情欲。

他需要从世俗本位,回归哲学本体。苏轼终究是儒者,此刻正在找寻精神慰藉和生命原态。佛和道尚在远处的东坡和赤壁徘徊——此二者又是排斥肉体,高度形而上的。

苏轼在定惠院的日子,所写诗词都有一个共同的意象——"幽人"。叠加了第二人称和第三人称的"幽人",更像先生自己的遗世对影。一般而言,苏词代表豪放一派,但观此词意境,我们又会陷入幽僻纠结的矛盾。这就对了。我曾经说,宋词比唐诗厉害,因为宋词真正让文学成为"人学"——由"大"到"小",由"外"而"内",有了鲜活的人间气息和私密体验。

如此看来,苏轼又与朦胧婉约的李清照那么接近。是耶非耶,人耶仙耶?

就像黄庭坚说的:

"语意高妙,似非吃烟火食人语,非胸中有万卷书,笔下无一点尘俗气,孰能至此!"(宋·黄庭坚《跋东坡乐府》)

西方的文艺家们,也是到了文艺复兴时期,才觉悟到这一点。

斯人徘徊,自怜亦是它暖。名花幽独,那红点亮烟火。

看见一株红花!漫山不知名的杂花丛草,竟藏有一位对视的佳人。真的惺惺相惜啊!

本该出现在西蜀故园的奇葩名种,辗转千里之外,流徙穷乡僻壤,没有人关注它绝世的天资,也无人知晓它刚刚经历的传奇。这个春天,除了自己,甚至没人能叫出它的名字。橘生淮南为橘,过了淮北就叫枳了。沦落黄州的花,隐世的红,你是不是还叫"海棠"?你的"袅袅"辉映晨曦与黄昏,与日月互见,那么像谁的初心。你的"凄怆"渲染的寂寥,"清淑"勾勒的独立,是这个二月三月暗处的高光,甚至全部。

关于黄州的海棠,需要提到两件书帖。

一件现藏北京故宫博物院的《定惠院寓居月夜偶出》初稿,也有说是明清勾摹本的。

另一件《海棠诗帖》,亦即《寓居定惠院之东,杂花满山,有海棠一株,土人不知贵也》。

《定惠院寓居月夜偶出》一稿,就算是摹本也是按照原作双钩填写,包括多处涂改删刈,原汁原味保留了书写者当时的彷徨、悸动、不安,甚至心惊肉跳的情绪。

此时的苏轼,无法在一气呵成中还原冲动。那段时间,可能就没有睡过一次安稳好觉。不是在黄昏的假寐里辗转，就是在黎明的鸡叫中惊回。昼夜抽成枯丝，月影一步一踯躅，如案头慌乱的墨痕。作为行书作品，《定惠院寓居月夜偶出》谈不上伟大，但它在酝酿伟大——《寒食帖》的前奏和序幕。

《海棠诗帖》的墨迹已经失传，现在能看到的是日本早稻田大学的拓本。此贴代表了苏轼的成熟书风：

"涣涣如流水。"（宋·李之仪《姑溪居士集》卷十七《庄居阻雨邻人以纸求书因而信笔》之三）

这段节点的苏轼，正在调整自己的状态，尽管惊魂未定，想来握笔也是不大稳的，但肯定未曾迟辍，就像春水涣涣，逡巡而来，一点点盈满斗方。他需要在平复心跳中迂回落笔，在屏息静气里调整由行到走的加速潜行，在寻思和否定中突破笔的管制和墨的困顿。而一个绝对自由的东坡，在黄州的东坡，在东坡的赤壁，正在等待他的抵达。

我是个诗人，不是书家，除了情绪，我还注意到《海棠诗帖》的韵脚。为了方便大家的理解，还是引用全诗吧：

"江城地瘴蕃草木，只有名花苦幽独。嫣然一笑竹篱间，桃李漫山总粗俗。也知造物有深意，故遣佳人在空谷。自然富贵出天姿，不待金盘荐华屋。朱唇得酒晕生脸，翠袖卷纱红映肉。林深雾暗晓光迟，日暖风轻春睡足。雨中有泪亦凄怆，月下无人更清淑。先生食饱无一事，散步逍遥自扪腹。不问人家与僧舍，拄杖敲门看修竹。忽逢绝艳照衰朽，叹息无言揩病目。陋邦何处得此花，无乃好事移西蜀。寸根千里不易到，衔子飞来

定鸿鹄。天涯流落俱可念，为饮一樽歌此曲。明朝酒醒还独来，雪落纷纷那忍触。"（苏轼《海棠诗帖》）

诗中，诗人明确地提到西蜀。

不仅如此，诗的十四字韵脚"独、俗、谷、屋、肉、足、淑、腹、竹、目、蜀、鹄、曲、触"，无一例外都是四川眉州一代土韵（眉山人保留至今的宋代官腔）的入声字。眉山本地人读入声字，喉头肌肉有些紧张，发音的时候，会斜斜地往两耳收紧，粗粝局促，有点接不上气的感觉。我相信苏轼不是刻意要选入声字押韵，在唐诗和宋词里，似乎四川盆地的入声，就不是一种抑扬起伏，顿挫有致的体面声腔。他的确遇到了一种需要平和接地气的乡音，才能缓释情绪的困惑。入声唤醒了他的故乡肌体条件反射，唯有如此刻骨铭心的记忆，才能让他从九天重返人间——那日趋切近，又愈行愈远的吾乡语境。

68

从富庶的湖州太守，贬到下等的黄州，还是个团练副使。品级大约自从六品，直掉四级，到从八品。

现实的落差，再大，也不是苏轼所关心的。现在的问题是，一个贬官，仅仅有块安置地，供限制居住，能有多少自由呢？换句话说，他这个士大夫，有其名，无其实，没正事可做。这是要被迫摆烂吗？

从太守到团练副使，按最低级别的散官，折半配发薪水，即便折半的薪水,尚有部分是官府以酿酒剩下的酒袋子冲抵的。

"只惭无补丝毫事,尚费官家压酒囊。"(苏轼《初到黄州》)

生活上的捉襟见肘,也就折磨肉体而已,按最低的生活成本,计划每一天的两餐,实在打理不开,"呵呵"笑笑,也就过去了。

苏轼当然不能容忍自己摆烂。他需要更高层面的静养,养身养心,养浩然正气。

定惠院的孤寂,超越肉体,又距灵魂还有一段距离,所谓半高不就。欲抵达更高层面的"抓住",需要寄托。想起小时候,蜀地青神,夫人娘家,岷江边的半山半水,供奉有好多的偶像。故乡的"抓住",叫中岩,那与尘世截然不同的世相图景,越来越接近某种纯粹的可能。

自下而上,与自上而下。苏轼小心翼翼试着反向的转变。

比如,前往村寺沐浴。村寺也许叫安国寺,有茂林修竹,陂池亭榭。每隔一二日,都要去一次,刷除肌肤的血渍,毛发的污迹,也解释捆缚的包袱,内里的冗绪。但一两日就"脱"一次的密度,也罕见。这是有洁癖,强迫症,还是心有余悸?

四年后的又一个春天,苏轼离开黄州去汝州。辞行的时候,从安国寺老和尚那,讨来一个故事。故事结尾的那句话,听起来那么像自己的专属——

"知足不辱,知止不殆。"(苏轼《黄州安国寺记》)。

昨天还是"功业治力",今日已然"自然信仰"。精读《论语》,研习"易",著《论语说》,作《易传》。蜗居静养的苏轼,以极收敛的姿态,将自己的肉体,扁平化,线索化,本来无边的混沌,也给挤出来一线明途通天。党争的鸡毛,由自己来梳理,人际的坑洼,以时间换空间。

于苏轼而言,黄州正好契合时空的交会。那怀柔的显山露水,平抚震幅,亦修复痛点。

"雪斋清境,发于梦想,此间但有荒山大江,修竹古木,每饮村酒,醉后曳杖放脚,不知远近,亦旷然天真。"(苏轼《答言上人》)

一进一出磨合,苏轼自得其乐,又不能独乐乐,便给堂兄苏子明写信,分享冬春以来的静思随想:

"所谓自娱者,亦非世俗之乐,但胸中廓然无一物,即天壤之内,山川草木虫鱼之类,兼是供吾家乐事也。"(苏轼《与子明书》)

随想的口气有点大。不对,是气象有点大,也有点细切。大到整个黄州的山川,细切到身边的草木虫鱼。它们的无声胜有声,一个个自觉悄悄相传,老苏家的开心乐事。

不仅如此,与黄州自然风光的邂逅,恍惚给人一种冥冥之中到此一游的感觉:

"远谪何须恨,来游不偶然。风光类吾土,乃是蜀江边。"(苏轼《晚游城西开善院,泛舟暮归二首》)

黄州远谪,苏轼本命里的定劫。既为劫数,自然也难找到遗恨的对象。那就一个人兀自取乐。能千万里,寻天寻地,访问到长江边上的旮旯,一定是上辈子积了德,结了必然的善缘。

就像南山的云飞云卷与花开花落,桃花源的落英缤纷与鸡犬相闻,呼应陶渊明的谷雨种豆与重阳就菊,黄州的山川草木,刚好叠印了苏轼的朝寻暮归,或者心灵供奉。

几月之后,苏轼一家离开定惠院,搬至东坡临皋亭的公驿,不久又在旁边盖了一座居室——"南堂"。

临皋亭在定惠院东边临江的高地上,有点像附近某处熟悉的小镇码头。只惜很多痕迹都找不到了,即便那宽阔浩渺的长江,也早已退到很远的地方。

这并不影响我们在苏轼的诗文中,一次又一次地唤醒集体意识的景观共鸣:

"寓居官亭,俯迫大江,几席之下,云涛接天。扁舟草履,放浪山水间。客至多辞以不在。往来书疏如山,不复答也。此味甚佳,生来未尝有此适。"(苏轼《与王庆源书》)

掏心窝子的话,是写给老家的叔丈人王庆源(王淮奇)的。王庆源曾任洪雅主簿、雅州户掾(户曹参军),是苏轼笔下家乡"霜鬓三老"之一。苏轼与老人家拉拉家常,想来也有劝慰的意思,好让老家人放一万个心。在先生的叙述中,黄州的生活,与神仙日子无二,免不了有夸张吹牛的成分。但谁能说那夸张吹牛,不是先生发自肺腑、言而由衷地肆意放大呢?

"临皋亭下八十数步,便是大江,其半是峨眉雪水,吾饮食沐浴皆取焉,何必归乡哉!"(苏轼《临皋闲题》)

居室不远处,便是长江。长江流淌的不是别的啥,是上游家山峨眉新融的雪水,清晨摄一瓢,饮家山的清凉,黄昏取一桶，沐乡流的淋漓。有意思，原来苏轼也是个怀乡的童话师与行为主义者。

黄州的险恶山水，在苏轼的眼里，因为与家乡眉州的渊源，险恶也成为风景。无限风光在险峰。千里之外的长江山水胜景，被苏轼收入眼里，升华为人生巨大的可视财富：

"先生生于长西蜀，名满天下，既仕中朝，历大藩，而一坐贬谪，所至辄狎渔樵，穷山水之胜，安其风土，若将终身焉，其视富贵何有哉！"（宋·施宿《东坡先生年谱》）

甚至可以说，黄州的"好山水把逐臣变作了一个完全的诗人"（王水照、朱刚《苏轼评传》）。

一个完全的诗人，他的生命体，一定发于世间人际，与周遭环境高度融合，是鲜活催放的花朵，特立独行的大鸟，自由行走的时空合体。

谪居黄州，苏轼的"理想国"，第一次有了可资对标的三维模型。

有研究者据此认为，苏轼的豪放词，似乎步了李太白的老路——表面的自然崇拜，其实是在高调地宣示自由呼吸。然而，先生那一番喜滋滋的自娱自乐，读起来并不觉得突兀，怎么会是不食人间烟火的李太白呢？

沐山浴水。大快朵颐。家山家水，似有，也似无。无便是最初的有，有便是更大的无。苏轼的故乡，似在黄州的有无之间。

莫非，撞见了庄子的"无何有之乡"？

69

苏轼务农了。

他的履历中尽管提到的身份是个戴罪的末等公务人员，却无任何公务的权限。朝廷给他保留了一个并无多少意思的名头——"检校尚书水部员外郎"。而另一个与意识形态挂钩的虚职——直史馆，被剥夺了。他贬谪的具体差遣是，黄州的团练副使，从八品，也被剥削——"不得签书公事"，活动地点亦仅限于黄州本地。

苏轼在黄州的饭碗，有名无实，他得在规定的地方，自己养活自己。黄州没有更多的打工岗位，他只能当农民，当然也可以写诗画画，算是一个半自由的陶渊明。

是真的务农。不是南山隐士上山下乡搞行为主义，是老老实实还乡耕读。他原本的出身就是农民，老家还有托付给亲友管理的山林和田亩。没有任何一样劳作可以小瞧，即便简单到平庸的开荒、锄禾、刈麦，也从来不只是肉体的机械折磨，更具有道德甚至宗教的崇高意味。

苏轼开启了半自由的劳作，努力想象着陶渊明，那自我与忘我的愉悦。这样的劳作，本质上还是建立在填饱肚皮求活路之上，尽管黄州的苏轼，对食物葆有极大的热情。活下去，只是权宜，但仅仅如此，就不会来这个小地方了。要作秀，比如啥也不干，像植物一样缓慢生活，就直奔五岳终南，而不是闻所未闻的黄州了。

来到此地,东坡的肉体得以还乡,是最大的意外。然而谁又能否认,不是遥远宽广的收获?

苏轼在朋友的帮助下,获得城东某块地的开垦权。元丰三年(1080年)的春天,在黄州的东坡,朴素的自由,如此珍贵!苏轼第一次感到从心的劳作,比口无遮拦重要得多。斜立于荒芜贫瘠的荒草坡地,头顶竹笠,脚踩竹屐,形如枯木,想象着一应植物的逢春,至少十种以上的豆麦蔬果,甚至还有反季节的另类,无甚实用有点任性的竹……

苏轼务农的地点,在城东的矮坡。在此之前,那儿连名字都没有,更谈不上什么亮点。它的风光和海拔,从"东坡"的创世命名开始。

先生也许是白居易的粉丝,在白乐天种花于忠州东坡的诗意里,捕捉到一脉灵犀:

"苏公谪居黄州,始自称东坡,详考其意,盖专慕白乐天而就。"(宋·洪迈《容斋随笔》)

苏轼的突围,从近处的细节着手,准确地说,从去城东的坡地垦荒开始。

此前有过类似的想法,也只是一种偶像式的归隐。先生没有收入来源,要解决一家人的吃饭,除了当农民,自给自足,没有第二种选择。将杂草丛生、瓦砾遍地的荒地,费力拓垦成畦,种上稻麦豆蔬、桑橘枣栗、竹茶花药。一应农作工具自不必说。种子也从各处讨得。甚至还搞起了水利,买来一头耕牛。

等不及任何的收获，细而可见的快乐，就已结对而来——它们是冲"东坡"的自题命名而来的，也许命名本身已然预言先生新派人生的开始。

智者与黑暗围堵的较量，首先要完成，也是最重要的，是燃烧自己，完成向内的明晰与照亮，而不是一开始就主观地去向外向黑暗的远处，用力发光。

日出而作，日落而息。春种夏薅，秋收冬藏。真正意义的农夫生涯，让一个士大夫，终于有了足可支配的思考过程，得以看清眼前的诸多生机气象。劳作即燃烧。抒写即照亮。淤积的那团灯下黑，业已隐去。时空的交相，从此时此地开始，从此情此景生发。更远更深处的形而上，正徐徐展开。

先生忽然发现，劳作不单纯是一种求生的本能，更能充分调集身心的自由契合。久违的自由态！他太渴望这样的表达了。与刚刚出狱不同的是，情绪上开始有了大幅度的回升。虽然，来到黄州已逾一年，他仍未能走出阴影，找回自由语境。

当元丰四年（1081年）春天的劳作，照自己的想法逐一铺开，苏轼的表达从"东坡"的四个方向回归。

那个春天，黄州大旱，粮价飙升。先生没日没夜地折磨肉体。他说自我折磨的过程，就是一种形而上的需求，"*虽劳苦却亦有味*"（苏轼*《与王定国书》*）。吃喝拉撒，柴米油盐，本身的意义是要打折扣的，因了东坡的劳作，这些细节一经打磨解释，又焕发勃勃生机。

那段时间，先生似乎讲过一个故事，说两个乞丐个人志向追求的。一个说，吃了睡，睡了吃。另一个说，当然是吃了又吃，哪有闲暇睡了又睡呢？故事让我对乞丐有了焕然一新的认知——他们不是行尸走肉，幸福具体而细微；他们的容易满足，有理由成为东坡笔下抒写的对象。这就像东坡笔下的劳作细节一样，它们组合串联起来，共同承载了先生的耕读理想。

我小时候的理想，与先生刚好相反——跳龙门。在离开乡村去城里读书之前，我的务农记忆更多的是身份的自卑，笔下集体主义的劳作狂欢，暗含乡村少年的无奈。那会儿，还没有读到黄州的东坡，对劳动的赞美多是一种矫揉造作的表白。我抒写我的乡村，因为我的出身无可选择，并非对于肉体劳动的由衷赞美。很多年后的今天，当我重读黄州的东坡，我发现我对幸福的理解，何其肤浅！

自黄州开始，我放慢了抒写速度，跟随苏轼那五年的缓慢时光摇曳，重新审视身体劳作的意义。

一个农业文明国度，民以食为天，种地被认为是固本，就算意识形态的对手，也没办法拿种地来说事。这不是陶渊明的发明，也不是士大夫的集体意志消沉，是陶渊明、杜甫、白居易、苏东坡们，作为一个活着的精神元极，在宇宙中最直接的价值存在——他们锄下的烙印是刻在宇宙立体面上的，他们手上的血疱茧痕是开向多维时空的绚烂，额端的汗水是浇向八荒九天的创世之源。他们不是一个人的劳作，不是为我而苟活，是为自由的东坡时代，为万世文明播下原子核意义的隐性遗产，培植坚韧不拔的漫漶生意！

命名者苏轼，命名了 11 世纪初年的那一块无名坡地——黄州的"东坡"。

东坡的海拔和高差本平平。那就植种诗意，植那种荦确铿锵、青葱直上的情绪：

"去年东坡拾瓦砾，自种黄桑三百尺。"（苏轼《东坡》）

覆盖高瓴的砖瓦，散作一地粗砾，那横向铺陈的高度，被反复揉搓折叠，强制性弯曲，碎将一地，风骨嶙峋，金声玉振，传说中的出世高度，超过物理，固守精神。

其貌不扬的东坡，三百尺的意义，等同于万米横空，一声惊雷，炸在另一处陡峭的矮崖——赤壁，正于地幔深处，以岩浆的形式翻滚，酝酿接下来一系列的造山运动。最先隆起的是东坡。黄州的"东坡"刚刚推出，我们的东坡傲然于世。

裂变在黄州的深处悄然孕育。临界点是元丰五年（1082年）的寒食，是壬戌之秋，是那块叫赤壁的九十度断崖！

70

黄州的东坡，不只是一块地。它也是苏轼的肉体和精神的结合体，我们现在看到的是除了那些有意思的诗词书画，还有一年二十四个节气和方圆几十公里的赤壁山水——它们集体丰富着东坡的命名外延和存在感。

寒食，是东坡命名的一个季节。寒食以《寒食帖》名闻天下。在此之前，它只是中国人一个普通的祭祀忌日。

《寒食帖》所以在书画史上有着显赫地位，因为苏轼以其命名并设计了中国书画的文人规则。

中国书画到北宋，因为苏轼，也因为黄州，发生了转折。祝勇说苏轼是制定规则的那一个。

中国绘画强调笔墨，替代语言的抒情叙事。就像先生那张叫《枯木怪石图》的传世名画。技术派看到毛笔的充分运用，点、勾、皴、擦，笔画分明，无处不书法，无处不中国。大师看到先生矛盾的心结：一边是刚刚抛洒的寂寥和伤感，散乱，逼窄，一边是渐渐向内收敛的自律和虔诚。宋徽宗摹写张萱《捣练图》，大约也可当散乱逼窄的小叙事读的。我服宋徽宗，服他无人可比的贵族式审美：无可挑剔的线系、色系和墨色，以及绝不重复——没有一张表情雷同，甚至衣衫也各有各的主张！同样的小叙事，苏轼的《寒食帖》，更为崇高和深邃。

读《寒食帖》，我们往往会谈到其内容（文本）的叙事性（语境），与形式（纸本）的情绪性（书境），两者高度统一，并以作者和读者的共鸣实现。致力于书法形式的美学家们，更偏重于此，对其书法本身的价值，则语焉不详，比如，把它归为文人书写作品。什么意思呢？一来苏轼本人倡导尚意（写意），二来它与历代书法主流的追求不太一样。说白了，在走汉隶魏碑晋唐楷体一路的书家们看来，苏体书法本身的形式美，要打折扣，它的价值显著地有着苏轼本人道德文化的加持印迹。

米芾甚至认为苏轼不是在写字而是在画字。有一次，米芾和蔡京私下里谈论当朝书法排位，苏东坡竟然未入他俩的话题。

我想，米芾和蔡京的观点，应不是个人人际关系偏见，或代表京城文化圈内书法专业人士的普遍看法。

今天，我们重新赏读此帖，与九百多年前一样也不一样。一样的，是前面所述共鸣感。不一样的，是这种共鸣感经受了时间的考验。与时间相比，任何一件艺术作品个体都是渺小的。艺术作品的存在逻辑，更重要的一点，是它的生命力。

《寒食帖》的生命力是中世纪的苏轼，面对苍穹和人生的无声呐喊，沉重而鲜活，以"帖"的表面形式（物）存在。但此帖不仅是"物"，俨然新的生命体——复合了苏轼的生命个体和美学理解，以及千百年来人们的共鸣（共识）。它一边继续拷问着我们业已麻木的肉体，对抗人世无常，一边还得承受岁月无边的黑暗侵扰，独自寂寥下去。此后，更多不可预见的未知和变数。我们对于未来的担忧，形形色色，林林总总，或将赋予《寒食帖》穿越近古，步入现代的意义。

《寒食帖》把苏轼人生低谷悲剧性审美，升华到了一个现代性的高度。现实主义与理想主义的郁结，到了不得不突破的临界点。

先生选择了以性灵作诗和书帖：

"自我来黄州，已过三寒食。年年欲惜春，春去不容惜。今年又苦雨，两月秋萧瑟……"（苏轼《寒食雨二首》）

元丰五年（1082年）的三月。

黄州的时令，以一种缓慢的节奏，拉长最后的暮春。寒食与寒食的叠加，刚好适合某种共情的复述。寒冷。凄清。孤寂。

苦闷。憋屈。怆然……或者一场自我祭奠的悲情演绎。本来肉体负面的倾销，现在它以形而上的线性态度倾述。一点一画顿挫，一波三折流淌，时偃时仰顾盼，忽左忽右释放……顿挫预示千山万水的阻断。波折意味柳暗花明，峰回路转。偃仰蓄能，寻求下一个支撑和发力点位。而左右分明就是一次又一次，义无反顾寻求救赎的缺口，是在突围啊！

还有名词与名词的随机排列，动词与动词的连续挤压，形容词与形容词的借力加持，以及修辞与更多审美的升华。关于寒雨的味觉转移，关于海棠与雪的自我暗示，关于飘摇小屋的横向比附，关于乌鸟斜飞的动态对接，关于九重君门的叩问无声，关于穷途末路的撒手无奈……

景与情。物与心。形与神。空与时。

该有的对立和冲突，都有了。接下来，那就开始吧……

在复述中盘桓，盘桓中低开。乡下的走势。看不见深渊的底部。强烈的失重，直接反映在躯体的能量被挖掘、掏空，留下纸片一样的皮囊。然后折叠。然后撕碎。然后无火地自焚。然后落为灰烬。然后空空如也。然后抛向低空。然后随乌鸟衔飞……

那难以承受的晦暗与轻……

不断减速强化的安静，只为埋藏更深处的海啸……

那个暮春，一场自上而下，由外而内的敛性审美，以拒绝表面的铺陈和夸张，逆时间的趋势，反流行的名义，达到了另一个方向的顶点。

71

第一个收藏苏轼寒食诗帖的人,是有福的。他与苏轼隔空喊话的距离,近得令人心生妒忌。

有福之人叫张浩,蜀州江原(今成都崇州江源)人,河南永安(今河南巩义)大夫。张浩如何得到此帖?在此之前经过何人之手?不得而知。

张浩的收藏事迹线索,隐于诗帖的题跋:

"东坡老仙三诗,先世旧所藏。伯祖永安大夫尝谒山谷于眉之青神,有携行书帖,山谷皆跋其后,此诗其一也。老仙文高笔妙,粲若霄汉云霞之丽,山谷又发扬蹈厉之,可为绝代之珍矣。"(宋·张縯《跋苏轼黄州寒食诗帖》)

题跋者系张浩的一个堂孙,南宋文人张縯(字季长,约1131年—?),南宋孝宗隆兴元年(1163年)进士,官至大理寺少卿。张縯是东坡铁粉陆游交好四十年的挚友。两人除了拥有同样的抗金主张,还有同样的偶像崇拜——东坡先生。陆游曾经写过很多东坡书帖的跋文,张縯收藏了多件东坡的墨迹。两人都有一个共同的现实好友范成大。

孝宗淳熙四年(1177年),张縯丁父忧,赋闲蜀州江原家中。六月初八那天,他在家中的"善颂堂",盛情款待了刚刚离任四川制置使,结束青城山游历的范成大。

这次聚会,范成大颇认真地记录了下来:

"丁丑。三十里，早顿江原县。前馆职张縯季长招至其曾祖所作善颂堂上。季长之祖与司马温公、范太史同朝相善也，论新法不合，归。二公作《善颂堂诗》以送之，使归寿其亲。诗卷皆存壁，有赵清献公宰邑时题字。季长之族祖浩，藏仁宗御飞白书。山谷所跋者，其末句誉天地之高厚，赞日月之光华；'臣知其不能也'，今集中作'臣自知其不能也'。'自'字盖后来所增，语意方全。山谷自称'洪州分宁县双井里前史官臣黄庭坚'，盖谪戎州时所跋。"（宋·范成大《吴船录》）

此次文人聚会的亮点之一：张縯让范成大亲眼目睹把玩了祖上所藏仁宗飞白书。此墨迹正好有黄庭坚的题跋。可惜，范成大并没有交代，那天，除了飞白书，一行人还目睹了张家哪些珍藏，比如东坡先生的三件墨迹。

且不说范成大的咖位，就冲张范二人朝中同僚友谊，我们其实可以大胆猜测，那天，也许范成大也目睹了东坡先生的《寒食帖》。至于出于什么原因，范成大没有交代，张縯本人在后来的题跋中，也未涉及，我们找不到更多的信息，也由此埋下了遗憾。

历史遗憾还不仅于此。

范成大与张縯江原密会，一同在场的，还有另外一个大咖——陆游，时任朝奉郎成都府路安抚司参议官兼四川制置使参议官，也可以说是范成大帐下非同寻常的高级幕僚。陆游因为舍不得范成大离任，一路跟随，从成都开始，到永康（今成都都江堰）、新津，最后到了眉州，两人才分手。也就是说，陆游也一定在张縯府上"善颂堂",见过仁宗御书的。而且,范成大离开蜀中后,陆游和张縯还在那年秋冬互相有过密集的唱和。

陆游、范成大、张縯,三角形的等量咖位,为赏顶级牛人的书法艺术,在十分闲暇雅致的某个时日,坐在了一起。这样的机会,也可以说叫历史见证,当然谁都要珍视。正常的逻辑大约如是——

东坡的《寒食帖》,应该在这个时候粉墨登场。

可惜,我们没有见到这一幕。或者这一幕被刻意隐藏了。以至于今天,我们只能凭空猜想,以抚慰我们的惆怅。

我们现在推测张縯的题跋,很可能是在那年秋冬,而不是在张縯回朝任职湘中和河南等地的淳熙七年(1180年)前后。张縯丁忧在蜀的时候,正值"隆兴和议"以来,四川地区的相对稳定期,地方士族才得有闲情来整理家族的文化遗产。

张縯的四世祖张中理,是稍比司马光、苏洵还早年的鸿儒,开创蜀中张氏的家族文化,做过将作监、主簿。三世祖张公裕(1023—1083年),仁宗时进士,任职太常礼院时,结识黄庭坚的舅舅,书法家李公择,推测也就是在那段时间,收藏了仁宗的飞白书。二世伯祖,就是《寒食帖》的第一个收藏者张浩,其本人因为李公择和张公裕的交往,而成为好友,也有机会得到东坡先生的手迹。

从张縯的题跋看,张浩谒见黄庭坚,求取题跋的时间为元符三年(1100年)。地点在蜀地眉州青神,而且当时还携带了三件东坡诗稿的手书墨迹。是时,黄庭坚刚刚获得朝廷的特赦,由戎州（今四川宜宾）到眉州青神，看望姑妈。黄庭坚的草书跋文，清晰可见，历来被公认为苏轼寒食诗帖，不可或缺的连体知音：

"东坡此诗似李太白，犹恐太白有未到处。此书兼颜鲁公（颜真卿）、杨少师（杨凝式）、李西台（李建中）笔意，试使东坡复为之，未必及此。它日东坡或见此书，应笑我于无佛处称尊也。"（宋·黄庭坚《题苏轼寒食帖跋》）

张浩认不认识苏轼，我们无从知道。张浩当然是认识黄庭坚的。黄庭坚又是苏轼的门生。黄庭坚见到苏轼诗帖的时候，苏轼刚好也获特赦，正辗转于北归途中。从行文的轻松，可想山谷定是眼前豁然，因为此前，苏轼远在"海上"（疑为儋州），见到友人诗僧法芝（俗姓钱，字昙秀），送来黔安居士（黄庭坚）草书一轴，求评点：

"东坡尝跋之云：昙秀来海上见东坡，出黔安居士草书一轴，问此书如何？"（宋·胡仔《苕溪渔隐丛话后集》卷三十二《山谷下》，又见苏轼《东坡题跋·跋山谷草书》）

苏轼欣然作跋，也是这个语气：

"东坡云，'张融有言："不恨臣无二王法，恨二王无臣法。"吾于黔安亦云。他日黔安当捧腹轩渠也。'"（宋·胡仔《苕溪渔隐丛话后集》卷三十二《山谷下》，又见《东坡题跋·跋山谷草书》）

相见恨晚。两个大男人在逆境中彼此关怀，虽隔千里，犹如耳鬓厮磨，燕语呢喃。性别之分，师徒之名，在这个时候，似乎都是模糊淡化的。除却高山流水,我找不到第二个更接近的表意。

我也是有福的。因为《寒食帖》,也因为苏黄,它或者他们曾经予我寂寞中的和光同尘。

最初读到《寒食帖》,是刚来到这个城市的时候。那段时间,我的日常陌生而又无序。在一个身世显赫的小区,我租住了一家屋顶的非法建筑,一个堆砌杂物的棚子,我在那里竟然一待就是七年。寂寞的七年,也是这个城市房价大涨的七年。我的情绪也随着房价指数攀升,愈来愈沮丧无助。就读《寒食帖》。无疑,它扮演了安慰剂的角色。我以一个现代城市弃儿的角色,去声讨切入,试图还原先生的那段同情。写了一万多字。在放大矫情的同时,也释放了寂寞。因为电脑程序出错,文章的格式被可能的病毒莫名篡改,怎么修复也无法找回,几天的郁闷后,选择放弃。也没啥可惜的,我已从《寒食帖》的阅读中获得治愈。

自那以后,我更加佩服先生自我纠错的能力——如果说,先生在熙宁年间的言论是先生人生的"BUG"的话,那么黄州的东坡,就是"BUG"的"BUG"。用先生自己的话说,就是这样:

"回首向来萧瑟处,归去,也无风雨也无晴。"(苏轼《定风波·莫听穿林打叶声》)

"小舟从此逝,江海寄余生。"(苏轼《临江仙·夜饮东坡醒复醉》)

相信很多朋友，与我一样狂热地崇拜过《寒食帖》。曾经读过现代以来一些书画大师的点评，看过一些书家的临写，甚至达到了以假乱真的程度，只是读起来，怎么也找不到想要的那种感觉了。

《寒食帖》的书写状态（书境），早已无法还原。一些隐秘的细节，任我们后人绞尽脑汁，想破脑袋，恐怕也触及不到。九百年前的那个寒食雨季，注定成为艺术创作撕裂的黑洞。即便苏轼本人，也难再回到那段悲观至极的情绪。所谓的巅峰时刻，便是如此吧。

72

赤壁，东坡命名的形而上山水。

我们现在看到的赤壁，便是那山水的形而下虚构与非虚构。

一般认为赤壁建构了苏词苏文的风景——豪放文人一词二赋的形象代言。

很少有人会想到那是一片垂直跌落，汹涌隆起的思想之山水，文化之大观——思想者苏轼，以超越时空的冥想，打发无聊日子的纵横捭阖。

对于寂寞，普通人看到的是肉体被环境边缘化，精神又被肉体边缘化。寂寞本身的思想者，则善于置身寂寞的内核，向外透视，也能跳出寂寞反观。就像东坡的赤壁，赤壁是寂寞的，至少在东坡来访之前，它的寂寞属于亘古的地质年代。

幸运的是，它等来了东坡，于是得以展现亿万年的时空精致。这与王阳明的山中之花，是一个道理。那花，因为王阳明而不再寂寞——王阳明的思考照亮了山中之花的寂寞。

王阳明的确是受到苏轼的影响的。董其昌就说：

"王学非出于苏而血脉则苏也。"（明·沈德符《万历野获编》卷二十七《释道》"紫柏评晦庵"条）

与黑暗和寂寞和平共处，才有可能不受干扰地思考，并厘清黑暗和寂寞的本来面目。苏东坡的思索，成就了一段黑暗中的宇宙乐章——前后赤壁赋，天、地、神、人四位一体，思想是它们的牵引者。在摆脱案牍劳形和世故纠结之后，思考终实现高度的自由，超越任何功利。先生是在替宇宙求取真相。这又有点不着边际，玄而又玄了。事实上，西方哲学家直到九百年后的20世纪，才领悟到其中的高明：

"沉思之思必须保持在非效用性中……一切的生发都是那样了无痕迹。"（德国·海德格尔《作坊杂记》）

《前赤壁赋》，无穷尽地自由释放，"我"一直在试图超越"那过程"。《后赤壁赋》，"我"作为观照的人生或生命体系，由实而虚，由肉体寂寥，到精神自愈，由外而内收缩再收缩的自由反省和皈依。

作为虚构的骈体，东坡把戴着镣铐跳舞演绎到极致，突破了中国文章自唐宋以来试图承载过多道德教化的障碍，更多表达某种纯精神的自我关怀。这种审美实践，我在七百年后曹雪芹的物我难分的补天遗石，凡·高自旋与反旋共生的深邃星空，贝多芬起伏拉伸的黑暗体积,卡夫卡迷宫一样的寓言城堡里,找到大面积的重叠。

黄州的赤壁,因为苏东坡,发出今天才可见到的可见光。在 11 世纪的宋朝,它是不可透视的扭结深邃。很多文人,只是把它当文质兼美的艺术品欣赏,没有看到时空追向,生命关怀,自我解放和救赎。这不是时代的局限,是东坡个体生命体实在过于超前,说超越千年也不夸张,是一种不可或缺亦不可复制的崇高存在。我们除了感叹,还能做什么?

73

东坡,还是制定性灵小品规则的那一个:

"元丰六年十月十二日夜,解衣欲睡,月色入户,欣然起行。念无与为乐者,遂至承天寺寻张怀民。怀民亦未寝,相与步于中庭。庭下如积水空明,水中藻、荇交横,盖竹柏影也。何夜无月?何处无竹柏?但少闲人如吾两人者耳。"(苏轼《记承天寺夜游》)

这是我读过的最好的小品文章。至少有三个最:最短、最没有技术、最耐人寻味。

被黑暗放逐的月色和星辉,以流萤的光点行走或者奔跑。婉若透明的游丝,于月色与夜露中摇曳穿梭,有迹无循。有迹的是那一个引头,像萤火虫的畅饮夜露,又像谁家的机声。无循,是说那慢镜头的回放,从结尾到起始,一场夜幕,就这样被荡剔和过滤。你也被荡剔和过滤。不见月影积水，亦不见藻荇竹柏。月色清风却一直在的。你也在。只是你看不见它们，也看不见自己。你的凝神屏息与静气，与时间和空间情不自禁，惺惺相惜，成为彼此欣赏的那动态游在。你照亮夜色。夜色终又是你的成全。

时间、空间、情感的三位一体，那灵魂牵引者，一律是你了，也可叫情感。都是不可或缺的主体——只可意会不可言传的审美上帝的牵引。我即是你，你即是它，又从来不分。都站成自我的C位，无所不在，又若即若离——

"大略如行云流水。初无定质，但常行于所当行，常止于所不可不止。文理自然，姿态横生。"（苏轼《答谢民思推官书》）

以天为思，为大地赋形，热爱生活，由衷地保持对于万物细节的不懈兴趣，知行合一，从中汲取营养，师得造化，东坡的文章，于是被后世的现代派诗人定义——

"成为中国文明的一个尺度，对它的理解、感悟可以衡量一个知识分子的品质、悟性、道行、精神境界的高低，像《圣经》一样，可以测量人与神的距离。"（于坚《朝苏记》）

74

从人到神，是东坡的诗文简化了其间的距离。此话，貌似非文学的调调。

苏轼说他一辈子做过很多梦，能够回想起来的有十一个，都记在《东坡志林·梦寐》里了。

度过三寒食的苏轼,在黄州这个小地方,谨慎地起居,放心地做梦,在肉体与灵魂的冲突中自由转换,终完成了人生的大塑。

筑"东坡雪堂","堂以大雪中为之,因绘雪于四壁之间"(苏轼《雪堂记》),广邀好友自四面八方聚来。远离权力争夺和世俗羁绊的中国书生,在一片寂寥空蒙的雪色之间,"起居偃仰,环顾睥睨"(苏轼《雪堂记》),于寒意之间寻找春的温光。

这温光便是诗意。是汪洋恣肆的梦。关于行走的故乡与他乡。

《后赤壁赋》就是一个宏阔的梦。梦里还有梦,大梦套小梦,一梦接一梦。很多年后,我在先生的铁粉曹雪芹的《红楼梦》那里,读到了那梦的后续。

白天做的梦,也许应该叫回忆。先生说他想起了小时候见过的一个人,家乡眉州一个姓朱的老尼。老尼讲了一个奇异的事情,说是她曾经在蜀主孟昶的宫中,见过蜀主与花蕊夫人,乘着夜色纳凉摩诃池。多年了,老尼似乎还能清楚地诵得蜀主吟过的一阕词,可惜能记起来的,似乎仅开头两句:

"冰肌玉骨,自清凉无汗。"(苏轼《洞仙歌》)

先生讲的这个事,谁也说不清楚真假,姑且算白日梦吧。有趣的是,那故事中的故事,时过境迁,很多东西早已似是而非,却总有一些人,一些事,一些痕迹,缩短着今天与昨天的距离。

好友参寥到黄州后,两人经常在一起,游山玩水,烹茶赋诗。一年后,苏轼去汝州,两人才分开。

某日,先生做了个梦,让人不禁疑神。

"仆在黄州,参寥自吴中来访,馆之东坡。一日,梦见参寥所作诗,觉而记其两句云:'寒食清明都过了,石泉槐火一时新。'后七年,仆出守钱塘,而参寥始卜居西湖智果院。院有泉出石缝间,甘冷宜茶。寒食之明日,仆与客泛湖,自孤山来谒参寥,汲泉钻火,烹黄蘖茶。忽悟所梦诗兆于七年之前。众客皆惊叹,知传记所载,非虚语也。"(苏轼《书参寥诗》)

苏轼梦中所记好友的茶诗,当然不是参寥所作,而是先生自己的原创。单看诗句,也无多少新意。梦里写诗,似乎是诗人的常态,何况还是大诗人,随便在梦里,胡诌几句,也八九不离十的。这事奇就奇在,先生与好友参寥,在孤山下西湖边,汲泉钻火,烹茶赋诗的梦境,竟然在七年后,真的应验了。

有人说,苏轼自言自语的这个事,是他这个浪漫派诗人,后来到了杭州西湖,一时兴起的趣味杜撰。质疑的人,怕是对东坡还是不懂的。

这个故事,苏轼至少在三个地方讲过。而且第一次,就是在刚刚做完梦的第二天早上:

"昨夜梦参寥师携一轴诗见过,觉而记其《饮茶诗》两句云:'寒食清明都过了,石泉槐火一时新。'梦中问:'火固新矣,泉何故新?'答曰:'俗以清明淘井。'当续成诗,以记其事。"(苏轼《东坡志林·记梦参寥茶诗》)

茶诗前序，显然具有铁证的性质。诗人并没有忽悠。我们存疑，是因为智慧不够，想缔结，想穿透，心有余，力不足。我们与先生。人与神。诗文的纸心纸背，制造隔膜，也留下了照见与浸润的可能。最薄的纸，隔着欲罢不能的距离。多读读先生的诗文，学学做做春秋大梦，即便不能抵达其远境，至少也能抵达那近梦的。

黄州谪居的四年余，世间都在传说苏轼已死，登仙西去了。善意的传说，有良知的讲述人。面对苏轼遭遇的困境，人们除了祈祷，给好人一个来生寄托，什么也做不了。

人世终究是世俗的人世。我们都低估了苏轼的能量。他正在超越我们的想象——肉体没有灭失，精神没有颓废。

一场大梦，正在塑造中国文化史意义的奇迹。奇迹或刚刚开始。

75

大梦之后，谁在吟诵，归去来兮？

东坡先生在离开黄州以前，不止一次地提到陶渊明的"归"。

作《陶饮酒诗后》，苏东坡反复将五柳先生《归去来兮辞》翻新，作长短句《般涉调·哨遍》，集字诗《归去来集字十首并引》。他还为筠州（今江西高安）的太守毛国镇手书《归去来辞后》一帖。那段时间，估计先生也是反复书写过渊明诗文的。

先生的书写，是陶渊明的，更是苏东坡的，毫无时空的违和。"追和"古人，更是前无古人的首创，在此之前，所见的叫"拟古"。从拟古到"追和"，我们看到一个书生，与另一个书生，在线性情绪上的纵向重叠。就像两条山泉的千年蜿蜒，终在一潭叫"归"的秋水里，彼此倒影了。

"追和"陶渊明，似乎是东坡的日常。

"吾前后和其诗，凡一百有九篇，至其得意，自愧不甚陶渊明。"（苏轼《与子由六首·其五》）

先生后来在扬州任上，曾经一口气写下《和陶饮酒二十首》，谪贬惠州和儋州，更是三月两月把陶渊明挂在嘴边。台北故宫博物院现在还能看到先生以行楷书写的《归去来兮辞》。有人据此以为先生是历代文人中，似乎比杜甫更接近于陶渊明的那个唯一。先生本人呢，也说自己就是，污水澡堂里的陶渊明：

"邻曲相逢欣欣，欲自号鏖糟陂里陶靖节，如何？"（苏轼《与王定国书》）

看来，先生算得陶渊明的骨灰级粉丝，又是自省，又是对标的。

"我即渊明，渊明即我。"（苏轼《书渊明东方有一士诗后》）

先生俨然渊明附体，也只有先生才如此自信。只是陶渊明的隐，似乎有着洁癖，一旦远离官场，再也不想同其有何瓜葛。先生的身体，同样委屈澡堂，却依然保持头颅的高昂，思想的出水。

陶渊明的桃花源，契合了苏轼形而上的归。老家眉州的来人，却是现实地抚慰了苏轼的乡愁。

刚到黄州的第一个秋天，苏轼就收到远在眉州的妻舅王元直派人送来的问候。苏轼一激动，就想到还乡。他给王元直的回信说，盼着有一天能得到皇上的恩准，重回故乡。摇船去青神王家，再去瑞草桥上走一走。黄昏的时候回到何村，与王庆源、杨君素等众前辈亲友，门对门，排排坐，闲摆龙门阵，嗑瓜子炒豆。

岷江边的瑞草桥，算个亮点，好理解，初恋嘛，有点像杭州的断桥，欲罢不能。那瓜子炒豆，又算啥？回个信，还不忘强调那玩意，难道这就是我们常说的，吃货的心思？要这么说也行。有声，有色，有味道，故乡在这里，不仅仅是一个符号，还有细节可闻听，可回望，可咀嚼，如此倒是不差的。若说，这岁岁年年，日日夜夜，挂在嘴边舌尖的乡愁，剪不断，理还乱，那连接它的一定有处最为敏感的神经末梢。

穷老乡巢谷（字元修）的到来，直接把吃货的乡愁同情给翻转了。

元丰五年（1082年）的春天，眉州书生巢元修，慕名来到黄州，欲拜苏轼为师。苏轼招待家乡客人的，估计也是自己种的土瓜粗菜。元修吃得有些吐了，无意中提到眉州的一种小菜，一下勾起了先生的乡愁：

"菜之美者，有吾乡之巢，故人巢元修嗜之，余亦嗜之。元修云：使孔北海见，当复云吾家菜耶？因谓之元修菜。"（苏轼《元修菜（并叙）》）

自丁父忧，离乡流落后，一转眼，已然"去乡十有五年，思而不可得。"（苏轼《元修菜（并叙）》）

黄州不产这种叫"巢菜"的叶叶菜，先生便嘱托元修回到眉州后，一定要寄来种子。苏轼说，他要在东坡下种一片。

元修菜到底有多好吃，让先生思念了十五年，还亲自命名，不吝才情作诗？南宋时，有个叫林洪的好事者，也是琢磨不明白，专门就此做了考证，终于搞明白了苏轼的"元修菜"，就是"巢菜"。苏轼以朋友之名命名"元修菜"，就是想寄托家乡那个梗啊！巢菜是宋以前的古名，我查了"本草"（明·李时珍《本草纲目》），其实就是眉州田间常见的野豌豆，准确地说是"小巢菜"。宋人刚刚发明了炒菜，能够保留叶菜的芳香，这种野菜，估计眉州人也是经常掐了嫩尖来炒吃的，难怪先生念念不忘。

我记下这个故事，其实我是想说，"巢菜"，我们今天当然是不会吃了，也记不得它的名字，而"元修菜"却在先生的故乡履历上，留下了回味一生的余香。

元丰七年（1084年）四月一日，苏轼要去汝州了。

在此之前的三月三，他再次来到定惠院。老枳树开着大白的香花，海棠依旧。苏轼是和参寥等二三朋友一起去的，几个人喝了很多酒。参寥独未饮，纯粹的枣汤保证了诗僧的清醒。苏轼是真的醉卧的。这是他第五次醉倒在那株海棠下。

斯人即远去，花红照云飞。

他想起了这些年走得很近的一些朋友。常牵挂的兄弟子由自不必说。老乡朋友圈至少可以谈到五个人，眉州青神老乡陈慥（字季常），半个老乡的蜀中汉辖绵竹（今四川德阳绵竹）的杨绘（字元素），寓居黄州对岸"散花洲"（今湖北鄂东与黄石隔江相对平原）的半个老乡嘉州犍为王齐愈（字文甫）、王齐万（字子辨）兄弟，眉州平民老乡巢谷。书画圈要数年轻的米芾，米芾曾在雪堂亲眼见东坡画过枯木竹石的。修行圈除了黄州当地寺院的僧人之外，外来的要数参寥和佛印了。当地的朋友圈，还有黄州太守徐大受（徐君猷），武昌太守朱寿昌，粉丝马梦得，酿酒卖药的潘氏三兄弟、古耕道、郭遘、何颉之等人。

四年了，是他们的情感温暖了黄州的每一天。他们同黄州的杂花山树一样，都是这一辈子不可多得的行走伴侣。

那个春夏，树还是那树，花开却不是那花开。渐行渐远……

再见，海棠。再见，定惠院。再见，雪堂。再见，东坡。再见黄州……

所有的告别，都赋予——闪过的默念了。黄州的五年历练，已让先生不会轻易感动。

此刻，故乡除外：

"归去来兮，吾归何处，万里家在岷峨。"（苏轼《满庭芳》）

物理意义的老家在万里之外，在不可逆转的少年时光里。归何处？化五柳先生诗，拟田园一词。他一直试图从现实的山水中，复活暗淡的故乡色彩，也试图一次又一次在现实与虚拟的两重图景中，获得某种更加明亮，不可拆分的情感滋润。

先生要去汝州了——"校检尚书水部员外郎"和"团练副使",也是"不得签书公文"。

结束黄州彻底的耕读,汝州,是先生的下一个且作故乡吗?

黄州、汝州,都在眉州的万里之外。今天叫别样的异乡。与我们截然不同的是,先生市井蜗居日常,与颠沛流离的可能性,共同构成先生人生的常态,并与理想国天堂画等号。先生的故乡,与今天我们为赋乡情强作愁——"生活在别处",审美本质是对立的。苏轼从来没有批判过异乡,我们对生活却从来不满。故乡时空的转移,测试我们,也验证苏轼。

关于故乡的存在差异,究竟是谁在说谎?

—— 世事一场大梦 ——

世事一场大梦

76

先生说,世事就如一场大梦。

先生又说,人生何其须臾,大江才是永恒的。

苏轼重回世人面前,与王安石有过一段美好的交集。此时的王安石,已然从大宋改革梦中,淡定地醒来。他的肉体人生,将在黎明谢世。

我无从得知,王安石是否预知到苏轼的仕途,又将面临什么样的变故。几乎可以肯定,荆公从未停止过对东坡的关注。黄州常有人来金陵(今江苏南京),他总会询问,东坡是不是又有啥新作了。想来,赋闲养病的王安石,或以能收罗苏子诸如《赤壁赋》之类的瑰丽奇文,做必修课业。

"一字之师"就说这个事的。

有人捎来东坡《胜相院经藏记》,作于黄州临皋亭,讲修禅的,带有鲜明的自我检讨意味。王安石引以为知音,想来也是对熙宁年间的非常,自我反思,惺惺相惜嘛。政治变故,改变一个人的世俗定位,然时间又是公平的,雕琢了两个对手的共同人格。两人似乎都在重新梳理和集中情绪，以便能更为纯粹地思考一些终极命题。

东坡说，一个人太执着于自己的偏见，那就像赌博——

"如人善博，日胜日负，自云是巧，不知是业。"（苏轼《胜相院经藏记》）

这话在王安石看来，何止是东坡一人之检讨啊，分明就是自己的心头话，想说又不曾得，欲罢又不能。

王安石坐不住了。

"喜见蹙眉，曰：'子瞻人中龙也。然有一字未稳。'客请愿闻之，公曰：'日胜日负，不若日胜日贫耳。'"（宋·惠洪《冷斋夜话》）

这段宋人笔记，讲了两个意思。一是王安石对苏轼以极高的评价，二是将苏子文章关键一字做出修改，"日胜日负"改"日胜日贫"。

当然，王安石评改苏轼文章的信息，传到了东坡那里，据说苏轼也是相当认可：

"东坡闻之，抚掌大笑，以公为知言。"（宋·惠洪《冷斋夜话》）

张炜先生对这个故事有过精辟解读。大意是说"贫"字更能表达一个人太执着某种个人的主观，就算占了先手，甚至赢了。反过来看呢，胜的背后垫着元气，胜得越多，耗得越多，这个结果可不只是"输"（"负"）那么简单。缓慢地内卷自耗，有啥意义呢，徒费思虑哩。我是赞同张炜先生说法的。王安石和苏轼，虽说都在阐释某种"释徒"一般的崇拜，然对于指导现代观念主义者们的人生，又如此贴切。此时的荆公和东坡，已然在精神上高度契合。

苏轼和王安石的反思，有点醍醐灌顶的意味，世界观、价值观、人生观，似乎都整合了，并非效法魏晋以来的隐士权宜。陶渊明的隐，是对世俗环境的完全不信任，白居易的隐是欲罢不能，退而求其次。王安石和东坡的隐，谈不上逃离，也谈不上以退为进。他俩的关注点，更趋于个体本身。

元丰七年（公元1084年）四月，苏轼遵朝廷的指令启程——"量移汝州安置"。

虽然只是换了一个地方，任"团练副使、不得签书公事"，继续黄州的半官半农，亦出亦入的生活。但总算有所改变，毕竟汝州这个地方，条件要比黄州好，离东京更近。

苏轼能得到这样的照顾，说明神宗还记着他，这就足够了。其实，宋神宗早有复用苏轼的想法，只是碍于阻力太大。比如，让苏轼回京编修国史，丞相王珪就从中作梗，而未成。苏轼这样稀缺的人才，的确不可替代，怎么办？宋神宗也是拿不定主意。朝廷最初启用曾巩修国史，曾巩完成了《太祖总论》，这是关乎宋朝立国基础的一篇宏论，可惜宋神宗并不满意，他还是想用苏轼。不单是文采问题，还有更为睿智的观察视野，甚至还有价值观的问题。于是有了新的旨意：

"苏轼黜居思咎，阅历滋深，人才实难，不忍终弃。"（元·脱脱等《宋史·苏轼传》）

苏轼并没有直接北上,而是选择沿江东行。路程绕了点,但干了三件事:送长子苏迈赴饶州府(今江西鄱阳湖东)任德兴(今江西上饶德兴)县尉,邀约监筠州盐酒税的兄弟子由,与好友参寥等人共游庐山。

苏轼在庐山上待了十多天,转来转去,豁然琢磨出一个审美道道:

"横看成岭侧成峰,远近高低各不同。不识庐山真面目,只缘身在此山中。"(苏轼《题西林壁》)

很东方,也很宋朝的美学话题。也不是庐山的山形风光,天然地具有哲学启示的,啥玄机妙处。而是苏轼离开黄州,来到庐山,多年来一个人独自积累的思考,与那些远近高低,各个不同的奇峰峻岭,在一个特定的时空环境里,高度地契合了,一些混沌的东西,自然地显性了。

苏轼的抽象悬想,到底对应了现实中的什么问题呢?

变法。或者叫神宗变法、安石变法、"熙宁变法"。

他对过去一段时间,自己简单粗暴地否定变法,应该有了新的认知。世间很多事情,不是非好即坏,非失即得的对立。那些自己曾经视作不可动摇的"正确"或者"错误",倘若随着时间和空间的变化,不定啥时候,就悄悄调换了位置。

于是,西林题诗之后,有了东坡与安石的一次冥冥之中的相聚。

苏轼和王安石在蒋山(今南京钟山)半山园的相聚,有一段被世人津津乐道的对话,写进了《宋史》。

大约是说两人就曾经的隔膜,做了一番点到为止的沟通。对话可能被传话和收罗的人,做过手脚,不过还是大体反映了两人此时此景,对于政治的微妙心态。有兴趣的,不妨找来读读。

苏轼会王安石的那段日子,也许算得上宋朝少有的"共和"时光。

两人谈时事,也谈玄,更少不了诗词应和。

王安石写过:

"酴醾一架最先来,夹水金沙次第栽。浓绿扶疏云对起,醉红撩乱雪争开。""午阴宽占一方苔,映水前年坐看栽。红蕊似嫌尘染污,青条飞上别枝开。"(宋·王安石《池上看金沙花数枝过酴醾架盛开二首》)

"北山输绿涨横陂,直堑回塘滟滟时。细数落花因坐久,缓寻芳草得归迟。"(宋·王安石《北山》)

"故作酴醾架,金沙只谩栽。似矜颜色好,飞度雪前开。"(宋·王安石《池上看金沙花数枝过酴醾架盛开五绝》)

苏轼以《次韵荆公四绝》相和:

"青李扶疏禽自来,清真逸少手亲栽。深红浅紫从争发,雪白鹅黄也斗开。

"斫竹穿花破绿苔,小诗端为觅桤栽。细看造物初无物,春到江南花自开。

"骑驴渺渺入荒陂,想见先生未病时。劝我试求三亩宅,从公已觉十年迟。

"甲第非真有，闲花亦偶栽。聊为清净供，却对道人开。（公病后，舍宅作寺。）"（苏轼《次韵荆公四绝》）

两人都写到同一种非主流野花——带刺的酴醿。酴醿的花其貌不扬，藏在枝叶的下面，不注意看，还以为真是棵讨厌的刺。但，谁又能说那不是开放呢？有馨香，就有开放，有开放，就有酝酿，有酝酿就有沉实。群芳之后，万花争先恐后的步子仿佛慢了。非主流的酴醿，兀自开放，它们不再计较所处的环境。季节包容了它们，它们也予以时令互动。初夏由近及远，清静而无为。

两人的唱和，表面上可能说的是闲情逸致，细致品味起来，又似乎道出了诸多言外深意。

荆公虽已不问正事，但对自己曾经发起的那场时代革新，无论成败，都已了然。公道任由世人评说，自信也好，惆怅也好，都不重要了，一切都化作花枝的自说自话——它们最懂得主人的志向。

东坡的和诗，字里行间显得有些被动，也是借那些生长的细节，含蓄地说出自己不好明言的沉思，显然对荆公新人新事，有了更高层次的宽容甚至理解。

王安石已经想明白了许多，苏子似乎也不再纠结。

告别王安石后，苏轼曾作《与荆公二首》，透露了一些隐秘心迹：

"某启。某游门下久矣，然未尝得如此行，朝夕闻所未闻，慰幸之极。已别经宿，怅仰不可言。伏惟台候康胜，不敢重上谒。伏冀顺时为国自重。不宣。

"某近者经由，屡获请见，存抚教诲，恩意甚厚。别来切记台候万福。某始欲买田金陵，庶几得陪杖履，老于钟山之下，既已不遂。今仪真一住，又已二十日，日以求田为事，然成否未可知也。若幸而成，扁舟往来，见公不难矣。"（苏轼《与荆公二首》）

无论王荆公的开创时代，还是司马君实的守成时代，苏轼似乎都划不到任何一派，当然不是丧失立场的墙头草，两边倒。苏轼有自己的个体主张，特立独行，坚持独立思考和判断，不随主流，也不标新立异。他批评改革操之过急，不切实际，但又看到改革的确带来了社会新风。他反对保守派全盘否定改革，造成社会进步的断层和撕裂。

不管是谁执政，他都代表不被关注的"那一个"说话。"那一个"永远是他者，排斥私利超功利，几头不讨好，满肚子"不合时宜"。这种"不合时宜"，在20世纪叫"自由化"或"无政府主义"。如果从政治的角度看，显然不够成熟，若从思想的角度看，它是不是抹上了现代的色彩？

王安石的确也是"不合时宜"的。王安石的"不合时宜"，因为主张与时代脱节了——他一个人的火车头奔跑到了20世纪。回头看，北宋被他抛弃了，不对，是北宋把他抛弃了，整个王朝的列车完全换了一个方向，渐行渐远。

苏轼和王安石截然不同的政治愿景，此时此地，最大限度地彼此包容。两人的思想都奔向了20世纪，现在提前实现了不同理想的"共和"。

金陵相会之后的元祐元年（1086年）四月，一代伟人王安石，便在金陵仙逝了。此时的元祐党首苏轼，政治上已达巅峰，任职中书舍人，奉命起草《王安石赠太傅制》。

文中，苏轼以王朝执政者的口吻，对王安石的一生给予了崇高的评价：

"将有非常之大事，必生希世之异人……糠秕百家之陈迹，作新斯人。"（苏轼《王安石赠太傅制》）

很多人读此文，包括当朝的那些牛人，估计都会说这是一等一的歌颂文章。只是他们一定没想到，此文也是苏轼写给自己的。

苏轼和王安石身为"希世异人"，生不逢时，空有做"非常大事"的理想，郁郁不得志，但他俩的灵魂早已飞升到另一个世界，飞升到未来时代，自由焕发作了"新斯人"。

苏东坡理性上定义王安石，司马光不懂，朱熹和陆九渊不懂，林语堂也不懂。

"荆公时代"之后，登临元祐高点的苏东坡，更像一个普照的光环。他的政治图景描绘，接近于优秀的人治——政治家（士大夫）人格理想化。此前的王安石更擅长设计，实际上他为宋朝谋划了一个规避人治的优良制度设计。两人成为对手，因为各自应用的方法论完全不对路。今天看，我们认为他俩，其实是互补的，于是也不会怀疑二者的初心了。

苏东坡的情绪，却难以掩饰，天下的书生仿佛都是懂的。

比如，也是在那年，东坡游西太一宫，又见壁上王安石留下的六言诗，顿生无限感慨，郁然而作，以怀故人：

"秋早川原净丽，雨余风日清酣。从此归耕剑外，何人送我池南。但有樽中若下，何须墓上征西。闻道乌衣巷口，而今烟草萋迷。"（苏轼《西太一见王荆公旧诗偶次其韵二首·其一》）

这是我读过的最好的六言。我说它好，并非附和纪晓岚的，"六言难得如此流利"（清·纪昀《纪评苏诗》）。

而是先生思想情绪的触动：六言的婉转顿挫，双字词的运用，正好能表达内心涟漪和怀柔——"平仄平平仄仄，仄平平仄平平"，不禁让我想到拊掌踱步的节奏。

先生拊掌，是为一个故人。先生踱步，当为思念还乡。王荆公老死江南的故乡，彻底归于大地。而正处高处的东坡，何时能归耕遥远的蜀地？

77

人生最理想的状态是什么？

如果你问两宋排名前一百名的士大夫，他们几乎可以异口同声地喊出，"功成名就，衣锦还乡"。

什么才算功成名就，宋人有一个标准化的参考：

"为天地立心，为生民立命，为往圣继绝学，为万世开太平。"（宋·张载《横渠语录》）

问题若抛给四十岁以前的苏轼，他的作答大概是这个样子：

"何日功成名遂了，还乡。醉笑陪公三万场。"（苏轼《南乡子·和杨元素时移守密州东武望余杭》）

而元丰七年（1084 年）的苏轼，刚刚经历了一场旷日持久的临渊和登高。巧的是，他在金陵遇上了王安石：

"骑驴渺渺入荒陂，想见先生未病时。劝我试求三亩宅，从公已觉十年迟。"（苏轼《次荆公韵四绝》）

王安石为何要劝苏轼归隐？这个话题也可以换个角度问，两个完全不同政治诉求的智者，为何在归宿上指向同样一个终点？

我也很困惑。

曾经，我也想到过儒家奉为圭臬的大道理。

譬如：

"天下有道则见，无道则隐。"（《论语·泰伯》）

又如：

"穷则独善其身，达则兼济天下。"（《孟子·尽心上·忘势》）

但是，熙宁、元丰年间的政坛，似乎又被很多读书人，视作放飞自我的舞台。"有道"和"无道"，显然讲不过去的。"穷"和"达"呢？我们似乎可以言之凿凿，入相主政的王安石是"达"，退隐钟山的王安石是"穷"。如此，是不是说，蜗居黄州的苏轼正在经历"穷"，接下来的元祐年代，苏轼将登向他的人生之"达"？

好像也不是那么回事。

"买田阳羡吾将老。从来只为溪山好。来往一虚舟。聊从物外游。有书仍懒著。水调歌归去。筋力不辞诗。要需风雨时。"（苏轼《菩萨蛮·买田阳羡吾将老》）

苏轼最初是想跟从安石，买田金陵，没有成。后来又想过去润州（今江苏镇江）、真州（今江苏扬州仪征）等地，最终选择了常州的阳羡（今江苏无锡宜兴），在曹庄买下几亩田地。与王安石分手之后，苏轼一直在折腾这个事，向朝廷打报告，给王安石写信，都说到这个事。我们能够确认的是，他应已拿定主意，定居江南阳羡，不再漂泊。

阳羡的确也是一个好地方，符合读书人心目中"安家"的两条标准：养身与养心。

在阳羡，苏轼真的找到了家乡的认同感。那儿有座山，本来叫"独山"。先生从看到它的第一眼开始，就深深被它的样貌同化——"此山似蜀。"（清·吴骞《阳羡名陶录》）

它太像家乡的瓦屋、峨眉了！从此，"独山"被先生唤作"蜀山"。先生这么一改，天下的人都跟着叫"蜀山"了。"蜀山"成为天下游子心目中共同的家山。

瞧他山为家山，以他乡做故乡，先生给天下的书生做了个示范。乡愁私密而狭窄，故乡却无边界，通向故乡的路也是千千万万：

"先生蜀人也，生于蜀而不拘乎蜀，先生盖天下士矣……茔域所藏，寝庙所寄，虽非其乡而谓之乡人可也。"（清·李先荣、阮升基、宁楷等《重修东坡书院记》，光绪八年刻本《嘉庆重刊

宜兴县旧志》卷十)

也许辗转到了阳羡，苏轼已经不只是眉州的苏轼，更是天下的苏轼了：

"身外倘来都似梦，醉里无何即是乡。"（苏轼《十拍子·暮秋》）

买田阳羡，"只为溪山好"，"聊从物外游"，先生这是向庄子看齐了——

"巧者劳而智者忧，无能者无所求，饱食而遨游，泛若不系之舟，虚而遨游者也。"（《庄子·列御寇》）

不系的舟，他的状态更能接近于从心的遨游，它是自由的，散漫的，犯下的。

就像，这首诗：

"没有什么使我停留/除了目的/纵然岸旁有玫瑰、有绿荫、有宁静的港湾/我是不系之舟/也许有一天/太空的遨游使我疲倦/在一个五月燃着火焰的黄昏/我醒了/海也醒了/人们与我重新有了关联/我将悄悄地自无涯返回有涯，然后再悄悄离去/啊，也许有一天/意志是我，不系之舟是我/纵然没有智慧/没有绳索和帆桅"（中国台湾·林泠《不系之舟》）

78

苏轼最终没去汝州。汝州只是他的魂归之地。

他也没有回到老家眉州。

汝州的郏城，有一座像家山一样的"小峨眉"，它收藏了苏轼沉重的肉身。而先生的灵魂，却无定轨，遍行天下。

江南辗转途中，苏轼两次给朝廷上表，祈求在常州安置。常州是好地方，苏轼在阳羡置办了田产，算是给家人也给自己，定制了一个世俗的归宿。苏轼是善良的，善良到他对自己接下来的生活，只是做了一个常态的准备。

他没有预判到神宗会在第二年的春天，匆匆离他而去。

神宗是个很有抱负，也有主见的君王。正因为如此，苏轼并没有去往更大的方面想。也不敢想。这也为接下来的逆袭，留下了悬念。悬念留在神宗临终的口谕里——一个理想主义者对另一个理想主义者的临终关怀。

宋神宗已经走失掉一个王荆公，不能再遗忘掉另一个苏子瞻。

元丰八年（1085年）三月五日，壮志未酬的神宗赵顼驾崩。还是少年的赵煦即位，称哲宗。听政的高太皇太后，英宗皇后，神宗生母，名高滔滔。

高太皇太后在五月六日下诏，苏轼复朝奉郎，起知登州（今山东蓬莱）。

苏轼离开常州贬所的时候，再次表明态度，无意于官场，只想找个好地方，写诗填词作画：

"买田阳羡吾将老，从来只为溪山好……"（苏轼《菩萨蛮·买田阳羡吾将老》）

苏轼这番写意，当然不是扭捏、矫情，或者心灰意冷。他真的累了，只是不想委屈自己，他想安安心心过几年平稳日子，向江南的山水自由言说，一个人的追随与归隐。

时空并未隔断他的追随对象。那个叫陶渊明或"五柳先生"的内心世界，超乎常人纯净十倍。苏轼愿意做一个像他一样的纯粹的人，面对周遭的陌生，义无反顾，掏出自己的心窝子，绝对不会有啥多想，也毫无一丁点保留。

在赴登州任职之前，苏轼处理了一件房产纠纷。因为朋友的帮忙，他在阳羡一带，已经置办了几处房产。有一处，是一个老太太的儿子卖给他的。苏轼在打听到，老太太卖房以后无处栖身的时候，二话不说，直接烧毁了房契。这个善良而又美好的故事，常州人至今铭记。

几个月之后，朝廷重新调整了苏轼的任命——回京任礼部郎中。接到圣命的时候，苏轼刚在登州上任五日。

初来乍到，啥事没做一件，甚至地皮都还未踩熟。苏轼心有不甘。为官一任，造福一方。五日亮火虫太守，能做啥？啥也做不了。

只能写诗：

"身世相忘久自知，此行闲看古黄腄。自非北海孔文举，谁识东莱太史慈。落笔已吞云梦客，抱琴欲访水仙师。莫嫌五日匆匆守，归去先传乐职诗。"（苏轼《留别登州举人》）

能写写诗也不错了，因为至少亮出了想做事的态度——没有让那匆匆的五日，成为人生空白和民生遗憾。

苏轼登州赋诗，一共五首，平均一天一首。苏轼写诗，大概与我们一日三餐差不多。区别在于，苏轼把诗文当饭菜，我们仅仅是为了能活蹦乱跳地"活着"，有闲暇去跳广场舞，有工夫去混麻将桌而已。

第二年的春天，哲宗改元元祐。四月初六，王安石在江陵钟山下仙逝。一个理想主义的荆公时代结束了。接下来，即将开启的，是另一个理想主义者的时代吗？

79

神宗元丰八年（1085年）的夏秋，先生虚岁五十。那年，政治的簇拥，也可以叫裹挟，让先生坐上垂直起降的电梯，官场指数如日中天。

五月六日，复朝奉郎，知登州为新差遣。朝奉郎，正七品。登州为上州，知州算正六品。

十月十五日，到任登州。

十月二十日，召还，任礼部郎中。

十二月十八日，免试，直接上任起居舍人差遣（皇帝侍从官职），从六品。元丰改制后，差遣算多一份责任，也有品级。

哲宗元祐元年（1086年）三月十四日，免试改任中书舍人差遣（中央机要文秘事务官职），正四品。

九月十二日，差遣由中书舍人升翰林学士（皇帝直接领导的文职官员精英团队成员），知制诰，正三品。

从头年的五月，到第二年的九月，拢共就十七个月，完成了一个半官半民的从八品犯官,到三品大员的逆袭。这个案例,在中国封建官职史上,只在一个人身上发生过一次。这个人就是苏轼。

简单说一下,苏轼担任过的几个眼花缭乱的职务。

起居舍人,属于中央朝政秘书事务的官职,主管礼仪、祭祀、科举。中书舍人也大致是这个性质,主管方向有变化,也更重要,负责典章制度修订、完善、编修以及拟任官员的诏书草拟。翰林学士知制诰,虽然还是秘书事务序列的官职,但是重要性非前面两个能比,因为要管的是皇室的册封诏书,相当于皇帝的代笔或者代言,实际也在某种程度上参与着朝政的议政和决策,俗称"内相",皇帝也常常以这个岗位来考察预备宰相的后续人选。

一个有志的士子,做到翰林学士,那距下一个目标——宰相,就差一步之遥了。欧阳修、王安石、司马光,在任宰相前,就是翰林学士。

苏轼在元祐年间,做到了享受正二品待遇的龙图阁学士、吏部尚书。

短短几年,位极人臣。苏轼凭啥?有人说,凭他跟宣仁太皇太后的关系——非比寻常的文化推崇和政治信任。也有人说,凭他一手笑傲天下的好文章。果真如此?我看未必。

苏轼是一个不可复制的案例。这也包括他在元祐年的加速升职。案例可以叫"苏东坡速度"。这速度,别说是苏东坡本人,就是在整个北宋一朝,那都跟做梦差不多。

说到做梦就对了。在一个高度尚文的时代，给文化以尊重，予书生以尊严，乃文化之幸，也是书生之幸。

偏偏苏轼特立独行，不可多得。他到底不是一个善于团队合作的政治家。他只是一个坦白善良的书生。在一个党争纷纭的年代，坦白善良者如何能做到一个理性主义者的独善其身？

做不到，又怎么办？

这个问题，由来已久，不单是再次还朝。他必须得面对，跟前的君主，和身边的同僚。

权力分寸的拿捏，人际关系的周旋……

唉！

最要命的是那一枝独秀的秀，大包袱啊！

80

苏轼在朝中任要职期间，过得并不顺心。虽然，太皇太后给了他和夫人王闰之以极高的个人荣耀。

这里面当然有司马光的推波助澜。司马光知道朝政这玩意，在野时随便说，一旦翻转，自己成为执政要员，反过来要面对更多的反对者，屁股下像火烤，能坐住吗？

司马光选择苏轼，希望借助东坡的名头，镇住朝野上下：

"元祐初，司马光作相，用苏轼掌制，所以能鼓动四方。"（元·脱脱等《宋史·林希传》）

司马光用的似乎不是苏轼所谓"正确"的思想，是打上

"意识形态"深刻烙印的流量。说白了,是让苏轼为恢复旧制站台的。这一点,跟王安石有多大区别?王安石只是想消解苏轼的流量而已。当然,这也说明了苏轼是个举足轻重的砝码,他的倾向,直接关乎朝政的走向。向左还是向右?天下人都在看着东坡。到了这个地步,你说,被体制左右的东坡,能有多开心?看来,流量这个东西,对于苏轼真是双刃剑啊!

元祐年代或"元祐更化"的苏轼,身着紫袍,腰佩鱼袋,恍兮惚兮,晕乎眩乎,有点找不到重心。此时的苏轼,已经不是仁宗朝的文艺青年,不大容易冲动。王安石和司马光两个政治对手的离去,更是让他忽生荷戟彷徨一般的恍惚感。

元祐元年(1086年)四月,王安石去世。此时的苏轼,已在中书舍人任上。他很负责任地起草了朝廷追赠王安石为太傅的诰命:

"将有非常之大事,必生希世之异人。使其名高一时,学贯千载,智足以达其道,辩足以行其言。瑰玮之文,足以藻饰万物;卓绝之行,足以风动四方。用能于期岁之间,靡然变天下之俗。"(苏轼《王安石赠太傅制》)

诰命当然不只是朝廷对王安石的定论,也有司马光对王安石的看法,当然最重要的,它还是苏轼对这个曾经的老对手一生光芒夺目的崇高呼应。

九月初一,另一个重要对手也是恩人的司马温公去世了,距王安石离世不到半年。朝廷也给了这个操行一级的大书生和保守一派的大丞相以极高荣誉。

身为中书舍人，苏轼除了草拟追封制敕和祭文，还写了篇《司马温公行状》。苏轼秉承史家笔法，书写温公事迹，给了这个曾经在太后面前，极力推荐过自己的恩人，以公正而非阿谀的抒写：

"公忠信孝友，恭俭正直，出于天性。自少及老，语未尝妄，其好学如饥渴之嗜饮食，于财利纷华，如恶恶臭，诚心自然，天下信之。"（苏轼《司马温公行状》）

按理说，苏轼跟司马光也是"不和"的。两人的"不和"，绝非人格冲突，还是立场和方法论的问题。然单纯凭借政治理念，统一不了思想，达不成共识。

苏辙就此有个不偏不倚的议论：

"时君实方议改免役为差役……君实为人，忠信有余而才智不足，知免役之害而不知其利，欲一切以差役代之。方差官置局，公亦与其选，独以实告，而君实始不悦矣。尝见之政事堂，条陈不可，君实忿然。公曰：'昔韩魏公刺陕西义勇，公为谏官，争之甚力，魏公不乐，公亦不顾。轼昔闻公道其详，岂今日作相，不许轼尽言耶？'君实笑而止。公知言不用，乞补外，不许。君实始怒，有逐公意矣，会其病卒，乃已。时台谏官多君实之人，皆希合以求进，恶公以直形己，争求公瑕疵。"（苏辙《亡兄子瞻端明墓志铭》）

苏轼发现，这个老丞相，也是一根筋，听不进别人意见，因循守旧，不思变通，对安石新法完全否定。这么多年来，无论任上，还是贬居黄州，他都不曾放弃过调研和思考。他发现安石新法，其实很多是正确的，只是搞了一刀切，加之下面人的具体执行，出现了偏差。现在完全否定，回又回不去，改又没法改，搞出来的问题比原来还要大。两人最后闹得十分不快。

两个站前排的牛人一闹别扭，台谏那些官僚就出来说东道西，找碴子了。台谏是维护当权者的，苏轼知道其中的厉害。但是，他无法做到随波逐流，一味地违背自己的良知，说假话。忍不住，就要发声。这是苏轼的本色。于是，他连续上了多条奏议札子。只是，又有啥用？司马光大为光火，太皇太后也不支持，还让台谏拿到了话柄，差点就要贬他了。烦啊！

烦恼归烦恼。苏轼对司马光的道德文章和政治功过，还是很清醒的。所以，他的笔下仍然生发着一个士大夫的温暖和光华。

但是对吕惠卿这个蝇营狗苟的官僚，苏轼便不那么客气了：

"凶人在位，民不奠居；司寇失刑，士有异论。稍正滔天之罪，永为垂世之规。具官吕惠卿，以斗筲之才，挟穿窬之智。谄事宰辅，同升庙堂。乐祸而贪功，好兵而喜杀……苟可蠹国以害民，率皆攘臂而称首……始与知己，共为欺君。喜则摩足以相欢，怒则反目以相噬。连起大狱，发其私书。党与交攻，几半天下。奸赃狼藉，横彼江东……妄出新意，变乱旧章。力引狂生之谋，驯至永乐之祸……假我号令，成汝诈谋。不图涣汗之文，止为款贼之具。迷国不道，从古罕闻。尚宽两观之诛，薄示三危之窜。"（苏轼《吕惠卿责授建宁军节度副使本州安置不得签书公事》）

借撰贬状,假皇帝之口,苏轼痛痛快快泄了回亦公亦私的大愤怒。这个事完后,苏轼心情似乎很放松,忍不住当场抖搂:

"三十年作刽子,今日方剐得一个有肉汉。"(宋·陈长方《步里客谈》卷上)

这就是苏轼,丝毫不掩饰自己的内心阴暗。谁人没有阴暗呢?佛,还是上帝?

很有意思的是,两年后的元祐三年(1088年)十二月,苏轼对王安石还有一个颇为正式的评述:

"昔王安石在仁宗、英宗朝,矫诈百端,妄窃大名,咸以为可用,惟韩琦独识其奸,终不肯进……窃以安石平生所为,是非邪正,中外具知,难逃圣鉴。先帝盖亦知之,故置之闲散,终不复用……二圣嗣位以来,斥逐小人,如吕惠卿、李定、蔡确……之流,或首开边隙,使兵连祸结,或渔利榷财,为国敛怨,或倡起大狱,以倾陷善良,其为奸恶,未易悉数。而王安石实为之首。"(苏轼《论周穜擅议配享自劾札子二首》)

这个评述的口吻,要比前面的诰命文字冷静得多。有人认为,它或携带了苏轼的个人私密情感。我观察,这些话倒像苏轼长时间辨析之后的追问。它与那篇颂扬的诰命一样,都在彰显苏轼的赤子之心。

苏轼阅人,自有一套考察体系。道德的衡量标杆,又最高。不管是高官同僚,还是身边朋友,视角都是一贯的。苏轼的喜怒,完全遵从于内心。对那些无德的官场小人,苏轼骂得出口,也骂得人还不了口。而对王安石和司马光这样的道德楷模,他当然敞开胸怀地接纳和互动，哪怕再来点同志加朋友式的批评或者灵魂拷问，又何尝不是美事？

爱憎分明，真人真性情。这就是苏轼。哪怕他的点赞和怒骂，与他的职业没有任何关系。

可惜，苏轼讨论周穜的正常奏札，却在很大程度上影响了后世对王安石的正确评判，历来遭人诟病，往往被拿来作为苏轼人格两面性的印证实锤。

周穜跟王安石和苏轼私交都不错，年轻时候受王安石抬举，元祐初年又得苏轼提携。也就是说，王安石和苏轼于他都有知遇之恩。此人官小，缺心眼，没啥敏锐性，竟然上书朝廷，把王安石与神宗皇帝相提并论。此事引发了洛朔蜀党诸要员一番争议。苏轼自然也要表明态度，现在读到的札子，应该就是他的朝议书面发言。苏轼的表态，除了顺应时势，还有自我反思，如举人不当，愿意接受处罚之类的意思。

这则史料，读起来不禁让人脊背骨发凉。显然，元祐初年司马光要的言论自由并不存在，苏轼所处的官场生态，并没有比王安石时代有何根本性改变。为自保，苏轼不得不违背良心，在某些场合说了一些附和的话，包括对王安石尖锐甚至有点失态的攻击。苏轼的言辞风格，容易得罪人，在当朝都不是啥新闻。但像这次的极端例子，在元祐年间，大概有三次，一次是这次，另两次是在对待章惇和蔡确的态度上。我以为，这倒是苏轼自黄州回来以后，人生由大落到大起，像站队这样的冲突，重新摆在他的面前，又是那么不善于迎合和拿捏。一个坚持独立判断，有着自由主义倾向的中世纪书生，无疑又一次面临洗礼。

高处的确不胜凉寒。苏轼恐高，也对凉寒敏感。我们不敢说，这点是天生的，但他一开始入仕就是这样，这么多年来，也没见有多少改变，跟天生也就差不多了。

现在他自己就是那海拔高度，头顶日月星辰，光芒万丈不说，还是个绝对的异数。这就有问题了。就算一言不发，像根木头一样竖在那儿，也招人恨呀。流量太大了！苏轼那会儿是不是已经意识到流量的问题，并不重要，重要的是可能一言不发吗？再说，就算他意识到了，又能如何？

"人皆养子望聪明，我被聪明误一生。唯愿孩儿愚且鲁，无灾无难到公卿。"（苏轼《洗儿诗》或《洗儿戏作》）

苏轼的幼稚是真幼稚，明明自己本就知道自个儿的毛病，偏又死守那一份初心，没想过动摇，也改不掉。

苏轼是被决策集团推上风口浪尖的。自出任杭州、密州、徐州州官以来，苏轼发现，他的长处不是决策议政，搞顶层设计，而是走群众路线，做民生。政治路线刚好与王安石相反。他可能不是个有为的京官，但大概率可做个称职的地方官，若以百姓满意为标准的话。苏轼的政治图景在天下，政治策略在实践，政治基础在大众，这一点，与近现代的民本思想极为接近。用今天我们的话说，就是一切从群众利益出发，扑下身子接地气，撸起袖子加油干。听起来，是不是有些耳熟，也有些温暖？

那段时间，苏轼并没有苟且于王朝的意识形态代言人（太后的御用"内翰"）和新旧力量的制衡器，几次三番自请辗转于京地之间。加上整个宋王朝一下没有了王安石和司马光两个旋涡达成的动态平衡，也是东倒西歪。树欲静，而风不止，先生对于政治的兴趣，正一点一点走失。

阅人定性的工作不好干，哪怕是像翰林学士这样位高权重，一言九鼎的超级秘书。得罪人啊。拿捏这种事，在有些人看来，那就像风和舵，热衷的自然趁手，反感的那就是个棘手的大麻烦。

苏轼就很反感。权与位，人与人，上与下，东与西，左与右……

这就是我们通常说的职场小白，可爱，可心，偏偏又是个麻烦。

不谙官场潜规则，不懂情商为何物，藏不住半点城府，人际关系一团糟。这就是拧巴者、直肠子苏轼，直直地来，又直直地去，从来没想过拐弯和迂回。

司马光去世后，因为葬礼事务，苏轼得罪了洛党"二程"之一的程颐。程颐是个"活死人"，主持司马光丧事，犟着要循古礼，装怪，苏轼当场就没忍住，好一番冷嘲热讽，于是两人结了个很深的怨。

到了十一月，朝廷开馆职试，苏轼是命题阅卷主考之一。那次考试，苏轼门生黄庭坚、张耒、晁补之，中榜入职。他们几个连同秦观，就是我们常说的"苏门四学士"。这里面，尤以黄庭坚的气质最为接近他的老师。

黄庭坚其实只小苏轼八岁。两人在元祐年前，早就神交已久。苏轼十分欣赏黄庭坚的诗文书法，黄庭坚更是苏轼最为忠诚的铁粉。但是，他俩正式见面却是在元祐元年（1086年）的正月。

苏轼得罪"洛党"的直接后果是，程颐的弟子左司谏朱光庭，以苏轼拟的馆职试题，弹劾了苏轼。随后，其他的台谏，也加入进来，一时间，苏轼陷入了元祐年代第一群人的无聊围攻。苏轼也是在那个时候，再次领教了"党争"的水深火热。他并不知道，他正在一步步坠入时势构陷的深渊。

后来，苏轼临时性又调任权知贡举。科举事务，本来也就是个权力不大的差遣活，老老实实，按部就班就行了。实在闲了，想玩存在感，还可以不动声色，顺手送点人情，拉帮结派，搞点人际关系资源。

王安石走了。苏轼一个人的寂寞刚刚开始。

司马光走了。苏轼一个人的寂寞，看上去更像一群人的幸福氤氲。

这里有个插曲，也一直是宋朝粉丝清流，对苏轼的诟病。苏轼到底有没有重蹈王安石或司马光的"党派"浑水？

我要告诉大家，真没有。那么，是不是说，苏轼难得人间清醒呢？似乎也不是那么回事。

这里要讲到一直讹传至今的东坡在元祐三年（1088年）主持贡举考试，营私舞弊，泄密试卷一事。

事情出自本就并不可靠的宋人笔记,后又被不断地虚构和演绎:

"元祐中,东坡知贡举,李方叔(名廌)就试,将锁院,坡缄封一简,令叔党持与方叔。值方叔出,其仆受简,置几上。有顷,章子厚二子曰持、曰援者来,取简窃观,乃《杨雄优于刘向论》一篇。二章惊喜,携之以去。方叔归,求简不得,知为二章所窃,怅惋不敢言。已而果出此题,二章皆模仿坡作,方叔几于阁笔。及拆号,坡意魁必方叔也,乃章援。第十名文意与魁相似,乃章持。坡失色。二十名间一卷颇奇,坡谓同列曰:'此必方叔。'视之,乃葛敏修。时山谷亦与校文,曰:'可贺内翰得人,此乃仆宰泰和时,一学子相从者也。'而方叔竟下第。坡出院,闻其故,大叹恨。作诗送其归,所谓:平生漫说古战场,过眼空迷目五色者是也。其母叹曰:'苏学士知贡举,而汝不成名,复何望哉?'抑郁而卒。余谓坡拳拳于方叔如此,真盛德事。然卒不能增益其命之所无,反使二章得窃之以发身,而子厚小人,将以坡为有私有党,而无以大服其心,岂不重可惜哉!"(宋·赵溍《养疴漫笔》)

之所以,对于此事怀有质疑,基于以下几点考量:

一是北宋中早期开始推行的科考制度设计。比如,复杂的试卷出台和管理程序,"封弥""誊录""初考""覆考""定号""奏号""拆号",一环扣一环。"锁院"程序,尤为严密,类似于今天考试院的高考封闭作业。作为当事人的苏轼,当然是知道大宋律条的严肃性的,何况制度设计本就有各种监督和牵制,御史台的官员盯着哩。事实上元祐初年，苏轼就因为命题，遭到政治对手的弹劾，包括元祐三年（1088年）这场贡举考试，对手们拿出来说的事，不是徇私，而是命题内容，批评苏轼借古讽今，显然苏轼在遵守律条上，肯定是如履薄冰，对手们拿着放大镜也没看出啥毛病，倒是指斥他借命题表达政治意愿，还真有可能。所以，要说他在"锁院"期间，舞弊渎职，私自泄密命题内容，且不说违背其最为硬气的政治道德底线，在科考程序逻辑上，也几乎没有多少操作性。有兴趣的朋友，可以研究一下宋代考试史实。

再是章惇的两个儿子获益一说，也是不靠谱的。此说，无非是南宋士人，对章惇家族打压的延续。再说，如果苏轼有意透露信息给当事人李方叔，也绝对不可能不做防范，大而化之，最后无意间把朝廷的绝密信息，扩大到他的政治对手章惇的朋党圈里。倘若章惇的两个儿子，果真拿到了试题内容，我只能说，苏轼还是把章惇当圈子中人的，但这又与南宋士人们，对苏轼和章惇二人关系的猜测和诟病，构成逻辑悖论。再是，这场著名的科考，由苏轼担纲，他的团队阵容，所谓的"朋党"和门生，几乎碾压其他团队，但为何朋友圈的很多熟人，好多人最终却落了榜？这是很难解释的。

眉州先贤，南宋大理学家魏了翁，就曾专门点评过：

"欧阳公之司贡也，疑苏公为曾南丰，置之第二，然南丰时在得中，公初不知也。及苏公司贡，则不惟其门人，虽故人之子，亦例在所遗。观其与李方叔诗及今蒲氏所藏之帖，若将愧之者。然终不以一时之愧，易万世之所甚愧。此先生行己之大方也。使士大夫常怀欧公之疑而负苏公之愧，古道其庶几乎！"（宋·魏了翁《鹤山集》卷六十《跋苏文忠墨迹》）

魏了翁算苏轼的同乡后人，做学问又极严谨，他的态度可能更为理性。对南宋士人间的传闻，他有着与众不同的态度。当初，欧阳公主持贡举考试，有意避嫌曾巩，却无意间打压苏轼一说，本来就漏洞百出。现在又平白跑出来李方叔一说，又如何能说服人？魏了翁尽管很含蓄，但我们多读几遍，还是能察觉到，两位泰斗级文化前辈，跨越时空的惺惺相惜。

嘉祐初年，曾巩已是欧阳公交往多年的门生，苏轼却尚未拜于公之门下，就一普通的青年学子。那场科考的结果表明，欧阳修最终秉持了公道，因为曾巩和苏轼的文章都受到了他的重视。随后，魏了翁由此联想到苏公主持元祐年的考试，也同样未曾徇私，给门生熟人留后门。

苏公赠予李方叔的诗文，流露的所谓愧意，或有遗珠和策勉用意。但观苏轼诗，其实对李方叔华而不实的文风，还是保留了看法的：

"方叔之文似未到岸。"（清·王文诰《苏文忠公诗编注集成总案》）

赠诗除对方叔文章，未达到理想而存言外憾意外，更像在催发年轻人，能以此反思，推动当下诗文革新之变。从这一点看，苏公和他的老师欧阳公一样，都是道德文章彪炳千秋的"双星"楷模。

一边是政治对手,一边是熟人朋友。都在盯着他这个光环人物的一言一行,一举一止。自己又那么坚持信仰,外面有倒逼,内里有自律,谁还能懈怠?如履薄冰,还是戴着镣铐跳舞?这就是我要说的——"温水煮青蛙"。

苏轼偏又是那个绝不安分的心脏。本来就处于微妙的政治生态,竟然还不顾一切想变革,一股脑儿提了一揽子建议。这下好了,动了很多人的奶酪,甚至让太皇太后也有点不胜其烦了。

苏轼这是难得糊涂蹚浑水,还是以一己之身去淘清水源啊?

另类的水游生物,的确是离不开水的。水至清,则无鱼。对水质又有着天然的敏感,哪怕一丁点的污浊,都会浑身不适,不是口舌生疮,就是鳞伤遍体,或者一口接一口地呛泥浆:

"'伤弓之鸟固已惊飞,漏网之鱼难于再饵。'苏子瞻辞内翰表也。太后宣谕曰:'但勤职事,不要高飞。'"(宋·莫君陈《月河所闻集》)

这则笔记引用了苏轼向朝廷递交的翰林学士辞呈,还有高太皇太后批阅辞呈后的宣谕。这不是苏轼第一次表达不愿意当这样的中央秘书官僚,此前任起居舍人递交过两状,任中书舍人递交过一状,这次辞免翰林学士又有两状。有人说,苏轼这样忸怩作态,是待价而沽,还是别有用心?我告诉大家,他是真的不想接这个活,别人做梦都做不来的帝王差遣,在他看来,那就是莫大的人生包袱。

我仔细比对过苏轼辞免翰林学士的两纸状文,发现字里行间均无"伤弓之鸟""漏网之鱼"等极具感情色彩的措辞。不仅此两状没有,后来苏轼辞去哲宗皇帝侍读一职状文,以及再后来辞去更高职位的翰林学士承旨的三状也没有。不安倒是有的,辞免翰林学士的两状,白底黑字,拖笔落墨,看得人心惊肉跳。

我一直在想这个问题,既然东坡文集里并没有记载的事,为何南宋文人笔记的抄录,说得有眉有眼?我猜测,很可能苏轼递交表达退意的辞呈不止两次,那篇带有"伤弓之鸟""漏网之鱼"的状文,最终可能被太皇太后压在了案头,没有收录到正式的宫廷档案里而流传下来。太皇太后也不想让这样打眼的文章,流到那些别有用心的人手里。

元祐年代的赵家王朝,并不是一潭纯粹的清水。搅屎棍随时都在场,不在此时的明处,就在彼时的角落。不过还没得势,暂时收敛,啥时候吹风了,又跳起来搞点事,谁都说不准。

太后又是多么聪慧之人,适当打压苏轼,泼一泼冷水,其实也是在保护他。太皇太后估计看出来了,这个人中俊杰的苏轼,对官位这样的浮华并不感兴趣,最想要的是一个完全从属于自己内心的自由。但是,她能给他吗?那些对立的政治对手能给他吗?整个王朝能给他吗?

我相信,没有谁能肯定地回答这个问题。

苏轼多次乞郡,太皇太后和皇上都不予恩准。他的忧郁,只能由他一个人在孤独中消遣。

"人生就是孑然孤独的样子。"(德国·赫尔曼·黑塞)

也许,苏轼从沦陷于乌台囹圄的那一天开始,就不得不去被动习惯于孑然。然后是黄州,足足用了四年多的时间,觉悟孑然的本来意义。现在,他只是换了一种体验场景,继续冥想罢了。

在苏轼看来,政治的网罗与世俗的纷纭没有啥区别。异见权谋啥的,困顿黄州期间,本来忘得差不多了,现在回到汴京,又都一样不少地上来。世俗的那些名堂,真是懂得人性的软处。

添堵啊!

"误出挂世网,举动俗所惊。归田虽未果,已觉去就轻。"(苏轼《送吕行甫司门倅河阳》)

所仰慕的五柳先生,逃出樊笼,去了桃源,完全把自己屏蔽起来。现在的东坡呢?上下左右仿佛张罗着那一张网,看不见,摸不着,它的虚幻存在令人窒息。他也想跟五柳先生一样自由呼吸,然而事与愿违,几次三番申请外调,官家没有允许。终于,有机会去地方了,没干多久,又被朝廷召回。每一次的外调,都是自我的逃离。每一次的回京,又不得不面对更高官职的诱惑。

从元祐四年(1089年),到元祐九年(绍圣元年,1094年),苏轼一直在"被调动中",辗转于杭州、颍州、扬州、定州和京城之间。

今天,看苏轼的那段履历,很像穷鸟的触网人生:

"缴弹张右,翼弓彀左。飞丸缴矢,交集于我。思飞不得,欲鸣不可。举头畏触,摇足恐堕。内怀怖急,乍冰乍火……"(汉·赵壹《穷鸟赋》)

只是那"穷",非指"饥饿"之意,而有"穷途"的意思。毕竟,围困先生的"网"里,有人放着诱人的鸟食。

苏轼最坚决的退意,萌生在再次赴任杭州之后。

元祐六年(1091年)正月二十六,太皇太后决定任命苏轼为礼部尚书。

这是太皇太后至少第三次提出任命苏轼礼部尚书了。前两次,各种原因,没有成行。礼部尚书比此前的职位要高。诱人吧?不,苏轼认为那是一个是非。

还没接正式任命,只是听朋友吹风,苏轼就立马行动起来,造舆论。给在京城任重要职务的老朋友范祖禹(字纯夫)写信,说了一大通,绕了一大圈,就一个意思,望范老朋友帮忙美言,放他去另外一个州。范祖禹到底听没听苏轼的,不知道,但朝廷最终没有听苏轼的,还是下了诏令。只是有一个问题,苏轼的兄弟苏辙,此时在相当于副丞相的尚书右丞岗位,苏轼任礼部尚书,不太合适。不过,太皇太后最后下达的任命是翰林学士承旨,也就是说与一般的翰林学士还不太一样,是加了皇室特别机要职责的,说白了,他的工作直接面对听政的太皇太后和皇上。

这下算九十度的通天了。

汴京是东坡的难度,除了高度,还有垂直度。九十度的障碍,比黄州赤壁还要陡峭。关键是,东坡先生人在明处,那陡峭在暗处,这就很麻烦。

尽管关怀来自最高权力,但苏轼去意已决。

元祐六年（1091年）二月二十八日，朝廷正式诏命苏轼还朝，任翰林学士承旨。苏轼在启程之前上了《辞免翰林学士承旨第一状》。辞呈当然被太皇太后和皇上驳回了。驳回了，就又再上。再上，又驳回。一共上了三状，这些都是在离开杭州还朝的途中发生的。第三次辞状，驳回后，不允许再上。苏轼就又换了个说法，上了第四状《杭州召还乞郡状》，自然也是未准。

退路似乎都被堵死了。没有办法，只得面对。

五月二十九日，苏轼入阁门，受诰命。

六月一日，奉旨赴任学士院，受赐对衣、金带、马。

三天后，又召为皇帝侍读。

这个时候的苏轼，官职是翰林学士承旨、左朝奉郎、知制诰兼侍读。

五彩斑斓的荣耀，五彩斑斓的鸟食。

就为了那鸟食，元祐年的东坡，一地鸟毛。

有一个客观的原因，舞台后老太皇太后身体一天天走下坡路了，面前的小皇帝却一天天大了，对苏轼的说教越来越腻烦。这是一个潜在却又能预见的大风险。放大那风险的，是朝廷的那些对手，正在蠢蠢欲动，伺机出猎。苏轼就是他们集体围猎的肥物。

彻头彻尾的儒子，就算预见了啥风险，也不可能做出非常态的举动。

于是，先生自己也对这段人生，极其不满意：

"断送一生消底物,三年光景六篇诗。"(《七年九月自广陵召还复馆于浴室东堂,八年六月汶公乞诗复用前韵》)

先生的"六篇诗",其实也不怎么样。我们不满意,先生也不满意,想来"穷途"还没有走到"末路"这一步。"穷途"与"鸟食",让人纠结,鸡肋啊!

一个人是不是只有远离"鸡肋"情绪,才会冲出"穷途",义无反顾奔向"末路",回归彻底冥想?

81

关于元祐年代的苏轼,我们现在说得最多的是一场文化派对:"西园雅集"。

中国的平头百姓,知晓"兰亭雅集"的,可能要比知晓"西园雅集"多得多。

看派对阵容:"兰亭雅集"四十二人,人数第一。名气大的,有"二王"(王羲之、王献之),还可以算上谢安。

"西园雅集"十六人,个个来头不小。唐宋八大家,有二苏(苏轼、苏辙),当朝人物画第一李公麟(字伯时),"宋四家"有三家(苏轼、黄庭坚、米芾),苏门四学士(黄庭坚、晁补之、秦观、张耒)。

就说沙龙的发起人。苏东坡对于世俗的影响力,要比王羲之大吧,偏偏魏晋的"兰亭"成了中国士大夫精神谱系的一个重要符号,北宋的"西园"却被疏离和淹没了。

"西园雅集"的真伪,已是一桩文化公案。李公麟的手迹,早已失传,即便米元章的"记",也没有收录在米芾个人集子里。画没有了,米芾的记似乎也洗不掉伪托的嫌疑。

"国家盛时,禁臠多得名贤,而晋卿(王诜)风流尤胜。项见《雅集图》,坡、谷、张、秦,一时巨公伟人悉在焉。"(宋·楼钥《跋王都尉〈湘乡小景〉》)

楼钥给王诜画作的跋文,提到王诜的另一张画《雅集图》,至少有四个文化人物(坡、谷、张、秦)出现在画里。这是现在能找到关于雅集最早的文字记载,尽管没有点出"西园",因为有"坡"——那赫然在列,值得信赖的文人符号,我们便坚信那一场文化盛会,绝非空穴来风。后世文人一遍又一遍摹写还原米芾原记的状态,往往被视为士大夫个体生命的自我暗示与文化生态愿景。

苏子瞻"捉笔而书",苏子由"执卷而观书",李伯时"幅巾野褐,据横卷画渊明归去来",黄鲁直"团巾茧衣,手秉蕉箑而熟视",张文潜"跪而捉石观画",秦少游"坐于盘根古桧下,幅巾青衣袖手侧听"。最特立独行的,当数米元章了,"昂首而题石",除却胸中之块垒,完全无视别人的存在。

李伯时、米元章,不,还有马远、刘松年、赵孟頫、钱舜举、唐寅、仇英、尤求、李士达、丁观鹏……这么多文人雅士,摹写西园,也刻画了自我。

笔下诸公神态如此一致,又似乎个个自在:

"自有林下风味,无一点尘埃气。"(宋·米芾《西园雅集图

记》）

吟诵兰亭的古风，或为寄托普通书生，对于世俗的直接屏蔽，对于自然的无条件崇拜。

摹写西园的时尚，似乎又陷于某种障碍——山水在远方，"世"就在身边，此时此地，对于自己，都是一种无法绕过，又不得不述的"东西"。虽然有所收敛保留，但它的确是一种注定要说出的形而上存在。只是，太婉转了！

如此说来，"西园雅集"真的开启了一段两宋交接的文艺复兴？

比如书风。在宋以前，中国书法日常应用，多以"二王"（王羲之、王献之）为标准。王羲之写得太好看了，即便不懂书法的普通人，都认得那间于行楷之间的"美"字。他的《兰亭集序》被公认具有书法"自然美"与"人工美"的普遍意义：

"他的字与现代书法相通，却又称为过去，但又因其普遍性而永存于未来。"（日本·石川九杨《中国书法史》，傅彦瑶译）

我理解王羲之《兰亭集序》书风的普遍性，是不是就是说，山水不因人而存在，然山水之美却因人的呼应而传世，两者又高度契合与协调，就像那有名的"大三和弦"。魏晋的黑暗，在王羲之那里是看不到的，一切的外部环境，都被此刻的"好心情"选择性过滤，剩下点画的舒缓有致，波折的行云流水。书法的形式，于此成为自我荡涤，与世无争的某种表现主义。

如果说，王羲之的结构和章法，更多反映了眼睛与自然的美好关系，流动也好，静止也好，局部也好，整体也好，彼此相对地存在——"那一刻"的美好，从一开始就注定被艺术家锁定为"永恒"。大宋的山水画家们，所谓师法自然，大约从此直接获益。

苏东坡、黄庭坚、米芾的出现，时间蓦地显得重要了。线条是时间的流动，章法是流动的铺陈。时间不是被运用，而是被表现——直接反映了艺术家的灵感生发到升华的履历。特别要强调进程。主宰进程的，一般理解为情绪。情绪又因"我"的秉性而大放异彩——此时此地都被它笼罩了。

书法终于迎来革新时代。人们对于王羲之的"普遍意义"审美疲劳，喜欢上了别扭新奇的"歪字"——

《寒食帖》上半部分向右上倾斜，像个患有严重风湿肩周炎的老年患者；《松风阁诗帖》昂首踢腿，一律闪了腰地喊疼；《吴江舟中诗卷》右伸左缩，要不是读者心目中自有一根拐杖暗示撑着，那字可就彻底凉倒了。

不可理喻的是，三个"丑书"大师，竟然都被收到"西园"里了。

"颠倒""不安""扭结"，颠覆了"均整""安定""和谐"的美学，俨然士大夫们新的时风。"宋四家"中，"蔡"是个另类的少数，不管是蔡襄还是蔡京，仍旧是"二王"的秀气路子，书生们一边悄悄守着"蔡"的中规中矩，一边又为苏、黄、米的歪瓜裂枣嗟呀喝彩。如此纠结，其实已经在"西园"的画里画外，有所传达——在完善中抗争，在抗争中权宜。

于是，我们看到温水煮青蛙的一幕：东坡发福了。

为瓦解苏轼的福态，李公麟安排他的模特儿眯眼坐在一块石头之上，膝上横一拐杖。也许有莲花台的意思，只那石真的其貌不扬。冥顽光滑的石头，本来足够矮化，加上松散低调的坐姿，主人的消极福态，不那么打眼了。竹节拐杖自然又细又瘦，多少也让人记起点嶙峋。

黄庭坚说，李公麟画的是小醉的东坡。

林语堂说，先生正在"思考物质世界的消长，同时享受眼前大自然无尽的韵味，仿佛随时会站起来，拿笔蘸墨，抒发胸中的感慨，不是赋出美丽的诗篇，就是挥出醇厚的书法画作"（林语堂《苏东坡传》）。

李公麟的东坡先生画像，我们没见过纸本真迹，眉山三苏祠至今还保存有明早期的浮雕，估计蓝图来自宋元的刻本或摹本。我每次去三苏祠碑林的东坡画像浮雕前，总会情不自禁地想起林语堂的这段话，生活向左，精神向右。不对，生活向下，精神向上。苏轼的眯眼坐姿，已经模糊了上下左右的方位。此情此地，先生已然非儒非佛非道，也不再纠结出世和入世——出与入都不能完整诠释东坡人生的动态。

82

写完上面的话，才发现又是一年春分。

"吃了春分饭，一天长一线。"（民谚）

过了春分，万物跃跃欲试，不再拘泥冬天的蜗居。该掀开的掀开，该打理的打理，该整装出发的整装出发。流水在向远处。阳光在仰望处。流水阳光，又会同在从春光的分界处。一切转入集体的告白模式。

元祐词人的告白。告白春色。春色三分，两分王朝的尘土，一分东坡的流水。词人在驸马的西园，也是苏门的西园。高寒的光位，适合乘风释放快感。看花非花。似花非花。二月三月，先生的情绪，随春色下降，沉淀。孤独遥相呼应。一切似无法预料，为何隐隐不安？那就在接下来的秋天，安静地调整，缓冲取势。方向已然既定，目标的高度，分明与整个王朝的堆积相反。

又一个冬天，我在成都的展馆里，看到了柳岱、王式和张大千。他们在一幅叫西园雅集的图景里，作为表现的旁观者，同台亮相。

后世画家拟意的东坡，或不如李公麟的苏学士那么推崇细节的写实，有着更多"我"的投射。柳岱的，略显低调，一个人埋头走笔，心无旁骛，沉浸于某种日常的书生叙述。王式的，忘我陶醉，大面积的园石绿植，正宜灵感的生长和铺陈。大千的，阳光，帅气，风流偲傥，红绿主宰的基调，于墨地的松、竹、梅、蕉的氛围中，夺目而出，仿佛整个换了人间季相。各有表达，也难分伯仲。

没有谁会质疑，画面C位的那一个，他的眼神，他的言谈举止，是否还能协调画面背后的私密情愫。

没错，就是他，我们的东坡，九百多年来，他一直占据着我们最重要的位置。我们按自己的想法重塑他。我们在重塑中也完善自我。

幸运的是，展览刚刚推出，我就碰上了一件民间的《西园雅集图》，不过它是画在白色瓷皿上的，一个崇祯年间的青花莲子罐。当我在三苏祠文物商店的柜台上，第一时间发现它的时候，老实说，我的确有一种久违的怦然心动。

我为它，也为我自己幸运。感谢游客的关注，感谢那些过往。关注很快重叠。过往很快遗忘。下一场邂逅，即将迎来晚明书生的回望。

所有的人都面含喜色，并无紧张之感。先生的平民化浅笑，是我们心目中永恒的标准，那长者的慰藉，亲人与好友的治愈。黄庭坚与之在空间上的隔断，并不影响两人的遥相呼应。米芾当然也是意气风发，独辟园中的半爿悬石作书，动作并不像传说中的夸张与桀骜不驯。我也是第一次见到，画面中多了一群女性和童子。他们都面带同样的微笑。朝向画外的微笑，也朝向自己。笑得最温和最满足的那一个，我想应该是同安郡君了。幸福的浅笑，最大限度融入集体，那一群传说中的同道书生。她，以及更多女性和男童们的民间生气，在括号般的祥云和青花芭蕉的协调与加持下，一下让整个的画面，没有了硬，也没有了匠气，并不觉得有啥不适。所有关于外界背景的猜测，都被幽蓝的青花料笔，无形地隐于胎釉的深处。于是，我们看到饮者的自足，弈者的自信，诗书者的志满意得，都在一种怀柔的气息中，彼此关怀。作为观者的我，也是温暖的。因为时空的距离，我并不能与前朝的书生感同身受。但我知道，转变期的晚明书生，并没有以个体的厌世，去加剧冲突。相反，他们抱团取暖，集体隐忍，也不是无所作为，抑或毫无原则的协奏，那末世也便有了回光的救赎之力。

原来，晚明的书生，在元祐的东坡那里，找到跨越时空的秘咒，那应变时艰的正确态度。

温水煮青蛙之后，高调的书生，以从容的应险姿势，回落民间。接下来的现在，接纳的地气，滋养扑面而来。

83

我读苏轼，读他的书生气，读他的植物秉性。这一个动态的阅读过程，覆盖了东坡的年谱，也荡涤了我的灵魂。

我是怀着求道问佛的态度阅读苏轼的。信仰是排斥功利的。我其实不太关注先生的政治功业，却又常常情不自禁被他的为民情怀感动。

我不认为我的感动，仅仅出于矛盾体暂时的矫情外露。我知道，同样有皇命在身，荆公跟司马温公不一样，苏轼跟荆公、司马温公也不一样。都不一样，那就看谁接地气，有温度，深得民心。温度，寒冷季节能转化成力量。

东坡蓦地有些思乡了。他想峨眉、瓦屋、中岩，想岷江、青衣江，想纱縠行的蚕茧市，想园子里的红荔枝，想满嘴泥土味的眉州乡下亲人……

"吏民莫作官长看,我是识字耕田夫。妻啼儿号刺史怒,时有野人来挽须。拂衣自注下下考,芋魁饭豆吾岂无。归来瑞草桥边路,独游还佩平生壶。慈姥岩前自唤渡,青衣江上人争扶。今年蚕市数州集,中有遗民怀袴襦。邑中之黔相指似,白鬓红带老不癯。我欲西归卜邻舍,隔墙扪掌容歌呼。不学山王乘驷马,回头空指黄公垆。"(苏轼《庆源宣义王丈以累举得官为洪雅主簿、雅州户掾,遇吏民如家人,人安乐之。既谢事,居眉之青神瑞草桥,放怀自得。有书来求红带,既以遗之,且作诗为戏,请黄鲁直、秦少游各为赋一首为老人光华》)

这首诗,推测作于元祐三年(1088年)前后,也许在离京赴杭前,也许在赴任杭州之后。

苏过在《王元直墓碑》里交代过,诗中人物王元直的叔父王庆源的身世。王庆源,是苏轼的叔丈人。苏轼写给他的诗前有个小引,说了作诗的由来。王庆源高寿。王家来信求红丝带,也就是求祝寿贺礼。苏轼便应邀作了此诗,还嘱咐黄庭坚和秦少游亦帮忙各赋一首。由此看来,黄、秦二弟子,那时候还在身边的,想来作于汴京的可能也就更大。

元祐的东坡,神形恍惚,找不到重心。官位越高大上,是不是越难为老百姓,做点生动有力的小事?

东坡陷入了怀疑。思来想去,还是想去下面——"西归"!原来重心在大地之上!

一个识字的书生,与耕田者何其相似!苏轼的老家,就在城乡接合部,亦农亦商的朴实世情,让他一想起来,就情不自禁，自己把自己感动。谨居元祐年代的高位，不胜海拔的凉寒。现在，累了，想家，想乡下了。

回家的渴望，从来不像今天那样强烈。只可惜身不由己！

无法归家，离开京城去下面的地方务实，何尝不是一种极好的选择。努力做一回有温度的郡守，做开花的植物，温暖他者，亦自我温暖。生命体自带光热，就像田野的草棵杂树，自己做自己的绿叶，做一个人的观众与聆听者。生长开花是植物的意义。发光发热是书生的意义。

于是，我还需要补上苏轼在杭州、颍州、扬州、定州的致仕。

元祐四年（1089年），苏轼离开杭州十六年后，二度履杭，多了些官衔，也多了些朋友。

官衔有点辣眼：龙图阁学士，充浙西兵马钤辖，知杭州军州事。

龙图阁学士，来头很大。浙西兵马钤辖，负责整个浙西七州的地方防务。但是，苏轼似乎对职务最低的那个"知州"或叫"太守"的本职，更有积极性。

当然，也多了一些朋友。他们大多无名无姓，来自杭州的底层。忠实的朋友仍然忠实，比如参寥，定居于智果寺。与苏轼相聚诗茶的时候，明显少了，每一次的相聚，有着格外珍惜的意味。

还有王元直，王闰之的弟弟，两人碰头当然要喝点，也不管筷子长短，只管上便是。之后，便发荠菜的回忆——蜀中巢菜，整个人忽然不好了，"怅然久之"（苏轼《书赠王荩夜饮》）。

同样是春天，杭州要比眉州迟。西湖边的荠菜，名气大，味道不如家乡野豌豆香。多年前的春天，家乡人巢元修在黄州，给苏轼带来惆怅。惆怅淤积了多年。这个春天，惆怅又一回反刍。来自家乡的亲人王元直不是导火线，导火线是巢菜，是野豌豆。眉州的亲友只是苏轼惆怅的见证者。

大消费时代，也意味资源的速损。就算江南，鱼米之乡，富甲天下，一样无法规避天灾。接二连三的水灾，让东坡揪心！

"有田无人，有人无粮，有粮无种，有种无牛。殍死之余，人为鬼腊。"（苏轼《再论积欠六事四事札子》）

是谁如此忧心忡忡，忧粮，忧农，忧民生？是苏轼。也只有像苏轼这样的书生，一辈子以天下为大公，以民生为无私，才会在半年之内，连上七道奏章。

太守东坡，比此前的通判苏轼更忙碌了。是真的忙。赈灾，兴水，便农……民生成了他每一天的必备课业和行动要务。

西湖淤了大半湖，葑草（菱白草）野蛮生长，差不多把湖面给挤没了。这是个大问题。西湖是杭州城的饮水源，没有了西湖，人们哪里去找"浓妆淡抹"的灵动诗意？关键是，湖淤了，水没了，老百姓饮水怎么办？种田的水从何而来？

苏轼再次激活了强大的民生动员能量。几十万劳动者的场面，想想就热血沸腾。太守身先士卒，奔赴劳作一线，这个场景，我们在徐州抗洪前线，就已见证。

眼下西湖的盛况，再次摆在面前：清淤，开湖，疏河，引流,种菱,护水。

淘出来的淤泥筑堤,竖三塔以为界。湖面生态恢复的同时,造就两个核心景致:"苏堤春晓"和"三潭印月"。

西湖升华了!西湖点亮了杭州,点亮了江南,也点亮了天下。因为东坡先生的审美创意,更因为太守苏轼的为民情怀。

杭州人至今视东坡为杭州人,很大程度上,是他们自己把西湖视作自家的园子,东坡就是那个为他们开造园景的前辈大家长。

余秋雨不理解西湖,也不理解"苏堤"。余秋雨不是杭州人,不可能巴心巴肝地以杭州为家,把西湖当家什。一个局外的旁观者,又如何能设身处地?

故乡不是说着好玩,逗逗开心,就有了所谓的远方的。诗意的乡愁,一定深深编织于血脉和骨髓。心存感恩,风景在路上,家在脚下。你都不把杭州当家了,却来挑动言说东坡,纵论天下,指指戳戳,高谈阔论,那不是对牛弹琴又是啥?

杭州的民生,很快有了起色,也丰富了苏轼的行动性。埋头做事,做一件算一件,谈不上高大上,做就是了。苏轼为官的标准,只有一条,老百姓满不满意。

"安乐坊"的设立,迄今为杭州百姓称道。签字拨款两千贯,带头捐资五十金,还违背与好友巢谷的约定,独自承担"不诚信"的口碑风险,把压箱底的祖传秘方"圣散子"贡献出来,买药防疫,众筹办医,一场瘟疫就这样给压下去了。"安乐坊"大概是社会力量办医的第一个案例。有了"安乐坊",杭州人民赢得了安康，苏东坡赢得了杭州人民。"安乐坊"不是诗，也不是词，但它的立意，比诗更温暖，比词更接地气。它写在了浙西大地上，写在千千万万老百姓的心坎上。

人心都是肉长的。将心比心，以心换心。杭州百姓，居家供奉了东坡——

"家有画像，饭前必祝。"（元·脱脱等《宋史·苏轼传》）

作为对杭州人民的回应，苏轼活成了杭州土著的模样——

"居杭积五岁，自意本杭人。"（苏轼《送襄阳从事李友谅归钱塘》）

如此，杭州归来的苏轼，是不是应该叫作"杭州苏轼"，或者"西湖居士"了？

不只如此，苏轼还把自己活成了黄州土著，岭南土著，孤岛土著……

走一路，活开花植物，活一路风景。活原生本色。活眉州"犟拐拐"（眉山方言，倔强之意）。活自己。

故乡无处不在。

不在上一段回望，就在下一段旅程——

"人生如逆旅，我亦是行人。"（苏轼《临江仙》）

苏轼要走了，把上一段乡愁留在了杭州。接下来，还有颍州、扬州、定州……

它们连缀乡愁的螺旋闭环，起点是出发，终点是再出发……

颍州，最终存续恩师六一居士欧阳修的归魂。多年前，欧阳修极其隆重地举荐了苏轼，出于对文风的推崇，但有没有偏爱的隐情，比如半个同乡人之类的感性色彩，不得而知。但我知道，六一居士自述，自己或生于蜀地，这为他的弟子接下来的颍州之行，留下了伏笔的深意：

"某不幸少孤。先人为绵州（今四川绵阳）军事推官时，某始生。"（宋·欧阳修《七贤画序》）

欧阳修于颍州，就像苏轼于杭州。欧阳修在四十多年前移知颍州，在二十年前归隐颍州。苏轼在二十年前通判杭州，在两年前再知杭州。欧阳修爱上颍州并终老于此。苏轼爱上杭州，与杭州的百姓互视为同乡。颍州正好再次叠加两人的交集。多年前的东京是个交集，科场佳话，传颂至今。二十年前的颍州，是另一个交集，苏轼、苏辙兄弟与欧阳修，相会于颍州。那次遇见，他们喝了许多酒。颍州的西湖，正好见证了他们的醉饮。更有意思的，颍州有西湖，杭州也有西湖。不只如此，惠州有西湖，扬州也有西湖（瘦西湖）——

"东坡到处有西湖，老尚湖堤遣姓苏。"（清·丘逢甲《西湖吊朝云墓》其一）

"东坡元是西湖长，不到罗浮便得休。"（宋·杨万里《惠州丰湖亦名西湖二首》其二）

那么，颍州西湖，谁又是湖长？终老的六一居士，抑或漂泊的东坡先生？我想，两人都是百分之百的西湖湖长，前后接力而已。

那就放鱼吧。颍州西湖的水位矮了许多，东池甚至快干到见底了。失去水意依托的鱼，也将失去自由。苏轼见鱼如见己，不禁动了恻隐，便叫来网鱼师，把东池的鱼，迁徙到了西池。类似的举动，我只在童话里读到过。童话就对了，苏轼就是那个童话，自己一个人担负了表现和主体的多重角色。我们都是读者，读着东坡长大。

有了鱼游，西湖也仙气袅娜：

"忽然生鳞甲，乱我须与眉。散为百东坡，顷刻复在兹。"（苏轼《泛颍》）

曾经困惑了我整个小学和初中阶段的问题，忽然有些明白了。

那时候，读"西游"，比读"三国"更有趣味。孙悟空拔了一撮毫毛，怎么就变出一堆小猴儿了？莫非，吴承恩也对了东坡的颍州？

眉山三苏祠有个"百坡亭"，一直不曾明白其来意，原来取意于此。眉山还有个"百坡小学"，听名字也是自信满满，一百个小东坡！哇！我仿佛看见眉州大地上，呼啦啦涌出一大片小荷式的尖角。

颍州的半年，苏轼的功业，无所谓大小。大而言，他所做的一切皆为民生，民生大如天，百姓事无小事。小而言，疏浚西湖，赈济流民，擒捕乡盗，也就是个日常本职，又如何能出精彩？

早已过了精彩的年龄。苏轼只想做一个常态的半隐者，出的一半给百姓，隐的一半给自己。

只是，这些都是一厢情愿而已。

朝廷新的任命又下来了，以充淮南东路兵马钤辖知扬州军州事。

任命无所谓喜和忧。颍州的雪，跨过一个冬春。官署大堂"聚星堂"庭梅盛开，月色鲜霁的征兆，似乎并无特别所指。同僚签判赵令畤（字德麟），记录了东坡先生与同安郡君的爱情写意。同安郡君乃先生夫人闰之，眉州青神乡下普通人家的女子，伴随先生多年，第一次有了关于她的原创诗词记录：

"春月胜如秋月，秋月令人惨凄，春月令人和悦。"（宋·赵德麟《侯鲭录》）

同安郡君顺手拈来的审美述评，拨云见日，顿然撩动了先生本已低落很久的抑郁：

"不似秋光，只与离人照断肠。"（苏轼《减字木兰花》）

春月秋月已不重要。只要有梅开，有雪色，就有寒风中的照亮。先生和夫人，从两个方向步入同一个交集。形而上的修养完全不在一个层级的两个灵魂，在那个春天如此契合。于是，我们相信两人已然超越一般意义的爱人，引以为知己了。

这是元祐七年（1092年）的初春。

"今年吾当请广陵（今江苏扬州），暂与子由相别。至广陵逾月，遂往南郡，自南郡诣梓州，溯流归乡，尽载家书而行，迤逦致仕，筑室种果于眉，以须子由之归而老焉。不知此愿遂否？言之怅然也。"（苏轼《东坡志林》卷二《请广陵》）

这个归乡设计，有明确的线路，也有退休的日常，不像自言自语,但一定有冲动,也迫不及待的。我不清楚,它是苏轼在收到朝廷任命之后的即兴演绎,还是蓄谋已久的情绪爆发?

不管如何,扬州似乎满足了他的冲动。扬州是个好地方。接下来,它将替代眉州,接纳苏轼的情感转移:

"我缘在东南,往寄白发余,遥知万松岭,下有三亩居。"(苏轼《和陶饮酒二十首之十》)

万松岭在杭州。杭州在扬州之南,有苏轼想要寄托精神的宁静小寺,还有聊以交付余生的乡居三亩。

苏轼已对官场生态不再抱有留恋。他现在还是有品阶的一族。有品又似无品。倘若没有来自于太守本职的牵挂,苏轼的闲散做派似乎早就与职场风格格格不入了。就算一本正经的政事,经先生一番不着边际的操作,也模糊一本正经的官样。

苏轼莅扬,有名有姓的工作有三大件:宽免民欠、恢复"漕法"旧制允"私载物货"、整治万花节会形式主义。

周边整个浙西正在暴发瘟疫,扬州老百姓虽然在头年多打了一些粮食,也禁不住次生灾害的蔓延:有田无人,有人无粮,有粮无种,有种无牛。

苏轼天生是个软心肠,见不得底层平民受冻挨饿,连上两份奏文,《记积欠六事并乞检会应诏所论四事一处行下状》《再论积欠六事四事札子》,请求朝廷宽免积欠。苏轼的赤子情怀,让扬州的百姓得以缓下一口活气。

运河"漕运"新制,禁止一切私载,等于是朝廷垄断,地方官员视为禁区,明明知道它肥了官家,亏了民生,就是不愿意去碰。它是经济，更是政治。也只有苏轼这样的硬茬，才会站在百姓的角度去思考：穷了百姓的经济，不是好经济；扰了民生的政治，更不是好政治。常态化地思考民生政治，推动民生经济，苏轼算是第一个。

更硬的钉子扎在"万花会"。由上而下推动的"万花会"，似乎止不住体制的惯性。东京官家在搞，西京（洛阳）权贵在搞，蜀地成都彭州的地方富人和江南苏杭扬润市民都在搞。这场上行下效的盛大花事，今天的一些读书人，往往当审美的铺陈，大书特书，似乎整个北宋一朝，能让人们直观感受到幸福的，便是那万头攒动的花会了。真实的景象，在东坡看来，似乎也是舆情一堆。老百姓早就察觉到了其弊端，碍于牵涉面广，敢怒而不敢言了：

"扬州产芍药，言其妙者不减于姚黄、魏紫。蔡元长知淮扬日，亦效洛阳，亦作万花会。其后岁岁循习而为，人颇病之。"（宋·张邦基《墨庄漫录》）

"万花会"，北宋王朝脂粉涂抹下的疮疤，好看，不中用，臭不可闻。苏轼早就看不顺眼了，不是看不惯那花，也不是看不惯那蔡京，而是看不惯那戕害民生的奢靡之风和形式主义：

"扬州芍药为天下冠，蔡京为守，始作万花会，用花十余万枝。"（苏轼《仇池笔记》）

苏轼是第一个冒天下之大不韪的食蟹者。揭开粉红而腐朽的脓疮包皮，于围观闹热的人群中，扔了串不合时宜的炸鞭，引发天下人自己为自己共愤：

"元祐七年，东坡来知扬州，正遇花时，吏白旧例，公判罢之，人皆鼓舞欣悦。作书报王定国云：'花会检旧案，用花千万朵，吏缘为奸，乃扬州大害，已罢之矣。虽杀风景，免造业也。'公之为政，惠利于民，率皆类此，民到于今称之。"（宋·张邦基《墨庄漫录》）

苏轼的不协和音，似曾相识。

曾经，孔子有过民生的启蒙，只是语焉不详：

"老者安之，朋友信之，少者怀之。"（《论语·公冶长》）

孔子的关注点，还在于民生的基本出发点，建立人与人的信任。

孟子把孔子的想法，模型化：

"死徙无出乡，乡田同井，出入相友，守望相助，疾病相扶持，则百姓亲睦。"（先秦·孟轲《孟子·滕文公上》）

在一个社会阶层固化的社会，本来很正常的民生事业，却成了难以落实的鱼骨头。

屈原不得不发控诉：

"长太息以掩涕兮，哀民生之多艰。"（先秦·屈原《离骚》）

书生屈原的小声，到底还是干不过权贵的大声，直接被无视，于是屈原选择了自绝，以警示天下。

"民者，天下之本；而财者，民之所以生也。"（苏轼《策别兵旅二》）

苏轼当然不是第一个关注民生，替老百姓说话的。但他是第一个拿这个事来，跟权贵掰手腕的。苏轼稀缺就稀缺在，他不只喋喋不休，还乐此不疲。

苏轼绝对算思考民生问题的头牌代表，完全遵从内心的意愿，不带一丁点的功利性，用今天的话说，就是标准布尔什维克的大公无私。中国传统知识分子的民生伦理，是从"他"出发，最后落实到"他"的，"我"只是"他"的反馈或者呼应者。这一点，与西方古代城邦知识分子的民生修养和近代民主知识分子的民生政治有很大的区别。

古希腊的普罗泰戈拉，强调自我的修养，认为"人是万物的尺度"，美德保证民生的幸福，所以"我应当成为什么样的人"。民生仅仅是"我"的道德修养吗？显然不是，还得落实，因为"他"的情况，不一定跟"我"有必然的关系。那是不是"他"就不重要了？从"我"到"他"，还有很长很长的路要走。近代苏格兰的大卫·休谟，开始有了"同情心"，但比苏轼要迟到七百年。进入 20 世纪，资本杠杆推动的民主价值，在全世界推行。民主知识分子精英代表，美国人罗斯福，率先提出"3R"新政，即 Recovery（复兴）、Relief（救济）、Reform（改革）。听起来很高大上，却掩饰不住美元注资的自私。因为它的核心链条之一的"救济"民生，本质上还是资本经济危机之后的自救逻辑，与"人"，包括施救的"人"和救助的"人"，没有太多根本关系。"人"，只是推动民生逻辑的冰冷工具而已。起作用的是资本本身，不是人的价值。

由此反观我们的先贤，尤以苏轼为中心的，以人心（人情）、民生、民意、人道为本的思想，便能看出中西方在普世的

"民本"价值上的高下之分了。

如果说天下大同，百姓安居，是普照的太阳的话，苏轼是从民生现实出发，抵达民本理想的那一个逐日者。

84

有一种观点，似乎还很流行，说是苏轼杭州归来后，两年之内又外放颍州、扬州、定州三州，有个重要原因就是，年轻的哲宗皇帝对苏轼的说教越来越不耐烦。

事实上可能正好相反。

苏轼已经到了今天部级机关退居二线的年龄。哲宗当然知道他道德文章的厉害，事实上私底下还真有委以重用的意思。

他的好友王巩（王定国），就讲过一件御赐茶叶的事：

"子瞻自杭召归，过宋，语余曰：'在杭时，一日使至，既行，送之望湖楼上，迟迟不去。时与监司同席，已而曰：'某未行，监司莫可先归？'诸人既去，密语子瞻曰：'某出京师辞官家，官家曰：辞了娘娘了来。'某辞太后殿，复归官家处，引某至一柜子旁，出此一角。密语曰：'赐与苏轼，不得令人知。'遂出所赐，乃茶一斤，封题皆御笔。子瞻具劄子附进称谢。"（宋·王巩《随手杂录》）

这个事是有足够说服力的。苏轼外放，或有对朝廷政治生态微妙变化的善意屏蔽，寻求政治避难的意味，但更可能是一种个人内心的"自我归化"行为。

往哪里"归"？又如何"化"？

从庙堂往江湖"归"，像陶渊明一样"化"，在居庙堂之高和江湖之远中，觅那一个对冲进退维艰的"度"。

何处用力，可谓居庙堂？高太皇太后和哲宗的期许，是庙堂。朝廷百官的看齐，老百姓的企盼，也是。

想要的江湖又去哪儿？

"泉涸，鱼相处于陆，相呴以湿，相濡以沫，不如相忘于江湖。"（《庄子·内篇·大宗师》）

庄子的江湖模型，似民间，似山水，更强调精神层面的逍遥与自适。它有一个近义词——故乡或"无何有之乡"。

"故乡"想来不是一个具体的所在了。如此，苏轼最理想的"故乡"原形又在哪里？眉州？密州？黄州？阳羡？杭州？颍州？扬州？

"此生定向江湖老，默数淮中十往来。"（苏轼《淮上早发》）

"十次"到过扬州，是苏轼自己的陈述。扬州本地学者殷伯达精准考证，有十三次。如果以观照某地的次数多少，作为一个建模重要参考的话，扬州超过了杭州，也超过了眉州。

这么说，扬州是苏轼最好的选项？

关于"自请广陵"的记述，也只是把扬州作为一个回归故乡的，下一个节点。他并不确定这个节点，就是归宿。但他一定已经做好了，随时在下一个节点，戛然而止，完成奔赴宿命的打算。

平山堂是恩师欧阳修主政扬州时打造的人文景观，"壮丽为淮南第一"（宋·叶梦得《避暑录话》）。多年前，苏轼路过平山堂，留下了缅怀的词句：

"三过平山堂下，半生弹指声中。十年不见老仙翁，壁上龙蛇飞动。"（苏轼《西江月·平山堂》）

蜗居黄州的时候，总是天马行空想起一些故人旧事。"醉翁""平山堂""庄生"出现的频率，多了起来：

"落日绣帘卷，亭下水连空。知君为我新作，窗户湿青红。长记平山堂上，欹枕江南烟雨，杳杳没孤鸿。认得醉翁语，山色有无中。一千顷，都镜净，倒碧峰。忽然浪起，掀舞一叶白头翁。堪笑兰台公子，未解庄生天籁，刚道有雌雄。一点浩然气，千里快哉风。"（苏轼《水调歌头·黄州快哉亭赠张偓佺》）

这首词很有名，与《定风波·莫听穿林打叶声》《念奴娇·赤壁怀古》等词，同为苏轼在黄州时候抒发内心澎湃的豪放词代表。但是，此词也流露出一个重要的心态变化：迷恋江南山色烟雨的空蒙和有无，羡慕庄生的天籁和浩然。

苏轼这种心态，有人总结为"超旷"：

"其精微超旷，真足以开拓心胸，推倒豪杰。"（清·刘熙载《艺概·诗概》）

苏轼的"超旷"，十分特殊，有"天上"幻境的影子，也不完全流于乡野的闲适，更像庄子"无何有之乡"，和陶渊明的"世外桃源"类似的"人境"。它是独立的，也是遗世的。

之于陶渊明，唐时诗人圈的喜爱，仿佛乱花丛中拨开一道恬淡风景。陶渊明端上了油腻餐桌，成了李、杜、白、王、孟、韦、柳等人的开胃菜。

在宋一朝，读陶呼啦啦蔚然成风。这要得力于两种发动力，一是活字印刷术的推广，再是苏东坡的独宠。

"今人好和《归去来辞》，予最敬晁以道所言。其《答李持国书》云：'足下爱渊明所赋《归去来辞》，遂同东坡先生和之，仆所未喻也。建中靖国间，东坡《和归去来》，初至京师，其门下宾客从而和者数人，皆自谓得意也，陶渊明纷然一日满人目前矣。'"（宋·洪迈《容斋随笔》卷三《和归去来》）

京师书生争相抢读东坡"和陶"，仿归去来兮辞的盛大景象，发生在先生晚年谪居昌化（昌化军，今海南儋州）时。是苏轼发动了这场长达千年的文化运动：陶诗重读，抑或东坡"和陶"。

我们也可以说，倘若无苏轼，陶渊明也就一个边沿的诗人而已。现在，经苏轼的加持，我们知道了陶渊明的个体性，在一个超级开阔的时空场景中拓展了——有一种诗意叫世外桃源；有一种生活叫种豆南山；有一种哲学叫归去来兮。

苏轼年轻气盛时候的心态，与陶渊明并不搭。随着宦海的沉浮，陶渊明的世界，却渐渐置换了胸中块垒。谪黄时，始有偏爱。

"吾与诗人，无所甚好，独好渊明之诗。"（苏轼《与苏辙书》）

苏轼的自陈，倒是客观的，从无所好，到独好，显然有一个漫长的接受，到自适应的过程。这个过程到了黄州节点，又外化为与渊明灵魂交流的诸种审美的形式：寻书、阅读、研究、抄写、仿写、改写、和写。

八方寻陶渊明的书，见流行本上出错，忍不住要挑错批评。碰上小众的善本，更是喜欢，比如找到了江州东林寺的内部版本，就慢慢地读，还记录了捧读心得。再后来，又学渊明写《饮酒》，分享习陶体会。陶渊明是庄稼汉，农事自然懂的。苏轼在东坡垦荒的一些经验，要追根溯源的话，陶渊明怕就是那源头。渊明又不是那么好理解的，毕竟是一个完全脱离现实，彻底解放自我的书生，他的内心甚至比笔下的南山空气还新鲜干净。黄庭坚发现了这个问题，他认为读陶渊明，某种意义上说是一种人生经验积累后的质变结果。

苏轼自己的认知，要高过陶渊明：

"靖节以无事自适为得此生，则凡役于物者，非失此生矣耶？"（苏轼《东坡题跋·题渊明诗》）

渊明归去来兮辞，苏轼反复抄写了若干遍，每抄一遍，便做一次归乡的模拟，以此与渊明呼应。

苏轼的故乡，不像陶渊明，有明确指向，也有名有姓，地点、模型这些都是具象的。即便接下来一贬再贬，贬无可贬，贬到天涯海角，苏轼还是不确定那个心目中的唯一：

"子瞻谪居昌化，追和渊明《归去来辞》，盖以无何有之乡为家，虽在海外，未尝不归云尔。"（苏轼《和陶归去来兮辞并引》）

也许，本就没有什么唯一，只有"无何有之乡"。

苏轼在去扬州之前,与好友欧阳棐(字叔弼,欧阳修之子,苏轼亲家,苏轼儿子苏迨岳丈),谈到他自己与陶渊明性格脾气的对路。等到扬州之后,一连写下《和陶饮酒二十首》。

苏轼的"和陶诗"或"和陶归去来兮辞",完全不同于世俗的"拟古"。形式外貌上,或有靠近的地方,内容也大同小异,"似"与"不似"之间,营造了独一无二的东坡气象和东坡生机。

"坡公天才,出语惊世。如追和陶诗,真与之齐驱。"(宋·洪迈《容斋随笔》卷第十三《绝唱不可和》)

苏东坡与陶渊明,两者真正能齐驱之处,诗艺本身的"似"与"不似",可能要排在两个人精神层面高度契合之后:

"东坡仰慕陶渊明不屈己、不干人的气节,也仰慕他'质而实绮,癯而实腴'的诗歌。"(张宏生《苏东坡的和陶诗》)

也就是说,东坡"和陶",大概是苏轼寻求人格自我完善的不可或缺。这就像今天,我们对标东坡寻求赋能,东坡也是那不可或缺的唯一。陶渊明也是东坡的赋能和不可或缺。

当然,我们也可以简单视为,苏轼选择陶渊明,引渊明为知己,可能在自我强化某种消极的意念,比如对于宦海的厌倦正逐步走深。

苏轼真的在想现实的归家吗?

"遥知万松岭,下有三亩居。"(苏轼《和陶饮酒二十首之十》)

从诗的字面上看,似乎是,又似乎不是。因为,杭州万松岭的三亩居,那么近,又那么远。

85

元祐七年(1092年)秋天的二次还朝,并无圈点之处。

苏轼的心思没在那儿。先是兵部尚书兼侍读,后是端明殿学士兼翰林侍读学士、守礼部尚书。短短时间,履历两尚书,加两个学士,无论是政治地位还是学术高度,算是抵近巅峰了。

此时,苏轼的弟弟苏辙,仕途上也是风生水起。

元祐二年(1087年)算个重要的节点。

苏辙任户部侍郎,后来是翰林学士、权礼部尚书、御史中丞,再后来是尚书右丞、门下侍郎,终为排名第二的副宰相,官位一个比一个大,甚至超过了苏轼。

"二苏"本来为人为官极低调的。可世事又非己所意愿。这树不想招风,但没法,忽然就长了那么高,怎么办?

于是,我们看到"**闻命惊恐,不知所措**"(苏轼《两职并乞郡札子》)的苏轼。从札子的措辞看,苏轼不像是在忸怩作态,对这个很多牛人想都想不来的履历,他没兴趣。他在札子中再次提到去越州(今浙江绍兴)。朝廷当然没有准奏。苏轼又提出,愿意去搞边防。总之,他的奏文里,满满地透析着一种冷漠,对权力官位的漠视,对京城人际关系的惶恐。

没有辞掉朝廷专门委任的高官,就得好好干。在其位,谋其政,今天的官员们,从苏轼那里找到了对标和用力点。那段时间，苏轼就写奏文，谈政治形势，献军事策略。

有一个插曲很有意思，那就是苏轼察觉到了，印刷术虽然极大地放大了他个人的文章流量，但也带来了一些意识形态安全的问题。

前些年，苏辙使辽回来，讲了一件事，说他的兄长苏轼的《眉山集》，在辽国受到读者欢迎，辽国的官方向宋廷请求赐书，希望能看到更多的宋人印刷品。苏轼听到这个故事，毫不动心，泼了冷水。此前朝廷已经有了禁止出口文书的法律，目的是防范泄密的风险。有些官员认为送一些当朝士大夫的新著予友邦，算是文化输出，此前也有惯例。苏轼一反常态，坚持有法必依，不能拿惯例推翻现法。苏轼虽然吼上了天，有些人还是不听，背地里还是把书发给了高丽使臣。

这个小故事，可以看出，苏轼其实也是一个讲法度，有原则的人，而非时时感情用事。还有，乌台之后，苏轼对自己诗文的高流量传播，已有一些警醒。这么说，苏轼是不是开始有点理解宋神宗和王安石了？

苏轼的帝师课，主要是儒学经术。哲宗越来越醒事了，亲政的意愿也一天天往上冒。蔡京的儿子蔡绦，就记录过乃父蔡京无意中说出的一个宫廷秘密：

"皇上说，'垂帘时期，朕只见臀背'。"（宋·蔡绦《铁围山丛谈》）

蔡绦转录的蔡京传闻哲宗的小牢骚，一语道出了个实情，也为哲宗自己上位造舆论。这个事，从一个侧面印证了，哲宗很想自己有一番理政的作为，比如继续搞新法。苏轼似乎看出了他的小心思，就只好送他一程，苦口婆心教诲治国安邦的大道理。

对于人生导师苏轼板着面孔的说教，哲宗自然不敢冒犯，但也一定不是什么话都能听进去的。毕竟，苏轼此时的政治考量，还是趋于内敛，包括内政策略和边防军事。苏轼讲得最多的，是做君者，要辨邪明正，听言纳谏。但教诲又不能来得太陡，只能以史为鉴，旁敲侧击，苦口婆心。说得多了，哲宗的情绪变化，苏轼也能察觉到。最直接的一点，那就是皇帝跟太皇太后和老臣们的心理隔阂。

苏轼陷入了深深的无奈。这就是元祐时代的"温水煮青蛙"和"恍兮惚兮"。

又是一年元夕灯火。东京的光怪陆离，掩饰不住人声的鼎沸和嘈杂：

"歌舞百戏，鳞鳞相切，乐声嘈杂十余里……华灯宝炬，月色花光，霏雾融融，动烛远近。"（宋·孟元老《东京梦华录》）

国际大都会。大消费时代。繁花谢过，一地氤氲。氤氲的愈加氤氲，清晰的却不再清晰。而后是炎夏和蝉嘶。而后是八月、九月。八月、九月，苏轼遭遇了人生中，两个重要女人的生离死别。

八月初一，夫人王闰之离他而去。大老粗的王闰之，是个得体识礼的人。学养的局限，使得她不能为苏轼的灵魂，提供多少形而上的高级滋养。但她走得近啊！距离的优势，是不可替代的。比如照镜子。以铜为镜,可以正衣冠。王夫人就是苏轼的铜。王夫人更是人。以人为镜,又可以明得失。生活的小哲学,藏于周遭琐碎,藏于不经意间。像苏轼这样视角很高的人,周遭琐碎,往往被挡成了盲区和灰面。这个时候,有面铜镜补光,小哲学也能照见大智慧。

苏轼因诗案入诏狱,王夫人站在小老百姓的角度观察,把怒火发到那些诗词文章上面,情有可原,也有现实的道理。今天我们认为,王夫人可能干了一件文化史上的蠢事。殊不知,在当时,这大概是别无选择。因为这一烧,断了苏轼的一些念想,也烧掉了一些不利的可能性。苏轼看不到的,王夫人看到了。苏轼是当局者,王夫人是旁观者。王夫人又离苏轼最近,提供的是人生哲学的身边样本。小哲学在王夫人那里,等同于大智慧。

九月初三,高太皇太后驾崩,尊号"宣仁圣烈太皇太后"。高太后和苏轼,是彼此双向成就的人生贵人,林语堂说是"守护神"。一个东坡,三个太后。诗案后,曹太后保全了苏轼。元祐中,高太后助其登临政治巅峰,官至两学士。元符三年(1100年),向太后亲政,为苏轼平反,先生的终极流放,得以免除,自海角北归。三位太后中,高太后又是中间那个关键的"环",没有她在元祐年间递过来的"天梯",也便没有一前一后两个"大坑"。高悬的"天梯",天生就是用来制造大悲剧效果的。

现在王夫人和高太后死了,没有了"镜",也没有了"梯",

苏轼是不是该琢磨着悄悄远走了?

元祐八年(1093年)十月二十三日,二次还朝的苏轼,以二学士走马上任知定州(今河北定县)。

我不知道定州该讲些什么。林语堂只讲了一件事——"治军",修缮营房,整肃军纪。李一冰挖掘到一个细节:恢复"弓箭社",擘画军民联手的边防长城。"弓箭社"是仁宗旧制,王安石把它整合到保甲里,从军政和地方融合的管理策略看,王安石的统筹要高明得多,只是实施起来有难度,也不到位,自然受到诟病。苏轼奏请恢复旧制,其实是想把这一件事做好。苏轼的想法,其实更容易落地。这就是他和王安石的区别,一个从宏观的统筹学考虑,一个讲究从实际出发。这两者,有天然的鸿沟吗?我看只是出发点的区别。

苏轼的提议,当然没有下文。

哲宗亲政。朝廷场面上那些士大夫,又分成了两派、三派、若干派。人齐,锣不齐。别说苏轼的想法被质疑,就是哲宗本人跃跃欲试,要继续搞新法的想法,也正在遭受各方面的压力,甚至有搁置的可能。

宋神宗和王安石之后,一代理想主义者运筹的政治文章,已经被涂改得差不多了。

圈子的负面影响,愈来愈显现。

苏轼一个人的人生,愈来愈困惑。

顺便说一下,绍圣元年(1094年)正月某日,苏轼自述在定州的职位是:端明殿学士兼翰林侍读学士左朝奉郎知定州。

看来，苏轼对自己的身份标识，还是念念不忘的。这一点，跟杜甫倒挺接近，与陶渊明、李白都不太一样。

　　苏轼的下一个职位，他自己有没有心存悬念，不得而知。没有一个苏学专家，能做出冷静的推断。专家是看客。我们更是。感同身受很多时候，只是我们的一厢情愿而已。因为，下一个职位是大落差，是跌瀑，是万米高空遭遇湍流的失速。它直接颠覆了我们的历史认知上限或者下限。

　　那甚至就是个比乌台还黑暗，比黄州还无底的深渊。

　　我们还敢往下看吗？

——此心安处是吾乡——

此心安处是吾乡

86

苏轼并不是在元祐末年才萌生退意的。

如果说乌台一劫,黄州五年的慎独,该明白的早已透彻,元祐年的漂浮,不该明白的亦难得糊涂。这一点,跟李白、杜甫、陶渊明都不太一样。

除了做帝师,李白对于具体的官职一点兴趣也没有。杜甫一辈子都对官场不死心。陶渊明的决绝又那么不近人情。李白面对的是一个人,杜甫面对的是一个政权,陶渊明面对的是一个体制。他们都不涉及站队。

苏轼面对的是一张网,网上有蜘蛛,不是一只,是几只,大大小小,成群结队,网路也七横八竖,而他是那上下扑腾的飞蛾。同样都是大落差的转换,并没有改变蜘蛛们的肉食,和飞蛾的植食秉性。改变的是飞蛾的鳞羽。

"忽然生鳞甲,乱我须与眉。散为百东坡,顷刻复在兹。"(苏轼《泛颍》)

苏轼写这诗句的时候,在颍州任上,五十好几的老头了,想象力跟少年李白倒是近似。纪晓岚《纪评苏诗》说，此诗"自在神通"。同样"自在神通"的，想来还有黄州赤壁二赋。

杭州、颍州、扬州、定州的"四州"致仕，弥补了一个士大夫的民生作为，也耗损了一个思想者的有效生命。我说此话，丝毫没有低估苏轼政治功业的意思。我只是想说，先生的艺术人生，的确遇到了瓶颈。他需要一场更大的跌落，来完成本体的重塑。

融会佛禅与道的苏东坡，保留了儒家的本色，又那么敬畏生活，极其能思变通——

更像一个现代意义的自由行走者。

他的生命之重，在超越第一宇宙速度的垂直起落中，完善二次聚变的前奏，那光热的转化与蓄势。

这不是他与王安石、章惇，还有太皇太后、神宗、哲宗的宿命。如果说，一定有冥冥之中的话，他的弟弟子由和三个夫人算——也只有苏辙和王弗、王闰之、王朝云，才能分享并同频大起大落的悲欢与心跳。苏辙是苏轼的手足，三个女子是苏轼的血液，接力一样浸润了苏轼的生命。他们的到来和离去，都具有诗学营养的意义。

这一次的跌落，也许因为太皇太后和哲宗，也许因为章惇。可以肯定有王闰之的原因。只是藏得太深，苏轼未曾说出。苏轼说出来的话，成了这个味道：

"篮舆兀醉守，路转古城隅。酒力如过雨，清风消半途。前山正可数，后骑且勿驱。我缘在东南，往寄白发余。遥知万松

岭,下有三亩居。"(苏轼《和陶饮酒二十首》其一)

他说,他的生命本体,寄托在东南。东南的扬州万松岭是"家"的动态选项。元丰七年(1084年),他的选项也许是阳羡。万松岭下面,有三亩居。西南老家眉州城纱縠行,"家有五亩园"(苏轼《异鹊》)。三亩的居,五亩的园,究竟暗藏有何深意?我们不得而知。只能猜测,王闰之去世后,苏轼再次强烈地萌发了"归"的意识。

"唯有同穴,尚蹈此言。"(苏轼《祭亡妻同安郡君文》)

这一次例外,没有写诗,而是起誓。我去过河南郏县小峨眉山三苏陵园("三苏坟"),目睹了那固化的誓言。先生终老魂安"小峨眉",是不是有寄托老家峨眉的意思?

有一点是明确的,先生早就有老死故乡眉州的打算:

"先茔在西,老泉之山,归骨其旁,自昔有言,势不克从,夫其不怀?"(苏辙《再祭亡兄端明文》)

故乡的形而上,再次捡拾并擦亮。

87

偏远的岭南也在冥冥之中。

"常羡人间琢玉郎,天应乞与点酥娘。尽道清歌传皓齿,风起,雪飞炎海变清凉。万里归来颜愈少,微笑,笑时犹带岭梅香。试问岭南应不好。却道,此心安处是吾乡。"(苏轼《定风波·南海归赠王定国侍人寓娘》)

这阕词的结尾，有点自问自答的意思。多年前，我读到它，以为先生作于惠州。他乡的岭南，在东坡时代，是个鸟不拉屎的地方。要不是诗人有切身体验，谁会把那旮旯，说得像花儿一样——直把他乡作故乡。先生笔下，他乡和吾乡是统一的，定位就在岭南，很明确。

是先生第一次把士大夫的死穴，升华为精神家园，千般生鲜，万种生动。在此之前，抑郁不得志的他们，一拿到谙案批文，那心情无异于天塌地裂。唯有先生，视痛苦谪贬为幸福归乡。

《定风波》一词写作时间，有两种说法。

一说是元丰六年（1083年），苏轼好友王巩（王定国）结束谪贬北归。一说是元丰八年（1085年）十二月，苏轼以礼部侍郎从登州召还。我个人倾向元丰八年（1085年）一说，那一年苏轼与王巩多有往来。

王定国是受苏轼诏狱牵连而贬岭南的，随行的歌姬叫柔奴。"此心安处是吾乡"的灵感，来源于柔奴与苏轼的见面应答。

对于东坡，故乡的意义，超越地理，也超越性别。

这一点，我在七百年后找到了截然相反的答案——

"所谓的故乡不过是祖先流浪的最后一站罢了。"（美国·威廉·乔西）

现代派的美学大师，认为故乡是"我"与祖先切割身份的精神元点，我是逃离的，祖先是流浪的，故乡夹在其间，无所适从。显然，现代大师赋予故乡的，是悲剧的审美意义。先生则是极懂得故乡予己好处的,走到哪里,就把故乡带到哪里。故乡永无散场,就像那流动的大篷车剧场。悲与喜,都不影响故乡在大师们心目中的地位。

尤为崇高的是,苏轼的故乡——

他乡作吾乡,此心安处。

88

自元祐八年(1093年)九月始,苏轼的人生再一次步入下行线,降落的速率,让历代看客大跌眼镜。先是边缘化,以端明殿学士兼翰林侍读学士、礼部尚书身份,充河北西路安抚使兼马步军都总管知定州军州事。

接下来,我们将看到一场史无前例的超级速降。

取消端明殿学士兼翰林侍读学士待遇,追撤一职——定州知州,留了个左朝奉郎的身份——知英州军州事,三品贬为六品上阶。这个诏命是哲宗在元祐九年(1094年)到绍圣元年(1094年)改元期间的四月中下旬下达的。被贬诰词执笔者系中书舍人蔡下。处罚依据,来自御史台官僚御史虞策、殿中御史来之邵等人莫须有的恶毒弹劾:

"御史虞策言吕惠卿等,指陈苏轼作诰词,语涉讥讪……殿中侍御史来之邵言……轼凡所作文字,讥斥先朝,援古况今,多引衰世之事,以快忿怨之私行。"(宋·彭百川《太平治迹统类》卷二十四《元祐党事本末下》)

貌似一本正经，实则捕风捉影。

因为宋代文人的善良抄录，才使得我们能够识别那些为我所用的政治荒唐。它是北宋晚期的潘多拉魔盒。

魔盒一旦打开，临渊还有多远。

事实上，自乌台诗案以来，苏轼在言论上，已经十分收敛了。嘴巴大是天生的，但许多话，再也不会说了。失声到底还是没有挽救自己，善良成了苏轼的软肋和永伤。

苏轼接到诰命，是在闰四月的初三。虽心有不甘，还是得带着儿子和家眷们上路。

未几，准确地说是过了两天，朝廷觉得处理有点轻，于是左朝奉郎，再贬充左承议郎，正六品下，散官。理由是，处罚不当。

这并不算啥。在绍圣年的苏轼看来，处罚一次，跟处罚十次，就是个距离朝廷远近的区别而已。能贬到多远算终点呢？

这次是追加贬低了官阶，职务还是知英州（今广东英德）军州事。英州在岭南。书生们都不愿意谈及岭南，那就是个死穴。

这依旧没完，朝廷的追加处置，很快又来了：

"诏苏轼合叙复日，不得与叙。"（宋·彭百川《太平治迹统类》卷二十四《元祐党事本末下》）

追加的这道诏命，很明确，苏轼从此不得升迁。此前的处罚，只是削降，倘若此后不再有新的处罚，可以一步步再图逆袭。这次不行了，政敌彻底封杀了苏轼重返朝廷的回路。不能升迁,芝麻职务还是有的,怎么样也算保了士大夫的面子。

苏轼二话不说,继续往南上路。他的目标是被书生们视为死穴的岭南,先生曾经在与柔奴的交谈中,无比向往的世俗天堂。

从死穴到天堂,其实就是个观察角度的变化而已。苏轼乐于这样的哲学思辨。

能说啥呢?到底还是书生气。还没等及任上,途中,苏轼又接到了第四道谪贬诰命:落左承议郎,责授建昌军(今江西南城)司马(属官),惠州(今广东惠州惠阳)安置,不得签书公事。

对这个什么安置,什么不得签书公事,我们似曾相识,当年,乌台遭陷,直落黄州,不就是如此吗?

再贬惠州的处罚诰词,出自苏轼另一个好友林希之手。林希当然是奉了哲宗的旨意和章惇的直接指示了。

关于林希这个人,有一些议论,人际啊,人品啊,此处不详谈,因为我们的主人公实在没心思去蹚那什么浑水。他得想着如何遵命南下。

苏轼接到惠州安置的诰命,已经从华北,南迁过江南。过金陵,与长子苏迈一家分手。苏迈一家去了阳羡,那里有当年置备的物业。过当涂(今安徽当涂),又与次子苏迨分手。让苏迨带着二房、三房家眷投奔苏迈。这个时候,身边仅留下了小儿子苏过和王朝云,据说还有一个老妈子。王朝云的跟随,完全是自己的情愿。南下岭南,预后当然是悲观的。苏轼不愿意连累她。他俩的爱情,在这一次的抉择中,升华到了高点。

与家人分手一次,牵扯一回生离死别的疼。

当涂到庐陵(今江西吉安)的分手途中,第五道诰命又至:落建昌军司马,贬宁远军(今湖南宁远)节度副使,惠州安置,不得签书公事。这个处罚与上一个处罚,区别在于保留的待遇名分更低。

这一个不断降级的行程,林语堂赋予了它幽默的色彩:

"一路上,秀色可餐,大饱眼福,是一件刺激的妙事。"(林语堂《苏东坡传》)

如果主人公换作别人,我打死也不会相信林语堂的鬼话。之所以确凿地相信了,因为他是苏东坡。苏东坡成就了林语堂的鬼话。

苏轼其实是抱了赴死之心,远谪岭南的:

"瘴海炎陬,去若清凉之地;苍颜素发,谁怜衰暮之年。"(苏轼《英州谢上表》)

既然最坏的打算也都想到了,那途中的活着,一是活风景自然,二是活行走自由。

但他终究与履新和观光不一样。这个时候能够支撑他调整心态的,只能祭出哲学这种唬人的东西了——

"朝闻道,夕死可矣。"(《论语》)

这话本来是孔子说的。用今天的话讲,大致如此:上天制造了你我,赋予生和死的必然价值,生乃使命下达,死为使命达成。

"与王同筐床，食刍豢，而后悔其泣也。"（《庄子·齐物论》）

庄子的死亡观，令人匪夷所思。细致琢磨，有点道理，活着之人，如何能理解死之终极意义？毅然赴死，其实是一种觉悟，是莫大的智慧。

"是日已过，命亦随减，如鱼少水，斯有何乐？"（《普贤菩萨警众偈》）

人活一生，如鱼游于水。活一天，就少一天了。就像池子里的鱼和水，水越来越少。这一个生命逐渐干涸的过程，到底快乐是在增加还是在减少？佛陀其实给我们出了一道灵魂拷问题目。

这些个问题，在我们看起来，属于绝对无解的死命题目了。

苏轼不需要作答。他自己就是命题者。

命题者苏轼，再一次沦落为犯官。

犯官之"官"，只是朝廷留给你的最后一条底裤，表明你参加了科举，入过仕，这点尊严还是要给予的。但你的确犯了事。你肯定不是官了，那个职务对你除了自取其辱，没有任何意义。你甚至跟身边的普通人都不一样，你的自由是遭限的，他们的世俗悲欢成了你的日常艳羡。于是，你不得不掂量过度透支，所剩无几的生命。也许，此即今生，那最后一次与民间的相遇，与故乡的重逢。之后，唯有奔赴另外一个世界再叙了。

关于苏轼在绍圣元年（1094年）受到的极端打压，不得不提到一个人——好友章惇。

也有说是奸臣章惇的。这是南宋和元代史家的看法，影响至今。

苏轼和章惇的友情，基础很好。随着两人党争阵营的变迁，越来越有些微妙了。一直以来传播的正统说法，绍圣元年（1094年）对苏轼、苏辙的打压，元凶为章惇。但哲宗在签发对苏轼处罚诰命后的闰四月二十二日，章惇才得到新的任命，回京城赴任。依逻辑，朝廷最初对苏轼的发难，与章惇应无多大瓜葛。上任后，从他在整个过程中扮演的角色看，肯定是参与了重新讨论对"二苏"打压的，也包括对苏轼的加重处罚。章惇的打压，主要是附和当权者哲宗的政治需求，至于是不是有个人的徇私枉法泄私愤的成分在里面，不好说。在北宋党争的政治生态里，人格是否因政治站队而异化，近来也有了一些有意思的争论。

中国台湾学者刘昭明，对此有深入的研究。他对章惇的原则性看法，直接否定了《宋史》流传至今的惯性认知：

"平心而论，章惇胆识、机智确实胜过苏轼，确是厉害角色。"（中国台湾·刘昭明《苏轼与章惇关系考》）

苏轼自己也对章惇的政治手腕，曾经那么佩服：

"轼始见公长安，则语相识，云：'子厚奇伟绝世，自是一代异人。'至于功名将相，乃其余事。"（苏轼《与章子厚书》）

苏轼和章惇，极像影视剧里的两个唱对台的牛人和硬汉，只是两人的行事路子完全不同。章惇属于阴性的硬人，对制度之类国家机器的虔诚态度，甚至超过了王安石，固执起来，脾气又比苏轼还倔。也就是说，章惇既是个机械人，又是个心肠汉。这算不算"两面派"的又一说法？

苏轼呢，更倾向于一贯地怀柔，真性情到底。就算是怼人、发牢骚，也是口说无心。比血肉，还血肉。

我们当然不能质疑苏轼的人格。但是，我们却可以理所当然地怀疑章惇的人品。其实，我们在这里有点陷入了"双标"的悖论。然而，据刘昭明的考证，要说章惇没有藏私心，对苏轼的贬黜完全出于政治考量，似乎也说不过去：

"元祐群臣，苏轼首遭贬黜，自有章惇因素。"（中国台湾·刘昭明《苏轼与章惇关系考》）

反对章惇的人，甚至认为章惇后来把苏轼贬到儋州，是读了苏轼在岭南写的一句美好的词：

"报道先生春睡美，道人轻打五更钟。"（苏轼《纵笔》）

于是，当权者受到了刺激，认为苏轼的日子，还是过得太舒坦自在了，一怒之下，再贬苏轼到天涯海角的儋州（今海南儋州）。生活的惬意，现状的安然，成了原罪。这个说法，出自南宋文人曾季狸的笔记《艇斋诗话》，可不可靠，无其他佐证。我们也只能当一说了。

不管怎样，以章惇为相的哲宗朝廷，制造了苏轼贬谪岭南惠州和儋州的大悲剧。这是史实，也是我们拿出来陈述立场、表明态度的一个证据。

一同受到贬谪的还有苏辙、秦观、黄庭坚等人。

绍圣元年（1094年）四月，苏辙因上书反对哲宗恢复熙宁新法罢门下侍郎，出知汝州。过了几个月，再贬左朝议大夫、知袁州（今江西宜春）。尚未到任，七月就到了，七月一到，又降为左朝议大夫、试少府监，分司南京（今河南商丘），筠州（今江西高安）居住处分。绍圣四年（1097年）二月，继续被贬，任化州（今广东化州）别驾，雷州（今广东雷州）安置处分。元符元年（1098年），移循州（今广东惠州东）安置。徽宗立，徙永州（今湖南永州）、岳州（今湖南岳阳），复太中大夫。随后，降居许州（今河南许昌），致仕（辞职还家）。自号颍滨遗老。政和二年（1112年）十月三日，卒。朝廷追复端明殿学士，特赐宣奉大夫。原拟葬眉州祖茔，后来也不知道啥缘由，葬在了河南郏城"小峨眉"苏轼墓旁。淳熙（1174—1189年）年间，朝廷追谥苏辙文定公。

五月，秦观因"浮薄小人，影附于轼，请正轼之罪，褫观职任，以示天下后世"（清·黄以周等辑著《续资治通鉴长编拾补》卷十），被落馆阁校勘，添差监处州（今浙江丽水龙泉）茶盐酒税。后又被编管郴州（今湖南郴州）、横州（今广西横县）。元符元年（1098年）九月，移送雷州编管。

六月，黄庭坚因编修《神宗实录》，被朝廷当权的章惇、蔡卞等人报复，贬亳州（今安徽亳县）任职，却又被责令待在开封府境内居住，以便听候国史院对查。七月，苏轼南下英州的时候，北上的黄庭坚与苏轼相聚于彭蠡湖（今江西鄱阳湖），三天后告别。这次短暂的相聚，谁知竟成为师徒俩的最后诀别。

十二月，黄庭坚被谏官污为"修先帝《实录》，类多附会奸言，诋斥熙宁以来政事"(清·毕沅《续资治通鉴》)，再贬涪州（今重庆涪陵）别驾，黔州（今重庆彭水）安置。绍圣四年（1097年）末、元符元年（1098年）初，黄庭坚因避表兄任职之嫌，诏移戎州（今四川宜宾）安置。此后一直在四川及周边地区辗转。元符三年（1100年）七月，黄庭坚还去过一趟眉州的青神探亲。

苏辙是苏轼打小穿连裆裤的兄弟。做官做人没的说，其被贬，多大程度与苏轼有关，不好说。他自己的问题并不比苏轼少。只是两人背靠背，共进退的政治路线，倒可以坐实的。秦观和黄庭坚，一定是因苏轼受牵连的。他俩的苏门弟子身份，调子高不说，骨子里的"东坡控"，也义无反顾。

这么说来，苏轼是不是因此感到欣慰？他的孤独名下，是不是还应该牵挂上苏辙的孤独，黄庭坚的孤独，秦观的孤独，王巩的孤独……

89

苏轼这次去的地方叫惠州。惠州在大庾岭之南。

岭南的惠州，除了风景指数，我知道荔枝、西湖，还有罗浮山制药、三星电子。

但在北宋，那儿却是文化盲区，"化外之地""瘴疠之乡""刀耕火种""人畜不蕃"。这样的描写，我只在《西游记》里读到过。相比之下，我的家乡四川盆周山区还是幸运的，在五代至北宋就已有先民入住开发。如此僻远蛮荒的所在，倒是适合流放官员反省。

苏轼抵达岭南之前，究竟有多少流放官员客死于此，我不知道。有一个断代的数据倒是有说服力，整个宋朝贬谪岭南的朝廷命官多达四百九十一人。苏轼不是官最大的那一个，也许数他名气最大，但他定是四百九十一分之一。他不敢高看自己。他跟那些前赴后继的贬官一样，只是宋朝官场倾轧文化的一粒尘灰。

岭南不是江南。惠州不是杭州。念念不忘的湖山诗意，如梦幻烟月：

"梦想平生消未尽，满林烟月到西湖。"（苏轼《惠州近城数小山类蜀道春与进士许毅野步会意》）

没西湖没关系，可以怀想，可以附会。苏轼寓惠之后，老是想念西湖，想得不行，就念叨，写了很多。有人研究过，惠州的苏诗苏词里，叫"西湖"的，绝大多数说的是杭州西湖。此时的惠州"西湖"，还不叫西湖，叫"丰湖"。"丰湖"之名，已颇写意，有意掩饰了风光景致资源的不足：所谓的"湖"，其实就是江溪汇合处的沼泽，比不了西湖大，更比不了西湖秀美。常念叨，也有个好处，聊过嘴瘾。也不是全玩虚，有时候也变着花样挖掘"丰湖"的好，比如那满湖疯长，长相粗俗的藤菜，真可以当"莼"，充饥的。但是老在嘴巴子边念叨，也不是个办法。苏轼又那么热衷于行动。咋办？

造湖。

在杭州的时候,苏轼就想好了,把家搬到西湖边,跟西湖做一辈子邻居:

"居杭积五岁,自意本杭人。故山归无家,欲卜西湖邻。"(苏轼《送襄阳从事李友谅归钱塘》)

到了颍州,干脆自诩为"西湖长":

"人参两禁,每玷北扉之荣;出典二邦,辄为西湖之长。"(苏轼《颍州到任谢执政启》)

"西湖长"名头,可不是白混的:

"岷峨一老古来少,杭颍二湖天下无。帝恐先生晚牢落,南迁犹得管丰湖。"(宋·刘克庄《丰湖》)

这个"管"字,八字还没一撇。要"管"西湖,那就得先造一个"西湖"。

苏轼的"西湖控",倒也足够来事。再说,那儿的确有个水洼,有湖的影子,涨潮成湖,落潮洼地。洼地疏通疏通,挖出来的土方湖泥,也能派用场,垒堤植树,末了再择几个点位搭个桥,方便老百姓不说,想要的风景也会有的。曾经在杭州就是这么干的,在颍州也是这么干的,现在到了惠州,复制便可以了。这种一个人的经验,没人说是教条主义,也没人说是形象工程。

再造一个心目中的岭南"西湖",是绍圣二年(1095年)秋冬的事。湖造好了,也留下了"助施犀带",以及动员弟媳妇苏子由夫人史氏捐"黄金钱数千助施"的佳话:

"'不云二子劳,叹我捐腰犀'苏轼自注:'二子造桥,余尝助施犀带。'"(苏轼《东新桥》)

"'探囊赖故侯,宝钱出金闺。'苏轼自注:'子由之妇史,顷入内,得赐黄金钱数千,助施。'"(苏轼《西新桥》)

跟在杭州一样,惠州的西湖,延续了苏轼的德政。这德政的证明之一,便是苏公命名了"西湖":

"惠州有西湖,不知始于何年。自苏长公来居此邦,始大著于天下,则其去千年不远矣。"(明·王瑛《代汛亭记》)

"盖山川非能自为名,因人而名也。惠州西湖处南海极滨,……遁世无闻,而沦于榛莽,盖既千亿年矣。一旦使其名赫然播四方,与夫名山大川相颉,而动天下后人之流慕,则自有宋苏文忠公始。"(清·江逢辰《丰湖书藏苏祠记》)

可别小瞧这一首发命名,说出就是照亮的功劳,它绝不同于今人各种政绩上的"花拳绣腿"——的确改变了天下人对岭南这个穷乡僻壤的看法。直到今天,惠州的百姓,还沐浴在东坡的阳光下,享受着先生美名引流的巨大好处:

"惠州西湖岭之东,标名亦自东坡公。"(明·张萱《惠州西湖歌》)

"西湖山水之美,藉(东坡)品题而愈盛。"(清·黄安澜《西湖苏迹》)

在惠州,我听到很多朋友在讲苏东坡,讲西湖,讲"苏堤玩月",讲荔枝诗,讲得眉飞色舞。看得出来,他们对苏东坡的情感跟眉州、杭州、黄州、儋州百姓一样,当神祭祀,也当信仰一般的存在崇拜。

只是，很多人讲不明白，从"丰湖"到"西湖"，何止一个"丰"与"西"。两字之间的距离，拉长苏轼几多人生坎坷，今天的我们也只有尽情去发挥想象了。

有一点是肯定的，天下本无惠州的"西湖"。曾经有人说，"西湖"本天生，无中生有，从天以降。这话我同意，没有苏轼，便无"西湖"，东坡先生就是那个九十度倾情而下的"一线天"！

顺便提到惠州"西湖"佳话，还牵扯两个人，苏轼和他的表兄，同时又是姐夫的程之才（字正辅）。

眉州程家是知书识礼的大户人家，程正辅是苏轼母亲成国太夫人的亲侄子。两家本来结了姻亲，后来却发生了误会。苏轼的姐姐八娘，嫁给程正辅，遭遇了委屈，年纪轻轻便抑郁而亡。"老苏"爱女心切，把这账算到了程正辅身上，两家也因此结下极深的怨恨，四十二年没来往。

苏轼谪惠后的第二年，即绍圣二年（1095年）正月，程之才到任广南东路提典刑律，巡视广东。这就很有意思了。同为蜀党，又是亲戚，还结了世仇，朝廷这样安排，莫非有何蹊跷，还是仅仅凑了个巧，刚好撞上？南宋文人之间有一种传闻，说是当权者章惇故意而为，把苏轼置于仇家程提刑的势力范围，借刀杀人，让苏轼也受受来自姻亲程家的气。

对两家的恩怨，文人的描述，似乎又有些温和，不见得有偏袒：

"老苏与妻党程氏大不咸,有《自尤》诗,述其女事外家,不得志以死,其怨隙不平久矣。其后东坡兄弟以念母之故,相与释憾。程正辅于坡为表弟。坡之南迁,时宰闻其先世之隙,遂以正辅为本路宪,将使之甘心焉。而正辅反笃中外之义,周旋甚至。坡唱和中,亦可概见也。"(宋·周密《齐东野语》卷一三《老苏族谱记》)

文中最关键的是"使之甘心",究竟有无背景,有何深意,历来文人们的解读,莫衷一是。整人一说,我认为猜测的可能性极大。苏轼再贬惠州,在时间节点和贬谪地区上,朝廷除了粗暴简单的一贬了之外,并无多少可供权衡的更好选项。贬一个官,是要讲成本和产出的。

但是,"成本说"和"公约数说",似乎也有漏洞。个人以为,做这样的安排,可能没有那么多可以考量的背景。一来,同为蜀党,还是亲戚,程正辅和苏轼的交集,是哲宗和章惇要防范的,难道不怕两人联手吗?再则,两家多年的恩怨,除了"老苏"这个坎外,"二苏"兄弟的反弹,似乎没那么强烈。多年来,程正辅和"二苏",各自在任上,看不出来还在记挂这个烦心事。此时因工作碰头,有多大可能再提那本来就扯不清的旧账呢?再说,就算哲宗和章惇刻意为之,程正辅巡视广东,与苏轼见面,做了个类似"使之甘心"的交代,我也认为应该从善的一面去猜度。也就是说,朝廷是想让程正辅去看望苏轼,顺便再做做工作,让其踏踏实实安心在岭南改造,不要再东想西想了。另,站在程正辅的角度,难道不知道朝廷政局朝夕变幻的道理？是时"二苏"的确受了制，但"大苏"的道德文章，程正辅自己就没有一个清醒的判断吗？这个时候，续旧情肯定是大概率。由此说来，朝廷这么安排，难道不是特别的关照吗？至于苏轼是不是有这样的心理阴影，我倒觉得大可不必替人担忧。

程正辅到了广东后，首先想到了他那个小舅子兼表兄苏轼，便托人给苏轼带话，愿意见见面。苏轼这下高兴坏了，一连写了两封信：

"近闻使旆少留番禺，方欲上问。候长官来，伏承传诲，意旨甚厚，感怍深矣。比日履兹新春，起居佳胜。知车骑不久东按，倘获一见，慰幸可量。未间，伏冀以时自重。"（苏轼《与程正辅提刑》之一）

"窜逐海上，诸况可知。闻老兄来，颇有佳思。昔人以三十年为一世，今吾老兄弟，不相从四十二年矣，念此，令人凄断。不知兄果能为弟一来否？然亦有少拜闻。某获谴至重，自到此旬日外，便杜门自屏，虽本郡守，亦不往拜其辱，良以近臣得罪，省躬念咎，不得不尔。老兄到此，恐亦不敢出迎。若以骨肉之爱，不责末礼而屈临之，余生之幸，非所敢望也。其余区区，殆非纸墨所能尽。惟千万照悉而已。"（苏轼《与程正辅提刑》之二）

从两信言辞上看，还不能叫百感交集，但肯定是积极开心的，看不出半点被整的负面情绪。

程正辅收到书信后，赶紧结束了番禺（今广东广州番禺）

的行程，匆忙赶往惠州。苏轼特别安排苏过乘船去迎候。

两人的交好，就此开始。苏轼在惠州期间的几年，与程正辅书信来往频繁。一来二往，两家的积怨隔阂，也不知不觉淡化翻篇了。

都说四川人重家乡情，这话放在苏轼身上，放在程正辅身上也适用。

因为修桥的事，苏轼主动找到程正辅，联袂促成了修桥美事。

尽管造了西湖，再续了亲缘，然惠州与杭州、眉州，还是十分不同的。这一次，仍然是贬谪，地方比此前的黄州还要偏远，与东坡自请赴任江南，更是有着截然相反的景象。

惠州之行，是不是意味着人生的结局？倘若如此，此地能安放先生那颗高贵的灵魂吗？

我们都在为先生捏着一把汗。

"我本无家更安往，故乡无此好湖山。"（苏轼《六月廿七日望湖楼醉书》）

同样的异乡，江南的地利，似乎模糊了先生对于家乡的印记。即便那年谪贬黄州，也是乐不思蜀的：

"便为齐安（黄州）民，何必归故丘。"（苏轼《子由自南都来陈三日而别》）

杭州能安放东坡的肉体。黄州能安放东坡的灵魂。岭南呢？惠州呢？

朝廷的任命，尽管一改再改，未来的日子充满了变数，苏轼也是习惯了。刚刚接到第一份诰命的那一天，也没有过多地去想，带着小儿子苏过和侍妾朝云，立马就出发了，自此踏上了翻越五岭的艰难路途。一个须发斑驳的老人，如此义无反顾，似乎铁定了赴死的意志。

苏轼正式开启岭南贬谪生活，从寓居惠州嘉祐寺开始。在此之前，他是知州的座上宾，住在合江亭的招待所。所谓的"西湖"怀想，再造人生风景，是我们这些全知全觉者的超时空想象。这种欢快的情绪，在开始谪居的那段时间，并不协调。

苏轼如何敢肆意地欢快？他得首先解决心理的一大堆负面诉求。

就像这一天，他来到松风亭下，头昏眼花，脚瘫手软，很想找个地当床歇息一会儿。可又咋爬得上去呢，松亭的飞檐比树梢还高。若能纵步飞上庭檐……

鱼！有了——"挂钩之鱼"。

"此间有甚么歇不得处？由是心若挂钩之鱼，忽得解脱。"（苏轼《记游松风亭》）

脱钩之鱼，重返流水，肉体的自由得以释放。挂钩之鱼，挂的是肉体，释放的是灵魂，难道不是另一种更为超迈的解脱？

"挂钩之鱼"，别人想到等死，先生想到解脱。

挂钩真好。跌落真好。

岭南真好。惠州真好。

现实不管对自己如何地肆意折磨，先生总是能给自己找到好好活下去的理由。记得前些年流行过一句歌词：

"生活虐我千百遍,我待生活如初恋。"(孙浩《我待生活如初恋》)

似乎海明威也说过一句类似的话:

"这个世界如此美好,值得人们为它奋斗,我只同意后半句。"(美国·海明威《战地钟声》)

要不是苏轼,我真的不会同意海明威这话。

半句也不同意。

90

苏轼大张旗鼓造房了。这是第二次。第一次在黄州,他造了"雪堂"。这一次,造了"白鹤新居":

"鹅城万室,错居二水之间;鹤观一峰,独立千岩之上。……东坡先生,南迁万里,侨寓三年。不起归欤之心,更作终焉之计。……已戒儿童,恼比邻之鹅鸭。何辞一笑之乐,永结无穷之欢。"(苏轼《白鹤新居上梁文》)

新居依山傍水,处高俯下,临危不惧。

这是绍圣三年(1096年)的事。

此前,他在水东水西的合江亭和嘉祐寺辗转寄居。他把新屋的客厅和书房,取了两个好听的名:"德有邻堂"和"思无邪斋"。

还凿井四十尺,用井水种植老茶。

看来,是做好不涉政治,在此终老的打算的:

"前年家水东,回首夕阳丽。去年家水西,湿面春雨细。东西两无择,缘尽我辄逝。今年复东徙,旧馆聊一憩。已买白鹤峰,规作终老计。长江在北户,雪浪舞吾砌……"(苏轼《迁居》)

白鹤峰的老屋,被后人改作祠堂,以祭奠东坡的莅临和开创。刻印于清代光绪年间的版画,证实了直到清末民初,东坡祠的香火都还旺盛的。可惜祠堂在20世纪毁于战乱。现在看到的是惠州百姓的重建,迄今还供奉着《宋苏文忠公惠州画像》。

现实的房子当然重要,虚拟的家园更加绕不开。

房子提供了生存的空间需求。它与家园或者故乡,有着肉体上难以克服的物理距离。其间,活生生隔着时间的长度,空间的宽厚度。

苏轼又是那么怀乡。一个善于制造想象意外的有趣灵魂,肉体往往绑缚于灵魂。于是,故乡以模拟的时空面貌,推上来了。

它就是梦里的"仇池",东坡心目中的世外桃源。

"仇池","本名仇维山,形似覆壶,上广百顷,下周数十里,高二十余里,壁立千仞。"(宋·李昉、李穆、徐铉等《太平御览·地部·卷九》引《秦州纪》)

地理学者认为,"仇池"的确真有其山,并非想象中的高大耸立。山天生于陇南,自古为道家七十二福地,位列第五。曾经是杜甫的向往,草堂的对标。老杜一度想去那里造一所聊以栖居的茅屋:

"万古仇池穴,潜通小有天。神鱼人不见,福地语真传。近接西南境,长怀十九泉。何时一茅屋,送老白云边。"(唐·杜甫《秦州杂诗》)

"仇池"终还是太高远。登临陇南仙山"仇池",只是一种奢侈的虔诚。老杜的"仇池",最终退而求其次,落户蜀中成都浣花溪旁,无海拔的高峻,也无造型的悬念。

多年后,杜甫的"仇池"梦,由苏轼来接力。

元祐六年(1091年),颍州赴任的苏轼,做了一场神游之梦。苏轼以现实之梦,还愿老杜的诗意之梦。他放松语境,实景建模,梦见了千里之外的"仇池",并作诗一首:

"高山不难越,浅水何足厉。不如我仇池,高举复几岁。从来一生死,近又等痴慧。蒲涧安期境,罗浮稚川界。梦往从之游,神交发吾蔽。"(苏轼《和陶桃花源诗》)

诗前有一小引,详细交代了个人的"仇池"情结:

"予在颍州,梦至一官府,人物与俗间无异,而山川清远,有足乐者。顾视堂上,榜曰'仇池'。觉而念之,仇池武都氏故地,杨难当所保,余何为居之。明日,以问客。客有赵令畤德麟者,曰:'公何为问此,此乃福地,小有洞天之附庸也。杜子美盖云:"万古仇池穴,潜通小有天。"'他日工部侍郎王钦臣仲至谓余曰:'吾尝奉使过仇池,有九十九泉,万山环之,可以避世,如桃源也。'"(苏轼《和陶桃花源诗》引)

苏轼记录这个梦的时候,已经流落到惠州。从外部的环境看,陇南的山水与岭南的乡村,区别还是挺大的,一个设计感强,一个更接地气。两者之间,由苏轼的"和陶"诗相统一。在这里,苏轼"和陶"诗扮演的是化学添加剂的角色,一场关于故乡的超级连锁反应,由他来完成。

"无何有之乡",是庄子的虚构。"桃花源",是陶渊明的虚构。"仇池",却是真实的存在。

杜甫倾向将虚构的山水,落地于实体的家居环境。便有了"草堂"。

苏轼跟他们都不一样。或者说,更懂得融通。

元祐七年(1092年)三四月间,苏轼在扬州任上。六表弟金部主客郎中程之元(字德孺),卸任广南路转运使,自岭南回,带给东坡两块英州奇石。其中绿色的那块,冈峦迤逦,有洞达背,极近想象中的神山仙境,这就是后来苏轼念念不忘的"仇池"石。

苏轼抑制不住兴奋,找到好友钱勰曾经在出使高丽回京后,送来的一个大铜盆,用以陈放奇石,渍以盆水,置于几案。苏轼又是个分享狂,这么好的东西,得让朋友们知晓,便作《双石》诗,赠陈师道、秦少游等人:

"梦时良是觉是非,汲井埋盆故自欺。但见玉峰横太白,便从鸟道绝峨眉。秋风兴作烟云意,晓日令涵草木姿。一点空明是何处,老人真欲住仇池。"(苏轼《双石》)

苏轼仅仅是欲分享所获之乐?

我们来看另外一首,也是在扬州任上写给朋友的。诗里似乎借"仇池"石,说了一层隐秘的意思:

"避人聊复去瀛洲,伴我真能老淮海。梦中仇池千仞岩,便欲揽我青霞襜。且须还家与妇计,我本归路连西南。"(苏轼《次韵和晁无咎学士相迎》)

苏轼的"故乡",合并了庄子的"无何有之乡",陶渊明的"桃花源",和杜甫"草堂",甚至还有李白的青崖瀛洲。存于时空的诸般胜景,都被其浓缩于一方案头清供。

苏轼显然动了"归"的念头,且是从灵魂开始。

线路直指"西南"——故乡眉州的朝向。

那年九月,苏轼还朝。朝廷欲重用苏轼。十一月,哲宗诏令苏轼任端明殿学士兼翰林和侍读两学士,及礼部尚书。罕见的高层恩遇,并未动摇苏轼的一番归心。很快,苏轼上了《辞免状》,要求到地方上去。哲宗未允,一撒手又赏赐了对衣、金代和马。

苏轼并未做好在高位任职的打算。他的心思还在"仇池"石上。好朋友驸马都尉王诜,见了"仇池"石,喜欢得不得了,写诗,想借到家中,聊以细玩。苏轼哪舍得,为此还引发了一场借与不借的佳话。王诜和东坡,都爱物成癖,一个人想得,一个人不舍,两人诗来诗往,表达各种情绪。佳话也随误会流传。

苏轼为何那么珍视"仇池"石?太皇太后不懂,哲宗不懂,朝中曾经的同僚和政治对手不懂,就算驸马王诜这样的挚友,也未必能感同身受。

"老人生如寄,茅舍久未卜。一夫幸可致,千里还相逐。"

(苏轼《仇池石》)

"相如有家山,缥缈在眉绿。谁云千里远,寄此一颦足。平生锦绣肠,早岁藜苋腹。从教四壁空,未遣两峰蹙。"(苏轼《王晋卿示诗欲夺海石钱穆父王仲至蒋颖叔皆次》)

写给王诜的两诗,已经说得再明白不过:"仇池"石,就是东坡自己的人文隐私,就像陶渊明准自由的"南山",更自由的"武陵"一样,是潜藏的福祉隐喻,相伴左右的灵魂伴侣,是难以承受之重,切腹痛感的神经源头,是挥之不去与欲罢不能,愈来愈强烈的情绪总和——

身体的故乡与精神故乡的超现实价值复合体。

如此比生命还重要的东西,又如何能丢失?

身体可以死亡,但不能丢失。精神的要义更高,非死即生,生复活死,死不能灭,生生不息。

现实中清供的"仇池",便是视同与故乡厮守到老了。有了"仇池",千里的距离,也如在眼前,可以牵魂,寄寓,可以避现世,托来生。

这不就是"无何有之乡",是"桃花源",是"草堂",是青崖瀛洲吗?

在世人看来的盆中小景,在苏轼那里,却是一个高大上的精神地标。用今天西方抑郁质艺人的歌来唱的话,大致是这样:

"我来自阿拉巴马乌棵促,带上心爱的五弦琴/赶到路易斯安那,为了寻找我爱人……/哦,苏珊娜,你别为我哭泣/我来自阿拉巴马,带上心爱的五弦琴……//"(美国·史蒂芬·柯林

斯·福斯特《哦，苏珊娜》）

它叫"仇池"，中国版"苏珊娜"，苏轼故乡的案头升华与遥远定义。

苏轼贬谪岭南，直奔寻乡主题，可供参考的预感信息，少之又少。

途中，他还带苏过探秘过英州碧落洞，寻找"仇池"石曾经的钟乳石柱切口，未成，索性连诗也无意作了。未见"仇池"石根，如何有诗意？

好在苏过的游记实录，弥补了这一缺憾：

"千尺琅玕翠入动（疑误），神仙已去洞仍存。寒崖但见悬钟乳，流水无穷泻石门。未到朱明真洞府，先看峡口小昆仑。舍舟欲问桃源路，安得渔人与共论。"（宋·苏过《游英州碧落洞》）

知父莫过于子。苏过，越来越善解乃父东坡的心意了。应该感谢苏过。"仇池"，东坡的"桃源"，神圣，不可替代。倘若没有苏过的留诗佐证，真的以为"仇池"，是先生的自说自话。

莅惠期间，苏轼还有幸遇到了一块叫"壶中九华"的英石。刚好能与"仇池"配对。石头主人为湖口（今江西九江湖口）人李正臣。苏轼与怪石一见如故，差点就动了购置的念头。《壶中九华诗》里，先生不加掩饰，流露出价"百金"的心思。苏轼有没有"百金"，不必讨论。一个贬官，叮当响的老穷。那为何又如此高调？

不只我不解，很多书生也不解：

"(壶中九华)予不及见之，但尝询正臣所刻碑本，虽九峰排列如鹰齿，不甚嶙峋，而石腰有白脉，若束以丝带，此石之病。不知坡何酷爱之如此，欲买之百金？岂好事之过乎？"（宋·方勺《泊宅编》卷中）

花"百金"取一玩石，这也太像"过度之好"了！一块坚硬而丑的石头而已。玩物成癖！先生莫非丧失了基本的理智？

也有人认为当为诗人夸张笔法，性情喜好嘛，拔高一点，打发打发寂寥，也在情理之中。

持这些说法，还是对东坡不太了解。

苏轼从南边北回，是在几年之后。有机会路过湖口。先生当然没有忘掉"壶中九华"石。找人一番书，找石头又一番书。只惜石头早已不知所终。那种幽怨怅然，就算胆汁质加多血质加抑郁质的东坡自己，或也无力精准言说。

三个月之后，苏轼随身携带"仇池"，走过了最后的归程，殒命江南常州。

那一刻，我方才隐约懂得，原来"仇池"石，就是先生自己，那孤独黯然的东坡。东坡太需要一个伴侣，"仇池"也许就是，"我"的形影相吊，茕茕孑立，彼此对影。想来当初，先生意欲斥"百金"，购以为伴，或为那一个冥冥之中的呼应。

"壶中九华"石就是个死结，求之不得，念念不忘。

没有了"壶中九华"，"仇池"还有啥意义？"壶中九华"，是贬谪，是永远不知道下一个驿站的这一刻"行走"。"仇池"，是冥冥之中的隐喻，以及那终极的宿地。它俩共同构成了"故乡"意义的黑白两面。

有贬谪,就有行走。有行走,生命就还在。现在没有了贬谪,也便没有了行走。没有了行走,故乡到此为止——

它是句号,还是省略号?

苏东坡死于北归的常州途中。他的行走,是一个人的孤独,叠加一颗石头的宿命。

91

石头没有了,还有僧友。他们的线上关怀,线下造访,一点一点缓释着不平与愤懑。

有僧友自"故乡"来,不亦乐乎。故乡在眉州,也在杭州、黄州。

杭州的高僧佛印,是东坡无话不说的好友。佛印似乎没有亲自到过惠州,而以托人传书的形式,表白对先生的遥远关切。

转交书信的,据说是一个叫卓契顺的杭州僧人。卓契顺是定慧寺守钦长老的侍者。守钦又是苏轼的好友。受长老委托,卓契顺南下惠州,带去了长老问候的诗。从情感传递逻辑看,《东坡志林》记录的相关逸事,值得采信。此事,还见于《宋稗类钞》转引宋人钱世昭的笔记《钱氏私志》,记录周详,也有趣:

"东坡在惠州,佛印在江浙,以地远无人致书。有道人卓契(应为卓契顺)者,概然曰:'惠州不在天上,行即到矣。'因请书以行。印即致书云：'尝读退之送《李愿归盘谷序》，愿不遇主知，犹能坐茂林以终日。子瞻中大科，登金门，上玉堂，远放寂寞之滨，权臣忌子瞻为宰相耳！人生一世间，如白驹之过隙，三二十年功名富贵，转盼成空。何不一笔勾断，寻取自家本来面目。万劫常住，永无堕落。纵未得到如来地，亦可以骖鸾驾鹤，翔三岛为不死人，何乃胶柱守株，待入恶趣。昔有问师：佛法在什么处？师云：在行住坐卧处，着衣吃饭处，屙屎撒尿处，没理没会处，死活不得处。子瞻胸中有万卷书，笔下无一点尘，到这地位不知性命所在，一生聪明要做甚么？三世诸佛则是一个有血性汉子。子瞻若能脚下承当，把一、二十年富贵功名贱如泥土。努力向前，珍重，珍重！'"（清·潘永因《宋稗类钞》）

《东坡志林》只讲到卓契顺带长老遗诗，并未提到给佛印带信。孔凡礼的年谱，刻板谨慎，并未就此鲁莽地下结论。但，宋人笔记中引用的佛印书信，有鼻子有眼，又不像无中生有的杜撰。也许，信或者送信，有可能都是真的，只是时间、地点和送信人，不一定能对上号。

对不上也没关系，记住这句话就行了：

"胸中有万卷书，笔下无一点尘。"

这话，很多人能熟背，却不知出处。记住此话，记住佛印对东坡的点评。这个点评，寥寥数字，远超多少智者！智者中的智者，佛印站得更高，看得更远，世界观非一般的高僧和士大夫能比。

那么问题来了。佛印到底扮演了啥角色？为何要写这封信？

苏轼寓居惠州，佛印在金山寺。远隔千里之外的佛印，选择以委婉的书信，表达开导或者规劝的意思。劝啥呢？琢磨半天，似乎也不得要领。原来写信人自言自语，神神叨叨，讲佛作法，示人生大道理。讲归讲，听不听得进，全凭听者随缘。

佛印终究并未完全隐世。当权者和士大夫之间，他算一个两边都能说上好话的角。其江湖地位，东坡当然知道。佛印这么说，有没有来自哲宗、章惇甚至向太后的背景，只能意会了。佛印要的也是这种玄而又玄，不可言说的"意会"。

佛印的意会，婉转，缥缈，宛若暮鼓晨钟。

早在密州的时候，东坡就已在纠结进退。黄州的时候，突然表现出对易学的浓厚兴致。苏轼与王朝云的育儿，取名苏遯（同"遁"）。"遯"，出自《易经》第三十七卦。

冰雪聪明之人，总被聪明误。这是苏轼自己说的——

"人皆养子望聪明，我被聪明误一生。"（苏轼《洗儿诗》）

"易"强调某种类似神性主义的可能性，以智逆智，消解聪明，或反聪明。这就有点蛮不讲理了。于是，转向佛。佛，终于给出自我进化的第三条通道。

选项越多越宽阔。"佛""道"本不矛盾。矛盾在于士大夫常常念念不忘社会功业。反省黄州，"易""佛"之外，依然在研学《论语》。还是放不下。天将降大任于是人。有意无意的自我觉悟或自我救赎。叫自我保护也对。

觉悟与救赎，又非个体的私密行为。苏轼并不赞同一个人的自我抵消，像堂吉诃德那样。他更倾向于积极，奔赴一线，亲力亲为，改天换地。只是这样，有明显自己跟自己过不去的意思。世界不容我，我容世界。难度系数得有多大？

南怀瑾警告过读者：

"中国有两门学问不应该学，一是易学，二是佛学。因为你如果方向不对，一辈子恐怕未必真能弄懂；若真懂了，又没什么用。"

苏轼会信这个邪？一辈子不曾舍弃儒子的信条，当然也真懂"佛"与"易"的。"佛"与"易"，真的"无用"？东坡并没有给出我们想要的答案。我们分明看见，先生就要远去的时候，还像煞有介事，同高僧讨论佛法通途的光明。光明照耀东坡，抵达另一个世界。

苏东坡显然超越绝大多数人的表面认知，包括南怀瑾，甚至也包括佛印。

亦道亦佛的吴复古（字子野，号远游），岭南潮阳本地名士，祖上曾为朝廷重臣，其本人也因举孝廉，授皇室教授，与苏轼多有诗文和言行的交往。

苏轼寓惠，吴复古已还乡出家多年。两个赋闲的高人，跟有约定一样，又在岭南碰上了，龙门阵自然也多起来。当地人至今还在讲述他俩的佳话：

"时人有顺口溜曰：潮阳惠州一线牵，东坡复古裕后人。"（《潮阳县志》）

《潮阳县志》还记载了东坡和吴复古的民生传说。

这第一件事是，苏轼应吴复古之邀，为潮阳金沟新建的江桥题名"复古桥"，此桥现在仍在，算活体的东坡民生遗产。在此之前，苏轼赴任扬州途中，曾受人之托，为当地题写有《潮州昌黎伯韩文公庙碑》，可惜原碑未躲过"元祐党人案"的罹难，拓本也无传世。现存潮州韩文公祠的《潮州昌黎伯韩文公庙碑》，为当代人的苏体集字重建之作，以此致敬东坡。

还有一件事，苏轼应吴复古之邀，为金灶镇乡下老百姓的子女，批阅习作，平民子弟们为此受益匪浅。先生会不会就是在此时，动了办平民书院的心思？这个推理不无道理。苏轼贬谪儋州后，很快就办了一所"东坡书院"，广收学子，授文传艺，像模像样，迄今为人所道。吴复古后来还跨海，拜访过远在儋州的苏轼。对先生的崇高举止，也是十分赞赏，感慨不已的。需要交代的后续是，苏轼儋州的弟子中，后来出了举人姜唐佐，进士符确，他们都是荒蛮之地，"第一个"开化者或者文明人。

吴复古与苏轼，两个善于在黄昏中，制造气氛的好友。惠州、儋州，收藏了他俩的段子。

相比吴复古，佛印更像在扮演东坡的说客。佛印也许知道，说也白说。白说就对了。就知道东坡自己的主意大得很，谁还有闲情逸致，相信那一本正经地"白说"？

巢谷跟他们都不一样。苏轼的眉州毛根（方言，打小的好友），是个又文又武的书生，年轻时"曾应进士武举，皆无成"（苏轼《东坡尺牍》"眉山人有巢谷者"）。然后便对官场没了兴趣，漂泊天涯。一个人的漂泊。苏轼混得风生水起的时候，巢谷根本就不见影子。苏轼乌台落难，黄州贬谪的时候，别人躲都来不及，他却不知从哪又找上门来。苏轼离开黄州，正常复职，巢谷又不动声色，悄悄地就闪了。

直到多年后，听说苏轼、苏辙兄弟，再贬岭南，又动了恻隐之心，不顾年老体衰，从眉州出发，不辞辛苦，跋山涉水，远赴岭南看望，劝都劝不住。等到了梅州（今广东梅州），又听说苏轼去了海那边。就又盘算着如何渡海过去，谁知道行李盘缠又被偷，只好滞留新州（今广东新兴），染病而卒，终不得与东坡再见一面。苏轼听说后，内疚至极，专门修书，于文末连呼"死罪！死罪！"（苏轼《东坡尺牍》"眉山人有巢谷者"），以表达情绪，至今令人唏嘘。

这就是巢谷，苏东坡若干好友中的唯一。微不足道的唯一。

好友巢谷，这四个字念起来那么轻。

我们更习惯，大声地说出：我的好友——叫苏东坡。

也不管苏东坡认不认这个账。

好友苏东坡！出发点在好友，落脚点在"苏东坡"，它是我们大声的底气。孰轻孰重，有各种手法去掂量。

好友——苏东坡。

这是站在我们的角度看到的光环。我们的想法是不是过于自信了？

苏东坡自己都不敢这么想。东坡先生有很多好朋友。走一路，交一路。东坡的好友，遍及曾经涉足过的每一处城市和乡村。

真正让苏东坡感动的，一定是那个轻而又轻的巢谷。他一定出现在东坡下一个背时的前路。东坡得势的时候，他敬而远之，玩蒸发。东坡贬谪黄州，他又冒出来。跟谁躲猫猫？好了，东坡再贬岭南，他又脑壳发热，寻天寻地，赴死追随。一般人认为不可理喻的事，巢谷二话不说，直接干。个中的道道，东坡没有讲过，巢谷也没讲过。他们都是当事人。估计讲也讲不明白，别人理解不了啊。理解不了，是因为我们做不到——

"上可以陪玉皇大帝，下可以陪卑田院乞儿。"（宋·贾似道《悦生随抄》转刘壮舆《漫浪野录》引"苏子瞻尝自言"）

从陪玉皇大帝，到陪卑田院乞儿，表面上是两种活法，实际上还是一种价值观。

就像巢谷，一种稀缺的价值观，而不只是一个名字，它可能代表某种朴素深沉的东西，朴素得没有道理，深沉得无法述说。

就像一句诗说的，悄悄的我走了，正如我悄悄的来；我挥一挥衣袖，不带走一片云彩……

92

与两宋很多士大夫不一样，苏轼对抽象的观念没啥好感。与其冒险，不如身体力行，做个命名实践者。

就像韩愈命名天下无二的潮州：

"不虚南谪八千里,赢得江山都姓韩"(赵朴初·《访韩文公祠口占》)。

命名者苏轼,于是命名了惠州:

"一自坡公谪南海,天下不敢小惠州。"(清·江逢辰《白鹤峰和诚斋韵》)

曾经,先生以一己之力,命名了我们共同的故乡,成都边上的眉州,命名了长江之畔一片不起眼的悬崖,一垄低海拔浅丘,现在他又来到了中南山区。他是为命名一方不曾打扰的山水来的。

他有备而来——为生机而诗。

初夏的惠州大地,麦禾刚刚吐穗。罗浮山是陌生的。香积寺是陌生的。先生朝远处望去。看见了似曾相识的两张面孔——"春泥"和"秋穀"。这让他大感意外。阔别蜀南的家乡多年,没想到在这里与它们重逢。

春泥你好!秋穀你好!

"二年流落蛙鱼乡,朝来喜见麦吐芒。东风摇波舞净绿,初日泫露酣娇黄。汪汪春泥已没膝,刿刿秋穀已分秧。谁言万里出无友,见此二美喜欲狂。"(苏轼《游博罗香积寺》)

这是一首就算今天读起来,照样合乎时代语境的超现实诗歌。我曾经尝试译过,结果成了这个样子:

"流落的东坡,遭遇/蛙鱼的此起/麦芒的彼伏/罗浮之麓岭南之晨/东风渐次向下/众绿的吻与被吻/摇曳与被摇曳/初日向上喷薄/娇黄一发不可收拾/没膝因为滋润/及那春泥的呵护/照见秋谷的影子/可爱，仿佛谁的亲邻/万里之外老家回访"

生活治愈了东坡，诗歌治愈了我。

"苏东坡是一个无可救药的乐天派。"（林语堂《苏东坡传》）

为了强调自己的命名，林语堂几乎把话说到头了。仔细想来，林语堂的修辞手段，与先生见着春泥秋毂的情绪，多么贴切！就热爱生活的感性，林语堂离先生很近。

"人间无正味，美好出艰难。"（苏轼《和陶西田获早稻》）

这话很多人当口头禅，不如意的时候，总拿它来试图说服自己。大家看重的还是后半句，殊不知灵魂在头半句。

人生如戏，这话我是不认同的。人生就是常态的栖居，怎么会是戏呢？一个小模小样，一个拿腔拿调。去歌厅酒吧大排档，服务生端上来各品酒水，五颜六色，好看好喝，自然没的说，但又总觉得哪不对。原来还是无趣。本来是来逗趣耍生动的，结果全都一个味。没法。好酒还得亲手酿，日子还得自个对付着过。

岭南地偏，酒也小众，名气不如汴京江南的大。这没关系，东坡有的是闲琢磨。先生酒量不大，酒瘾大。一个没酒量，有酒瘾的人，多半是把喝酒品酒当调味品了。如此并没有完。真正的调味品，还得顺我手，由我性子来。这跟蜜蜂酿蜜一个道理。惠州谪居的时候，东坡参与酿作推广，有名有款的酒水，多达八款：桂酒、罗浮春、万家春、真一酒、松黄酒、万户春、桑落酒、林婆酒。岭南瘴气重，一天二两小酌，相当于蜀地老茶客，早晨晚上一盅茶。聊以打发时日。

生活哪来那么多高大上。更多一地鸡毛。那咋办？卧床躺平，数天混日，等死？岂不无趣。现代人讲健康，理由嘛，身体是一切的本钱，活着比啥都重要。然，蜀人喝茶，东坡品酒，真为养个沉重的身子？非也。养轻盈乐子。乐子比健康重要多了。没有趣味的健康，只能叫"肉"，叫"躯体"，是淘空悬浮的，绝对谈不上实在地"活着"。乐子就是活着的本来面目，就是那高大上，形而上。

养乐子，活自在的先生，从不吝啬对于生活的赞辞。

"罗浮山下四时春，卢橘杨梅次第新。日啖荔支（枝）三百颗，不辞长作岭南人。"（苏轼《食荔支其二》）

先生不是一般意义的吃货，简直就是食神。吃货的世界，我们懂，那就是一个字——"吃"。食神的世界，我们也懂，以量取胜，一天吃三百颗！一直吃，吃不停，百吃不厌，开门见山，直奔结果，其他弯弯拐拐的声色味，在数量词的面前，都不值一提——

是夸张成就了天底下最好的荔枝诗。

有人认为，三百颗是作者声东击西，有意放大某种消极情绪。

比如明人就说此诗：

"取快一时，而中含戏侮。"（明·瞿佑《归田诗话》）

什么意思呢？就是说，苏轼以极端的乐子，抒写极端的怅恨，以此对抗哲宗和章惇等当权者的政治迫害，逗一时嘴快，越言自己不在意什么，越流露在意什么。我以为，瞿佑"戏侮"

一说，要放在明清时代的书生身上，倒是十分合意，放到宽松的北宋，言说的还是现代乐天派的苏轼，这就显得狭隘了。苏轼的乐天，不是装出来的，从黄州到惠州，不仅是时间的流逝和地理的转徙那么简单。生活对于人生的雕塑性，永远超出我们的想象。一路轻装前行，不远万里来到惠州，就没想过还能活着回去。死都可以置之度外，还有什么放不下？

三百颗，就算夸大，也是夸大性情，再说，像东坡这样的赤忱书生，天真和善良，何须夸大，里里外外，都镌着哩。就此终老，也是先生的真实意愿。这么说来，荔枝和荔枝诗，就有点活化石的意味了，惺惺相惜，互证人生。

人生，曾经被白居易的荔枝代言——

真的不能太用力，用力过度，奢侈之后是透支，透支之后是变态。

人生，更多的是某种常态。哪来那么多的一骑绝尘，感天动地？食荔枝，不是常态，一天吃三百颗，更不是常态。但是，有谁怀疑呢？先生只是说出了一种对待日常的态度。生活的意义在于庸常的叠加和积累，细节的复制与堆砌。一天吃一颗荔枝，你的日子是算计着过的。一天吃三百颗荔枝，用今天的话说，那就是人生爆棚啊！

有如此心态，就算一肚子不合时宜，又何妨？没有自艾，也无他怨。

我们读荔枝诗，看到的是苏东坡的流量，是惠州人从东坡的命名中，直接获得的文化收益，却没有看到荔枝背后深藏的人生暗示——

幸福终将是自我的赋予，放下一些，捡拾一些，那近处的日常，与终极的形而上。

佛在低处偈云，声音很小，我们都听到了：

"一切有为法，如梦幻泡影，如露亦如电，应作如是观。"（《金刚经》）

懂得东坡一肚子不合时宜的王朝云，从杭州开始，就认定一个死理——先生到哪里，自己就到哪里。

乌台的凶险，有啥，先生不动如山。他是谁的靠山？黄州的清苦，像一幅画，谁又是那观画人？

"今年刈草盖雪堂，日炙风吹面如墨。"（苏轼《次韵孔毅父久旱已而甚雨三首其一》）

先生爱上了廉价的猪肉，朝云就放下歌舞身段学厨娘，做得一手"东坡肉"佐餐。

就像现在，朝云不远万里，一路跟随先生奔赴岭南，还没等过上安稳日子，年纪轻轻，浸染瘴气，溘然长逝。

王朝云是带着先生百分之百的爱恋走的。走得无所谓悲伤，也无所谓快乐。她早已是一个虔诚十足的佛徒。要论固执程度，东坡还不能算。因为东坡还有她的死，有亲人离世的伤，有各种牵挂，有阴晴圆缺，悲欢离合。这是硬伤。朝云没有硬伤，只有柔情似水，东坡也有。朝云的柔情似水，与东坡的情感涟漪不一样。东坡的涟漪，这会儿突兀地就起了褶皱：

"玉骨那愁瘴雾，冰姿自有仙风。海仙时遣探芳丛。倒挂绿

毛么凤。素面翻嫌粉涴,洗妆不褪唇红。高情已逐晓云空。不与梨花同梦。"(苏轼《西江月·梅花》)

朝云之死,就是先生不能回避的褶皱。她埋在了惠州孤山南麓栖禅寺大圣塔下的松林。苏东坡为她造了"六如亭",亲手撰下一副对联:

"不合时宜,惟有朝云能识我;独弹古调,每逢暮雨倍思卿。"

与当年杭州和黄州不同,在惠州,苏轼完成了故乡的两次升华,一是从地理到亲人,再是从亲人到灵魂。

这一联动的跨越,关联了两个一百八十度的回望。

93

苏轼越来越显病痛和苍老了。朝云的离去,意味着死亡的接近。先生又是那么韧性。他的生活没有被打乱。他的活着没有被改造。

苏轼对肉体困难的破解能力,终于乱了当权派的方寸。

极简的物质性日常,比如吃了睡,睡了吃,就算吃得极差,睡得极好,也能有如此的仪式感,没有因为肉体遭受摧残,降低审美诉求。如此语境,比贵族还贵族。贬一次,升华一回。一贬黄州,再贬岭南,苏轼的人生从三千里,升华到一万里。

迫害者不是黔驴技穷,简直就是心塞啊!

那伙人或许已经意识到,要彻底打垮东坡的思想,只有封杀他的话语权,不让他痛快抒写。

这一次,贬无可贬——儋州。

在宋朝,儋州是唯一谪贬的底线,也可以说是尽头。那儿离汴京最远,谪贬到此,人生的终点就不远了——几乎没有返乡可能。

一个犯死罪的官员,既然不能杀你的头颅,那就把你逐出最后的文化圈层。对于一个以自由书写安身立命的书生而言,还有什么比剥夺话语权更为严厉的惩罚?

儋州,只是在形式上归属于王朝,根本谈不上文化生态。

往南是无边的大洋,往北是五指山,是雷州海峡。没有一所能留住教师和学生的读书学堂,甚至连一个中举的书生也没有。那里的人只会说土话,吃土老鼠,过最原始的丛林土著生活:

"食无肉,病无药,居无室,出无友,冬无炭,夏无寒泉。"(苏轼《书海南风土》)

简直就是"六无世界",物质和文化的双重沙漠。你是孤独的,流量没有任何意义。根本谈不上传播,就算你是顶流,你的声音再大,也大不过一个村庄。

这一年,是绍圣四年(1097年)。

四月十七日,苏轼以莫须有的罪名责受琼州(今海南海口琼山)别驾,昌化军(今海南儋州)安置,不得签书公事。

对于这一次的抛弃,苏轼感受最直接的,不只是地理上的"天涯海角",更有文化意义的"末世恍惚"。

"突兀隘空虚，他山总不如。君看道傍（又作"旁"）石，尽是补天余。"（苏轼《儋耳山》，亦作《儋耳山此诗为孔平仲作》）

《儋耳山》写于绍圣四年（1097年）六月下旬，从琼州经澄迈，赴儋州的途中儋耳山下（儋耳山在儋州北十余里外，又名"松林山"）。

南宋人在整理的时候，引用了东坡幼子苏过（字叔党）的回忆：

"'石当作者，传写之误。'一字不工，遂使全篇俱病。"（宋·张邦基《墨庄漫录》·卷一》）

苏过是不是说过此话，或者说苏过是否清楚地记得乃父的底本，没有更多的旁证。但后人据此就以为苏轼直抒其"石"，技术上显得不工，大概是无法真正站在作者的上帝视角来看待的。

落魄的东坡，流落蛮荒的儋耳。目睹路旁的丑陋粗砢，怎么看怎么像自己——那多余的遗石！本来应去补天，可惜女神看不上眼，后来下凡降生老家眉州纱縠行的"疏竹轩"。小时候的苏轼，对后花园那颗人形丑石的用场，也是那么纠结。百无一用，几乎就没人能够正眼瞧上一回，鬼使神差在尘世辗转挪移千百回，眼下竟流落到无人区。它的绚丽五彩，除了自己惺惺相惜，已无第二人关注，哪怕无视！

苏轼感到从未有过的遗世孤独。他不知道，许多年后有一个叫曹雪芹的书生，在茫茫红尘中，用超级显微镜找见了它，末世情绪顿然灌注。曹雪芹最终发掘了"丑石"的不可见光——稀缺的光芒，惊世骇俗，穿越时空！曹雪芹不只在抒发一时离骚之愤，他比东坡还夸张，呕心沥血一辈子，把泪都流干了，只为叹惋那五彩丑石的"多余"情结——

"无才可去补苍天，枉入红尘若许年。此系身前身后事，倩谁记去作奇传。"（清·曹雪芹《红楼梦》第一回》）

苏东坡和曹雪芹都是多余的遗石。他俩要补的天，叫"理想国"。苏轼的理想国是天下人的，曹雪芹的理想国是一群女子的。这并不影响他俩成为隔世传话的天下知音。

"理想国"儋州，远离俗世。

"昌化故儋耳地，非人所居。"（元·脱脱等《宋史·苏轼传》）

儋州，不是说没有人，而是说根本不是人待的地方。换今天话说，就是原始森林，你要进去的话，要么你升华草木虫鱼，要么你被草木虫鱼升华。

草木虫鱼本没有精神，它们的精神是升华你还是被你升华，完全依赖你个人的肉体和精神，是否具有超越自然的封神力量。

东坡不是神，是肉体性很强的士大夫，正奔向封神的路上。

绍圣四年（1097年），七月二日。

苏轼终于抵达贬所——儋州州城（今儋州中和镇）。

自到达驻地那一刻，苏轼已经十分寂然。寂然于孤老无依，寂然于不思生还：

"臣孤老无托，瘴疠交攻，子孙恸哭于江边，已为死别。魑

魅逢迎于海外，宁许生还？"（苏轼《到昌化军谢表》）

儋州到眉州，路途距离何止千里万里，按正常的日行计算，一去一还，一年半没有了。余生还有几个一年半？

思考这些，还不如思考灵魂的长度。从某种意义说，灵魂的长度是否无限，取决于思考者思考力的拓展，以及想象的延伸。

最初蹴居，一座破落的官舍，遮不了风，也避不了雨，三天两头还搬家。

东坡的天涯海角谪居，从一场夜梦开始。

先生梦见自己小时候，在纱縠行老屋读书，边读边玩，忘了功课，老爷子过来检视。小孩子的通病也来了——怕老师，关键是这老师还是自己苛刻严厉的书呆子老爹，顿然就不安了：

"怛然悸寤心不舒，起坐有如挂钩鱼。"（苏轼《夜梦》）

这一天，是七月十三日，先生刚到儋州十天。

先生心头，上来了情绪：

"澹然无一事。学道未至，静极生愁……"（苏轼《夜梦并引》）

什么愁？

我想，大概率是想亲人，想家了。

亲人是谁？当地的土著黎人。家在何方？儋州的"黎母国"，东海的于公乡：

"今兹黎母国，何异于公乡。"（苏轼《和陶杂诗十一首·其十一》

"黎母国"也好,"于公乡"也罢,终究还是堵在第三者之外。即便最为接近的"黎山樵","生不闻诗书""荣辱未易观"(诗句皆出于苏轼《和陶拟古九首·其九》),也只是权宜之计——形而下的名声与形而上的价值之间,取其中庸,所谓拒绝情感也拒绝意义的"零度状态"。

试图两不得罪,结果两不讨好:

"苏轼不能化为黎母民,因为他的这种'零度状态'已经不可挽回地丢失了。"(杨治宜《"自然"之辩——苏轼的有限与不朽》)

无法彻底消弭身体的隔阂,以雪浪椰风的姿态融入,这是东坡的短处,也是历史的盲区。

这一年,苏轼六十二岁。留给苏轼的长度,不到一千六百天,如果以时间作为生命尺度的话。

迫害者,一定能预测到苏轼的肉体,大约即将在这最后一贬中,陨灭海角天涯。他们对打败先生的精神,没有信心。

唯一也是最后的手段——"他们又成功地让他折了寿。"(法国·克洛德·罗阿《灵犀》,宁虹译)

他们知道,一个人没了肉体,世俗的一切都跟他没有关系了。比如官位,再如声名。最重要的,这个人的声音,将淡出世人的关注。

迫害者最怕的就是先生声名不死。为此,不惜翻出陈年烂事,重议其莫须有的"罪过"。

你不是想替老百姓说话吗?那就让你不得签书公事。

你不是想重回汴京吗？那就让你继续"不得与叙"，这条会把你捆绑至死。

你不是喜欢陶渊明，喜欢思念家乡吗？那好，给你找个真正与世隔绝的"桃花源"，你去那里完成你一个人的冥思苦想好了。

做事，被封杀。

复官，被封杀。

回乡，被封杀。

他们没有想到的是，他们的欲杀，竟成就了东坡置之死地而后生。

"子瞻谪岭南，时宰欲杀之。饱吃惠州饭，细和渊明诗。彭泽千载人，东坡百世士。出处虽不同，风味乃相似。"（宋·黄庭坚《跋子瞻和陶诗》）

拯救先生的，是陶渊明的桃花源，也是先生的故乡。桃花源和故乡，在先生的语境里，是重叠的。先生于此完成了自我的救赎与重生。

94

一个戴罪濒死的老人。一个完全不着边际的鬼地方。

就这两点，让很多人的阅读智商下降。

苏轼还能活着，等到光明的那一天？

我们看不到希望，是因为我们被生活裹挟。如果我们自己就是世界的主宰,那还担心什么?

儋州不是苦寂的天边,也不是死枯的海角。东坡站在哪里,哪里就是诞生奇迹的光点。来自天边海角的微光,照亮茫茫时空。世界以此为坐标原点:

"天地在积水中,九州在大瀛海中,中国在少海中,有生孰不在岛者?覆盆水于地,芥浮于水,蚁附于芥,茫然不知所济。少焉水涸,蚁即径去。见其类,出涕曰:'几不复与子相见'。岂知俯仰之间,有方轨八达之路乎?"(苏轼《在儋耳书》)

活下去,是当务之急。

要活着,得找到一张睡得下去的床。苏轼、苏过父子最初得到军使的应允,住进官府的接待驿站,大概住了十来个月。说是官屋,其实就没几个人来,那么远的地方,谁去出差啊?没人住,房子也破烂不堪,还经常漏雨,自己的板板床,也只好挪来挪去。苏轼说这叫"搬迁":

"如今破茅屋,一夕或三迁。风雨睡不知,黄叶满枕前。"(苏轼《和陶怨诗示庞邓》)

看来苏轼的"官屋",并不比杜甫自建的草堂高级。两者外在的意境又完全是重叠的,区别在于杜甫暴风雨之夜担惊受怕睡不着,而东坡却能融入天地做床的自然之间。东坡此诗,是对标陶渊明写的。我看陶渊明要是到了这地步,也不一定能安然黄叶间。

相比上床睡觉这种形式主义的东西,填饱肚皮要重要得多。它直接关系人的肉体是否能延续,而不被恶劣的环境湮灭。

"土人顿顿食薯芋，荐以薰鼠烧蝙蝠。旧闻蜜唧尝呕吐，稍近虾蟆缘习俗。"（苏轼《闻子由瘦，儋耳至难得肉食》）

扔掉读书人的死要面子，入乡随俗，学着烧吃老鼠蝙蝠虾蟆，口味重是重了点，可保证基本的"有得吃"。

这就够了。就算剩下"食无肉，病无药，居无室，出无友，冬无炭，夏无寒泉"（苏轼《与程秀才书》）等一些日常难事，也能扛过去。

以"一有"对"六无"，苏轼不动声色，演绎着几近一个人的海岛求生记。

蛮荒，贫瘠，愚昧，寂寥。森林动植物一般的原生日常，把东坡炼成了一个极高学问，又极具求生力的土著。东坡是自己把自己炼成的。东坡开创了一个匪夷所思，也不可复制的人类现象——

高能文明与低能生存的和平共处。

"世事一场大梦，人生几度秋凉。"（苏轼《西江月·世事一场大梦》）

人生如草木，一荣一枯，这辈子就翻篇了，就像做了场梦。每个人都会做梦。梦与梦又不太一样。有的人，梦隔得慌，老是耽于虚幻。真正懂人生的，现实与梦，又能相互作用和映照。

"道以信为合，法以智为先。二者不离析，寿命不得延。"（苏轼《东坡志林·信道志法说》）

道和法不能离析。生命的法则，如何呼应自然的定律？苏轼想了个办法，难得糊涂。生活不是以你为意志转移的。你只是生活的一个标本。遇上你,是我的缘。若要寿命长,随缘,知足,不失为一种良性的态度。

在搬到新居之前,苏轼已然从哲学上解决了生存的大问题。

新居叫"桄榔庵",现在叫"东坡书院",坐落在儋州中和镇。环境很好,桄榔环绕,四面透风,风一吹,整个宇宙都在哐啷作响,那种感觉分明就是精神大片。我怀疑,先生将新居取名"桄榔庵",也有拟天籁声场的意思。

买地垦荒,建新居,也是逼的。官府认为苏轼是个罪臣,长居官屋,似乎不太像话。这也正合苏轼之意。苏轼自己也觉得,须与官府相对切割。不是待遇的问题。他要的不是半自由,是自由的全部——活着的意义。也有叫高于活着,或者精彩的活着。这就要说诗意了。

办学,招弟子,是诗意的功业化,看得见,摸得着。东坡在儋州支教办学授徒,操着半官调半眉州腔的"东坡话",教授"四书五经",最终培养了姜唐佐、符确等一批出海北游的土著弟子,不朽功业以百姓口碑,传颂千秋:

"以诗书礼乐之教转化其风俗,变化其人心。"(近代·王国宪《重修儋县志叙》)

真正帮助东坡解决终极问题的,是陶渊明。

苏轼发现了陶渊明的旷世价值。在此之前,陶渊明仅仅是一个隐士。

"吾于诗人,无所甚好,独好渊明之诗。"(苏辙《子瞻和陶渊明诗集引》引苏轼"书老告曰")

古来好渊明之诗的多了，出世入世，得意失意，都能从各自方向出发，在陶诗中找到共鸣，排遣郁闷，本来也没啥新鲜。唯东坡固执以为"独好"。这一个"独"，苏轼敢这么撑起来讲，就有四两拨千斤的韧力了。毕竟，一度以来，世人对陶渊明的认知还是倾向于"边缘化"。

"欲仕则仕，不以求之为嫌；欲隐则隐，不以去之为高。饥则扣门而乞食；饱则鸡黍以迎客。古今贤之，贵其真也。"（苏轼《东坡题跋·书李简夫诗集后》）

于天地之间穿梭，于仕隐之间来去自由，苏轼的评价，有没有拔高和神话陶渊明？今天看，没有。不只没有，苏轼自己还很低调，他认为自己只是得了个叫"陶渊明"或者"桃花源"的病：

"吾真有此病，而不早自知。半生出仕，以犯世患，此所以深愧渊明，欲以晚节师范其万一也。"（苏辙《子瞻和陶渊明诗集引》引苏轼"书老告曰"）

陶渊明得了"桃花源"的狂想症，日日夜夜寻思想见，乐此不彼。这病又是传染的，现在东坡从陶渊明那惹得，中毒的症状比陶渊明还深刻典型，病名也由"桃花源"，易名"陶渊明"了。病入膏肓，不能自拔的苏东坡，正在一天天寻求与陶渊明的合体：

"此东方一士，正渊明也。不知从之游者谁乎？若了得此一段，我即渊明，渊明即我也。"（苏轼《书渊明诗后》）

"我即渊明，渊明即我。"这个命题有点宏大。"我"与"渊明"的双向互换,有人物遭遇情景认同比对,更有时间空间交替唤醒的意味——

"我们不妨说,当苏轼自我等同于'陶潜'时,他所等同的乃是自己塑造的偶像。"(杨治宜《'自然'之辩——苏轼的有限与不朽》)

遗憾的是,古代的书生们,却看不到这一点。他们能够洞察的,或止于后者对标偶像的看齐层面,甚至只能抵达先生无意于官场的灰心和退隐——狭隘地理解东坡追慕陶渊明的"归",而未上升到东坡理想人格的自我观照:

"考公于渊明之诗,和居八九。其和于儋耳者,又居八九,大抵处迁谪忧患之余,颠沛流离,窃有慕于靖节之高风。"(清·温汝能《东坡和陶合笺》)

人格自我画像很重要。它反映的是东坡在九层的抽象高度,到底结构了一个怎样的浩瀚宇宙——

或者叫精神故乡。

95

因为林语堂,我们认识苏东坡。因为苏东坡,我们认识陶渊明。

林语堂是苏东坡的粉丝。陶渊明是苏东坡的偶像。

林语堂看到了苏东坡的民主和平和,苏东坡看到了陶渊明的与世无争与特立独行。

林语堂、苏东坡和陶渊明，终究又是那么地不一样。

从"暴力崇拜"，到"平和革命"，林语堂选择了与鲁迅不一样的政治理想，走向民主的极端——无政府主义，自我标榜不再涉政党政治，哪一个党派都不参与，"感觉自己一个人在黑暗中吹口哨"（林语堂语）。此话似乎也是在说苏东坡，理想再丰满，终不如现实的骨感。

乌台之后，苏东坡开始沉淀和反思熙宁年间的异见，口哨虽然照吹，只是不再那么急骤了：

"莫听穿林打叶声，何妨吟啸且徐行……"（苏轼《定风波》）

与其说，性格改变苏轼的命运，不如说，放逐让东坡腾出足够辽阔的时空，重新审视世俗生活和人生信仰。

比如，思考陶渊明。

陶渊明的自我放逐，并无士大夫的普遍意义，更像某种高蹈的形而上冒险。苏东坡接地气，实践意义要大得多。都在寻找自由言说。陶渊明远离官场，造了个自说自话的语境，从一群人（"竹林七贤"）的行为艺术，抽象出一个人的形式逻辑：个体的人格独立与群体的人格平等，以及放弃站队与拒绝拷问。这一点，许多现代自由知识分子都没法对标，觉得过于私密。

苏东坡透过肉体的隔膜，看到了陶渊明的思想原点。苏东坡的对标，一直是捡拾的，躬身的，可以触摸，可以呼吸。两人之间，除了肉体命运没有什么可比性，灵魂上又高度重叠。

陶渊明、苏东坡、林语堂三者的交集，在于二十世纪初年的现代性"共和"审美。

林语堂的确少了苏东坡的某些东西,比如民间信仰,又如个人意志。

苏东坡与陶渊明也不太一样。陶渊明十分讨厌官场,苏东坡最终没有放弃那一棵举重若轻的"稻草"。

我曾经试图在更大的范围内,寻找东坡的命运共同体,很遗憾,我没有找到。

雨果喜欢文学和绘画,他和苏东坡都可称得上"**思想界的英雄**"(美国·悉尼·胡克)。雨果的流放,让他有更多的机会接触细节冲突,以丰富整幕悲剧。苏东坡刚好相反,就算乌台那样的垂直跌落,就算儋州那样的植物生活,并不会改变结局——黑暗的前途,也即光明之路。苏东坡以其个人命运逆袭,完成了由悲而喜的翻盘。普希金被沙俄流放到南俄的偏僻乡村。贵族流落民间,浪漫主义遇见现实主义,于是有了抑郁症诗人,从热恋到失恋,再到绝恋的忧郁之美。

要说时代和命运,最接近苏东坡的是但丁。但丁生活在两个世纪之后的中世纪。此时的东方大国文化,正在发生一场变革,草原民族的尚武,遭遇汉族书生的隐忍。此处无声胜有声。施耐庵和王冕,一边描摹嶙峋的梅花,一边讲述草莽的好汉。好汉是儋州替黎民除病打井兴学的苏轼,梅花是九死一生其犹未悔的东坡,掐不死灭不掉的殷红。

但丁看到生与死的叠加面积,也可以说模糊了灵魂的生,与肉体的死:

"我们会在一起,既不是天堂也不是地狱,既不是被诅咒也不是被拯救,我没有死,我也没有活着。"(意大利·但丁《神曲》)

生与死,是但丁叙述自己抽象自己升华自己的心路历程——美在"二重性"。

苏东坡总能在濒临死亡的边缘,寻觅到生的光芒:

"参横斗转欲三更,苦雨终风也解晴。云散月明谁点缀?天容海色本澄清。空余鲁叟乘桴意,粗识轩辕奏乐声。九死南荒吾不恨,兹游奇绝冠平生。"(苏轼《六月二十日夜渡海》)

很多人说,苏东坡善于放下,不断发现生活的新鲜感,对抗逆境。此说难免流于鸡汤。

这个夏天,我疯狂地读着余华的《活着》。《活着》说出了我们的起码诉求:作为一个底层的普通人,并无力改变时间的逻辑,能做的就是循序。哪里来的那么多获得,一辈子最多的经历,就是新的感受覆盖旧的记忆。

"箭中了目标,离了弦。"(意大利·但丁《神曲》)

但丁的叙述,颠覆时间的先后顺序,瞬间让我们陡生悲剧感——生或者死,刚刚开始。

苏东坡对最后的谪贬,是有预期的:

"天其以我为箕子,要使此意留要荒。他年谁作舆地志,海南万里真吾乡。"(苏轼《吾谪海南子由雷州被命即行了不相知至梧乃闻》)

一般理解此诗,是说苏轼听到要贬谪海南,自知生还无期,故作满不在乎,以表达赴死的决绝。这么讲,是没有考虑前后逻辑。诗人把最坏的结果直接说出来,是有考量的。上天既然断了后路,那还有没得选择?于是有了最后那句——那就不选择了,直接住下来,不走了,以此为"乡",还不行?

同样改变叙述的时间顺序,收到的是与但丁完全不一样的效果——悲剧顷刻间逆转。

故乡,再次成了苏东坡起死回生的原点。只是这一次,我们读到的喜剧,写满了结局的沧桑。

96

关于苏东坡在儋州,多数学者还是会像此前一样,谈到民生政绩,办学,授医,等等,我都抱以理解,又不以为然。那么多人在意,可见大家还是不放心其体制的身份。苏轼是官员吗?当然。但仔细想想,就算他是官员,能量很大,办个学,授个医,终究还是一个人的行动,其象征性意义,要大过实际的贡献。何况,他还是一个并无行政资源的罪官。这么说,是不是有轻视的意味?也不是。余秋雨就发过类似的论调,贬低"苏堤",我也是反质疑过这种贬低论的。那为何现在又掉转枪口来,说这样的泄气话?

我的意思是要告诉大家,作为一千年才出一个的士大夫领袖,东坡的行动性,要比我们说的什么政绩,高级得多。走一路,行动一路,无数的小实践,组成了先生的"高级"。水滴穿石。但单纯说哪一颗水滴,并无意义。亿万水滴,都是不可拆分的整体。就像现在,我们不能把那些小实践挑拣出来,孤立地放大,津津乐道,这样反而拉低了东坡的意义。

东坡的行动性,说的是东坡的整个人生。

一个士大夫,致力于民生当为本分,苏东坡与他们的区别,无非是这点本分,并没有随人生的速降而滑落。林语堂没有谈东坡的民生,甚至连东坡的诗词,也无几多涉及,而是采用类似文人笔记的手法,避重就轻,讲述苏轼如何与恶劣的孤岛生活做斗争,绘声绘色,颇见情趣。

当我们读到最后,发现东坡已然炼成"文明的土著",仿佛有意创设的东方漂泊者,以此证明东坡的不死。法国诗人罗阿则过早地谈到死亡,《长日将尽》《结局早已注定》,这样的题目,暗示东方近世的西西弗斯或堂吉诃德的悲剧性谢幕。罗阿自始至终把苏东坡视为一个不可多得的悲剧作家案例来讨论,总体并没有啥错,在西方诗人的语境里,悲剧的价值高于喜剧。同样也是诗人的于坚,一笔掠过儋州,似乎谈到一件事——作《东坡易传》。东坡在黄州就开始了他的沉思录项目。到了儋州,几乎不参加什么社交事务,留出所剩无多的时日以思考"一件事"——"易",简单生活,以不变应万变,以放缓致永恒。

一直以为《易经》,是一门探讨方位的哲学。现在看,似乎不太准确。黄州在大地的中间。苏东坡来到黄州,未曾想过离开的那一刹那。时空对他来说,是相对封闭或者压缩的,随时处于裂变的临界,状态更接近"易"。

儋州亦如是。

儋州在大海中间。大海何其宽广。上下左右，东南西北，把春夏秋冬包裹。空间是扁平的，时间是停滞的。

事实上，东坡在儋州的诗词中，极少有像杜甫一样敏感的时令抒写。

也许，东坡的确不再关注外部的事物，更执着于一些内在的追问。

就像海德格尔，追问存在与时间一样。

海德格尔关于生与死的思考，也许能帮助大家理解，苏东坡此时此地的情绪：

"向死而生的意义是：当你无限接近死亡，才能深切体会生的意义……如果我能向死而生，承认并且直面死亡，我就能摆脱对死亡的焦虑和生活的琐碎。只有这样，我才能自由地做自己……我们绝不应该让恐惧或别人的期望划定我们命运的边界。你无法改变你的命运，但你可以挑战它。"（德国·海德格尔《存在与时间》）

罗阿以诗一般的叙事，渲染东坡的葬礼，为东坡的谢幕描绘了最亮的红：

"时间不可能倒流，我们必须接受他的离席，就如同我也将终老离去一样。"（法国·克洛德·罗阿《灵犀》，宁虹译）

我从来不认为东坡是一出世界级和世纪性的悲剧。他一直没有缺席，他只是对死亡的倒计时失去兴趣而已。现在，他的时间真的是静止，甚至倒流的——"苏轼展开了他的中国文化

之思。这是一部伟大的思想录。"(于坚《朝苏记》)

我十分欣赏于坚给《东坡易传》的极高评价。苏东坡绝对不只是一个拘泥于日常的生活叙述者,他的伟大还在于他是一个超级思想者。可惜极少的人读过《东坡易传》,我们低估它,因为我们常常夸大生命的可贵,把自己看成天底下的大写,而忽视时空的深邃。

海德格尔冥想存在,最大限度拓展时间的边界。

东坡先生书写易传,让有限的沙漏注入新的容积。

形而上的仪式感,不约而同成为东西方文化大师,完善余生的高配。

97

2017年夏天,美国汉学家比尔·波特来到儋州"载酒堂"。比尔先生此行带了一本书:东坡先生的《和陶合笺》。

随身携带东坡"和陶"诗是比尔的仪式感。

"我们来到载酒堂'一代传人'的横扁下,东坡先生握卷执教的坐像前,打开《和陶合笺》,朗读了《和陶连雨独饮》……晚景最可惜,纷飞海南天……寄语海北人,今日为何年……大家在载酒堂向东坡先生敬酒,表达对东坡的敬仰。"(美国·比尔·波特《一念桃花源:苏东坡与陶渊明的灵魂对话》)

比尔先生选用的酒,是一种叫天门冬的药酒,东坡先生在千年前的儋州酿制了它。喝着天门冬酒,念着"和陶"诗,比尔试图以最接地气的古典仪式，走进苏东坡。就像千年前东坡先生携带《陶渊明集》来到儋州一样，读渊明，附和陶诗，抄写归去来辞，东坡先生以不自觉的强迫症模式，对抗放逐天涯海角的肉体荒芜。

苏东坡和比尔，都在试图完成一场穿越千年的灵魂对话。

苏东坡是比尔·波特的仪式感。陶渊明是苏东坡的仪式感。家园是陶渊明的仪式感。

家在哪里？

比尔·波特的家在大洋彼岸，现在追随苏东坡，来到儋州。比尔来到儋州，惊喜于那陌生的似曾相识，仿佛回到东坡的身边一样。

陶渊明从来不曾明确地提到故乡的名字，我们却可以从他的抒写里，猜测故乡的温暖模样：良田美池，桃花缤纷，菊花含黄，荒草比豆深，南山悠然在远处。

它是宜丰、彭泽，还是浔阳、柴桑，是不是叫"桃花源"的理想所在？

先生的家园呢？万里之遥的蜀地眉州，还是脚下的蛮荒之地，海角儋州？

眉州物产丰富，一方水土养育东坡记忆。只是再好也回不去了。这一点，苏东坡自南下惠州那一天，就已做好最坏的打算，何况现在身处更南端的漂岛。

"不敢梦故山，恐兴坟墓悲。生世本暂寓，此身念念非。"
（苏轼《和陶还旧居》）

肉体的还乡，此生的奢侈。

"一个离乡、思乡、处于垂暮之年的人，苏东坡已不敢奢望能还于乡、死于乡，甚至连做梦都'不敢梦故山'了——'哀莫大于心死'也。可见，渊明的'酒杯'，依然没有浇溶东坡的'块垒'啊！"（杨时康《气韵遥通千载上——夜读〈陶诗及东坡和陶诗评注〉札记，昆明师专学报哲学和社会科学版1992年第2期》）

作为一种开创的文人诗体，苏东坡"和陶"，缩短了关于故乡的两段语境，从儋州到眉州的一万里，从苏东坡到陶渊明的七百年。

张岱只看到了"和陶"与渊明诗审美技艺的距离：

"元亮语短情长，子瞻词繁意简，是其二人优劣。"（张岱《和陶集》）

这并不影响张岱步东坡之后尘，也来一场"和陶"，甚至他还找出东坡未和的二十五首陶诗予以补和。张岱的和诗，就意蕴而言，或比东坡的好，但也未及渊明。有当代自称追求纯审美的诗人，甚至夸张地说，在东坡和渊明之间，隔了一百个张岱。东坡先生自己就把渊明诗放在李杜之上，李诗杜诗又是何等高妙之物，又如何能"和"？那么，为何先生乐此不疲？

"前后和其诗几百数十篇，至其得意，自谓不甚愧渊明。"（苏辙《子瞻和陶渊明诗集引》）

莫非，"和陶"仅是一场吃力不讨好的文人把戏？事实上，东坡之后，不止张岱，还有徐渭、王思任等一大拨文人，所和之诗也是自带指纹，个个不同。他们都不是"假陶潜"。张岱是真张岱，东坡是真东坡。明知"和陶"，不可为而为，也无意于一竞高下。士大夫们的不约而同，既是精神加持，亦是使命接续。

陶渊明的去功利化，返璞归真，自然真的好。

苏东坡的隐忍纠结，"自我维护"甚至"超我"，不像个"诗人"，由"审美"到"审人生"，超越诗歌本身。

陶渊明是陶渊明，苏东坡是苏东坡。两者不可替代，亦不可或缺。

我喜欢陶渊明的，"暧暧远人村，依依墟里烟。"（晋·陶渊明《归园田居·其一》）

也喜欢苏东坡的，"醉里有独觉，梦中无杂言。"（苏轼《和连雨独饮二首》）

我也喜欢陶渊明的，"问君何能尔，心远地自偏。"（晋·陶渊明《饮酒·其五》）

但更喜欢苏东坡的，"以彼无尽景，寓我有限年。"（苏轼《归园田居六首并引》）。

我不懂诗，但我知道，诗的境界，首先取决于人的格局。

"一个人要想成功地写出好诗来，自己就必须是一首真正的诗。"（英国·弥尔顿）

陶渊明和苏东坡无分高下。站着是两棵参天的树，卧着是两行大写的诗，共同组成我心目中的"栖居"。

陶渊明的桃花源语焉不详，无所谓真幻与悲喜。

苏东坡的"吾乡"若即若离，一直在路上——不在上一个谪处，就在下一个贬地。

——归去来兮——

归去来兮

98

苏轼说,他的身体就像一艘无以绳系,任由漂泊的舟。

最后的出发,也是最后的抵达。先生忽然意识到,肉体生命的终点,与灵魂归宿,再次面临抉择——那一个并不确定的"吾乡"。

它到底在哪里?

"归去来兮,吾方南迁安得归?……怀西南之归路,梦良是而觉非。"(苏轼《和陶归去来兮辞》)

先生仍是矛盾的,或者说叫纠结。既视南迁为"归去来",又反问自己"安得归"。既然不能归,又老记着西南眉州老家的方向,记着就罢了,偏老在梦里,恍兮惚兮,颠倒神魂。这是怎么了?

先生的自问自答,让我想起涉江远徙,踯躅独行的屈原。没有谁是神圣,既为人,那就注定是个矛盾的产物。屈原是矛盾的。陶渊明是。东坡也是。跟普通书生不一样的是,他们的矛盾,我们都看见了。他们都是透明的。

矛盾的东坡，魂不守舍。到底是具"人"的凡身。肉体的辗转不归，像十万大山一样，分明横亘于此，你无法回避。那就言说吧。言说日常，也言说梦境。言说不胜其烦，只为衬托那一个飞身缠绕的灵魂。这一个不断于肉体和精神之间的颠倒过程，挺折磨，也挺审美。

先生享受这样的折磨，就像西西弗斯和堂吉诃德的自虐，且乐此不疲。

"吾乡"，即"他乡"。"他乡"，即"故乡"。这一圆形闭环的转换和升华，一如生与死的轮回。

"我本海南民，寄生西蜀州。"（苏轼《别海南黎民表》）

他说，前世就在海南，西蜀眉州，只是自己的寄生土壤。就此终老，也算落叶归根，魂归故土了。

命运之神并未让他如愿。我们的东坡老先生，再一次接到了朝廷的内迁诏令，琼州别驾，廉州（今广西合浦）安置，不得签书公事。

也就是说，并未解除谪贬，只是可以往北挪移八百里，算往京城靠近了一步。

研判政治气氛，朝廷在这个时候放出此举，似乎意味着还没有忘掉苏轼，知道有这样一个文化存在，还在蒙冤中，只是风口可以缓缓了。

这一年是哲宗元符三年（1100年）。

最初的消息，是吴复古第二次来儋州，带来的口信。随后，弟子秦观也捎书告知特赦内迁廉州一事。

正式接到诏令，在初夏的五月。

离开儋州之前，苏轼以十分的虔诚，把《和陶诗》最后一首的平仄和韵脚给敲定了。

一同敲定的还有，留在海南的一件茶盂，一份明月清风：

"无以为清风明月之赠，茶盂聊见意耳。"（明《琼台志·游寓》引东坡赠英宗德安公主驸马许珏茶盂且嘱曰）

炎热的六月，腥咸的海风，挡不住先生的离情。找到学生辞行。与送行的父老，大碗喝酒，执手涕别。

那天，苏轼为他的伴侣狗"乌觜"写了首诗：

"知我当北还，掉尾喜欲舞。"（苏轼《余来儋耳得吠狗曰乌觜甚猛而驯随予迁合浦过澄迈泅而济路人皆惊戏为作此诗》）

"乌觜"诗的第三人称，似乎还不足以释放情绪，于是又写下：

"残年饱饭东坡老，一壑能专万事灰。"（苏轼《儋耳》）

兴奋有一点点，更多身心疲惫，与万念俱寂。

苏轼北移途中，朝廷的政治动荡并未停止。到了廉州，还未及安顿下来，另一道诏令又到了：

"改舒州团练副使，徙永州。"（元·脱脱等《宋史·苏轼传》）

从诏令看，还是换一个地方继续流放。

苏轼的北归，与南贬一样魔幻。

往北再往北的冬天——"复朝奉郎提举（成都府）玉局观。"（古柏《苏东坡年谱》）

虽然只是个名义上的礼部末等官职，但保留了薪水，最为重要的是，终于结束流放，是一个可以自由行走的"人"了。

自由，意味着可以有多种选择。

回到官场的"旋涡"之中，继续飞升或者跌落的人生。这一点，显然被放弃，因为——"心似已灰之木。"（苏轼《自题金山画像》）

一个浪漫主义的乐舞者，抵近曲之终了，肢体的节奏放缓，就连温度也趋于冰点的临界。

骨肉团聚，厮守天伦。

"同归林下，夜雨对床。"（苏轼《书出局诗》）

"老兄弟相守，过此生矣。"（苏轼《与孙叔静三首其二》）

细想之后，也放弃，兄弟苏辙在颍昌任职，还是离政治中心太近。

像陶渊明一样，回到生活的本来面目。

"闭户治田养性而已。"（苏轼《与子由二首其一》）

"带月之锄，可以对秉。"（苏轼《与郑靖老二首其二》）

"某岭海万里不死，而归宿田里。"（苏轼《与径山长老维琳二首其二》）

只是，苏轼的"田"——那理想主义的"桃花源"在哪？

宜兴，杭州，常州，舒州（今安徽安庆潜山），真州（今江苏仪征），还是蜀地眉州？

没有答案。

"即死，葬我嵩山下。"（苏辙《亡兄子瞻端明墓志铭》）

河南郏城,嵩山之阳,有余脉,名"小峨眉"。

想来,先生看中其隐含的山名——"峨眉"。

蜀地有"大峨眉"。东坡生于山阴,曾经千念万叨的老家。

汝州有"小峨眉"。先生的自然肉体即将抵达。

如此看来,大小峨眉都是苏轼的家山。一个寄生地,一个寄死地。

它们都不是终极指向的——

"此心安处"。

99

佛的语境里,生与死对立又统一。对立并统一在时间与宇宙的共同体里。

苏轼的语境里,肉身与灵魂似乎也是个矛盾体,两者都在路上,像麻花一样的扭结蛇形,那难以承受之重与难以承受之轻。

"我的灵魂与我之间的距离如此遥远,而我的存在却如此真实。"(法国·加缪《局外人》)

苏东坡累了,需要轻装。他对自己的认知从来不像现在这样清醒:肉体感觉愈模糊,灵魂诉求愈真实。

自由流淌的水,终归于大海。然水的液态形式无法独立完成水的闭环,还得借力风热,超越常态,以蒸发升华的形式,实现重返。

必须要做出一个抉择：肉体和灵魂，两者只能寻求一个新的宿主，继续存在。他早为此想好了说服自己的理由。

徽宗建中靖国元年（1101 年）。苏轼北归，六月路过毗陵（今江苏常州），一病不起。

弥留之际，在奔牛埭（今常州新北奔牛镇）孙馆（驿站名）病榻上，与好友维琳方丈，有过一段有名的对话。

好友提醒他，该为自己想想归宿了。

好友的建议是：

"*端明宜勿忘西方。*"（宋·周辉《清波杂志》）

好友知道先生一直在寻求西方式的和解：肉体的解脱之际，也是灵魂的自由之时。

很遗憾，先生给出了一个高难度的回复：

"*西方不无，但个里着力不得。*"

西方或许有的，但它不是最想要的归宿。先生还是个东方的道教徒。

另外一个好友钱济明纳闷道：

"*固先生平时履践至此，更须着力。*"

西方或是大多数肉体困顿者的选择，先生也是难以免俗，一生都在致力对抗起落的失重，就差那么一点点了。

关于这个命题，先生留下的悬念是：

"*着力即差。*"

表面上答非所问，实则暗藏玄机。先生声东击西的隐喻，似乎暗示我们，为了那捉摸不定的"归宿"，过于用力，那他就不是苏东坡了。

就像先生一直寻求的"退隐""归田"一样，先生又何曾致力于"退隐"和"归田"呢？

没有"归田"，但有心安。没有"西方"，但有超生。

100

"归去来兮，请终老于斯游。"（苏轼《和陶归去来兮辞》

先生是以肉体的消亡，结束"归去来"和"于斯游"的。

如果是梦，那么此梦一做就是六十六年。前无古人，后无来者。

更可能似梦飞梦。先生自己也分不清了。

分不清就罢了。梦醒或半梦半醒，都将注定下一场大梦的开始。

苏东坡死了。

一代伟人的肉身定格于赵宋徽宗建中靖国元年（1101年）七月二十八日，虚岁六十六岁。

最后的体制身份为，未到任的复朝奉郎，提举成都玉局观。

第二年，徽宗改元崇宁。

闰六月二十日，苏轼小儿子苏过遵父遗命，护送灵柩赴汝州郏城，下葬于嵩阳"小峨眉"。

十一年后，徽宗政和二年（1112年），苏辙卒颍昌，其子将其与苏轼同葬一地。"二苏"的父亲"老苏"，本来葬于老家蜀地眉州眉山。元至正十年（1350年）冬，郏城县尹杨允置苏洵衣冠冢于大小苏坟（"二苏坟"）旁，便有了今天的"三苏坟"。

眉州也有"三苏坟"。两地"三苏坟"，松柏皆繁茂。不同的是，眉州"三苏坟"的松柏，青春而正直。郏城"三苏坟"的松柏，每一棵都朝着西南的方向。

青松掩映岷峨的柔软，翠柏揭示嵩阳的牵挂。山水植物之间，苏东坡彻底归隐。归隐于行走的他乡。

这个春天，我在东坡的第一故乡——眉山，迷上了一首歌：

"每当我找不到存在的意义／每当我迷失在黑夜里／噢噢，夜空中最亮的星／请照亮我前行……"（逃跑计划《夜空里最亮的星》）

夜空中最亮的星。它的前体是宋代的文化领袖。它在北宋中后期的残骸中涅槃了。它的精神活体，以"磁自转极超新星"的光芒，聚变，重生。

或者归隐。

归隐于并不确定的下一段人生归途，北行的归途，东去的归途，南下的归途，北还的归途……

一个人的归途，与集体的出发。追随者愈来愈多……

一年后，他的名字作为与皇权对立的反面异数勒石。后面紧随一大帮同类。这项发明空前绝后。发明者显然陷入了深刻的恐惧。也许，怕他之人，首先怕他的名字，试图"从符号消灭符号，以精神消灭精神"。发明者如此冒天下之大不韪，把自己置于老百姓的对立面,这是中国文化史上的一笔需要清算的黑账。为此,我们不惜以一千年的时间为代价。

苏东坡不是不可以被打倒,而是,你在打倒他的同时,也打倒了自己。这是一个悖论。

苏东坡就是我们自己。

两年后,他的诗文书画,官方绝对严厉的禁令,也无法阻挡民间的流通。没有谁怕死。怕死者更需要自我救赎。人们竞相传抄收藏他的文字,包括那些屈服于绝对权力,不得不站队的对面人物,他们共同合谋了中国历史上前无古人后无来者的天量暗流现象。

十年后,绝对权力者到底还是真的怕了,不是怕天怒,怕人怨啊。于是各种恢复名誉的操作,一直持续到东坡离世七十年后。今天我们叫平反昭雪。没有谁不犯错。就算完善的先生也是一个动态,在一个忽然切去的片段里,也非完人。能自我的纠错,就是完善和救赎。

七十年后,绝对权力的皇帝写了一片文章。文章镌刻于四川眉山三苏祠和杭州西湖苏东坡纪念馆的中央。

开头这么写道:

"成一代文章,必能立天下之大节。立天下之大节,非其气足以高天下者未之能焉"。(宋·孝宗赵眘《御制文忠苏轼文集序》)

来自社会资源垄断者的推崇态度,不管出于什么样的政治原因,只要是自我纠错,百姓都是欢迎的。学舍需要书声,朝堂需要气节,人们需要精神,天下需要家园。

一百三十年后,作为偶像的苏东坡——

"从祀孔子庙庭,升孔伋十哲。"(元·脱脱等《宋史·本纪·卷四十二》)

法理上确立的图腾,有时空行轨坐标的价值,也有薪火相传的神性意义。

五百年后。他的一举一动,一巾一服,甚至每一个细节,都成为世人追逐模仿谋划运筹的焦点。

六百年后,他的诞辰日,以民间社团的名义,设坛祭祀——时空场景的形式固化并且绵延——"寿苏会",那一场关于我们的集体记忆抑或精神家园。

八百年后,"寿苏会"传至韩国。

九百年后,"寿苏会"传至日本……

在韩国,在日本,在更远的南洋和欧洲、美洲……

苏东坡,等于永恒之神话。

他当然不是佛,也非上帝和真主。他的不灭,因为从来自由自在——不朽地活着。

活着我们的活着,活着我们的向往,生生不息,百折不挠,至死不渝。

"总是一个大苏。沙门扯他做妙喜老人。道家又道渠是奎宿……大苏死去忙不彻,三教九流都扯拽。"(清·褚人获《坚瓠九集》卷一引董退周语)

肉体灭世的"大苏",彻底放飞了灵魂之自我——

"东坡",现在它是一个形而上的图腾,接受普天之下"苏粉","类宗教"的崇拜,忙不迭地,乐此不疲,千年不息,万年不止!

他于后世的影响,直至二十世纪整个一百年的新文学、新文化。

"读苏诗的人,须知道他的好处不在能用'玉楼'、'银海'一类的典故,而在能用'牛矢'、'牛栏'一类极平常的物事作出好诗来。"(胡适《国语文学史》)

在苏东坡之前,准确地说,在胡适点评东坡诗文之前,我们以为文学或就是少数书生端起来的严肃高级的游戏。殊不知,高与低之间,我们缺少一个"日常",也缺少一个"民间",或者叫"接地气"——那反向的高级或者"高极"。平民的文学,或者白话的文学,应该从苏东坡开始计算进化的起源——他是近世的文艺复兴与近代的文艺运动之"中础"或者"桥墩"。

他对于中国式书画艺术的贡献,又恰恰相反:

"出新意于法度之中,寄妙理于豪放之外。"(苏轼《书吴道子画后》)

"论画以形似,见与儿童邻。赋诗必此诗,定非知诗人。诗画本一律,天工与清新。"(苏轼《书鄢陵王主簿所画折枝二首·其一》)

文学要站在大地之上去书写,要讲真话,说"人话"。书画又要与众不同,从日常中高度抽象出来,直奔主题,表达"灵魂的情趣"。两者最终走向完善的融合,现在叫"以人民为中心",叫"源于生活又高于生活",叫"守正创新",叫"东坡的诗意"或"诗意的栖居"。这是二十世纪才有的伟大而深刻的命题。

然东坡的文化影响,又不止于抽象的神示,更在于心灵的滋养。于是,更多的人看到他的启蒙性——

他是中国人永世在业的"精神的园丁","灵魂的工程师"。

"虽然儒、道、释三种思想在他的身上,在不同的场合,有不同的适应,但'以释氏书''参之孔、老',把儒、佛、道几种思想调和起来,则更具有普遍的意义。"(孔凡礼语)

他的思想——

"对于国人生命灵性的启沃,盖不在孟轲、庄周之下,而恐远在程颐、朱熹、王阳明等哲学巨匠之上"(王水照、朱刚《苏轼评传》)。

他就是我们集体缔造的信仰,传统而又现代的人文遗产,类似于今天我们想要的命运共同体。比佛虔诚,比上帝真主亲近,比创世的传说和神话更有力量。

一千年后。他的诗文书画,走进了英国、美国、日本等国的图书室、博物馆,走进了各个常青藤的大学课堂。人们从东坡的诗词文章和写意书画中,领略着来自东方大国的植物性审美。

而今天,我们在眉州的老家,以全民狂欢的热度,祭祀他的宗祠,缅怀他的功业,传诵他的诗文,抒写他的名号……

中国有"三苏",眉山出东坡。

感谢中国，感谢眉山。

致敬三苏祠，致敬东坡。

一滴水可以照见太阳。三苏祠就是那一滴水。圆形的闭环崇拜，倒影了太阳每一天的荣耀。

东坡凌日，与日的温暖和光芒合体。或者就是那日了。

我们仰望他，仰望于逐日的归隐。归隐于无边的温暖和光芒。

我们铭记他，越来越强烈地启示——原来他从来又不曾归隐。

我们原以为的归隐，其实应该理解为我们彼此共同对故乡的扭结和追问。或者寻找。一千年来，我们都在干这件事。

旅途就是真理。"和陶"就是抵达。东坡以死铭志，又不完全是。他的死，是另一种形式的"故乡"或"他乡"的抵达。也可以叫"精神活着"。

或者"永生"。

先生想要的"故乡"或"他乡"，本无何有，也本无何无。说到底还是一个与行动高度相关的命题。也可以直接表述为，那一个关于家园的宗教崇拜——

寻找家园，寻找故乡。

寻找家园，就是在纱縠行相约种荔，在杭州遥忆挂果的乡愁，在岭南强迫症一样饱食"三百颗"。

寻找故乡，就是在潜意识里，不断模糊记忆的"老屋"。

狭猥的老屋，包括老屋纱縠行的几亩园子。那园那荷，此刻皆化为荔。形而上的情愫,早已由故乡的局部,心事的细处,升化为高度诗化,赋于生命价值的综合体——

具体与抽象之间游移,感性和形式之间纠结。

超越时间本身。似与不似,似之不似,不似之似。仿佛亘古的明月,普照丙辰中秋的苏轼苏辙。普照眉州的三苏祠,杭州西湖的苏堤,灵隐寺的冷泉亭,黄州的雪堂赤壁承天寺,惠州的荔园,儋州的书院,润州的金山寺,常州的奔牛埭⋯⋯

从来不像今天这样,清晰,可感,脉络分明⋯⋯

与很多"七零后""八零后"一样,我年轻的时候一度将舶来的"生活在别处",奉为人生永恒的圭臬。它刷在巴黎大学的墙上,是米兰·昆德拉一部火爆小说的名字。据说,这种似是而非语焉不详的口号,很多人以为就是诗的本质,来自兰波或者卢梭的原创。我不懂英文,更不懂法文。我不知道兰波、卢梭或者昆德拉,要表达关于生活的何种真意或者反讽。安德列·布勒在他的《超现实主义宣言》引用了它,于是成为一种对抗细节,凌驾于"活着"的某种"主义"。

中国人翻译此话,成了这样——

生活在他乡。

此话还有上半句:

"中国饶士大夫,遨游何必归故乡邪!"(晋·陈寿《三国志》卷三十五《诸葛亮传》注引《魏略》)

熟悉的地方再无风景,比如故乡。很多人拿这话来诠释苏东坡,认为先生或是最早命名"他乡主义"的那一个中世纪现代派。

我说过，苏轼对主观概念这种东西，并无兴趣。生活永远比主义更有力量。

"人生到处知何似，应似飞鸿踏雪泥；泥上偶然留指爪，鸿飞那复计东西。"（苏轼《和子由渑池怀旧》）

生活所以生动，因为那么多的变数值得期待和想象。

"莫听穿林打叶声，何妨吟啸且徐行。竹杖芒鞋轻胜马，谁怕？一蓑烟雨任平生。"（苏轼《定风波·三月七日》）

人生所以丰富，因为烟雨萧瑟中的吟啸徐行。

"如果要出去旅行的话，不跟李白，因为他不够现实，不跟杜甫，因为他太过严肃，只有苏东坡，是个有趣的人。"（台湾·余光中）

余光中这话，并不敢苟同。苏东坡是超现实的，也是严肃的，懂得于日常中寻求亲近。更多的细节，跑步入场——

那些隐于障碍、隔膜、困惑、假象背后的温暖生长。

障碍隔膜有多高多厚，困惑假象有多虚幻迷离，生活就有多丰富宽阔。只是，需要终其一生，去期待与想象。

生活既然不对称，那就随心而旋舞。

所以，先生首先是一个生活的期待和想象者。

所以，先生还是一个将期待和想象，付诸行动的生命实体。

他的期待和想象，在陶渊明那。他的行动，也在陶渊明那。陶渊明的"桃花源"，安放了五柳先生的归隐，也安放东坡的灵魂。

先生到底没有幻化一个专属于自己的"理想国"。

但它构建了东坡符号意义的"吾乡",一个大异于西方大师们眼里的超现实"别处"。

此心安处。

吾乡一直现实地安好与存在。有诗意,就有栖居。栖居陶渊明,栖居苏东坡。

也栖居你我。

吾乡即眉州。后来叫黄州惠州儋州。现在叫家与天下。

叫诗与远方。

在大地之上。

(2021年12月初稿,2023年7月复稿于四川眉山)

附录 苏东坡大事年谱简编

苏东坡大事年谱简编

宋仁宗时期（1022—1063年）

一岁，景祐三年（1036年）。十二月十九日（公元1037年1月8日），生于眉州眉山县城纱縠行。程夫人还在孕中时，苏轼父亲苏洵大约二十七岁，开始发奋读书，研学六经百家之书。苏轼出生后，苏洵二十八岁。其母程夫人托保姆任采莲哺育。范仲淹四十八岁，梅尧臣三十五岁，欧阳修三十岁，司马光十八岁，曾巩十八岁，王安石十六岁。苏轼同乡先贤田锡，生于后蜀广政三年（940年）眉州洪雅（今眉山洪雅，宋太宗淳化四年划入嘉州），卒于宋真宗咸平六年（1003年）十二月十一（公历为1004年1月5日）。

二岁，景祐四年（1037年）。苏洵二十九岁。苏轼大伯父苏澹卒。

三岁，景祐五年（宝元元年，1038年）。苏轼长兄景先卒。

四岁，宝元二年（1039年）。苏洵三十一岁。二月，苏轼弟苏辙出生，保姆杨金蝉。

五岁，宝元三年（康定元年，1040年）。苏洵学业突飞猛进，并在蜀中游学。

六岁，康定二年（庆历元年，1041年）。苏轼二伯父苏涣阆中通判任上，到郎中任判官，苏洵往之看望，并与当地士人交往。

七岁，庆历二年（1042年）。已知读书，并且开始接触欧阳修的文章。

八岁，庆历三年（1043年）。入小学，师从乡校天庆观北极院道士张易简，与道士陈太初同学，受道士李伯祥赞誉。仁宗赵祯愤然振兴朝政。范仲淹参知政事，主持"庆历新政"。苏轼立志要对标学习韩琦、范仲淹、富弼、欧阳修四人。王安石中进士。

九岁，庆历四年（1044年）。继续师从张易简。苏轼后来作诗回忆，曾记背诵论语之事。

十岁，庆历五年（1045年）。父亲苏洵出川东游京师，拟应次年"茂才异等"科考试。程夫人接过苏洵工作，亲授苏轼经史。苏洵次女卒。黄庭坚出生。

十一岁，庆历六年（1046年）。在纱縠行南轩读书，并受母亲程夫人道德熏陶。传写处女作《黠鼠赋》。

十二岁，庆历七年（1047年）。苏洵因制科落第，南游庐山等地。五月，苏轼祖父苏序卒，苏洵闻讯自虔州（今江西赣县）归。苏洵居丧读书，教养二子。苏轼听苏洵介绍白居易诗。

十三岁，庆历八年（1048年）。就学于城西西社寿昌院教授刘巨。同学中有弟子由，及家安国、家勤国、家定国兄弟。

十四岁，庆历九年（皇祐元年，1049年）。继续就学于城西刘巨，后师从父读书，深度介入学问。秦观出生。

十五岁，皇祐二年（1050年）。苏轼在家耕读。

十六岁，皇祐三年（1051年）。苏轼在家耕读，并在家乡眉山附近一带有了游学痕迹。苏轼二伯父苏涣为祥符县令。米芾出生。

十七岁，皇祐四年（1052年）。苏轼在家耕读，与刘仲达交游。范仲淹卒。

十八岁，皇祐五年（1053年）。苏轼耕读，写诗作文，好读史、论史。游学眉州周遭。

十九岁，皇祐六年（至和元年，1054年）。传就读眉州青神中岩书院，先生乡贡进士王方。"唤鱼池"联姻，娶王方之女王弗为妻。

二十岁，至和二年（1055年）。苏辙娶眉山史氏。张方平镇蜀，访知苏洵之名。

二十一岁，至和三年（嘉祐元年，1056年）。正月，苏洵率二子访雅州知州雷简夫，得雷简夫修书推荐。三月，苏洵率二子向北出发，途经成都，与诸生谒见张方平，受到礼遇。而后经剑门，穿秦岭，五月，到达首都汴京，应举人试，兄弟入选，拟应进士试。

二十二岁，嘉祐二年（1057年）。应礼部试，与苏辙同科进士及第。本科状元章衡，同年曾巩、程颐、章惇等共三百八十八人进士及第。四月，回眉州眉山奔母丧，丁母忧归里。

二十三岁，嘉祐三年（1058年）。在家服母丧。同亲人在青神和城东蟆颐观一带交游。

二十四岁，嘉祐四年（1059年），在家服母丧。十月，苏轼同父亲苏洵、弟苏辙，举家携眷，从眉山沿岷江经长江三峡水路到江陵，转陆路赴京。长子苏迈出生。

二十五岁，嘉祐五年（1060年）。二月，抵京，汇途中诗文《南行后集》。授河南府福昌县主薄，未赴任。

二十六岁，嘉祐六年（1061年）。应制科试，苏轼入三等，为"百年第一"。授大理评事，签凤翔判官，十二月赴任。

二十七岁，嘉祐七年（1062年）。凤翔任上。与商洛县令、进士同年福建章惇交游。

二十八岁，嘉祐八年（1063年）。凤翔任上。宋仁宗去世，侄子宋英宗赵曙即位。

宋英宗时期（1063—1067年）

二十九岁，治平元年（1064年）。凤翔任上。英宗改元。十二月，罢凤翔签判，赴长安。

三十岁，治平二年（1065年）。正月，回京。转殿中丞判登闻鼓院。二月，召试馆职，除直史馆。五月，夫人王弗卒。

三十一岁，治平三年（1066年）。四月，苏洵病逝于京师，苏轼、苏辙兄弟护送亡父及王弗的灵柩出都，沿江返蜀地眉州，葬于眉州苏坟山。

三十二岁，治平四年（1067年）。在家居父丧。宋英宗崩，神宗即位。

宋神宗时期（1067—1085年）

三十三岁，熙宁元年（1068年）。居乡守制。十二月，续娶亡妻的堂妹王闰之。家里山林嘱托堂兄苏子明照管。妻弟王怀奇等来送行，以种荔枝为期，等待苏轼回归眉州。举家经剑门第三次离川，从此再也没回到故乡眉州。神宗召见翰林学士王安石，酝酿变法。

三十四岁，熙宁二年（1069年）。二月返京，仍授本职。王安石参知政事，主持变法。

三十五岁，熙宁三年（1070年）。反对新法。任监官告院。次子苏迨出生。

三十六岁，熙宁四年（1071年）。上书全面反对新法，谢景温诬陷苏轼，苏轼请求外放，七月，出汴京。到陈州见苏辙。九月，离陈州，同苏辙到颍州见欧阳修。十一月，通判杭州。司马光因反对"新法"，罢归洛阳。

三十七岁，熙宁五年（1072年）。通判杭州。恩师欧阳修卒。十二月，苏轼被命监视开运盐河，至湖州考察堤岸，又至秀州。三子苏过出生。

三十八岁，熙宁六年（1073年）。通判杭州。冬，督常州、润州赈济饥民。

三十九岁，熙宁七年（1074年）。九月，差知密州，十一月，到任。收十二岁王朝云为侍女。四月，王安石以吏部尚书、观文殿大学士出知江宁府。

四十岁，熙宁八年（1075年）。密州任上。抗旱灭蝗，颇有成效。王安石复拜同平章事、昭章馆大学士。

四十一岁，熙宁九年（1076年）。密州知州任上。冬，移知河中府，途中改知徐州。十月，王安石罢为镇南军节度使、同平章事、判江宁府。

四十二岁，熙宁十年（1077年）。四月，到任徐州太守。七月至八月，黄河决口，苏轼治水有功，朝廷明令嘉奖。

四十三岁，元丰元年（1078年）。在徐州知州任上。九月九日，黄楼落成。王安石进尚书左仆射，封舒国公。

四十四岁，元丰二年（1079年）。春，自徐州移知湖州，四月至七月任湖州太守。七月，"乌台诗案"发，以"谤讪新政"罪逮捕。八月至十二月，入狱四个月又十二天，共一百三十天。结案出狱，诏贬检校水部员外郎黄州团练副使，本州安置。苏辙被牵连，责监筠州盐酒税。司马光等被罚金。苏轼表兄画家文同卒。宋仁宗皇后曹太皇太后崩。

四十五岁，元丰三年（1080年）。二月，贬至黄州。寓居定惠院。黄州士人多与苏轼交往。王安石加特进尚书左仆射、门下侍郎，改封荆国公。

四十六岁，元丰四年（1081年）。贬居黄州，开始经营东坡，自号"东坡居士"。或于此年，纳王朝云为妾。

四十七岁，元丰五年（1082年）。寓居临皋亭，筑"雪堂"。三月，米芾拜见苏轼于"雪堂"。暮春初夏作《寒食诗》，秋冬作前后《赤壁赋》。本年为苏轼文学作品巅峰年。宋施行新官制。

四十八岁，元丰六年（1083年）。居黄州，朝云生子，取名苏遁。

四十九岁，元丰七年（1084年）。四月，量移汝州，途中访苏辙。过金陵，与王安石相见蒋山。幼子苏遁夭折。上表乞居常州。

五十岁，元丰八年（1085年）。二月，告下，允苏轼居常州。五月，至常州。六月，移知登州。十月，到任。到官五日，召还朝。十二月，任礼部郎中。后告下迁起居舍人，辞去不准。三月，宋神宗崩，哲宗赵煦即位，高太皇太后垂帘听政。十月，司马光任门下侍郎。

宋哲宗时期（1085—1100年）

五十一岁，元祐元年（1086年）。闰二月，蔡确、章惇相继罢相。三月，告下，苏轼迁中书舍人，辞免不准。八月，除翰林学士知制诰。司马光主政，以免役法不可废，与司马光不合。四月，王安石卒。九月，司马光卒。

五十二岁，元祐二年（1087年）。苏轼任翰林学士，后兼任侍读学士。朝臣分裂为朔、蜀、洛三党，史称"洛蜀党争"。

五十三岁，元祐三年（1088年）。以翰林学士、知制诰兼侍读，权知礼部贡举。台谏攻击，上章乞郡。

五十四岁，元祐四年（1089年）。因不堪党争，乞求外放。三月，以龙图阁学士出知杭州。五月，南都谒张方平。七月，到任。十一月，救浙西旱灾。

五十五岁，元祐五年（1090年）。杭州任上，疏浚西湖，筑"苏堤"。

五十六岁，元祐六年（1091年）。正月，自杭州内调为礼部尚书。二月，因避苏辙为尚书右丞执政之嫌，改翰林学士承旨，兼侍读。三月，离杭。五月，到京。八月，因遭洛党攻击，请求外任，知颖州。

五十七岁，元祐七年（1092年）。正月，自颖州移知郓州。二月，移知扬州。三月，到任。八月，召以兵部尚书。九月，到京兼侍读。十二月，迁端明殿学士，翰林侍读学士，充礼部尚书。六月，苏辙为门下侍郎。

五十八岁，元祐八年（1093年）。任礼部尚书，朝局将变，苏轼自请外放。八月，继室王闰之去世。九月，宣仁高太皇太后崩，哲宗亲政。罢礼部尚书任，以端明、侍读二学士，出知定州。

五十九岁，元祐九年、绍圣元年（1094年）。哲宗行"绍述"之政。章惇、曾布掌权。四月，苏轼被贬至英州。闰四月，离定州。未至贬所，再贬宁远军节度副使，惠州安置，携幼子苏过及朝云前往。十月，抵惠州。

六十岁，绍圣二年（1095年）。贬居惠州。表兄程之才任广东提刑，访惠州，消除因八娘死与程家旧怨。

六十一岁，绍圣三年（1096年）。贬居惠州。三月，筹划买地建堂白鹤峰，作长住打算。七月，朝云去世。

六十二岁，绍圣四年（1097年）。闰二月，白鹤峰居所落成。朝廷重贬"元祐党人"，苏辙贬雷州。苏轼再贬琼州别驾，海南昌化军安置。与幼子苏过往昌化。七月，至儋州。

六十三岁，绍圣五年、元符元年（1098年）。贬居儋州。因被逐出官舍，无居。当地士人助之，筑室五间，食芋饮水。

六十四岁，元符二年（1099年）。贬居儋州。琼州人姜唐佐来昌化，从轼问学。

宋徽宗时期（1100—1125年，其中向太后摄政1100年一月至六月）

六十五岁，元符三年（1100年）。正月，哲宗崩，徽宗即位，向太后同听政。二月，苏轼量移廉州，四月，授舒州团练副使，永州居住。六月，离海南，渡海。十一月，诏苏轼复朝奉郎提举成都玉局观。

六十六岁，建中靖国元年（1101年）。正月，度岭北归。五月，至真州，瘴毒大作，病作。六月，止于常州，上表乞致仕。七月二十八日，于常州去世。次年（徽宗崇宁元年，1102年），其子遵父遗命，葬苏轼于汝州郏城嵩阳"小峨眉"山。苏辙作《亡兄子瞻端明墓志铭》。

附注：

资料主要参考宋·王宗稷《东坡先生年谱》、孔凡礼《苏轼年谱》、古柏《苏东坡年谱》等。